完全犯罪 加田伶太郎全集

福永武彦

……いた英文の脅迫状と、奇怪な密室殺人——迷宮入になった十年以上前の事件を巡って四人の男が推理を競う傑作「完全犯罪」。著者の加田伶太郎は、本作を始めとする僅か数編の短編小説を以て斯界に名を知らしめる。——謎に包まれたその正体は、戦後日本文学に偉大な足跡を残す作家・福永武彦のもうひとつの顔であった。古典文学者・伊丹英典の探偵譚全八編に初刊時の序文、加田伶太郎誕生の経緯を語る随筆、都筑道夫・結城昌治との鼎談を収める。精緻な論理と遊戯性を共存させ、日本推理小説史上でも記念碑的一冊に数えられる、個人文学全集を模した推理小説集。

完全犯罪 加田伶太郎全集

福 永 武 彦

創元推理文庫

LE CRIME PARFAIT
ŒUVRES COMPLÈTES DE REITARO KADA
by
Takehiko Fukunaga
1975

目次

「完全犯罪」序 … 九

*

完全犯罪 … 一五
幽霊事件 … 六五
温室事件 … 一〇五
失踪事件 … 一五一
電話事件 … 一九三
眠りの誘惑 … 二三九
湖畔事件 … 二九一
赤い靴 … 三四七

素人探偵誕生記 …………………………………………………… 四〇九

*

「加田伶太郎全集」を語る　都筑道夫／福永武彦／結城昌治 …… 四二五

解　説　法月綸太郎 …………………………………………………… 四四〇

完全犯罪　加田伶太郎全集

「完全犯罪」序

　友人のために序文を草することは、一般に、快い義務である。先日、友人の加田伶太郎君から電話がかかって、序文を書いてくれと頼まれた時に、僕もまた二つ返事で承諾した。ただ、ひとのいい僕として、少々せっかちに承諾したから、どんな本の序文であるかは聞かなかった。まさか探偵小説集の序文であるとは、夢にも思わなかった。
　加田伶太郎というのは、勿論、本名ではない。その本名を洩らしたなら、読者諸君はきっとあっと驚かれるだろう。彼は某私立大学でフランス語を講じている貧弱な教師である。数冊の訳本と、専門的な二、三の論文とがある。従って僕は、てっきり、フランスの現代小説に関する翻訳か研究かに、序文を書かされるものと思っていた。そういう序文を引き受ける資格が、売れない小説ばかり書いている僕にあると考えるのは、そもそもうぬぼれが過ぎるのかもしれない。が、そこが友情というものだと解釈した。
　加田伶太郎君は僕にとって年来の友人である。しかし僕は小説を書くのを業とし、彼は講壇

に立って学生たちを煙に巻くのを業としている以上、そうしばしば会うこともない。しかし会ったとなると、彼は奇妙に遠慮深いというか自分勝手というか、僕とは呼吸の合わないところがあって、僕の書いたものについては、決していいとも悪いとも言わない。僕が少し突っ込んで行くと、「心境小説というのは、例えばジュリアン・グリーンの日記の第三巻では……」と来たり、「君の想像力はそれはそれでいいけれども、例えばサルトルの論じるところでは……」と来たり、「根源的不安は認めるが、カフカからサミュエル・ベケットに至るまで」と来たりして、必ず議論をはぐらかしてしまうのだ。どうもいちいち外国文学の物差でひとの小説を批評されるのは、僕は大嫌いだし、彼のやり口は、それが僕の小説についての批評なのではなく、彼自身の読んだ海彼岸の作品についての感想なのだから、的はずれも甚だしい。そこで、二人とも共通の愛読者である外国の探偵小説を論じる方が、彼にも僕にも無難なので、顔を合せると、ついぞっちの方の話題が先に出る。

僕はこれでも、相当数多くの探偵小説を読み漁ったし、また現によく読んでいるつもりだが、とても加田伶太郎君には及ばない。教師という奴は、実に暇があるものだと感心する。彼がハーバート・ブリーンを論じ、ウィリアム・アイリッシュを論じているのを聞けば、その熱心さは、どうもサルトルやベケットを論じるよりも上らしいのだ。ところが彼は忠実な本格派でいまだにヴァン・ダインやバーナビイ・ロスにこだわっているのに、僕はこの頃、本格派以外に対しても寛大になり、ハードボイルドの傑作の方が、二番煎じの本格物よりもましだという

主義に変って来たので、しばしば意見が衝突する。何しろ本格派は、アガサ・クリスティやディクソン・カーなどの旧人があいかわらず王座を占めているから、マンネリズムは覆いがたい有様で、新人の出る余地がない。本格物の古典的傑作はそれはそれで結構だが、あとに続く作品がいっこう見当らず、だんだんに衰亡に向いつつあるというのが僕の意見だ。彼はそれに対して、妙に文学味を狙ったハードボイルドは、読むに耐えないと言う。探偵小説の味は、秀抜なトリックと明快な論理とにあるので、文学の持つカタルシスとは、まったく違った性質のカタルシスを要求するものだと主張する。本格物への彼の肩の持ちかたは、僕には少々こっけいだった。何しろ僕は、暇つぶしに読むだけで、本格物が盛(さか)えようと衰(おとろ)えようと、知ったことはないからだ。

そこで、これは去年のことだが、加田伶太郎君が初めて「完全犯罪」を書いて、僕にどうだと訊(あわ)れた時には、遂に奴もそんなにのぼせ上ったかと憐んだ。彼の言い分たるや、「どうせ探偵小説を読んで暇をつぶす位なら、書いて暇をつぶしても損ではない」という明快な論理なのだ。なるほど、それに違いない。加えるに、僕にはこの犯人がとうとう分らなかったから、彼はすこぶる得意だった。「まず十人のうち八人までは、分らないのだ」と鼻をうごめかしているから、僕は「十人のうち五人まで、犯人を分るようなのが本当の傑作なんだぜ」と逆襲してやった。それからついでに、彼の筆法を借りて、「君の作品は動機がごく普通だが、そこに行くと君が枕に引いたベン・レイ・レッドマンの作品の方は、まさにその点に新しみがあって、……」とやっつけたから、彼も大いにくさっていた。

11 「完全犯罪」序

さて、加田伶太郎君から序文を頼まれて、彼の作品を端から読まされたが、まさか序文で友人の本の悪口を言うわけにもいくまいから、ここには探偵小説は論じない。ただ通読してみて、何とも著者が甚だしいフィクションを試みた点があるのを、少々素っぱ抜くことにしよう。

というのは、主人公として名探偵伊丹英典氏が毎度登場するが、これが文化大学古典文学科助教授なのだ。加田君よりはだいぶ偉そうである。僕は、加田君のフランス語の知識だって大したことはあるまいと睨んでいるが、その彼が古典文学などに通じているとは、とうてい信じられない。一度だけ、「ギリシャ詞華集」の中の四行詩を訳して得意になっていたから、「本当に訳したのかね？」と訊いてみたら、「単語を全部字引で引いて、三日ほどかかった。」と正直に白状した。そういう調子だから、伊丹英典助教授にそれらしい風格がないのは、やむを得ない次第だろう。

この伊丹英典先生が、何となく著者加田伶太郎氏に似せてあるのは、著者を知る僕としてはすこぶる滑稽である。しかもワトソン役の久木進助手なども、たしかに似た人物が彼の研究室にいて、本人の方は聡明かつ機敏である。小説の中で、この助手が伊丹氏にこき使われるのは、フィクションとはいえ気の毒でならない。伊丹先生の奥さんもちらちら登場するが、こちらの方は著者はだいぶ筆を惜しんでいるようだ。今度本ものの奥さんに会ったら、ひとつ感想を訊いてみよう。

加田伶太郎君に推理の才能がないことは、僕が客に行って、「のどが乾いたな。」と呟いても、ビールの代りに正直に水を出してくれるその親切心からもうかがわれるが、学校の下調べをさ

ほって探偵小説を愛読するくだりなどは、いちいち正確をきわめている。僕に言わせれば、名探偵たるものは、シャーロック・ホームズでも、フィロ・ヴァンスでも、エルキュール・ポアロでも、誰ひとりとして探偵小説の愛読者ではない。伊丹英典氏がそんな暇つぶしをするというのも、著者がアマチュアのいい証拠であり、かつ伊丹英典氏が名探偵でない完全な心理的証拠なのである。

　こういう悪口ばかり言うのでは、序文の体裁をなさないだろうから、そろそろやめにしよう。先日、加田伶太郎君に会ったら、「この本を出したら、もうトリックのタネが尽きたから、短篇はやめだ」と情ない声で心境を述べた。本格物は行き詰るという僕の持論を、彼が自ら証明してくれたのは、実に愉快千万だ。もっとも、いずれ筆名をあらためて、本格長篇を物すると息まいていた。何でも二人目までは殺すプランが出来たから、今は三人目をどうやって殺そうか考えている、とぶっそうなことを言っていた。しかし彼は、最近はまた、書くよりも読む方が楽でいいだろうという主義に舞い戻っているようだから、この本格長篇とやらは、遂に机上プランの域を出ないだろう。名探偵伊丹英典氏も、奥さんに叱られながら、毎晩夜おそくまで、新刊の探偵小説に読み耽ることだろう。ではさよなら。

　　昭和三十二年十月

完全犯罪

1 完全犯罪

マルセイユを出航して、途中アジアの沿岸に寄港しながら故国へ帰る貨物船大洋丸が、漸く印度洋に差しかかっていた。夕食後、きまって長々とお喋りをする習慣のある四人の人物が、この晩も、それぞれソファに陣取って、コーヒーを啜りながら雑談を交していた。船長と、事務長と、船医と、そしてフランスに三年ほど遊学して、この船で帰朝しつつある古典学者との四人である。

その晩の話題は、暫く前にパリで迷宮入を騒がれた殺人事件の話が口火になって、犯人がずる賢いのか、警察当局が無能なのか、それとも偶然が犯人に幸いしているのかという論争になった。

「パリの警察が無能なんですよ」と事務長がまず極めつけた。「スコットランド・ヤードや日本の警視庁なら、あんなへまはやらんでしょう。何しろ手の打ちかたが遅すぎる。」

事務長は、働き盛りの年頃で、陽に焼けた甚だ精力的な風貌をし、貨物船の事務長を勤める

よりも、刑事になった方がよっぽど出世しそうな敏捷な面構えだった。

「いや、これは犯人の方が一枚うわてなのだ。」と船長が主張した。「手懸りを少しも残さないというのは天才的な悪党だ。」

「どうですかね。手懸りがあっても、見逃すこともありますよ」と事務長。

「いや決してそんなことはない。わざと手懸りを消したに違いない。まずこの犯人は摑まりませんな。」

船長はもう頭髪に白いものの多い、おだやかな人柄だったが、犯人が自分の親友ででもあるかのような、嬉しそうな顔をした。

「存外、下らない事件だったらどうします？」とそこへ船医が口を入れた。「偶然が重なり合って、そのため犯人が分らない場合だってあるでしょう。」

この船医はまだ三十前で、一座のうち一番年が若く、貨物船の船医を志願して乗船してからもう半年ばかり、毎日せっせと博士論文を執筆していた。貨物船の船医というのは、論文でも書こうというのには、うってつけの、暇のありあまる職業だった。

「時に伊丹先生の御意見はどうです？」と事務長が訊いた。「さっきから何ともおっしゃいませんな。」

三人の視線を浴びたのは、三十代の半ばぐらいの、おっとりした、いかにも学者風の男だった。ソファに深々と凭れ、立て続けにシガレットをくゆらし、度の強い眼鏡の奥で、両眼を糸のように細く見開いていた。この伊丹英典という漢方医みたいな名前を持った人物は、年に似

合わず古典語の相当の権威だとかいうことで、昼間はケビンに閉じこもって、まるで暗号書のような横文字を読んでいたが、夕食後の雑談ではいつも熱心な座談家で、隅に置けない雑学の知識があった。この時やおら眼を剝くと、太い声で事務長に頷き返した。

「僕もあなたと同じ意見ですよ。それは犯人というのは相当の悪党かもしれない。が、これくらいの事件がまだ解けないようでは、まさに探偵が実力不足なんでしょうね。」

「これくらいの事件、とおっしゃいましたね?」若い船医が皮肉を挟んだ。

「僕は新聞をざっと読んだだけで、データが揃っていない。君の論文だって、材料が満足でなければちゃんとした結論には達しないでしょう。データさえ完全に与えられれば、僕にだってきっと解けますよ。」

皆はちょっとあっけに取られ、船長なぞは白髪頭を揺すって「ふうん、」と溜息を洩らした。

「僕が偉そうに言うのには、それだけのわけがあるんです」と、伊丹氏は説明した。「僕なんかの仕事では、古いギリシャの詩や碑文を読まされるんですが、時代が経っているから文章が不完全で、ところどころ抜けていたり、写し間違えたりしていることが多い。そういうのは、直覚と推理とで、不完全な部分を埋めて行くのです。原典批判というものは、まさに推理そのものです。しかしちゃんと材料を揃え、時間をかけてやれば、大抵の不明の箇所は分って来ます。謂わば暗号みたいなもので、人間がつくった以上、解けない暗号というのは現代では殆どないんですからね。」

「しかしですな、迷宮入事件というのは一般に多いじゃないですか、」と船長が待ち切れないように口を挟んだ。「名探偵が少いということになりますかね。」

「それには、初めが大事なのです。何といっても、初めに眼の鋭い人が、見るべきものを全部見ていなければならない。そうやって材料の揃った事件なら、直覚と推理だけで、こんな船の中にいても解決できると思うんですがね。」

「迷宮入の事件といえども、そうすると完全犯罪じゃないんですか？」と事務長が訊いた。

「必ずしもそうとは限りませんね。完全犯罪の定義に関しては、ベン・レイ・レッドマンの『完全犯罪』という短篇に出ていますが、犯人が冷静に計算した殺人事件であることが必要なのです。つまりその条件として、第一、殺人であること。第二、それも病的な殺人狂ではなく、そこにちゃんとした動機があること。第三、嫉妬に狂ってかっとなったというような一時的な興奮で殺したのではない、偶然にたよらず、冷静な計画に基いたものでなければならないこと。第四に、これは勿論、絶対に解決されない事件であること。まあこういうんですがね、つまり完全犯罪は一個の芸術作品でなければならん、というわけです。」

「これは面白い」と船長が唸った。「するとこのパリの事件は、……」

「そうです、まだ完全犯罪を意図したものかどうかは分りません。単純な奴でも偶然がうまく働けば解決がおくれる。しかしまあこれは時間の問題でしょう。ありきたりの、ごく単純そうな事件だから。」

それまで黙って考え込んでいた船医が、急に生き生きと眼を輝かせて、伊丹氏に呼び掛けた。

20

「先生はすると完全犯罪はない、必ず解決できるとおっしゃるんですね？」

「ええ、データさえ満足なら。」

「それじゃ僕が一つ問題を出しましょう。」

一座の注意が、俄に青年の上に集注した。彼はちょっと顔を赧らめ、思い切ったように話し始めた。

「これは僕自身が渦中に巻き込まれた事件なんです。戦争の始まった年のことで、もう十何年もの昔になります。僕はまだ中学生でした。そしてこの事件は――殺人事件ですが――犯人が分らないまんまで今日に及んでいます。僕は自分でも後で色々調べてみたし、刑事の話も聞きました。もっとも中学の二年生だったから、決して眼の鋭い人とは言えない、観察が鈍いのはやむを得ません。ただ僕は現場にいたんだから。どうです、それを一つ話してみましょうか。」

「君には犯人が分かってるんですね。」

「誰にも分からなかったんです。」

「宜しい、話して下さい。」

しかし船医は考え込んだなり、なかなか口を利かなかった。「これは思い出したままに話すというのじゃ、データとして正確を期せないようです。一つ僕がそれを小説風に書いて、明日の晩、朗読することにしたらどうでしょう？　その方が客観的になると思うから。」

「明日のお愉しみですか？」と事務長が笑った。そして三人とも翌日まで待つことに賛成した。

「但し僕は小説家じゃないから、上手に行かなくとも勘弁して下さいよ」と最後に席を立ち

完全犯罪

ながら、船医が言った。

2の1　英文の脅迫状

安原清が、雁金家に寄宿するようになってからほぼ一年が経っていた。去年の春休みに、彼は田舎の中学から東京の或る私立中学へ転校して来たのだが、彼が雁金家に置いて貰ったのは、雁金家のおばあさんが彼の亡くなった祖父と縁つづきになるので、清の父親が特に頼んだというようなことがあったのかもしれない。父親は田舎の開業医で、息子を東京の学校へ入れ、やはり医者に仕立てるつもりでいた。そして清が雁金家に住むようになってから、少年の新鮮な眼に色色と不思議なことが映った。

雁金家の邸宅は、文化住宅地として名高い、郊外電車の或る沿線にあったが、清には最初から取りつきにくい印象を与えた。明治時代の古い洋館で、広々とした庭の中に、どっしりした三階家がいかにも時代がかって控えていた。これは、既に故人になったが、嘗て名船長として知られた雁金有一郎氏の建てた家で、一階には応接室、食堂、居間、その他。二階には寝室や客間が、廊下の左右に並んでいるところは普通の洋館の間取に変らなかったが、更にその上の三階（というより、一種の屋根裏部屋で、大層粗末な代物だが）そこに船室を摸した小部屋が二つ、狭い廊下に面して双子のように並んでいた。これは有一郎氏と夫人との私室で、名船長

の御自慢の設計だった。有一郎氏は簡易生活ということを口にして、上陸中はこの部屋の小さな丸窓から、表の風景を見下して愉しんでいた。一人娘に養子を貰って引退してからは、死ぬまでこの小部屋を一番好んでいた。

養子の雁金玄吉も、元はやはり船長だったが、五年ほど前に不意にその職をやめ、今は或る貿易会社の社長をしていた。妻はその少し前に病気で亡くなり、二年ばかり以前に新しく夫人を迎えた。そして清が雁金邸へ移って来た時に、このだだっ広い建物に住んでいたのは、当代の雁金玄吉氏と、弓子夫人と、おばあさんと、それに女中との四人きりだった。

三階の二部屋のうち、階段に近い方の、もとおばあさんのいた部屋が、清のための部屋だった。おばあさんはリュウマチで階段の昇り降りが苦しいというので、今は一階の、玄関に一番近い、食堂の隣の部屋に移っていた。勿論、二階には空いた部屋が幾つもあったのだが、清はこの狭い、丸窓が一つしかなく、ベッドの作りつけになった船室が大いに気に入ったので、自分からそこを望んだ。隣の部屋は、養父の死後、玄吉氏が使っていた。

それは薄暗い部屋で、厚い壁から外側にも内側にも五分ぐらいはみ出した鉄の窓枠に、手前側に開く丸い一枚硝子がついているだけ、他に光線のはいるところは何処にもなかった。少年はその硝子戸を開き、そこから首を出して時々新鮮な空気を吸い込んだ。そこは眼のくらむほど高く、馴れるまでは胸がむかむかした。しかし馴れてしまえば、高い場所に住んでいるというのは気持がよかった。三階の階段の横に、屋根裏に出る直立した鉄の梯子がついていて、夏になって部屋の中が暑くるしいと、清は屋根の上に這い登り、煙突に摑まってあたりの景色を

見廻すようになった。田舎育ちでもともと木登りは上手だった。

清が観察したのは、しかし附近の風景ばかりではなかった。

主人の雁金氏は、どこか船乗らしい粗野な感じの残った、意志力の強そうな人物だった。何か言っては豪放な笑い声を立てたが、それが取ってつけたように聞えた。味方にすれば安心だが、敵に廻しては恐るべき人物という感じで、心の底は容易に汲み取れず、はっきり言って清はちっとも好きでなかった。一つには彼が、弓子夫人にひそかに同情していたということがあったせいかもしれない。

弓子夫人は、人が驚くほど美貌の、和服のよく似合う奥さんだった。殆どいつも無口で、蛇にみこまれたように夫の前ではおどおどしていた。どこか秘密めいた、影のような寂しさを漂わせていた。その理由が、次第に清にも分った。夫人には結婚する以前に、本山太郎という恋人がいた。そして今でもその恋人のことが忘れられないらしかった。清は、夫人が時々涙ぐんでいるのを見かけることがあった。

おばあさんは、いつも自分の部屋の安楽椅子に腰を下して、毛糸の編物をしたり、英語の本を読んだりしていた。若い頃には、亡くなった主人と共に外国にいたこともあるとかで、教養も広く、清は英語の分らない箇所はおばあさんに聞きに行くことにしていた。この家の中で、少年がせめて親しくしていたのは、このおばあさん一人だった。足の不自由なおばあさんは、清をつかまえて思い出話をすることを好んだ。清を雁金家に貰うような気持まで、おばあさんにはあるらしかった。

事件の源は、十二月の中旬、主人の雁金氏のところに届いた一通の手紙である。学校から帰った清は、おじさん（と雁金氏を呼んでいた）がその日は会社へ出ず、三階の小部屋に閉じこもっているのに気がついた。女中の話では、出がけに手紙が来て、それを見るなり急に気が変ったと言う。夕食の時、雁金氏の顔色は冴えなかった。食後におばあさんが、「どうしたのかね？」と訊いた。雁金氏は長いことためらい、「実は変なものが来たので、」と言いながら、一通の手紙を披露した。

粗末な封筒と便箋、そこに英語の文章が別の紙から一語ずつ切り取られて、貼りつけられていた。おばあさんがそれを読み読み翻訳した。

「最初の警告。汝の罪は汝を待つ。」署名はなかった。

「下らない」とおばあさんは吐き出すように言った。「子供のいたずらでしょう。」

あくる年の一月になって、皆が忘れかけていた頃また同じ形式の手紙が来た。

「第二の警告。死を以てあがなえ。忘れるな。」

おばあさんは「悪い冗談だ」と言って気にも留めなかったが、雁金氏の顔色はますます悪くなり、ひどく落ちつかなくなった。大の男がふるえているのを見るのは、清の眼には少し滑稽だったが、しかし彼にも一種の気味の悪い前兆は感じられた。「心当りはないんですか？」と訊いてみたが、おじさんは鋭い眼差で彼を睨んだだけだった。「いっそ警察へでもそう言いましょうか、」と相談しかけた弓子夫人に、主人は重々しく首を横に振った。

二月に新しい脅迫状が来た。

「第三の警告。汝の時刻は刻まれている。祈り、かつ待て。」
 いずれも一語ずつ切り抜かれた英語が、安物の便箋に貼りつけられていた。主人は蒼ざめた顔で、椅子に凭れたまま、天井を睨んでいた。
「一体、何がほしいというんだろう?」とおばあさんが、やや心配げに訊いた。「ちっとも心当りはないのかね?」
「ないこともないが、」と主人は、不承不承に答えて、三階の自分の部屋へ帰った。あくる日、彼はおばあさんにそのことを尋ねてみた。
「下らないことだよ。マルセイユで大喧嘩をしたことがあると言うのだが。どうせ酔っぱらってのことで、相手が死んだかどうかは知らないんだって。……しかしたかがそれ位のことね」とおばあさんは首を傾けた。「もっと他に理由があるのかもしれないが。」
 しかし雁金氏の表情は、身に覚えのあることをはっきり示していた。会社へもあまり出なくなり、三階の船室に鍵を掛けて閉じこもる日が多くなった。そして三月十三日の朝、例の手紙がまた舞い込んだ。
「最後の警告。十三日夜。終り。」

2の2　応戦準備

　その日、雁金氏は会社へ出掛けて行った。警察へとどけてはいけないと、おばあさんと夫人とに命令し、自分の力だけで、一泡吹かせてやると言い張った。
「大丈夫ですよ、雁金玄吉も男一匹です。こんな怪しげな脅迫におどろいてたまるもんですか」とおばあさんに言った。一度、度胸をきめてしまえば、もう怖いものはないというふうに見えた。
　少年はそのことを知らなかったが、夕食の時には、おじさんの連れて来た客が一人、食卓に加わった。別府さんという、清も二三度会ったことのある、眼の鋭い人物で、語学も達者だし、会社の事務は一人で切り盛りしているという噂だった。その晩の食事に食欲があったのは、少年と別府との二人きりだった。二十七八の、有能そうな、雁金氏の会社での秘書だった。
「なに僕が見張っていれば大丈夫です。こう見えても、僕は柔道二段ですからね。」
「英語の手紙が来るくらいだもの、相手がピストルでも持ってたらどうします？」とおばあさんが言った。「どうも、しかし私には、何かの悪戯のような気もします。」
「本当に警察にしらせた方がいいんじゃないでしょうか？」と弓子夫人が怖ず怖ずと訊いた。
「もし何でもなければ恥を掻きますね」とおばあさん。

「大丈夫ですよ、僕がついてる。清君も加勢するね。」

「勿論。僕だって柔道を習ってるんですからね。」

「私もエドガー・ウォーレスやコナン・ドイルを読んだことがあるけど、日本でもこんな脅迫状なんてものがあるんだね。」

「ちょっとバタくさいですね」と秘書が引き取った。「もっともうちの会社の取引はたいてい外人関係だから、そういう筋のいやがらせかもしれない。」

夕食のあと、女中が後片附を済ませてからも、皆はそのまま雑談を続けていた。といっても、雁金氏も夫人も殆ど口を利かず、話は主としておばあさんと別府との間で交された。もうじき九時になるという頃に、主人が重々しく口を開いた。

「警告は夜というんだから、一つ策戦を練っておこう。戸締りは勿論充分に気をつける。そこで私は、三階の清君の隣の部屋にいる。清君は眠いだろうけれど、ドアを明けっ放しにして、下からの階段を見張っていてくれ給え。電燈は点けない。廊下は明るいからね、いいかい？」

「大丈夫です、僕眠くありません。」

「弓子は二階の寝室で寝る。一人では怖いかもしれないが、この敵は私が目当なんだから、お前には害は加えない筈だ。だから部屋の電燈は消さないで、お前一人だということがはっきり分るようにする。窓は決して明けてはならん。中からドアに鍵を掛けるのも忘れないこと。いいね？」

「はい。」

「別府君は、寝室の前の客間にいて、階段の方に注意してくれ給え。ドアを明けっ放して、部屋の電燈は消しておく。廊下は明るいからね。」
「敵をおびき寄せる策戦ですね。」
「お母さんはいつものようにお部屋でお休み下さい。御心配は要りませんから。」
「私は柔道なんて知らないから、当にされては困るよ」とおばあさんが言った。
「そこでもう九時十分だから、戸締りを調べて、持場につくことにしよう。」
「その前に、僕が一つ家の廻りを見て来ましょう。なに、僕だけで大丈夫です。」
別府は懐中電燈を手にして、玄関からすたすたと外の暗闇に出て行った。二十分ほどして「異常はありませんね、」と言いながら、食堂へ戻って来た。そこで彼に雁金氏と清とが加わり、今度は家の内部を見て歩いた。正面玄関から、廊下の右側に、手前側から応接間、居間、風呂場、左側に祖母の部屋、食堂、台所と女中部屋、そして廊下の突当りに裏への出口。玄関脇の階段を二階に昇ると、廊下の右側には客用の部屋が三つ、左側に小さな図書室、次が寝室、それに続いて弓子夫人の私室。更に三階に昇ると、昇りつめたところに屋根裏に出る鉄の梯子、片側廊下の手前が清の部屋、次が雁金(ケビン)氏の部屋、奥が物置になっている。そして戸締りが厳重に確かめられ、清が自分の狭い船室に陣取ったのは十時五分前だった。

2の3 不可能な事件

春らしい生暖かい晩だったが、安原清が暗闇の部屋の中で、椅子に腰を下してじっと待っていると、うそ寒さが足許から忍び寄って、膝頭がふるえた。彼は階段の上り口に向いて、部屋の入口に斜めに椅子を構え、時々、腕時計で時間を確かめた。家中はしんと静まり返り、隣の部屋のおじさんも、こそりとも物音を立てなかった。敵はどこから来るのだろう。玄関も裏口もしまっているし、窓という窓はよく確かめたし、とそう考えても、身体中がぞくぞくした。忍術が使えれば、家の中でも自由自在にはいって来られる。インドには古い魔術がある。英語の脅迫状だから、きっと白いターバンのインド人だ。宙に浮き上って、窓から煙のようにはいって来るのかもしれない。

清は丸窓を振り返って見た。ドア以外の唯一の入口。大丈夫、窓の左端についている留金は、ちゃんとしまっている。家の中は物音一つしない。時計は十時半だった。こんなに早くは来ないな、きっと皆が眠くなった明方近くだな、と清は考えた。時間はのろのろと進行した。

ふと、何か異常なものを感じた。しかし階段の降り口には明るく電燈が点き、人の昇って来る気配はない。何か今までと違った感じ。清は椅子から立ち上り、あたりを見廻した。分った。部屋の中が薄ぼんやりと明るくなっているのだ。窓を見た。硝子窓を越して、焚火らしい赤い

焰が、庭の端の方で燃えている。その明りが、かすかに、この部屋を彩っている。何だろう。

暗い夜で、ところどころ遠くに燈火がきらめいているが、庭の中の火はそれとは全然違ったものだ。何のために今頃火を燃しているのだろう。あ、火事にする気なのか、それも大した火の手じゃない。そう考えて清は少し安心した。また前の椅子に戻り、腕時計を見た。十一時五分。

何だろう。彼はぎょっとなって廊下へ出た。誰もいない。隣の部屋の前で小声で呼んでみた。

その時だった。彼は隣のおじさんの部屋で、何か重たいものがどさっと倒れた音を聞いた。

「おじさん、おじさん？」

返事はなかった。ドアの把手をつかんだが鍵が懸っていた。彼は悲鳴をあげた。大声に「別府さん、おばさん」と代る代る名前を呼びながら、ドアの把手をがちゃがちゃいわせた。初めに駆けつけたのは別府だった。その暫く後から、真蒼になった弓子夫人が走り寄った。

「ドアが明かないんだよ」と清は泣声で叫んだ。

「よし、ドアをぶち壊そう。」

「待って、」とその時、夫人が言った。「お母さまのところに鍵がある筈。清さん、行って来て。」

清は一階まで転るように階段を降った。ノックをするのももどかしく、おばあさんの部屋にはいった。

31 完全犯罪

「大変なんだ！　おじさんがどうかしたらしいんだ。おばあさんのところに鍵があるって？」

おばあさんはベッドの上に坐り、手に編棒を持て毛糸の編物をしていたが、さっと顔色を変えた。

「家じゅうの鍵は、そこの箪笥の右の抽出にはいっているよ。さ、早くお行き。私もあとから行ってみる。」

清は鍵束をじゃらじゃらいわせながら、一息に三階まで駆け登った。夫人と別府とは、階段の踊り場で焦々しながら待っていた。

ドアが開くと、廊下の明りが暗い船室の中を照し出した。雁金氏が倒れているのが誰の眼にも映った。別府がすぐさま、天井から下った釣ランプの電燈を点けた。屈み込んで調べてみても、もう息のないことは明らかだった。その右手に、長い、真赤な紐をしっかりと握り締め、紐のあまりが床の上にくねっていた。

雁金氏は丸窓の方に足を向け、身体を歪めたまま死んでいた。

「触っちゃいけない。首を締められている、」と別府が手を延ばして叫んだ。

彼は立ち上り、「しかし、」と呟いた。蒼ざめた顔で急いで部屋の中を見廻したが、そこには、竦んで声も出ない少年と、今にも卒倒しそうな夫人とが、いるばかりだった。彼は半開きになった丸窓の側へ寄ったが、そこから犯人が逃げ出し得ないことは、誰の眼にも明らかだった。

「信じられない、」と別府が呻った。

2の4　坂田刑事の調査

電話によって事件をしらされた所轄の警察署からは、直ちに老練の坂田刑事と小島刑事とが雁金邸に出張し、警視庁からは鑑識課員が時を移さず急行した。翌日の午後、坂田刑事は次のようなメモを見せながら、捜査主任と善後策を相談していた。

1　死因は明かに絞殺による窒息死。死亡推定時間は午後十一時頃。後頭部に打撲傷があるが、これは平べったい板切で殴られたものか、或いは床に倒れた時に自分で打ったものかの、何れかである。

2　半開きの丸窓の方に足を向け、左半身を下に横向に身体を捩曲げて倒れていた。

3　右手に長さ約四メートルの赤い腰紐様のものを摑む。途中に結び目があり、そこで紐が二重になっているから、明かに絞殺するのに好都合なものだが、この紐は屍体の首筋には巻きついていない。首を締められて後に、この紐を右手に持ち直すことは、どう見ても不可能である。

4　ドアは内部から鍵が懸っていた。鍵は屍体のズボンのポケットにあった。

5　家の中の合鍵は、まとめて一階の雁金梅子未亡人の簞笥の小抽出にある。事件直後、弓子夫人がそのことを思い出して、合鍵によって部屋を明けた。

6 被害者の部屋には一個の丸窓がある。その大きさは大の男が首と片手とを外に出し得る程度である（安原少年なら全身が出るかもしれぬ——要調査）。尚この窓の硝子は右手前に引くもので、事件当時、半開きだった。

7 屍体の足許に、約一尺の長さの銀のペイパー・ナイフが落ちていた。

8 室内は整然として、盗難のあとはない。

9 室内に、被害者以外の特に明かな指紋はない。ペイパー・ナイフの柄の部分は、紋様があって指紋検出は不能である。

10 屍体の発見は弓子未亡人、別府正夫（社長秘書）、安原清（同宿の中学生）の三名同時である。

11 建物の周囲にある足跡のうち、別府正夫の靴跡のみが特に顕著である。これは本人が当夜九時半ごろ見廻りせる時のものと言う。

12 庭の端れに焚火のあとがある。英字新聞の燃え残りとベンジンを検出。この附近にも足跡（調査中）が多い。

13 物置小舎の裏に梯子がある。梯子の高さは二階寝室に届く程度である。壁を伝って三階に登ることは不可能と思われる。

14 被害者の部屋の真上の屋根に、四角い煉瓦づくりの煙突がある。（煙突は一階食堂の煖炉のもの。二階寝室の壁、及び三階被害者の部屋の壁を突き抜けている。）但し煙突附近に、特に人の登った形跡はない。

「今のところ、こんなもんですが、」とがっかりした声で坂田刑事が言った。
「探偵小説によくある密室という奴かね」と長山主任が皮肉を言った。「まずそのドアだがドアの鍵は完全なのかね?」
「徹底的に調べました。しかしドアを蝶番いで外すとか、紐をどうかして鍵を外側から締めるとかいうわけには行かんのです。蝶番いも錠前も細工したあとはないし、鍵はだいいち被害者のポケットの中ですからね。」
「しかし合鍵があるんだろう?」
「それはそうです。おばあさんの簞笥の抽出にある。そのことは家の中の者は誰でも知っているんです。夫人だけじゃなく、中学生も知っていたけど、あんまり慌てたのでドアを明ける時には思い出せなかったと言っている。女中も勿論知ってます。しかし合鍵があったって、何しろ被害者の隣の部屋には中学生が見張っているし、二階の廊下には秘書の別府が陣取っています。だから被害者の部屋までこっそり行くわけにはいかんでしょう。ドアに細工をするとか何とかいうのでも、音がしたら忽ち聞きつけられますしね。」
「それはつまりその連中が犯人でないと仮定しての話さね。その点は後にしよう。ドアの方が駄目なら、問題は丸窓の方だが、そこからは、はいれないんだね?」
「そりゃ駄目です。ただこの硝子窓がぴったり締っていたのじゃないから、そこに細工の余地はあるわけですが。」
「一体何で絞殺されたんだ? 君の意見では、兇器はその赤い紐とは思えないというんだろ

「いや、もしそれが兇器なら、犯人が被害者の首を締めたあとから、手の方に持ち変えさせたので、死んだ男が自分の力で持ち変えることは不可能だと思うんです。だからひょっとしたら、この赤い紐によく似た、割と柔かいもので首を締められたかもしれません。つまり兇器が赤い紐なら、犯人がその部屋にいたことになるし、違うものを使ったのなら、それが消え失せたことになる、というので、どうも変な話ですな。」

「屍体を発見した連中のうちに、早いところ細工をした奴はいないのかな?」

「それは無理でしょう。何しろ三人一緒に部屋にはいってるんだから。どうにも分らない。」

「そう弱気を出すなよ。ペイパー・ナイフもあるんだろう? それが細工に使われてるんじゃないか?」

「これが銀で出来ていて、柄にはルビイか何かを填め込んである大した代物ですよ。これは明かに奥さんの持ち物なんです。被害者の手にしていた紐も、自分の腰紐かもしれないと言っています。ひどく正直なんですがね。」

「ふうん。しかしそのペイパー・ナイフで突き殺したわけじゃないのだからな。夫人は一体どう説明しているんだ?」

「ここに連中を訊問した要旨がありますから、抜き読みしてみましょうか。弓子夫人はこう言ってます。

——私は怖くてしかたがないので、主人に言われた通りに寝室のドアに鍵を掛けると、電燈

を点けたまま、ベッドの側の椅子に腰を下ろしていました。本でも読もうかと思いましたけど、とても字が眼にはいりません。そのうち、さらさらとかすかな音が聞えて来たのでぞっとしました。何だか蛇でも這っているような。よっぽど怖かったので、お母さまのとこへ逃げ出そうかと思ったのですけど、そのうち聞えなくなりました。──窓を見ましたか？──いいえ。でも留金が懸っていました。それからだいぶして、やっと気がしずまった頃、今度は清さんの呼ぶ声が聞えたので、急いで鍵を明けて三階へ昇りました。別府さんと清さんとが主人の部屋の前で……。──そこは宜しい。ペイパー・ナイフにはその時すぐ気がつきましたか？──はい。──御主人のものですか？──いいえ、あの私が昔のお友達に頂いたもので、大事にしまってある筈なのに、おかしいなと思いました。──それからどうしました？──どなたですか、お友達というのは？──本山さんという方です。──それからどうしました？──怖いのでお母さまのお部屋に置かせて頂きました。お母さまのベッドに寝てもいいと言われたのですけれど、とても眠る気にならず、お母さまが靴下を編んでいらっしゃるのを見ながら、お話をしておりました。……こんなものですが。」

「何だい、その蛇みたいな音というのは？ 夫人はだいぶ神経過敏だな。その本山というのは分っているのかね？」

「本山太郎、英字新聞の記者です。小島刑事が当ってみてますが、これが昨晩の正確なアリバイがないんです。八時頃自宅を出て、十二時すぎに帰っている。新宿で映画を見て、あとはぶらぶらしていたというだけなんですがね。」

37 完全犯罪

「ふん。時に他の連中は何と言ってるんだ?」
「秘書の別府正夫ですが。
 ――僕は最初から大して本気で心配していたわけじゃありません。庭を見廻っても異常がないし、第一今どき、英語の脅迫状なんて滑稽ですよ。社長が少し被害妄想にかかっているんだと思ってました。しかし来てみたら奥さんがあんまり心配そうなんでね。え、梯子? 物置小舎の? 気がつきません。物置の戸が締っているのを確かめただけで、裏までは廻らなかった。客間へ行ってからはくそ真面目に廊下を睨んでました。つまらん役目を引受けたと思って、憂鬱でした。すると急に清君の声が聞えたものだから……」
「あとはいいだろう、」と主任が顔を起した。「その男は会社の方でもしたたか者らしいな。洗ってみたまえ。それから?」
「中学生のは簡単です。これは階段の降り口を見張っていました。誰も昇って来なかったことは確かです。」
「待て待て。その中学生は窓から焚火を見たんだったね。その間のことは分らんぞ。」
「そうでした。そこにちょっと隙がある。しかし被害者の部屋は鍵がかかっていたんだから。」
「ドアの方はいい。しかし屋根の煙突というものがある。それが被害者の部屋の丸窓の真上にあるのなら、そこから細工をしたことも一応は考えられるさ。君は兇器が赤い紐でないとすれば、そいつが消えてなくなっていると言ったけど、その煙突から投げ込んだのじゃないかね?」
「煙突の下は食堂の煖炉だったね?」

「その点はよく調べてみます。」
「他の連中は？　どうせ大した証言はないんだろう？」
「簡単明瞭です。梅子未亡人はですね、ずっと自分の部屋で編物をしていた。中学生が鍵を取りに来たから、自分もそのあと二階まで階段を昇ったが、足が痛むのでまた元へ戻った、とこう言うんです。そのあとはずっと弓子夫人と一緒です。声はよく聞き取れなかった。中学生の叫んだ声はよく聞き取れなかった。」
「さっきの夫人の証言にあった、蛇の這うような音は？」
「聞いた覚えがないと言っています。確かに耳は遠いんでしょうな。しかし気の強そうなおばあさんなんですよ。」
「なるほど。不思議なことに、誰一人あまり悲しんでいるようには見えんね。動機の点をよく調べたまえ。内部はそれだけかい？」
「女中がいますが、これは眠っていて何も知らない。我々が行ってやっと目が覚めたくらいです。」
「そこのところだがね。三階で事件が発見された、そのあと連中はどうしてるんだ？」
「弓子夫人はおばあさんの部屋へ行ったし、秘書と中学生とは、ドアに鍵を掛けて、下の食堂で警察の来るのを待っていたと言ってます。電話を掛けたのは秘書です。従って主任さんのお考えになっているような、一人っきり被害者の側に残った人間はいないんですよ。」
「先廻りされたね。そこで今度は外部だが、その脅迫状は調べたね？」

「これが英語なんです。そこがまたうまく出来ていて、多分英字新聞の単語を切り抜いて貼りつけたもんです。やさしい、ありふれた字ばかり選んである。これが日本の新聞を切り抜んじゃ手間が大変でしょう。封筒も便箋もざらにある奴で、上書の方も下手くそな、わざとらしい字で、どの手紙も同じ筆跡です。ところで書きが二行、宛名は雁金様、消印は東京市内の新宿とか新橋とか……」
「待った、雁金様というだけだね？　それじゃ主人宛のものかどうか分らんじゃないか？」
「と言っても、他に狙われるような後ろ暗いのはいませんしね。」
「さっきの、アリバイの怪しい本山というのは、確か英字新聞の記者だったな？」
「そうです。手紙だけじゃなく、焚火の材料にも英字新聞が使ってあります。しかしそれで本山がくさいということにはならんのです。被害者は貿易会社の社長で、そこには勿論、英字新聞があるし、秘書の別府も英語はぺらぺらだ。それに此所の家の方でも英字新聞をおばあさんや中学生も毎日見ているんですからね。」
「外人関係の方もよく調べ給え。脅迫状をわざわざ英文にするというのは、単に筆跡を隠すといいうだけのことなのかね。上書の方はどうしても日本語なんだから、ちょっと矛盾しているような気がするな。その点、雁金玄吉という被害者の行状を船員時代からよく洗ってみるさ。何か出て来るかもしれない。これはなかなか面倒な事件だぞ」
　そう言って長山主任は、刑事をけしかけるように皮肉な笑いを見せた。

2の5　本山太郎の告白

調査が進むにつれて、坂田刑事のメモは更に詳しくなった。

16　雁金夫妻は結婚と同時に、相互を受取人にして生命保険にはいっている。

17　雁金玄吉の素行は悪い。前歴も不明の点が多い（尚調査中）。夫人に対して粗暴な振舞の多かったことは家人全部が認めている。

18　弓子夫人と本山太郎とは嘗て相当の恋仲であった。銀のペイパー・ナイフは当時の贈物である。

19　梅子未亡人は養子玄吉に対して好感を持っていなかった。未亡人の一人娘（被害者の前夫人）の死因さえ疑っている。（これは明かに心臓障害による病死。）

20　別府正夫（秘書）は社長の眼を掠めて会社の金を私〈わたくし〉している疑いがある。

21　安原清（中学生）は梅子未亡人が行く行くは養子にするつもりで田舎から引取ったものと思われる。安原は弓子夫人の境遇に同情している。

22　本山太郎が、恋人を奪った雁金玄吉を憎悪していたことは、多くの証人がある。

23　外人関係には未だたぐるべき線が出ない。

「まったく、動機のない人間はいないみたいだね」と言って、長山捜査主任が笑った。「笑っ

ちゃ済まないが、夫人も、恋人の本山も、おばあさんも、秘書も、それに中学生の安原まで、一応殺しをやるだけの動機はあるんだからな。そこでどうだった? 例の煙突は?」

「あれは主任さんの思い過しです」と坂田刑事も釣られて笑った。「あの晩は暖かだったので、食堂の煖炉で火は焚いていません。物を燃した形跡はどこにもありません。」

「駄目か。一体その煙突というのは、人は通れないかね?」

「無理ですな。煙突も丸窓も、中学生の安原でも無理なようです。これで私の方は行き詰りですよ。」

主任が皮肉の一つも言おうとした時に、外部関係を洗っていた小島刑事が、慌しく駆け込んで来た。

「主任さん、本山がとうとう白状する気になりました。此所へ連れて来ます。」

「白状するって?」と主任が叫んだ。

「多分間違いなしです。焚火のまわりの靴の足跡が奴のにぴったりだし、それにあの晩の十一時すぎに、電車の駅で顔を見られているんでさ、本山の仕業に間違いありません。」

坂田刑事が口惜しそうな顔をしている間に、やや顔色は悪いが元気な足取で本山太郎が連れて来られた。

「ひとつざっくばらんに頼むよ」と主任が愛想よく言った。

「全部言います。実は僕は、今まで弓子さんがやったのじゃないかと心配していたんです。しかしさっき刑事さんが洩らして下さったところじゃ、弓子さんに殺せる筈がないと分ったもの

だから、僕も安心しました。御存じでしょうが、僕は昔、あの人とずっと親しくしていたんです。ですからあの人の結婚はひどい傷手でした。憎いことは憎いけれど、どうしても諦め切れない、自分でも頭がどうかしたんじゃないかと思った位です。すると例の十三日の夕方、久しぶりに、というよりあの人が結婚してから初めて、弓子さんから速達が来たんです。」

「何だって？」と小島刑事が訊いた。

「待って下さい。大体こういう文面でした。――それを持っているのか？」

「も虐待されている。逃げることも出来ない。今日の日を覚えているのなら、今夜十一時に私のところに来て助けて頂戴。物置小舎の後ろに梯子があるから、窓から二階の寝室の窓を叩いて下さい。電燈が点いてます。主人は三階ですから見つかる恐れはありません。――大体、こういうんです。」

「その手紙は？」と刑事はもう手を差出して催促した。

「その手紙の追伸に、これは証拠になるから必ず焼き捨ててくれとあったので、その通りにしました。」

「畜生！」と刑事が叫んだ。

「筆跡はどうだった？」と坂田刑事が側から訊いた。

「弓子さんの手に間違いないと思いました。駅に着いたのが十時半ごろです。それで、色々迷ったあげく、とうとう負けて出掛けて行きました。そっと門をはいって、その物置小舎の方へ行きかけると、庭の奥で火が燃えているんです。ぎょっとして側へ行きましたが、誰もいませ

ん。」
「本当に誰もいなかった?」
「いません。その焚火のほかは真暗です。二階の寝室らしい部屋に、カーテン越しに灯が見えるだけで、他はしんとして寝静まっています。」
「それでどうした?」とせっかちに小島刑事が訊いた。
「急に罠じゃないかという気がして来たんです。あの手紙、本当に弓子さんが書いたんだろうか。少し非常識じゃないかしらん。雁金というのは嫉妬深い人だと聞いていたから、僕をいっぱい食わせるつもりじゃないかしらん。そう考えているうち、急に危険が迫っているような気がしたので、後戻りすることにしました。」
「後戻り? 本当に帰ったのか?」
「帰りました。焚火から先へは一歩も行きません。」

小島刑事は唸った。そこで主任が一つ質問した。
「三月十三日、僕が昔、弓子さんと愛を誓った日です。」と本山は昂然とうそぶいた。
「さっきの手紙の中の、今日の日を覚えているならというのは?」
「それが心理的に君を惹き寄せるだけの効果があったわけだな。それを知っているのは誰だろう?」
「弓子さんの他にですか? さてね、雁金が知っていたかどうか? しかしあれは悪魔みたいな男だから……。」

44

2の6　悪魔の計画

本山太郎の告白は、しかし事件を少しも好転させなかった。弓子夫人は速達を出した覚えもないし、況や事件の晩、窓ごしに本山と会ったこともないと固く言い張った。小島刑事は何とか反証をあげてみせると息まいたが、果して本山が梯子を掛け、寝室の窓で二人が会ったとしたところで、三階の雁金氏を殺す方法は見当もつかなかった。

「問題は兇器だな」と長山捜査主任が言った。「もし犯人が部屋へ侵入して、例の赤い紐でやったのでないとすれば、兇器は何か？　それは何処に消えたか？　もし犯人が内部だとすると、殺人の方法は？……そこだ。もう一度雁金邸を徹底的に捜索したまえ。もし犯人が内部だとすると、兇器はまだどこへも持ち出されていない筈だ。」

「兇器といったって、紐が一本ありゃいいんですからね。」と情なさそうに坂田刑事がぼやいた。

「そうさ。しかしそれは殺人の方法と密接に結びついている筈だ。さあ眼を光らせろ。」

こうして主任が自ら陣頭に立って、雁金邸のありとあらゆる場所、家人の持物の全部が、もう一度調べ上げられた。そしてその結果、実に意外なものが現れ、それが事件を完全に迷宮に導いてしまった。

即ち、雁金玄吉氏の三階の船室(ケビン)に、巧みにしつらえられた秘密の隠し戸棚があり、そこから、一枚の便箋に書き込まれた次のようなメモが発見された。

計画は完全に進行しつつある。

三月十三日。この日附を知っているのは弓子ひとりの筈だ。英文の脅迫状が実は弓子を狙っていることは、事件まで誰も知らぬ。（従って弓子を脅迫しているのはMということになる。）

前日に最後の脅迫状を出しておく。

それを見て、昼前に出掛ける。Mに速達を出す。Bを家に連れて帰る。

弓子は寝室、Bはその向いの部屋、清は私の隣室で階段を見張る。

十一時にMが寝室の窓に来る。弓子が驚く。彼女は何も知らぬ。急いで帰させる。（どんなに声を低めても、後でBが誰かいたと証言するだろう。）

丸窓を開き（その真下が、寝室の窓になる）Mのいないのを見澄ましてかねての紐を垂らす。紐は弓子のもの、結び目をつくり、輪になった部分に、横に弓子のペイパー・ナイフを渡す。そうすると丸い輪が出来る。

紐を垂らし、ナイフの部分で寝室の硝子戸を叩く。弓子はMがまた戻って来たのかと思い、窓を開く。紐を持ち上げる。上を見る筈はない。首を出してMを探す。紐を下げ、首に懸け、締める。充分に締めたところで手を放す。弓子は、寝室の中に倒れ、ナイフはその足許か、或いは地面に落ちる。

誰が犯人か？　Mだ。ペイパー・ナイフはMが弓子にやった記念品だし、弓子の首には自分の腰紐が巻きついている。（脅迫状がそれを証明する。弓子の速達はMの偽筆ということになる。しかし彼は多分焼いてしまうだろう。）

動機。心変りに対する嫉妬。

これは完全犯罪だ。

2の7　幾つかの疑問

「分ったようで全然分らなくなりましたね」と坂田刑事が主任に言った。

「そうさ。被害者が加害者で、筋書通りに行っていたとしても、やっぱり我々は困っているだろうな。しかし、この方がもっと難解だ。本山の謂わゆる悪魔が、見事に裏を掻かれているんだからな。」

「しかしこのメモで、殺人方法のヒントだけは分りましたね。」

「何だ？　説明し給え。」

「つまりやっぱり丸窓ですよ。首を出したところを引張る。犯人が部屋へはいれないのなら、それ以外にはない筈だ。ですから屋根の上から、煙突に身体を支えてやったものでしょう。」

「支えるというが、自分の身体を煙突にくくりつけでもしなければ、危くて出来ないぜ。それ

でそのくくりつけた代物とか、首を締めた兇器とかは何処へ行ったね？　このメモのペイパー・ナイフはうまく考えてある、これがなければ輪にはならん。そういった道具も何処へ消えたんだね？」

「そう苛（いじ）めないで下さいよ。」

「屋根に登ることが出来るのは、中学生か秘書かのどっちかだな。中学生が焚火に気を取られた、椅子を動かす音がした、その間に秘書が屋根に登る。中学生がわめいたら、階段の下からでなく上から降りて来るか。もし中学生がやったのなら簡単だ。煙突まで行くのはね。しかし兇器がない。それに焚火という奴がある。あれはどう説明するんだい？」

「ゆるゆる考えます」と刑事は頭を掻いてあやまった。

「この事件はどうも、このままになるような予感がするよ。」

捜査主任は、いたわるように部下を見詰めて言った。

やがて本山太郎は釈放され、事件は主任の予言通り迷宮にはいった。その年の冬、戦争が始まり、捜査もいつか打切られた。翌々年の春、弓子未亡人は情報局に転職した本山太郎と結婚した。別府正夫は応召になり、フィリッピンで戦死した。安原清が高等学校の寮へはいった年に、おばあさんは、清の故郷に疎開し、そこで終戦後に死んだ。留守番の手に託されていた雁金邸は、空襲にあって、完全に焼失した。

こうして古い事件は、謎のままに残された。

3の1　船長の推理

「描写はだいぶ不足ですが、データだけは全部出してあります、」と朗読を終って、船医が三人の方に顔を起して言った。「もっとも僕には犯人が分らないので、——多少見当をつけていることはあるんですが——その点、大事なことを見落しているかもれません。しかし僕はこの坂田刑事という人と後で識合になったものだから、知らないことまで色々教えてもらったんですよ。」

船医が気楽に喋っている間、聞き手の三人の方は相変らず同じポーズを続けていた。船長は葉巻をくゆらせながら、ソファにふんぞり返っている、事務長は両手で頭を抱えて俯いている、そして古典学者は、シガレットの火先が指を焦しそうなのにも気がつかずに、眼を閉じたなり身動きもしなかった。

「さあ、御意見を聞かせて下さい、」と船医が言った。

最初に声を発したのは船長だった。

「私の考えでは、その犯人というのは、」と言って葉巻の灰を落した。

「思わせぶりですね、」と船医が笑った。

「……あなたですよ。つまりその中学生だ。」

「おどかさないで下さい。」

「まあ聞きなさい。あなたは家の中の人間だから、おばあさんのところに合鍵があるのを知っていた。それを夕方までにこっそり抜き取っておいた。」

「それで雁金氏のドアをこっそり明けて、部屋の中に忍び込むというんですか？」

「いや、私の推理はしかく簡単じゃない。あなたは鍵は使わん。戸を叩いて、おかしなことがあるとか何とか言えば、相手は中学生だ、雁金氏だって安心してあなたを招じ入れる。そこであなたは、庭で焚火が見える、怪しい奴が庭をうろうろしてる、とでも言うんだな。雁金氏は丸窓から表を眺めるでしょう。その油断を見澄まして、あなたは後ろから、その平べったい板切という奴でぶん殴るんです。」

「何ですか、その板切ってのは？」

「そこだ、あとで調べても分らないもの、——私の考えでは机の抽出だと思う。」

「奇抜ですね。」と船医がひやかした。

「笑いごとではないよ、君。机の抽出というのは、裏返しにすれば立派な厚い板切だ。机のあるところには必ず一緒にあるものだ。あなたは手早くそれを抜き取って、えいと一撃する。倒れたところで赤い紐で首を締め直す。それを今度は右手に持ち変えさせる。抽出をもとへ戻す。ね、こうしておけば、一体何で殺されたんだかちょっと見当もつかんだろう。頭の傷は決して致命傷じゃないんだからな。それからあなたは廊下に出て、かねての合鍵でドアを締める。大声で喚ぶ。下の連中が来てもドアが開かない。そこで本当はドアをぶち壊すところだが、たま

たま夫人が合鍵のことを思い出した。あなたはおばあさんのところに合鍵を取りに行って、隠し持った鍵を前からそこにあったように取り繕って、また三階へ戻って来る、とこうです。うまくごまかしましたな?」

船長は快心の笑を浮べてふんぞりかえった。

「なるほど、僕が犯人ですか?」と船医が情なさそうに言った。

事務長と古典学者とが同時に首を起した。

「それは甘い、」と事務長が叫んだ。「伊丹さんは待って下さい。これは私が反駁します。船長はその焚火というのをどう説明するんです? 焚火があればこそ、雁金氏が窓から覗くんでしょう? しかるに二階に秘書が見張っている限り、三階から階段を下りて行くことは不可能なんですからね。」

「焚火はこれは別ですよ」と船長は平然と答えた。「これは例の本山という男が、夫人からの速達に釣られてやって来た。しかし庭まで来てみると、梯子を掛けて寝室へ行くというのは穏かじゃない。そこで庭で火を焚いて、夫人の方を庭へ呼び出そうと考えたんですな。つまり偶然の暗合ですよ。」

「なるほどね。こじつけますね。しかしそんなに沢山の新聞紙をどうして用意して来たんです? ベンジンも検出されているんですよ。それは船長、決して偶然の暗合じゃない。どうです、伊丹さん?」

「焚火には意味があります、」と古典学者は簡潔に答えた。

「それに今の殺しかたは、どうみても中学二年生には無理ですよ」と事務長が気負い立った。
「雁金氏というのは、もとは船乗、つまり我々みたいな頑丈な人間ですからね。油断を見澄ましてぶん殴ったって、そううまく気絶してくれる筈がありません。この頭の傷というのは、明かに首を締められた後から、床の上にひっくり返った時に出来た傷でしょう。殴ってから締めたんじゃなく、締めた方が先です。まずこれであなたの嫌疑は晴れましたね」と船医に向って頷いた。

船医はやれやれという顔をし、「それじゃ事務長さんの考えを聞きましょう」と言った。

3の2　事務長の推理

「これは首を締めるという点でも、ぶん殴ると同じで、とても女子供に出来ることじゃありませんよ。大の男を締め殺すには大した力が要るんですからな、──もっとも私にも経験はないが」と事務長は註釈を入れた。「従って中学生も、夫人も、おばあさんも駄目、残る二人のうち、本山というのは被害者に近づく方法がないんだから、残るところは秘書の別府です。これが犯人。」

船長が口惜しそうな顔を起して、口を入れそうになったので、事務長は早口にあとを続けた。
「焚火が出来るのはこの男だけです。二階にいて、夫人の寝室はしまっているし、一階のおば

あさんは耳が遠い。その前に地の利も見ているんだし、足跡の言訳(いいわけ)も立つ。しかしその目的は、中学生が焚火に気を取られて、階段の監視がお留守になることです。その隙に素早く屋根の上に登る。そこで、かねて用意したロオプを煙突と自分の身体とに絡ませて、三階の問題の窓のすぐ上のところまで下りて来る。」

「ちょっと待ちなさい、」と船長がたまりかねて口を入れた。「そのロオプというのは何処から出て来たね？」

「そこですがね、」と事務長は得意然と説明を続けた。「私はこの別府という男は、柔道二段だから恐らくスポーツマンで、登山の方にも経験があったにちがいないと考えます。登山家なら、長いロオプを巧みに小さく束ねて、鞄の中に入れることも出来る。秘書だから鞄を持って歩いても不思議はないんでね、きっとその日も鞄を持って来ていたんでしょう。」

「しかし警察は、当然その中身を調べた筈だが」と船長が言った。

「そこにはもっと妙案があるんですよ。ところでさっきの続きで、三階の窓の上にぶら下っていて、雁金氏が丸窓から首を出すのを待っている。首を出すと、そのロオプのあまりでえいと首を締める。それからロック・クライミングの要領で煙突まで登って行く。そこでロオプを外すと、──ここんとこがみそですが、ワイシャツとズボンの下の、お腹の上にそのロオプをぐるぐると巻きつけたんです。かくて兇器は誰の眼にも見えなくなる。そこで中学生が、おっと失礼、つまりあなたですな、階段を駆け昇ったという顔で、梯子のところから飛び出せばいい。こういう次第ですがね。」

「僕は、別府さんが登山家だったかどうかは知りませんねえ、」と船医が言った。
「そんなに手早く、ロオプを腹に巻きつけられるもんかね?」と船長が疑い深い表情で言った。
「伊丹さん、如何です?」と事務長がやや心配そうに尋ねた。
「少し無理でしょうね」と古典学者が答えた。「焚火で少年が窓の外に気を取られた、それは偶然ですからね、しかし仮にそこがうまく行ったとしても、秘書が煙突からぶら下っていた時にも、少年の方はまだ窓の外に気を取られているかもしれません。少年は窓から首を出さなかったようだが、もし注意深くさえあれば大の男が壁にぶら下ってすぐ隣の窓で雁金氏の首を締めているのに気がついたかもしれない。とすれば、この冒険は少々危険が大きすぎると思いませんか?」
「それは、しかし人一人殺そうと思うぐらいなら。」
「自分も死刑になってもいいんですか? いや、少くともロオプを用意して来るぐらいなら、もっと慎重であるべきでしょう。」
「僕は焚火のほかには何も気がつきませんでした、」と船医が言った。
「私は、あらゆる犯人は危険を冒すものだと考えますがね、」と事務長が諦め切れないように言った。
「実は僕にもちょっと考えがあるんです」と船医が伊丹氏に話し掛けた。「もっとも僕のも、だいぶ冒険を必要とするんですが。」
「じゃ、それを聞きましょう、」と古典学者が言った。

54

3の3　船医の推理

「僕はおばさんが、つまり弓子夫人が、かねてから危険に勘づいていたんじゃないかと思います。雁金様という宛名の脅迫状、中身は英語ですが、実に曖昧な文句なんですね。ひょっとしたら自分が狙われているんじゃないかと思ったでしょう。とすると、誰が自分を狙うのか、本山氏か主人のどっちかです。ところが本山という人はそんなことをする人じゃない、一方の雁金氏というのは怖い人物だ、結婚しても本心が分らない。思い悩んでびくびくしているうち、最後の三月十三日の脅迫状で、完全に自分の主人が、どういう方法でだかは分らないけれど、自分を殺そうとしていることに気がついたと思うんです。」
「なるほど、それは可能なことでしょうね」と伊丹氏。
「そこで弓子夫人は、本山氏に速達を出した。それはきっとひどく切実な、必死の呼び掛けだったでしょう。従って、本山氏のところに、本当の弓子夫人の手紙と、偽筆の雁金氏の手紙と、二通行ったと思うんです。両方読めば、本山氏だってこれは一大事だと思うに違いない。そこで、偽筆の手紙の十一時というのより、ずっと早く、恐らく秘書が庭を見廻った直後に、夫人の寝室に梯子を掛けて登ったものと思います。これは本山氏のアリバイがはっきりしていない点からも説明がつくんです。八時に自宅を出て、十時半ごろ、つまり映画がはねてから雁金邸

55　完全犯罪

に行ったと証言しているけど、この映画を見ている時間というのはおかしい。その時はもう雁金邸に行っていたんだと考えます。」
「アリバイを気にするとは、だいぶ探偵小説の専門家ですね」と伊丹氏が笑った。「で、才子佳人はどうしました？」
「そこなんですがね。まず本山氏が、登って来た梯子を宙に持ち上げる。夫人は腰紐を使って、その梯子を窓にくくりつける。これは大事業だし、つまり大冒険なんですが、この時はまだ焚火はしてないんですから、僕の気のつく筈はない。何しろ表は真暗なんです。そうやって二階から梯子を掛ければ、三階の丸窓の下まで行く。本山氏が手に紐を持ってそこを登る。雁金氏が窓から首を出したところで、手にした紐で首を締める。この紐というのは、雁金氏の右手にあったのとは別のものです。雁金氏は丸窓に首を括れたまま絶命する。そこで本山氏は、その紐を相手の首に巻きつけたまま梯子を下りて来る。二人がかりで梯子を窓から解き地面まで下す。そこで本山氏は、梯子をまた物置小舎の裏へ戻しておきます。」
「焚火は？」と船長が訊いた。
「それには大いに意味があるんです。弓子夫人の手紙と雁金氏の偽筆の手紙、これを焼くんですよ。もっとも偽筆の方は焼かなくてもいいわけだが、慌てたんでしょうね。古新聞と一緒に火をつける。それから本山氏は逃げ出す。そこで僕が焚火に気がつくわけですが、とにかく暫くして、雁金氏の首に巻きついている紐の端を、弓子夫人がぐいと引張る。雁金氏の身体は遠くへ行ってから、その勢いで床の上に倒れ、夫人は紐を引いて、それを手繰り寄せる。

僕が物音を聞いて隣の部屋に駆けつける、――しかしその時には、雁金氏の首には兇器は見当らないなんです。」
「考えましたな、」と船長が言った。「つまり共犯ですな。」
「もっともこれは、今度思いついたんですよ。昔からこういう疑いを持っていたわけじゃない。」
「その焚火は弱いと思うな、」と事務長が批判した。「手紙を犯行の直後に庭で焼くというのは、さして必要がないでしょう？」
「しかし持ったままで摑まったら、忽ち一大事でしょう。」弓子夫人まで罪におとすんだから。」
「梯子がうまく二階から三階に掛けられますかなあ」と船長が言った。「伊丹さんはどうお考えです？」
「そうですね、ロック・クライミングも梯子も、やってやれないことはないでしょうが、その場合、雁金氏が窓からうまく首を出すと、どうして保証されているんですか？」
「それは、」と船医が答えた。「雁金氏は弓子夫人の動静を狙っているのだから、当然、首を出して様子を見るでしょう。」
「しかし雁金氏が窓から夫人を狙うとどうして分ります？」
「それは例の殺人計画が、……」
「しかし夫人はそれを知らないんでしょう？ そこが問題ですよ。夫人は怖がっている、それは宜しい、しかしどういう方法で殺されるのかは知らない。知ってれば簡単なんです。上から

紐が垂れた時に、人殺しと怒鳴ればいい、それも予めかじ秘書にでも頼んで証人になってもらえばいい。いっそ警察に密告して張り込んでもらってもいいでしょう。確かなことは、夫人は自分の殺される方法を知らなかった。従って雁金氏が確実に、ちょうどうまい時機に、窓から首を出すかどうかも知らなかった。だから上からでも下からでも、とにかく三階の窓に近づくことは犯人にとって危険この上もないんですよ。」

「さあ分りませんな」と事務長が陽気に叫んだ。「そろそろ真打の意見を聞きたいものですね。名探偵伊丹英典先生によれば、犯人は誰ですか？」

そこで一座の視線は、古典学者の上に集注した。

3の4　伊丹英典氏の推理

伊丹氏は、眼鏡の奥で眼玉を剥き、おもむろに、という言葉がこの場合にいかにもふさわしいように、口を開いた。

「データは満足すべきものです。特に雁金氏の殺人計画のメモまである上はね。従って犯人も明瞭。つまり他の人が犯人ということはあり得ません。」

「じゃ犯人は一人ですね？」と船医が若々しい声を挟んだ。

「さっき事務長さんが、大の男を殺すのは女子供では出来ない、また外部からは近づけない、

58

従って秘書であると結論されましたね。この消去法は、肉体的な力を基準にしての判断ですが、これはポイントを間違えている。消去法はいいんですが、大事なポイントがね。」

「何です、それは？」と事務長が食ってかかった。

「合鍵と、焚火と、殺人メモです。但し合鍵の方は、隠し戸棚やメモとも関係があるから、焚火とメモ、この二つがポイントだと言えるでしょう。まず焚火ですが、その正確な意味をあなたがたは考えていない。しかしまず、消去法で行けば、焚火のために庭へ出ることの不可能なのは、まず弓子夫人、これは廊下を見張っていた。次に中学生、これも同じ理由、この二人です。但しこの二人も、弓子夫人は窓から、中学生は屋根の上から、紐を垂らして伝って下りれば不可能ではない。が、それほどの必要がこの二人にあるとは思えない。何しろまた元まで攀じ上るのは、大変な労力ですからね。従って残る三人は、本山と、秘書と、おばあさんですね。おばあさんはリュウマチで、歩くのは不自由だろうけれど、歩けないとは言われていないのだから、これまた怪しいわけです。次は雁金氏のメモです。大事なことは、この事件は本来は弓子夫人が被害者たるべき筈だったのが、そうじゃなくなった点、つまり犯人は、雁金氏の計画を知っていた、そのメモを読んでいた、という点です。なぜかと言えば、その晩の配置、秘書は二階とか夫人は寝室とかを決めたのは、当の雁金氏で、それもやっと九時頃でしょう。もし秘書と中学生とは食堂で見張ってくれと言われたのなら、この二人には何も出来ない。船長さんの推理も事務長さんの推理も、二人が別々にいればこそ可能なのだが、別々だというのは、九時までは分らなかった筈です。大体その雁金氏が三階の船室に行ったのだって、

ひょっとしたら二階の寝室で奥さんと一緒にいるかもしれないんです。ところが実際は、雁金氏は、自分の考えた通りに皆を配置した。それを夜の九時前に確実に知っていた人物だが、雁金氏を殺す計画を立てることが出来た。そこで合鍵が問題になるんです。この合鍵の存在は外部の人間には分らない、知っているのは弓子夫人、おばあさん、中学生の三人です。焚火の三人と合鍵の三人とに共通の人物は――」

「おばあさん！」と船医が叫んだ。

「そこがくさいと思った、」と船長と事務長とが殆ど同時に叫んだ。

「くさいだけじゃ駄目ですよ、」と言って、微笑しながら伊丹氏は煙草（タバコ）を吐き出した。

「そこでこの三人は、雁金氏の留守中に、合鍵を使って、雁金氏の船室にはいり込むことが出来た。しかし肝心のメモは隠し戸棚の中にあったんですね。最初、警察で調べたのに容易に気のつかなかった場所です。そんなものがあることを知っていたのは、恐らくはこの建物の設計者だけでしょう。でなければ設計者と最も親しかった人、つまりおばあさんですね。」

「雁金氏はその場所が危険だとは考えなかったのだろうか？」と船長が訊いた。

「雁金氏は自分で秘密を発見したので、頭の悪い連中には、分らないと高をくくったんでしょうね。それにおばあさんの存在は、盲点だったでしょう。犯罪者の持つ虚栄心とか、自負心とかいうものも働いているだろうし。ところで一歩をしりぞいて、合鍵を使い得る人物は、誰でもこのメモを見つけ出すことが出来たと仮定します。しかし、もし中学生が発見したとすれば、どうでしょう。恐らくは弓子夫人と相談するでしょう。この中学生は夫人が好きだったらしい

から、」と伊丹氏は船医を横眼で睨みながら、「しかしどんなに義俠心があっても、雁金氏を殺すほどの計画を自分だけで立てるとは思われない。次にもし弓子夫人がメモを見たとすれば、さっきも言ったように、夫の殺人未遂の現場を摑まえることが出来るんだから、殺すほどの必要はない。心理的に言っても、おばあさんだけに動機があるんです。おばあさんは自分の一人娘が養子に殺されたと妄信している。弓子夫人を愛しているし、夫人と本山氏との昔の恋愛に対しても同情を持っている。恐らくはこの二人に済まないことをしたという気があって、ここで二人の代りに養子を殺すのが正当防衛だと考えたんじゃないんですか。誰にも相談する必要がないのは、このおばあさんだけです。」

「僕にはどうも信じられない」と船医が言った。「どういう方法を使ったんです？」

「英文の脅迫状というのが事の初めですね。おばあさんはそれを馬鹿にしていた。ところが三月十三日の脅迫状で、何かあると勘づいたんでしょう。雁金氏の態度に納得の行かぬものがある。そこで雁金氏がその日の昼間外出した留守に、合鍵を持って養子の部屋へ行く。メモを見つけ出す。意外なことに驚いて、そこで計画を立てたわけです。え、一体何をしたと思いますか？」

「分りませんね、」と船医はあやまった。

「おばあさんは、しょっちゅう編物をしていたんですね。それから船室の丸窓というのは、鉄の窓枠が壁の外側にも内側にも、五分ぐらいはみ出しているんでしたね。その外側のはみ出た部分に、毛糸を一回り巻きつけ、あまりを重しをつけて下に垂らしたんですよ。それ位なら、

61 完全犯罪

外から壁を見ても気がつかれないでしょう。で、部屋へ戻って、上から垂れた二本の毛糸を部屋の窓にくくりつけた。おばあさんの部屋は食堂の隣だから、毛糸は斜になっているわけです。それから夕食までに、毛糸を一心に編んで、太さが二分ぐらいとか、五分ぐらいとかの幅のある紐をつくります。そうして夜になる。皆が部屋へ引き取ったのは十時頃ですか。おばあさんは、窓にくくってある毛糸の端に、まず二分ぐらいの毛糸の編紐、それから五分ぐらいの編紐、というふうに順々にくくりつけながら、そろそろと手繰り寄せる。それが弓子夫人の聞いた蛇の這うような音です。よく脱獄の手段に、立派な殺人用の武器になっていますよ。最後には、五分の幅のある柔軟な編紐は、縄梯子などを手繰り寄せるやりかたですよ。というのが、雁金氏のメモによって「Mが寝室の窓に来るのが十一時」だと知っているのだから、それに先廻って、玄関から、秘書の靴をはいて庭へ出掛ける。そこで十時半すぎ、ベンジンを垂らして、火をつける。部屋へ戻って、電燈を消す。本山氏の証言の中に、二階の寝室以外は真暗だったとありますね。ところがおばあさんは、明るい部屋でずっと編物をしていた筈なんですよ。なぜこの時だけ電燈を消したか、——おばあさんは窓を明けて、こっそり三階を見ながら窓際にいたのだから、自分の影が庭にうつるのを心配したんです。来れば罠なのだが、それを本山氏にしらせる方法が他にない以上、これはうまい考えでしょう。火というものは誰でも怖いんだから。第二に雁金氏を不安にさせる。雁金氏は時計を見ながら、手には例のペイパー・ナイフを細工した赤い紐を持って、待っているわけです。しかし本山氏も来ないし、下の寝室の窓も開かない、

庭では火が燃えている。そこで窓から首を出して様子を確かめようとする。心理的に見て、完全に窓から首を出すでしょう。第三に、焚火の仄明りが、首を出したかどうかをおばあさんに見せるわけですね。そこでおばあさんは編紐を引くんですが、雁金氏が首を出したとき、窓枠に掛けた編紐がうまくすっぽり外れるとは限らない。三階と一階と、同じ平面上でただ編紐を引いたって、窓枠に掛けた編紐がうまくすっぽり外れるとは限らない。それでおばあさんは、まず一本の編紐を窓のところに固定させる、そしてもう一本の紐の方は、把手のついた水差の、その把手の部分に通して、やはり窓にくくっておく。水差でなくても、把手のあるちょっと重いものなら何でもいい、花瓶でもいいんです。それを手にして三階を見ている。雁金氏が完全に首を出した時に、その水差を、空に向けて――なるべく壁から離れるような方向に、えいと投げる、と同時に、その編紐を引張ります。そうするとこの編紐は、少しでも壁から庭の方向へ引張られさえすれば、窓枠から外れて、そこで雁金氏の首が見事にしまるわけです。ところで雁金氏は、様子を見るために首は外に出ていても、手の方は、例の赤い紐を持ったままで窓の内側にあるんだから、何とか首を戻して、手で編紐を掴み取ろうとするでしょう。従っておばあさんは編紐を一本だけしっかり握っていれば、紐はおばあさんの非力でも、被害者自身の力で締ることになりますね。やがておばあさんは手のところまで戻って来ている。そこで窓にくくってある編紐を二本ともほどき、水差を床に置き、片方の編紐を一心に手繰り寄せれば、雁金氏は船室(ケビン)の中にばったりと倒れる。編紐が全部手許に戻れば、おばあさんはそれを端からほぐして、たまにします。そうすれば、そいつは単なる、弱々しい毛糸にす

ぎなくて、兇暴な殺人道具とは誰にも思えないでしょう。で、おばあさんは弓子夫人を相手に、その晩じゅう、靴下を編んでいたという次第です。
　――以上が僕の推理ですが、このおばあさんのやりかたはフェアだと思いますね。人に罪を着せようとはしていない。問題の雁金氏の殺人メモ、機会はいくらでもあるのだから、これを消してさえおけばまったくの完全犯罪だったんです。しかしおばあさんはそうしなかった。それは犯罪者の虚栄心というより、本山氏を助けるためだったんでしょうね。本山氏にはアリバイがないし、偽の手紙も焼いてしまった、危険な情況です。しかし雁金氏の殺人計画が警察に分れば、本山氏が関係のないことは明かなんですからね。おばあさんは自分の危険を冒してまでも、本山氏と、その愛する弓子夫人とを一緒にしてやりたかったんでしょう。従ってこれは、尊敬するに足りる犯人だと僕は思うんですよ」
　そう言って伊丹英典氏は、茫然たる船医の表情を、同情深く見守った。

幽霊事件

1 雨の夜の訪問者

　文化大学古典文学科助教授の伊丹英典氏には、夕食後、寝ころがって探偵小説を読む癖があった。それも明日の講義準備が特別忙しくて、字引と取り組んで難しい調べ物をしなければならないような晩に限って、悠々と腕を枕に新刊の探偵本に読み耽るのだ。
「あなた、明日の学校の下調べは大丈夫なの？」と奥さんが訊いた。
「待て待て。いま犯人のめぼしがついたところだ。僕の見るところでは、……」
　その時、玄関に客の訪れる声がした。
「何だ、この雨の中を。今晩はひどく忙しいのに。」
　だいぶ不機嫌そうな顔つきになると、伊丹氏は読みかけの本に栞をはさみ、聴耳を立てた。
　玄関で奥さんの応対している声に、雨音が強く混った。十月の初めで、時雨にしては雨脚が強かった。
「あなた、助手の久木さんよ」と奥さんが戸を開いて言った。

「何の用だろう？」と呟きながら、伊丹氏は玄関まで出て来ると、「何をもじもじしているんだ？　早く上れよ」と声を掛けた。

古典文学研究室の久木助手は、狭い玄関に首だけ突っ込んで、

「先生、実は連れがあるんです」と言った。

「いいから早く上り給え。濡れただろう」

「それほどでもありません。君、遠慮しないことにしようや。」

そして助手のあとから、若い娘がおずおずとはいって来た。

机の前に若い二人を坐らせながら、伊丹氏は、こいつは僕の一番苦手の恋愛相談かな、と考えていた。若い娘は、見るからに蒼ざめた、血の気のない唇の色をしていた。膝の上に置いた両手が、ハンカチを握ったまま小刻みに顫えていた。

「この人は英文科の女子学生です。大山ひとみさん。」

「僕は識らないな」と伊丹氏は冷静に言った。

「あたし、英語がやっとなのです。とてもギリシャ語までは廻りませんので、先生のお講義には出ておりませんの。」

「この人はアルバイトが忙しいんです」と側から久木がいたわるように言った。

「ところで僕も忙しいんだよ」と伊丹氏はますます冷静な声を出した。「明日の講義のために、これからギリシャ詞華集を三頁ばかり読まなくちゃならないからね。一つ早いところ用件を聞かせてくれ給え。」

その時、お茶を持ってはいって来た奥さんが、「あら、あんなことを、」というふうに笑ったが、若い二人は顔を見合せて何か相談していたから、その含み笑いの持つ意味には気がつかなかった。

「あたしから言います。先生にお願いがあるんです。」と大山ひとみは眼を大きく見開いて伊丹氏を見詰めた。拳をつくって、ぎゅっと握りしめていた。

「初めのところからお話しすると、あたしの父は、大山康三といって、五年間刑務所に入れられてやっと出て来たばかりなのです。その事件というのは、人殺しなのです。それがとても不思議な事件でした。父は黒田土地という大きな土地ブローカーの業務主任をつとめていました。この会社の持主は、黒田作兵衛という人で、この人は実権は握っていながら、表面はあたしの父に任せきりだったらしいんです。あたしは、父が不正なことや冷酷なことをする人だとは夢にも考えませんけれど、大きな土地のことでごたごたが起って、相手の斎藤さんという、土地を取り上げられてしまった人が、物凄く怒ったらしいんです。父に言わせると、それは社長が直接取引したことで、父は何にも知らなかったんだそうです。

——六年前の或る晩、最後的な交渉を、青山にある黒田作兵衛の家で、弁護士と三人でやることになり、父はそこへ出掛けて行きました。こちら側がインチキなことは分っていたので、会社の事務所でやるのは具合が悪かったんでしょうね。ところが、肝心の社長はいず、弁護士も来ない。何でも黒田作兵衛は直に帰るから、二階の自分の書斎で待つようにと伝言して外出したらしいんです。しかし斎藤さんが早目に来てしまい、父が応対しているうちに、その斎藤

さんという人がかんかんに怒って、テーブルの上の硝子の灰皿を投げつけようとしたんですって。父が抱きとめようとするうちに、二人とも引っくり返って、斎藤さんが気絶したらしいんです。

——そこからがおかしいんです。父はさっそく二階から下に飛んで下り、女中に介抱に行くように命じ、自分は電話で医者を呼びました。顫えている女中を連れて、もう一度二階に戻ってみると、斎藤さんは硝子の灰皿で頭を砕かれて、死んでいるのです。完全に死んでいたそうです。」

「なるほど」と段々に引き入れられながら、伊丹氏が口を入れた。「誰かそこに隠れていたわけだな？」

「ところがどんなに探しても、誰もいなかったって言います。一番怪しいのは、当然その黒田作兵衛なんです。黒田なら動機もあるんです。ところがその黒田には、完全なアリバイがあったんです。どこかのバアでお酒を飲んでいて、黒田その人に間違いっこないっていう証人が沢山いるんです。バアの女給だけじゃなく、お客までいたんですから。」

「時間に引き留められたのは？」

「女給に引き留められていたそうです。腕時計が少しおくれていたっていうと、やはり約束の時間におくれて、会社のかかりつけの吉備という弁護士が来て、父が呆然として当防衛だから心配は要らないと慰めたそうですが、正当防衛どころか、父は全然無実なんです。それから直に医者が来る、警察が来る、黒田作兵衛が帰って来る。」

「なるほど、これはもう少しデータが揃えば、割と簡単な事件じゃないかな」と伊丹氏は、物を考える時の癖で、近視眼の眼鏡の底で、糸のように細く両眼を見開いた。

「先生、今晩お伺いしたのは、お得意の推理のためじゃないんですよ」と助手が言った。「それも何れはお願いしますが、大山さんの心配しているのは……」

「そうなんです、先生。あたしが心配しているのは、現在の父のことなんです。父は五年間も刑務所に行って、すっかり年を取って出て来ました。吉備弁護士が、結局はちっとも父のためになるような弁護をしてくれなかったんで、正当防衛にはならなかったんです。会社のやっていた不正行為も、みんな父のせいにされました。それで父は、黒田作兵衛と弁護士とを、とても怨んでいるんです。それが、あたし、母とあたしとの心配のたねなんです」

「それは怨むのが当然みたいだが。」

「今晩、父はその二人と、どこかで会う約束をしたんです。五年のかたをつけてやる、と父は言ってました。昨日今日、黙って考え込んでばかりいて、とても怖いんです。あたし、必死になって留めたんですが、夕方、振り切って出掛けました。あたし、きっと黒田の家へ行ったと思うんです。」

「そこでね、先生」と久木が引き取った。「これから黒田の家へ一緒に行ってほしいんですよ。」

「僕がかい？」と伊丹氏はびっくりして叫んだ。

「もしこの人のお父さんが黒田の家にいたら、お母さんが病気だとか何とか言って、連れ戻そ

71　幽霊事件

うというんです。いや、その辺は僕がやります。ただね、文化大学助教授と一緒に行けば、ほら権威があるでしょう？　僕だけじゃ玄関払いですよ。」
「君の護衛みたいなもんか。」と伊丹氏は笑った。
「あたし怖いんです」と思いあまった声で大山ひとみが呟いた。「あたし、父があの人たちに乱暴をするとは思いません。でも父は、まるで気が狂ったようなところもあるんです。それにあたし、あの黒田の家というのが無気味でしかたがないんです。あそこには罠があるような気がします。先生に、それを見抜いていただきたいんです。」
「今は八時五分か」と伊丹氏は言った。「僕は君、机の上の推理専門だからね。実戦の方は駄目だぜ。」
そう言って、伊丹英典氏は立ち上り、「仕度をして来る」と言い残して部屋を出た。
「先生はフェミニストだから、きっと引き受けるって言っただろう？」と助手が女子学生にささやいた。

伊丹氏と助手とが、一緒に行くと言ってきかない大山ひとみを自宅に帰して、青山のしんとした通りを車で来た時に、雨は一層烈しく降りしきっていた。助手は迷わずに、黒田作兵衛の邸の前で車をとめた。締め切った門の側のくぐり戸は、少し開いていた。二人は砂利を敷いた道を通って、洋風の玄関の前まで行った。そこには外燈が明るく点いていた。広い庭には樹木が重なり合い、邸の内も外も、何の気配もなく雨の中に静まり返っていた。
助手が呼鈴を押した。

雨の音に混って、遠くで呼鈴の鳴っているのが幽かに聞えた。

「これでその大山さんというのが来ていなければ、君、変なもんだよ、」と伊丹氏はあたりを見廻しながら言った。

助手はもう一度、ゆっくりと呼鈴を押したが、誰も現れて来なかった。

「変だな、」と助手は呟いた。彼は玄関の握りに手を掛けて押してみた。すると戸は自然に開いた。

「鍵が差し込んだままになってる。どうです、はいってみますか？」

「不法侵入か、」と伊丹氏は傘をたたみながら、臆病そうな声を出した。腕時計は八時四十五分を指していた。

2　表面の事実

ふさは黒田作兵衛の家に三年ごし勤めていて、主人の気質はよく心得ていた。もう四十を過ぎて、今迄に何軒もの家の女中をして来たから、家事を取りしきることに関しては老練そのものだったが、ここの家ほど何もかも任され切りのところは今迄になかった。主人の黒田は、毎月一定の額をふさに手渡し、それがどういうふうに使われようと、何一つ文句を言わなかった。広い邸の中に、主人とふさと、それにもう一人の若い女中がいるだけで、それも事件の起った

晩は、この若い女中が暫く前にやめて、まだ代りが来ていなかったから、唯の二人きりだった。ふさは早く代りの女中が来ればいいと考えていた。話相手もなく、怖くもあった。

主人の黒田はまったくの変人だった。年は五十に近く家の中の、二階の書斎に閉じこもったきりで客も少く、外出することも稀だった。大抵は家の中の、二階の書斎に閉じこもったきりで客も少く、外出することも稀だった。およそひっそりと、閉じ籠って暮していた。ふさには分らなかった。親戚などもあるのかどうかふさには分らなかった。この主人にはどこやら気味の悪いような勤めだったが、ふさにとっては随分と楽な勤めだったが、この主人にはどこやら気味の悪いようなところがあった。

その晩、下の食堂で、いつもの通り五時半ごろ夕食を済ませた黒田は、二階の書斎に帰って行ったが、ふさが自分も食事の仕度を終り、お勝手で洗い物をしているところに、廊下から声を掛けた。見れば主人は、外出の仕度をしてレインコートを着ていた。(二階の書斎に続いて寝室があり、そこに洋服簞笥があった。)

「私は用があって出掛ける。先に寝ていてもいいよ」と黒田は玄関の方に歩いて行きながら、言った。「それから、電話は二階の方に切換えてあるから、出なくてもいい。どうせこんな晩だ、どこからも掛って来はしないだろう。」

黒田はそれだけ言うと、追い掛けるように飛んで来て靴を出すふさに、構わなくてもいいと言うように手を振り、雨傘を受け取って出て行った。

ふさは気楽な気分になってお勝手に戻り、洗い物を済ませ、自分の部屋にしりぞいた。主人が夜になってぷいと出掛けることは、今迄にも度々あった。そういう時は、先に寝てもいいことになっていた。

74

ふさは自分の部屋の小型ラジオのスイッチを入れると、縫物を始めた。「話の泉」がちょうど終った時に、廊下にあるベルが鳴った。それは玄関と、二階の書斎との兼用になっていて、主人が呼ぶ時は、短く三度鳴る筈だった。今のは一度だけだったし、二階から呼ばれる筈はなかったから、ふさはすぐに玄関に出た。鍵を明けてみると、客は馴染の吉備弁護士だった。

「御主人はおいでかね？」

弁護士はぽとぽとと雫の垂れる雨傘を左手に持ち、早くもレインコートのボタンを外しながら訊いた。

「お留守なんですよ。六時すぎごろお出掛けになりました。」ふさは弁護士のツイードの洒落た合服を見ながら、答えた。

弁護士はレインコートを壁に掛け、靴を脱いでスリッパをはくと、ハンカチを取り出して濡れた禿頭を拭いた。赤い靴下をはいていた。

「それじゃもう帰って来るだろう。僕は勝手に上り込んで待つとしよう。あとでもう一人客があるから、僕のところに通しておくれ。」

吉備弁護士は、下の応接間の方に行かないで、階段を昇った。

「御主人の部屋で待つことにする。お茶は要らないよ。」

それだけ言うと、さっさと二階へ消えた。

主人のところを訪れる客は数えるほどだったから、ふさは吉備弁護士には度々顔を合せていた。年輩は主人と同じ位なのに、若づくりで、いつも派手なネクタイを締めていたが、でもあ

の禿頭ではぶち壊しだと考えて、不断からおかしかった。気も若くて、ふさにまでよく冗談を言ってからかった。

ふさは女中部屋に帰り、ラジオの続きを聞き始めたが、お茶を出したものかどうかと気を揉んだ。それから、もう一人客があると言われたのを思い出し、台所に立って行った。ガス台に薬罐を掛けて暫くすると、またベルが鳴った。

「どなたさまで？」と鍵を明けてふさは訊いた。

その見知らぬ客は痩せた、蒼白い顔をしていた。鋭い、突き刺すような眼でふさを見た。

「黒田さんはお出でですか？」と客は嗄れた声で訊いた。「大山です。約束した筈なのに、すっぽかして来ないんだから。」

ふさには何のことだか分らなかったが、弁護士の言ったのはこの人だろうと思った。

「主人はいま留守ですけど、弁護士さんがお待ちでございます。」

「なに、留守？」

客はちょっとどきっとしたようだったが、「吉備が来てる？」と訊き直して、直に足許の濡れた靴と、傘立の濡れた傘とを見た。そして自分の傘もそこへ放り込むと、もう靴を脱ぎ掛けた。レインコートは着たままだった。

「お二階の書斎でございます。」とふさは言った。

客はまた、ためらうようにふさの顔を見たが、思い切ったように、大急ぎで自分から階段を昇って行った。ふさはちょっとあっけに取られた。あのお客さんは、案内も待たずに、どうし

76

てこの家の様子をよく知っているのだろう、と考えた。

台所ではお湯が煮立っている筈だった。ふさは玄関に鍵を掛けると、台所の方を先にすることにした。紅茶の仕度をし、せっかく放送中の歌謡曲を、聞きそこなうのを残念に思いながら、仕度を終った。茶碗をお盆に載せ、廊下を階段の下まで来た。

その時、さっきの客が一目散に階段を駆け下りて来た。ふさはその客を狂人ではないかと疑った。ふさがそこに立っているのに、物も言わず、玄関まで一走りに走った。ふさはお盆を置きはき、傘を手に取ると、もう表へ飛び出していた。玄関の開いた戸の間から、小止みもなく降り続く雨が外燈にちらっと見えた。

ふさが立っていたのは、階段の横手の電話の前だった。そこの小机の上に、ふさはお盆を置いた。あたりはしんとして、二階からは何の物音も聞えて来なかった。弁護士さんはどうしたのだろう、とふさは考えた。次第に、わけの分らない恐怖が彼女を捉え始めた。足ががくがくした。それでも気を取り直して、手摺に摑まりながら、二階へと昇った。書斎のドアは開いていた。

ふさは恐る恐る中を覗いて、思わず壁に凭れかかった。さっきの吉備弁護士が、隣の寝室との間の開いたドアを足にし、部屋の中央を頭にして、長々と倒れていた。何よりも怖いのは、その禿げた頭が無慚に打ち割られていることだった。すぐ横に、かねて主人の机の上にあった鉄の大きな文鎮が、血まみれになって転っていた。

ふさは入口のドアに取り縋ったまま、気を喪いそうだった。書斎の中は電燈の光が無気味な

77　幽霊事件

ほど明るく、隣の寝室に通じる開いたドアの間から、暗闇がぽっかり覗いていた。誰かがそこに隠れていて、ふさにも一撃を喰わせそうな気がした。

その時、下のベルが鳴った。それは長く尾を引いた。

ふさは、御主人のお帰りだと思った。それに一度しか鳴らない。誰だろう？ しかし誰でもよかった。とにかく誰か来てくれれば、少しは顫えもとまるだろう。

だから、黙ってはいって来る筈だ。しかしよく考えてみると、主人なら鍵を持っているのだから。

ふさはゆっくりと手摺に摑まって階段を下りた。玄関を明けたが、そこには誰もいなかった。暗い庭の迷いだったのかしら、とふさは思った。玄関の横の電話のところまで行った。何番なのだろう？ とにかく、早く、誰かに来てもらわなくては。

気のせいだったのかしら雨がどしゃ降りに降っていた。とにかく警察に電話を掛けなければ。ふさは階段の横の電話のところまで行った。何番なのだろう？ とにかく、早く、誰かに来てもらわなくては。

その時、全身凍りつくような恐ろしい事が起った。玄関から一人の男が、いつのまにかはいって来た。禿げた頭が血まみれのまま、ゆっくりとふさの方に近づいた。吉備弁護士、——間違いもなく、それは二階で死んでいる筈の弁護士だった。ふさは「きゃっ」と叫んだ。しかし弁護士はふさには気がつかないように、音もなく階段を昇って行った。ふさは化石のようになって、赤い靴下が一段ずつ昇って行くのを見ていた。弁護士は二階の廊下に消えた。

ふさはいつまでも、小机に凭れかかって顫えていた。あたしは頭がどうかしたのかしら、と思った。電話を掛けなければ、と気を取り直しても、手は麻痺したように動かなかった。どれ

ほど時間が経っただろう。

その時、また気持の悪いベルの音が、長く尾を引いて鳴り響いた。ふさにとって、その時が恐怖の絶頂だった。小机に取り縋ったまま、ふさは奈落の底に沈み込んで行く自分を感じた。おびやかすように、ベルが遠くで鳴っていた。

3の1 事件の発見

「先生、あそこに誰か倒れている、」と玄関の中にはいって、久木助手が鋭い声で叫んだ。その指の先が、ロビイの階段の横手を指していた。

「弱ったな、僕は実戦の方は駄目なんだと言っただろう。」弱音を吐きながら、伊丹氏は靴を脱いで中へ飛び込んだ。

小机や、お盆や、紅茶茶碗が床の上に引っくり返っている中に、中年の女が俯(うつむ)きに身を屈めて倒れていた。

「大丈夫、気を喪っているだけだ、」と伊丹氏は腕に触ってみて言った。二人が懸命に揺ぶってみても、女は正気に復らなかった。二人は顔を見合せた。

「こういう時にはどうすればいいのかな?」と心細そうに伊丹氏が訊いた。

「しかし殺人事件でなくてよかったですね、」と助手が冗談を言った。「お勝手に行ってハンカ

「めったに動かない方がいいぜ。何となく様子が変だ。こういう時は、一緒に行動した方が安全だよ。他には誰もいないのかしらん？」

「チでも搾って来ましょう。」

二人はそろそろと廊下を歩き、女中部屋でラジオが鳴っているのを覗いてみて、そこに気絶した女を運んだ。お勝手から水を運んで来た。

その女はやっと眼を開くと、何とも言えぬ恐怖に凍りついた顔をした。二人のいるのを怪しむより、もっと気を取られていることがあるらしかった。口をかすかに動かした。

「何だって？」と伊丹氏はその口に耳をつけて訊き返した。

「二階、……」

それだけ言うと、女はまた気を喪った。

「これは医者を呼ばなきゃ、とても手に負えないよ」と伊丹氏は助手に向って手を振った。

「二階と言いましたね？」

「うん。問題は二階にあるらしいな。」

二人は電話で医者を呼ぶ前に、まず二階に昇ることにした。二階の右手に、ドアが明けっ放しの部屋があり、二人は同時にそこから顔を入れて中を覗き、思わず声を発した。禿頭を無慚に殴りつけられた血まみれの男が、俯きにそこから倒れていた。そのすぐ側に、大きな鉄の文鎮がころがっていた。死んでいることは、此所から見ても明かだった。

その部屋は正面に硝子窓があり、その前に抽出のたくさんついた机と廻転椅子とがあった。

その手前に接客用のテーブルと椅子三脚、その一つは引繰り返って、その側に死んだ男の片腕が延びていた。部屋の右側と左側とは作りつけの本箱になって、左手の本箱の中央に、隣室に行くドアがあった。ドアは開き放しで、向うの部屋は真暗だった。男の足はそのドアの方を向いていた。

「飛んだところに舞い込んだね、」と伊丹氏は蒼い顔をして言った。

二人は階下に降り、警察に電話をかけた。ついでに医者も連れて来てくれるように頼んだ。

九時五分過ぎだった。

二人は女中部屋で女中の介抱をしたが、聞き出したのは譫言のような、いくつかの単語だけだった。「幽霊」というのが一番多かった。「弁護士さん」とか「赤い靴下」などというのもあった。

九時二十五分に、青山署の一行が到着した。先頭に立った杉山刑事というのは、いかにもすばしこそうな、頭の鋭い感じの人で、伊丹氏と助手とをさっそく下の応接間に閉じこめた。

「一つ説明して下さい。ここの家とはどういうお識合ですか？」

この場にいる二人が、黒田作兵衛と何の関係も無いと分ると、刑事は当然の疑問を持った。窮場を救ったのは、助手の久木の方だった。文化大学古典文学科助教授の肩書も、大して役に立たなかった。

「僕の父は、実は麹町署の署長なんですが、」と久木が言った。「親父に聞いてくれれば、怪しくないことは分りますよ。」

「何だい、君のお父さんはこっちの方面の人か？　つまり君はクイーン警部の息子さんか？」と伊丹氏は一息吐いて言った。「大山さんが君に相談を持ち掛けたのはそのためだね？」

「それは誰です？」と鋭く杉山刑事が口を入れた。

そこで二人は交々、この家に来るに至った顛末を物語った。その間に、警視庁の鑑識課員も到着し、二階の殺人現場が調査された。話を聞き終ると、杉山刑事は二人を応接間に残して部屋を出て行った。

暫くして久木助手は刑事に呼び出された。電話口で話している助手の声が、伊丹氏のところまでかすかに聞えた。

「先生、飛んだ災難でしたね」と久木がにこにこして部屋に帰って来た。「大丈夫です、親父が証明してくれました。僕が先生のことを名探偵だと推薦したから、首を突っ込んでもいいという許可を貰えそうですよ。」

「エラリー・クイーン君、僕は机の上だけだということを忘れないでくれよ。」

そこに杉山刑事が、前より愛想のいい顔になってはいって来た。

「これは簡単な事件らしいですよ。犯人は大山康三という、さっきお話のあった男ですな。慌てて間違えたらしく、玄関の傘立にそいつの傘がある。」

二人は顔を見合せた。伊丹氏は大山ひとみの蒼ざめた表情を思い出した。

うとした時に、ドアが開いて、若い巡査が顔を出した。

「何だ？　この人たちは大丈夫だ。それで何か分ったのか？」と杉山刑事が急いで言った。

「医者が手当をしたので、女中が少し喋ったんですが、それが変なんですよ。幽霊のことばかり言うんです。」

「馬鹿な、よし己が行って。」

そこに、「どうしたんです、この騒ぎは？」と言いながら、地味な服を着た、神経質そうな、五十がらみの男が、巡査に付き添われて現れた。少し白い物の混った髪を、ハンカチで拭っている。明らかに酒気を帯びていた。応接間にいる連中を、怯えたように眺め廻した。

「誰だ、この人は？」と刑事が訊いた。

「私はここの家の主人ですよ、黒田作兵衛です。」

「何？ じゃ上の男は誰だ？」

「上でどうかしたんですか？」とますます怯えたように、その男は叫んだ。

「行ってみよう。来て下さい。」

この機を逸せずに、伊丹氏と助手とは、後からくっついて二階へ昇った。

「これは吉備だ。吉備平治といって、私の相談役の弁護士です。」

部屋にはいるなり、黒田はけたたましい驚きの声を発した。

「着ているものに、その名前のマークがついてるよ」と鑑識課員が言った。

「大山の奴がやったんだ」と倒れかかるように椅子に坐りながら、黒田が叫んだ。

「私だ、私の狙われる番だ。」

黒田が喚いている間に、伊丹氏は、「ちょっと見せて下さい、」と杉山刑事に会釈して、次の

部屋にはいった。そこには今は電燈が点いていて、部屋の右手の窓の前に寝台と小机、左手の壁に洋服簞笥が二つ並んでいた。はいると、突当りにまたドアがあり、そのドアも明いていたが、そこは狭い浴室になっていた。やはり右手に、小さな窓があり、壁には他のドアはなかった。つまり書斎にはいった人間は、書斎のドア以外には窓より他に出られるところがなかった。

伊丹氏は浴室の窓に近寄ってしげしげと見た。指紋の検査をしたと見えて、白い粉が窓枠にくっついていた。それは下から上に持ち上げる式の硝子戸で、ひどく重かった。伊丹氏は渾身の力を奮ってそれを上げ、首を出して覗いてみた。そこはちょうど建物の角になっていて、樋がすぐ横のところを、烈しい雨音を響かせながら、上から下に延びていた。

伊丹氏はもっともらしい顔をして書斎に戻り、それから一行はまた応接間に引上げた。

3の2　黒田の話

「一つ黒田さんに説明を伺いましょう、」と杉山刑事がきびきびした声で言った。

「私は何も知らんのです」と今は酔も醒めた顔で、黒田作兵衛は話を始めた。「犯人は大山に違いありません。この男は前に私の会社で使っていたのだが、お顧客さんを殺して、五年ほど刑務所にぶち込まれた。これが私と吉備弁護士とを大層怨んでいました。大山が罪を犯したのは会社の業務上の行きがかりからで、私や弁護士に責任があるわけではありませんが、本人に

してみれば何とか理窟があるんでしょう。この男が三日ほど前に出所して、我々に会見を申し込んで来たのです。
　——そこで私は吉備と相談して、とにかく会って話を極めることにしました。うちはこの通り不用心ですから、銀座通りから一つ京橋寄りの横町にある、日の丸ビヤホールで、三人が会う約束をしました。人のたくさんいる所の方が安全ですからな。え、さよう、電話で取り極めました。時間は七時、場所もちゃんと教えました。
　——そこで今晩、六時すぎでしたか、少し早目に家を出て、車を拾って銀座まで行ったんですが、約束の時間にはまだ少し早い。それとどうも大山に素面で会うのには、こっちの胆っ玉が太くないんでね。そこで日の丸ビヤホールの手前にある、何とかいう、ええと葡萄の、ほら、そうそうアレキサンドリアというバアへはいって一杯やりました。どうも気が進まないし、陰気な雨は降ってるしで、女給を相手にいい加減飲んで、出たのが七時を二十分くらい過ぎてましたが、大急ぎでビヤホールへ駈けつけると、大山もいないし、吉備もいないんですよ。向うが遅刻したんだと思って、そこらにいた客とビールを飲んでいるうちに、段々に気が強くなりましたがね。これはてっきり八時と約束したのを、私がぼんやりして一時間ほど早く来たのかと思いましたが、それが八時になってもまだ来ない。そこで吉備の家へ電話を掛けました。
　——吉備の細君というのは、今の歳でも人形みたいにおとなしい女ですが、私が怒って電話したもんですから、びくびくしてましたよ。確かに七時までに日の丸ビヤホールへ廻ると言って、夕方家を出たという話でした。それでまた、そこに腰を据えてしまったようですな。

「お宅の方に二人とも来てるんじゃないかとは、考えなかったんですか?」
「吉備の家へ掛けたあとで、こっちへも掛けたんですが、誰も出なかったんで。」
「女中さんがいた筈でしょう?」
「それが電話を二階へ切換えたままにして行ったので、ふさには聞えなかったんでしょうな。」
「宜しい、それから又どうしました?」
「それからまた飲みましたよ。九時過ぎまでいましたか。そのあと、さっきのアレキサンドリアですが、そのバアでまた飲み直して、それから車を拾って帰って来ました。」
「そのビヤホールの方ですが、あなたがそこにいたという証明をしてくれる人がありますか?」と刑事が穏やかに訊いた。
「そうですねえ、知らない人ばかりだから。待てよ」と急に黒田は洋服のポケットを探り始めた。「ひょっとすると。」

黒田はようやく内ポケットの財布の中から、一枚の名刺を取り出した。「思い出しましたよ。何だかいい機嫌になって、名刺を交換したような気がしたもんだから。多分この人ですな。」
手渡した名刺には、或る商事会社の調査課という肩書のある名前が、刷り込まれていた。
「結構です」と刑事は言った。
その時、さっきの若い巡査が来て、杉山刑事に何かささやいた。刑事はうなずいた。
「黒田さん、お宅の女中さんはどうも具合が悪いようだから、病院に連れて行きますよ。」
「え、ふさもやられたんですか?」

「いやいや、ショックで変になっただけですがね、どうも言うことが穏かじゃない。本当に気が違ったら困りますからね。」

黒田は頷き、それからぶるっと身顫いした。

「私も実は怖いんですよ。あの大山という男は、前にも兇暴な人殺しをやっているんですからな。どうでしょう、そこのお二人さんに、今晩うちに泊って行って頂けないでしょうか？」

「僕は駄目だ」と伊丹英典氏は我に復ったという顔をした。「明日の講義を忘れていた。まだ下調べも済んでやしない。」

「僕も駄目です、」と助手が言った。「ひとみさんに報告に行かなくちゃ。しかし困ったことになっちまったな。」

「それじゃ警察のかたに、ぜひどなたか泊って下さい。とてもこれじゃ寝られません。」黒田は卑屈なほど頭を下げて頼んだ。

「勿論警戒させますよ」と杉山刑事は無愛想に言い放った。

3の3　捜査会議

翌日の午後、青山署で行われた捜査会議の席上に、どうやって心証をよくしたものか、伊丹英典氏が陪席していた。

小林捜査主任が、初めに伊丹氏から、屍体の発見に至る顚末を所望して動揺した。ついで杉山刑事が、女中のふさの証言を紹介した。その奇怪な内容に、一座が眼に見えて動揺した。

「ゆうべ女中の言うことがあまり取りとめがないものですから、警察病院に入院させました。今朝になって、すっかり正気なところで繰返させたんですが、言うことはちっとも変らない。確かに弁護士が血まみれになって玄関に現れ、二階に消えたと言うんですがね。」

「その時はまだ生きていたと言うわけかね?」と主任が口を挾んだ。「大山は、何に驚いたか分らないが、とにかく部屋から飛び出した。弁護士は表でやられて、二階の書斎まで歩いて行って死んだ。こうなるか?」

「それじゃ兇器が書斎にあったのが変ですよ」と杉山刑事が言った。「その点犯人が大山である以外に説明はつかないんです。何しろ鉄の文鎮には、明かに大山と覺しい指紋があるんだから。」

「大山の行方はまだ分らないんだね?」

「張り込ませてありますから、もう直です。」

「主人の黒田のアリバイは?」

「それは私が調べました」と竹内というのっぽの刑事が声を上げた。「大体文句無しです。六時四十分頃から七時二十分頃まで、アレキサンドリアというバァにいる。八時の時報のちょっと後、とこれはひどく正確なんですが、弁護士の細君が黒田からの電話を聞いている。たしかにビヤホールからの電話らしい雑音が、一緒に聞えていたと言うんです。この細君はラジオを

聞いていたんで、その歌謡曲でも一緒に聞えたんじゃないかと問いただしてみたんですが、完全に、人ががやがや喋ったり騒いだりしているのが遠くで聞えていたと言ってます。それから例の名刺の主人公ですが、これは停年に間近そうな実直な親父で、黒田のことをよく覚えていました。黒田から写真をもらって持って行ったんですが、間違い無いそうです。ずっと一緒で意気投合したと言っています。ビヤホールを出て、バアに一緒にはいろうと言われたのを、振り切って帰ったんだそうです。アレキサンドリアの店の前で、二人で入ろうと騒いでいるのを、バアの女給が見ています。そのバアに、黒田がまた九時四十分頃までいたことは確かです。」

「うますぎるようだな。そのビヤホールを出た方はいいとして、二人が意気投合し出した方の時間が分らないかな。」

「そうなんです。何しろビヤホールですからね、何とかしようと思えばどうにでもなる。ただ場所が銀座と青山とではね。」

「車は？」と主任が訊いた。

「そこの伊丹さんとお連れの人とが乗った車は分りました」と一人が答えた。「それから大山らしい男が、銀座から黒田の家の前まで乗った車も分りました。これが八時十分くらいです。今のところそれだけです。」

「どんなに急いでも十分はかかるな、」と主任が呟いた。

その時、伊丹英典氏が、眼鏡の底の両眼を見開いて声を掛けた。

「口を出しちゃ失礼かもしれませんが、もしアリバイを作るとしたら自動車は問題外でしょう。銀座から青山一丁目まで、地下鉄の方が早い位だし、黒田氏の家は、地下鉄の駅からすぐですからね。」

「確かにそうですね、」と主任は頷いた。「しかし黒田じゃなさそうだな。死亡推定時間は、大体八時から八時半。これは夕食の時間がはっきりしているから、動かないと。すると黒田が意気投合していた頃になるか。それから指紋は？」

「兇器以外は被害者のものと黒田のものばかりです、」と別の一人が答えた。「ここに一覧表があります。」

「これで見ると、殺された弁護士もあっちこっち触っているね。主人の留守中に家探しでもしたんじゃないか？」

「吉備平治というのは、札つきの悪徳弁護士です。何をたくらんでいたのか、分ったもんじゃありません。」

主任は頷いて一座の顔を見廻した。

「そこで問題はやはり幽霊か。どういうことだい、これは？」

「私は女中の錯覚だと思いますな」と竹内刑事が言った。「これは大山の犯行で万事説明がつくんです。だいいち幽霊だとしたら、なぜ書斎の方から出て来て、玄関に行かなかったんです。殺された男の魂が、自分の肉体の方に帰って行くのはちっと変だ。」

「それに足があるしな、赤い靴下なんかはいてて、」と一人が言った。

「足があるから、誰かが化けていたのかもしれん」と杉山刑事が言った。「みんなそう笑うなよ。あの女中は嘘は言わない。主人思いの女中だよ。」

「しかし二階に上ったら逃げられないんだ、そいつは、」と竹内刑事が反対した。「廊下の左手の客用の寝室はみんな掛金が下りていた。右手は、書斎にしか出入口がない。書斎と寝室の開き窓には掛金が下りていた。奥の浴室の戸は上げ戸だが、こいつは重くてとっさの間に上るような代物じゃない。だいいち二階だしね。」

その時、伊丹氏がまた目瞬きをして、口を開いた。

「失礼ですが、あの窓からなら逃げられますよ。樋がすぐ側にあるし、上げ戸が重いといっても、予め戸を明けておけば、おろす方は簡単なんです。樋につかまっていても出来るでしょう。」

「しかし何のために逃げるんです、その幽霊は？」と竹内刑事が逆襲した。「幽霊なんて錯覚以外にはありませんよ。」

伊丹氏は頷いた。「確かに、そこが問題です。もしこの幽霊が錯覚でないとしたら、何のために現れたか？」こう呟いた時の伊丹氏は、まさに教壇に立つ古典文学科助教授の風格だった。

しかし聞いているのは学生ではなかったから、この白に感心した者は一人もなかった。

「大山康三を早くあげることだ。そうすれば錯覚かどうか簡単に分る」と小林主任が締めくくるように言った。

3の4　ふさとの一問一答

その翌日の昼、伊丹英典氏は久木助手を連れて、警察病院に女中のふさを見舞った。ふさは最初に自分を介抱してくれた人たちだと聞いて、たいそう恐縮した。そこで伊丹氏は、次のような質問をした。

「あなたがいなければ御主人はさぞお困りでしょうね？　見舞に見えましたか？」

「いいえ。家政婦をやとったから心配しないでゆっくりするようにと、お電話がありました。でも私、もう大丈夫です。」

「あの御主人はなかなか変った人ですね。奥さんがなくなられてからだいぶ独り暮しが長いのでしょうね？」

「そのようですわ。何でも御自分でなさいます。私はせいぜい、お食事の方をつくってさしあげる位のものです。」

「そういう人は、おしゃれなものですよ。きっと、散髪なんかにはしょっちゅう行かれるんでしょうね？」

「さあ。おしゃれと言えば、殺された弁護士さんの方でしたわ。御主人がいつ床屋さんに行かれるのか、格別、気がついたことはありませんけれど。」

そう言って、ふさは不思議そうな様子をした。伊丹氏は少し笑った。
「これはつい脱線しましたね。ところで肝心の一昨夜のことですがね、あなたはラジオはずっと聞いていたんですね？」
「あの、台所でお茶の仕度をしている時は別ですけど。」
「二階の書斎で、電話のベルが鳴ったのは聞かなかった？」
「聞きません。書斎のドアを締めれば何も聞えないんです」
「ラジオは他にはありませんか？」
「書斎にございます、蓄音器と一緒になったのが。でも御主人の出掛ける前、つまり夕食の前に客はありませんでしたか？」
「これは大事なことなんですが、おとつい御主人の出掛ける前、つまり夕食の前に客はありません。」
「そうでした。夕食前に、春日探偵社の社長が来ました。でもすぐに帰りました。御主人はお客と一緒に食事をなさることはありませんから、私、安心して仕度をしました。」
困ったように考え込んでいたふさは、急に眼を輝かせた。
「それはどういう人？」
「私もよくは知りません。この社長と、その手下の石原という男は、時々来るんです。御主人が内緒の御用を言いつけるんでしょうね？ おとつい来たのは社長の春日だけでした。」
「帰りは見送ったの？」

「たしか夕食の仕度をしていると、御主人が廊下から、客は帰った、用があるから食事を早くしてくれ、とお言いでした。」
「時に、話は違うけど、御主人の身寄の人を誰か知っていますか？」
「いいえ、本当におひとりきりで、御親類とかお友達とかは無いようでした。弁護士さんとだって、仲が良いとは言えないと思いますわ。」
「ありがとう。つまらないことばかり訊いて、さぞ疲れたでしょう。」
伊丹氏は、助手を促して病室を出ると、電話で杉山刑事を呼び出して、何やら長い間相談をしていた。それから久木助手を振り返って、「君、大山さんが摑まったそうだ。行ってみよう」と言った。

車の中で、助手はこのニュースに悲観し切っていたが、伊丹氏は平気だった。
「エラリー・クイーン君、元気を出すさ。僕は大山さんが摑まったんで安心したよ。」
「どうしてです？ ひどいことを言いますね。僕はひとみさんが気の毒で。」
「我が国の警察網は水も洩らさないからな。もし大山さんが逃げ廻っていると、もっと恐ろしいことになる筈なのさ。」
「僕には分りませんね。先生にはもう分っているんですか？」
「大体はね。君これでも見てよく考えるさ。」
伊丹氏がそう言って助手に渡したのは、この事件の時間表だった。今迄に分った事実が正確に並べられ、ふさから聞いた春日探偵社社長の訪問まで、いつのまにか記入されていた。

94

四・三〇頃―黒田家に春日探偵社社長来る。
五・〇〇頃―春日、用を終って帰る。
五・三〇頃―黒田、夕食。
六・一〇―黒田、外出する。
六・四〇―黒田、バア・アレキサンドリアにはいる。
七・〇〇―約束の時間。
七・二〇―黒田、おくれて日の丸ビヤホールへ行く。
八・〇〇―黒田、吉備夫人に電話。
八・〇〇―黒田家に吉備来る。二階へ行く。
八・一〇頃―黒田家に客（大山）来る。
八・一五頃―客、あわただしく帰る。
八・二〇頃―玄関のベル。
八・二三頃―吉備（の幽霊）、玄関より二階へ。
八・四五―伊丹、助手、黒田宅へ到着。
九・一〇頃―黒田、日の丸ビヤホールからアレキサンドリアへ行く。
九・二五―警官、現場へ到着。
一〇・〇〇―黒田、帰宅。

3の5 大山の話

青山署に着いて、伊丹氏は犯人と目される大山康三の陳述を聞いた。それはごく簡単で、警察当局の予期したようなものではなかった。

「私は七時に銀座の日の丸ビヤホールへ行きました。五分くらい前でした。そこで眼を皿のようにして待っていたんですが、黒田も来ないし、吉備も来ない。七時四十分頃、黒田の家へ電話を掛けたが誰も出ません。吉備の方は、確かにそこへ行った筈だという奥さんの返事でした。八時まで待って、とうとう黒田の家に押しかける気になりました。我ながら馬鹿でした。
――行ってみると、主人は留守、その代り吉備が書斎に待っていると聞いて、まっすぐ書斎に行きました。ところが誰もいないのです。おまけにその部屋は、昔、私が斎藤さんと応対してひどい目に会った、曰く附の部屋なのです。だんだんに気味が悪くなりました。それでつい隣の部屋との境のドアを明けて、誰かいないかどうか、様子を見ようと思いました。
――ドアを明けたとたんに、人間の身体がどさっと倒れかかって来ました。夢中になって抱きとめると、その重みで私まで倒れかかりました。見ればそれが、吉備でした。私がはっと気がついた時に、ほんとに無意識に、鉄の文鎮を床から拾い上げていました。吉備は脳天に一撃を喰くらって死んでいます。隣の部屋は真暗で誰もいません。私はぞっとして逃げ出しました。や

られた、また罠に掛けられた、そう思っても、一体誰が信用してくれるでしょう。泡をくって逃げたのはそのためです。決して私が殺したわけじゃありません。」

4　裏面の事実

昨日と同じメンバーの捜査会議が開かれ、大山の陳述が嘘か本当かというので議論が続いている間、伊丹英典氏は眼を閉じてじっと考え込んでいた。そこに若い巡査が、杉山刑事を呼びに来た。伊丹氏は眼を開き、杉山刑事の合図に応え、一緒に部屋を出て行った。再び現れた時に、蓄音器と一枚のレコードとを手に持っていた。

「ちょっと途中ですが、これを聞いて下さい」と伊丹氏は言って、そのレコードを掛け始めた。フランス語のシャンソンが陽気に響き出した。小林主任が何か言い出しそうになるのを、伊丹氏は手真似でとめた。歌が途切れると、がやがやと騒ぐ人の声、かすかな音楽、笑い声、いかにも酒場の雰囲気を示した情景が長々と続いた。それからまた歌が始まったが、伊丹氏は針を止めて、話し出した。

「これは黒田氏の書斎にあったレコードのうちの一枚です。杉山さんに頼んで持って来てもらったものです。このレコードの歌が終ったところに、小さな赤い点がついています。どうですか、この部分を掛けながら電話に出れば、ビヤホールにいるみたいに聞えるでしょう？　がや

がやすくだけでフランス語かどうか分りませんからね。僕はフランスでこのレコードを聞いたことがあるので、ひょっとしたらと思ったんですが、案のじょうあそこにありました。」

「そうか、じゃ犯人は黒田だ」と竹内刑事が反対した。「あれは一体何のつもりなんだ？」

「しかし幽霊は？」と杉山刑事が叫んだ。「他のアリバイはどうにでも動く。」

「そこです」と伊丹氏は勢いよく言った。「あの幽霊がこの事件の鍵なんです。黒田は決して犯人じゃありません。」

「え、じゃ一体誰だ？」と一同は驚いて叫んだ。

「幽霊の現れることの必要は、どの点にあったのでしょう？ それは女中をおどかしてパニック状態にするため、それだけですよ。女中は予定通り半気違いになった。いや、犯人にとってもっと有難いことに、病院に連れ込まれた。」

「どうも分らん。さっさと説明して下さい、」と小林主任が苛立たしげに叫んだ。

「失礼しました。つまり女中だけが黒田をその人と認めることが出来る。あなたがたも、私も、黒田氏とは初対面でしょう？ 本物かどうか、誰がわかるんです？ つまりあれは贋物だったんですよ。あれは吉備弁護士の変装です。殺されたのは黒田氏で、犯人は弁護士。」

「そんな馬鹿な。指紋も、写真も、それにあの禿頭があるし」

「指紋は、殺された黒田の指紋ですよ、だから当然、家探しでもしたみたいにどこにでもついていた。吉備の方も、それをごまかすために、自分でもあっちこっちに触っておいたでしょう。写真というのも、化けている吉備がよこれは、吉備の持ち物から指紋を取れば直に分ります。

こした写真だから、本物じゃなくて、自分の変装を撮したものです。禿頭というのは、この黒田はもともと禿なんですよ、いつも鬘をかぶっていたんですね。吉備はそれを知っていて、そこから策略をめぐらしたんでしょう。」

一座がざわついているところに、主任に電話が掛かって来た。主任は弱ったような顔をして、伊丹氏に言った。

「伊丹さん、黒田、じゃない吉備か、あれがずらかりました。どうもそのレコード押収がまずかった。一度先に相談してもらいたかったですな。」

「急いだもんですから、私がやらせました」と杉山刑事が弁解した。

「証拠が一つくらい無いと話にならないと思いましてね」と伊丹氏は恐縮して小さくなった。

「指紋の方でもよかったんだが、弁護士の家へ指紋を取りに行っても、やっぱり逃げたでしょう。しかし大丈夫です。杉山さん、大丈夫でしょうね?」

「銀座裏の春日探偵社には張り込ませてあるし、社員の石原には尾行がついています。」

「それなら安心だから、まあ僕の説明を聞いて下さい。吉備はどうせ逃げられませんよ。ところでこの弁護士は、典型的な悪人なんです。春日探偵社をこっそり経営して、石原という男を使って、ゆすりを働いていた。探偵社の社長は彼の一人二役です。こいつが、弁護士の方が借金だらけになったので、黒田の財産を横取りして身をくらまそうと考えたんです。

――黒田は変人で、係累もない。黒田が家に閉じこもるようになったのは、大山さんの事件が起ってからですが、あれは黒田が犯人だからずっと寝覚が悪かったでしょう。あの時のアリ

バイも吉備の目論んだことに違いありません。ところが大山さんが刑務所を出て、脛に傷持つ黒田は、弁護士に相談した。そこでこっそり話をしようというので、吉備は探偵社の社長になって、おとついの夕方、出掛けて行きました。二人で待ち伏せるとか何とか言って、黒田に客は帰ったと女中に言わせ、一人で食事にやり、書斎に戻ったところを殴り倒したんです。しかし黒田はまだ完全に死んではいなかったでしょう。それから手提鞄の中に用意して来た自分の、つまり弁護士の服を着せ、相手のを着込む。今まで着ていたのは、洋服箪笥に掛けておけばいい。それから相手の鬘を取ってかぶる。それから外出する。この時、なるべく女中の顔を見ないようにしている。

――バアとビヤホールとは簡単です。何しろこの変装はそう手が込んでいるわけじゃない。大山さんは、黒田を非常によく識っている筈だから、頭の毛を延した吉備の顔なら、黒田とも思わないし、吉備とも思わない。その上で全然知らん顔をして、大山さんに気がつかれないように用心する。大山さんが、電話に立ったので、ビヤホールを抜けて、春日探偵社に行く。これは、その店のほんの裏通りです。そこで吉備弁護士の素顔になり、黒田に着せたのと同じような洋服を着込んで、地下鉄で黒田家へ行く。書斎にはいって、直に声色を使って、自分の細君に電話を掛ける。レコードは、背中へでも入れて持って行ったんでしょうね。但し、この細君は何も知らないんです。吉備はきっとこの細君が厭になって、捨てる気だったんでしょう。半殺しの黒田をドアに立て掛け、大山さんが明けると、文鎮と一緒に前に押し倒す。この文鎮は、何も大山さんが摑まなくったって、犯人が指紋を拭き取っ

たことになるから、平気なんですよ。それから、大山さんが逃げ出したところで、今度は手袋をした手で、確実に黒田を殴り殺す。

——それから例の幽霊です。簡単に頭に絵具をつけただけで、おどろかすには充分です。女中の来るのを待っていて、寝室からベルを鳴らす。これは玄関のベルと同じところで鳴ります。予め明けておいた浴室の窓から、樋を伝って下り、玄関へ廻る。そこで玄関からは幽霊としてはいり、同じようにして逃げ出す。レインハットをかぶって絵具を塗った頭を隠し、地下鉄で探偵社へ行き、また黒田に変装して、今度はビヤホールです。アリバイ工作を済ませて、堂々と家へ帰って来る。

——そこで黒田としてそれらしく振舞うわけです。一番あぶない女中は、幽霊を見て頭が変になっているから、初めのうちは気がつかないでしょう。他には顔を識った者はいない。そこで証拠品を片づけたり、黒田の財布を盗んだり出来る筈です。

——しかしこいつは長くは続かない。一番危いのは、自分の細君がこの死体は違うと言うかも知れない。しかし、気の弱い細君らしいし、予め暗示でも与えておけば、頭を割られた死体の顔なんか見ないでしょうね。彼は子分の石原を自宅に張り込ませて、ばれたら電話で連絡するように決めてあったのでしょう。

——一方、彼は探偵社の機能をフルに働かせて、大山さんを探していたに違いない。僕が心配したのはその点ですが、もし大山さんを殺して、その死体に自分の着ている物を着せ、容易に分らない処に埋めてしまえば、いつまでも、犯人が行方不明というので迷宮になる。どっち

101　幽霊事件

にしても、彼はいずれは身を隠して、春日探偵社社長という顔をするつもりだったのでしょう。ただ、ちょっと早くばれすぎましたがね。」

「言われてみれば、そうらしいな」と杉山刑事が負け惜しみを言った。「しかし実に大胆ですね。」

「大胆というより、単純なんですよ。あんまり単純すぎるので人が気がつかない。一人二役と言ったって、ごまかしたのは殆ど禿頭の点だけですからね。これが初めから兄弟とか、瓜二つとかいうのなら、誰でももしやと思いますからね。以上の僕の推理に変なところがあったら言って下さい。」

5 伊丹英典氏の嘆き

犯人が擱まり、伊丹英典氏の推理に間違いのないことが分ったその晩、助手の久木は大山ひとみと共に伊丹氏を自宅に訪ねた。

「先生、一体いつ分ったんです?」と助手は訊いた。

「何だい、今度はガラッ八の役かね、クイーン君?」と伊丹氏はからかった。「それはこのお嬢さんのお父さんの話を僕が聞いていたからさ。この人のお父さんの時も、同じようなアリバイがあった。その時も恐らく、吉備が黒田に化けてアリバイを作ったんだろう。」

102

——何しろこの二人は、年輩といい体格といい、その顔つきまで割りと似ているのだ。ただ明らかに違うのは吉備が禿頭という点だ。だから鬘さえかぶれば、たやすく黒田に化けられる。この方は簡単だ。そこで逆に、黒田が吉備に化けることは出来ないかと考えてみた。そのためには、絶対的に、黒田が禿頭の必要がある。もしも黒田が禿頭なら、死体も黒田かもしれないということになる。そこで僕はあの女中に、御主人は散髪によく行くかと、訊いてみたんだ。女中は、そういうことに気がついたことはないと言った。しかし散髪に行って帰れば、うちの中の者なら、誰だって気がつくのが当然だろう。散髪に行く必要がないというのは、禿頭の証拠さ。そこで仮に、禿頭の死体が黒田だとすると、僕等の見ていた黒田は誰だろう？ この黒田には怪しい点が一つある。外出する際に、電話を二階に切換えて出掛けている。何のためにそんなことをしたのだろう？ 普通なら、留守の間の電話は、女中が聞くようにしておくものさ。これは、電話でアリバイをつくるためと、大山さんが電話した時に、誰も返事に出ないためだ。そこで、一番大事な、なぜ幽霊が出たかという問題になるんだ。これは、黒田が明かに女中を恐れていたことの証拠だ。ergo 黒田は黒田に非ず、さ。」

「だいぶ講義じみて来ましたね」と助手が笑った。

「本当に有難うございました」と大山ひとみが嬉しげに礼を言った。

「君等は嬉しいだろうが、僕はまだこれから、ギリシャ詞華集を三頁調べなければならない。教師というのは辛いもんだ。」

　そこにお茶を持っていって来た奥さんは、腰を上げかけた若い二人を、笑って押し止めた。

「まだ平気なんですのよ。どうせ読みかけの探偵小説を終らなければ、勉強にかかる筈はないんですから。」
「余計なことを言うなよ、」と伊丹氏は言った。

温室事件

1 温室のある家

文化大学古典文学研究室で、助教授の伊丹英典氏が近日中に伊豆に旅行に行くと言い出したのは、卒業予定者の口述試験が終って、教授や助手たちがやれやれと一息入れた時だった。

「僕はどうも試験は苦手だ。学生がへまなことを言うと、こっちの方がはらはらする。」

「探偵の方が楽ですか?」と皮肉な質問をしたのは、助手の久木進だった。

「とんでもない。僕は実行派じゃないから。遊び半分の机上の推理でなくちゃ、それこそおっかなびっくりさ。いつかの幽霊事件の時には、胆を冷やしたよ。」

「いや、なかなか颯爽たるものだったという話じゃないか。」

こう口を入れたのは、お洒落な中年紳士の薄木教授だった。

「おや、誰に聞きました?」

「ワトソン博士だよ。」

伊丹氏がそこで、眼鏡の底から久木助手の方を睨んだので、助手は慌てて別のことを喋り始

めた。
「先生、春休みに伊豆にいらっしゃるのなら、宇久須にお寄りになりませんか。僕はずっと行ってますから。」
「君はどうして?」
「木村っていう、大学を僕と同期に出た奴が、宇久須の漆原さんという家で家庭教師をやってるんです。僕はそいつのところへ行く約束なんです。」
「それは君はいいだろうけれど、僕が訪ねて行くのはおかしいだろう。家庭教師の、その友達の、その先生じゃ縁が遠すぎる。」
「姉の、子供の、叔父さんの、母親の、連れあいの、子供か」と一息に薄木教授が言った。
「何です、そりゃ一体?」と助手がびっくりして訊き返した。
「伊丹君、どうだいこういう推理は?」
伊丹英典氏は苦笑し、「それはつまり自分のことでしょう、」と答えた。
そこで一同は笑い出し、久木助手の勧誘もそれきりになってしまった。
しかし春休みに、奥さんを連れて骨休めに伊豆に出掛けた伊丹氏は、結局、久木助手のすすめ通り、漆原家に立ち寄った。奥さんが、知らない人のお宅に伺うのは厭だと言い出したものだから、土肥の宿屋に残して一人で行くことにした。無精な伊丹氏にそれだけの決心をさせた原因は、久木助手がたまたま洩らした次の言葉だった。
「漆原さんというのは、昔は貴族の家柄でしてね、その御主人は三年ほど前に亡くなっている

んですが、なかなかのディレッタントだったらしいんです。書斎にはギリシャやラテンの珍本が沢山あります。ホメロスの註釈本なんか、それは珍しいのがありますよ。」

愛妻家の伊丹氏が単身で乗り込むに至ったのは、黴くさい書物の誘惑に他ならなかった。

伊丹氏は土肥からバスで宇久須へ来た。漆原家は土地ではよほど有名らしくて、道を訊くと誰もが二つ返事で教えてくれた。その家は嶮しい道を登りつめた丘の上にあるらしかった。息を切らしながら少しずつ高みに登ると、春の日射を浴びた海が一望のうちに見えた。

坂の途中で思わず一息入れているところに、スェーターにスラックス姿の若い女が、大きなシェパードの鎖を握って、飛ぶように駆け下りて来た。連れているのは殆ど人間ほどもある巨大な犬で、伊丹氏を認めると、足をゆるめ、耳を立てて、警戒するようにこちらを見た。

「ノー、アキレス!」

若い女は一声そう叫ぶと、犬の鎖を引張って走り去った。まるでアマゾンだな、とその後ろ姿を見送りながら、伊丹氏は考えた。長い黒髪が風に靡いて光っていた。

漆原家まではそこからすぐだった。相当に古い建物だったが、堂々たる威容の西洋館で、広い庭がそれを取り巻いていた。

女中に案内されて応接間に通されると、待つ間もなくドアが開いて、子供がひとり遠慮なく部屋にはいって来た。

「今日は、」とその子が言った。「時に、僕の手の中に何があるか分る?」

子供は右手で握り拳をつくって、それを伊丹氏の前につきつけた。

「さてね、何だろう？」

「小父さんは伊丹先生だろう？　久木さんが名探偵だと宣伝してたけど、この位のことも分らないの？」

文化大学助教授は苦笑した。

「君の名前は何て言うんだい？」

「僕は弓雄さ。今度六年生になるんだ。」

「木村君。木村が教えてるというのは君だね。それともまだお兄さんがいるの？」

「兄さんなんかいない。大きなお姉さんがいるだけさ。木登りとか、自転車とか。」

「僕が教えてあげることだってあるんだぜ。木村さんが僕を教えるって言うけど、つい口が滑って、急いでごまかしの言葉を考えているうちに、少年は平気な顔で答えていた。

「君は運動が好きで、勉強は嫌いというわけか。お父さんは……。」

「パパは死んだよ。でも蟹山さんがいるけど、うるさいのはお姉さんなんだよ。」

その時ドアが明いて、地味な洋装をした、三十七、八の美しい夫人が現れた。

「まあ、弓雄ちゃんは何をしてるの？　早く木村さんたちにおしらせしていらっしゃい。本当に失礼いたしました。」

夫人が座をすすめている間に、少年はドアのところから伊丹氏に声を掛けた。

「ほら小父さん。これだよ。」

ぱっと手の中の物を投げつけた。それは伊丹氏の胸にぶつかって、テーブルの上に転り落ち

た。見れば小さな甲虫だったが、その背中は綺麗な赤い縞模様になっていた。

「本当にいたずらでして、」と困ったように夫人が言った。

やがて少年と一緒に木村と久木とが現れた。木村はやや神経質そうな、おとなしい青年で、これではしょっちゅう我儘坊やにしてやられるだろうと、伊丹氏は内心大いに同情した。夫人は挨拶して部屋をしりぞき、伊丹氏は二人の青年に案内されて、書斎で古い蔵書を調べた。そして時間の経つのを忘れてしまった。

夕食をすすめられ、断り切れなくなった伊丹氏は、夕食前のひと時を庭に出た。久木助手が案内顔でついて来た。広い庭園の中から、夕暮の海がきらきら光るのが見えた。奥まった木立の奥の芝生の中に、大きな温室があり、その硝子にも夕陽が反射していた。

「これは、亡くなった漆原さんが、趣味で建てたものなのです」と助手が説明した。「色んな変った栽培をやっていたそうです。きっと黒いチューリップでもつくる気だったんでしょう。」

「あの蔵書には恐れ入ったよ」とまだ書斎での興奮が醒めやらぬ面持で、助教授が言った。「あれに較べれば、うちの研究室なんかまるで子供だましだ。よほど教養の高い人だったんだろうね。」

「香代子さんもお嬢さんも、僕等よりはだいぶ頭が上らしい、」と久木が白状した。

「君等は二人がかりでやられるわけか。」

「しかし本の方は読む人があっても、この温室の方は荒れ放題ですからね。惜しいもんだ。」

「君が園芸にまで興味があるとは知らなかったよ。」

「そういうわけでもないんですが、」と助手は頭を掻いた。

夕食に、伊丹氏は夫人から家族の人たちを紹介された。来る途中の坂で出会ったのが、令嬢の香代子だった。にこりともせずにいるのが、いかにも貴族的な、冷たい感じを与えた。遠村氏という、五十代の、実業家らしい紳士は、たまたま週末を遊びに来ていた香代子の伯父だった。ここの家とはひどく親しいらしいが、話のしかたで、この人が香代子ひとりに血のつながった伯父で、里子未亡人と香代子とは実の親子でもないことが分って来た。食事中に弓雄が悪戯をすると、母親は軽くたしなめるだけだったが、香代子の方は厳しく叱った。年も離れすぎていたし、ほんとの姉弟でないことは顔立を見るまでもなかったが、弟の方は母親以上にこの姉になついているように見えた。

一座で最も異様な人物は、皆から蟹山さんと呼ばれている、四十代の眼のぎょろりとした男だった。一家の事務を取りしきっていることは、言葉の端からもうかがわれたが、しかし単なる使用人風情ではないようだった。口は重く、遠村氏が気さくに喋るのといい対照をなしていた。夕食の間に、遠村氏のほかはあまり口を利かなかった。

食後のコーヒーの時に、遠村氏が客をもてなすつもりか、伊丹氏の最も苦手の話題を持ち出して来た。

「伊丹先生は推理の大家だと久木さんにお聞きしましたが、――私などが考えると、完全犯罪というのは、の方はもちろん大家でおいででしょうが、――私などが考えると、完全犯罪というのは、
……」

伊丹氏は、このお喋りめという眼つきで久木助手を睨んでいた。助手の方は困ったようにもじもじしていた。
「……つまり証拠が見つからなかった場合は、探偵たるものどうするわけですか？」
「現場に証拠が残っていないというんですか？」と伊丹氏はしぶしぶ口を開いた。
「そうですよ。完全に証拠を湮滅（いんめつ）してあれば。」
「その完全にというのが問題でしょう。必ずどこかに手抜かりがある筈（はず）だから、それを見抜けば探偵の勝ということになりませんか？」
「しかしもし完全に証拠がなければ？」と遠村氏は食い下った。
「そういう時には、犯人のやった方法を再現してみるんでしょうね。」
「現場を再構成するというのは」と不意に香代子が口を挾（はさ）んだ。「名探偵がよく試みる方法ですが、二度と再構成できないような場合だって、あるんじゃないでしょうか？」
「どんな場合？」
　伊丹氏が問い返しても、香代子は答えなかった。うっすらとした微笑がその唇（くちびる）に浮んだ。
「証拠がなければ、犯人が分ってもどうにもなりませんわね」と、今度は、里子夫人までが話し出した。
「どうも皆さんがたは、随分鋭いんですね？」と伊丹氏はたじたじとなって笑い出した。「犯人が分っているのなら、探偵がトリックをしかける以外にはないでしょうね？」
「伊丹先生もそんな卑劣なことをなさるんですか？」と香代子が訊いた。

「卑劣ですか。あなたはそうおっしゃるが、犯人の方は一層卑劣でしょう。僕はフェアでないことは嫌いですから、トリックを弄しなければならないほどの犯人には出会いたくはありませんね。」

 話題はそれから、内外の推理小説の論評に移った。この一家は、誰もが相当のマニアだった。夜があまり遅くならないうちに、伊丹氏は電話で車を呼んで、皆が引き止めるのを振り切って、奥さんの待っている土肥の宿屋に帰った。

 その翌日から、伊丹夫妻はのんきに伊豆を旅行して、数日後に東京に戻った。その次の日、久木助手から次のような長文の電報が来た。

「漆原家ニ殺人事件起ツタ。大至急オ出デ願イタシ。完全犯罪ナリ。久木進」

2の1　密室殺人

「そそっかしい奴だ。誰が殺されたのかも書いてないんだから」と伊丹英典氏は呟いた。
「きっとわざとでしょう。当てて御覧なさいというんじゃないかしら?」と奥さんが鞄の中に身回品を入れながら、それに答えた。
「遊びごとじゃないんだからね。いくら久木でもそんな余裕はないだろう。あの漆原という家

は、僕の印象では、誰もが変に秘密めいたものを持っていた。まっとうなのは、週末を遊びに来ていた遠村という紳士だけだ。もっとも久木は別としてね。」

「他にはどんなかたがいらっしゃるの？」

「まず里子夫人、何となく翳のある、暗示にかかりそうな性格の人だ。しかし一度暗示にかかってしまえば、ひどく強気になるかもしれない。綺麗だし、頭もいい。次が子供の弓雄君、小学校の六年になるにしては、少し子供っぽすぎるようだ。その姉の香代子さん。これは先妻の子だ。そう美しいというのじゃないが、プライドが高く、貴族的な、附き合いにくいお嬢さんだ。頭は凄く切れる。その伯父さんに当るのが遠村氏。これは家族として暮しているわけじゃないから、数えなくてもいい。次に蟹山という正体不明の人物。執事にしちゃ偉すぎるし、陰気な、何を考えているのか分らない人物だ。と言えば、家庭教師の木村君も、だんまり屋で何を考えているのか分らないな。恋愛でもしているのかな。」

「それで皆さん全部？」

「もう一人は久木さ。これは、殺されたんじゃないことだけは確かだ。」

奥さんは話を聞くのに夢中になっていて、御亭主が靴下を裏返しにはいていたのにも気がつかなかった。伊丹氏はそのまま修善寺に急行し、そこから車を駆って宇久須に赴いた。漆原家の玄関にいた警官が、応接間に伊丹氏を案内した。そこには若い私服の刑事と久木助手とが、陰気に話をしていた。

「私は山崎という者です。実は困った事件が起りまして、この久木さんからあなたのことをう

かがったものですから、非公式に御智慧を借りたいと思いましてね。それに、先日この家にお見えになったそうですから。」

「お役に立てばいいんですが、」と伊丹氏は謙遜した。「何しろ僕は五里霧中で、誰が殺されたのかも知らないんですから。」

「いま説明します。」と刑事はてきぱきと口を利いた。「今朝、食事に一同が食堂に集ったとこ
ろ、蟹山という男だけが現れないので、奥さんが女中をやって呼ばせた。すると部屋にいない、寝た形跡もないということが分ったのです。そこで皆が心配して探し廻ったところ、温室の中に、……」

「温室ですって？ あんなとこでね。誰が見つけたんです？」

「この子供です。温室の中で蟹山さんが死んでいる、殺されている。そう大声で叫んだので、一同慌てて集った。硝子張ですから、蟹山が死んでいることは外からも一目瞭然です。ところが入口は内側からしまっていて、中にはいることが出来ない。そこで家族が駐在に電話し、駐在から出肥警察に電話があって、私が出向いて来た次第です。そこで私が硝子を切って手を突込んでその戸を明け、現場を調べました。すると、こういうことは探偵小説以外にはあまりお目にかからないんですが、犯人の逃げ口というものがないんですよ。」

「密室ですか？」と伊丹氏が勢いよく叫んで、戸閉りが完全かどうか、そこが問題点ですが、ういうわけです。入口の内側には、挿し込み式の錠が下りていた。入口はそこ一つです。つまりこ「密室なんてものはあり得ないから、蟹山

は入口から五六歩はいった花壇の間に、俯きになって、背中を短刀で刺されて倒れていた。その右手に、しまった天窓の紐の端を固く握りしめている。問題はこの天窓ですが、温度の調節のために、下から紐を引いて、硝子張の四角な天窓が上にずれて開くようになっています。しかしこの紐は、被害者がいっぱいに張り詰めたのを手にしているんですから、殺した男が天窓を開いて出て行くことは出来ない。そして被害者の身体を、あとから動かしたという形跡もないのです。」

「なるほど。他に手懸りは？」

「他にも何も、手懸りは皆無ですよ。背中を刺した短刀は、書斎にあった筈の亡くなった主人の持物ですが、指紋はついていない。蟹山の指紋のついている懐中電燈が、温室の中に転っていただけです。死亡時間は解剖の結果を待たなければ正確じゃありませんが、大体昨夜の七時から九時頃でしょう。一体犯人は何処から逃げ出したか、まさか犯人が、三年前に死んだ漆原さんの幽霊だというわけもないしね。」

山崎刑事は弱ったように呟いた。

「その被害者に、殺されるだけの理由があるのですか？」

「その点は、目下調査中です。」

「それじゃ、暗くならないうちに、温室だけでも見せて下さい、」と伊丹氏は言った。

2の2　赤い甲虫

この前に来た時とほぼ同じ時間で、夕暮に近い太陽が、丘の向うの海の表と温室の屋根とを、赤く染めていた。伊丹氏は刑事と助手とに連れられて、温室の入口の前に佇んだ。

「此所は母屋からは見えませんね？」と伊丹氏は振り返りながら、訊いた。

「見えません。だいたいこの辺にはあまり人が来ないようです。中もすっかり放ったらかしで、主人が死んでから鍵を掛けたままだったそうです。」

伊丹氏は問題の入口に近づいた。

「その鍵は？」と訊いた。

「以前は書斎にあったと言うんですが、事件以来紛失したきりです。」

「硝子を切って明けたと聞きましたが、またはいってみたんですか？」

「元通りに直して、よく研究してみました。」

硝子の引戸を引いて、三人は中へはいった。すぐに三段ほどの段を下ると、地面と同じ高さで続いているが、スチームも通っていず、中央に熱帯樹の大きな鉢が並んでいるだけで、いかにも荒れ果てた感じだった。伊丹氏は階段の途中に立ち止まると、また入口の戸を閉めて、錠の具合を調べ始めた。鉄製の挿し込み式のもので、挿し込んだあとで捻るように

なっている。
「これは勿論、捻ってあったんでしょうね？」
「そこは充分調べました。とにかく内部から、人間の手で掛ける以外には、どうしても掛けようがありません。」
「一体なぜ、内側からこんな錠が掛るようになっているんだろう？」と伊丹氏は独り言を洩らした。

答えたのは久木助手だった。
「これは亡くなった漆原さんのしたことなんです。何でも、人から邪魔されないで、此所に閉じこもって、栽培の研究をしたり、本を読んだりしていたらしいんですよ。向うに机や腰掛もあるし、ちゃんとスタンドもついています。」

山崎刑事は段の下から、少しせっかちに二人を呼んだ。
「此所が屍体のあった場所です。早くしないと暗くなりますよ。」
「その点ですがね、」と伊丹氏は近寄って来ると、訊いた。「これで見ると、天井に三箇所も電燈があるが、それはどこで点けるんですか？」
「あの入口の横にスイッチがあります。」
「なるほど。で、今朝は？」
「そうだ、点いていました、」と助手が答えた。
「そう言えば、今は消えていますね。」

119　温室事件

「あれは指紋の検査をした時に消したんです」と刑事が言った。
「勿論、温室は不断ふだん真暗なわけですね。昨晩は点いていた。一晩中ね。そのスイッチの指紋はどうでした?」
「蟹山らしいのがあります。それより此所ですよ、奴が倒れていたのは、この紐です。」

片方の硝子屋根に四角な窓があり、紐を引くとその窓が上にずりあがって開くようになっていた。蟹山はいっぱいに引きしぼったその紐を手に持って、ちょうど窓の下あたりに俯きに倒れていたわけだ。

「短刀が刺しこんだままなので、出血は殆どありません。場所は後ろから心臓の部分を刺しています。」
「即死ですか?」
「報告を待たなければ分りませんが、多分暫しばらく息はあったでしょう。地面を搔きむしったあとがあります。」
「もし犯人が出て行くとすれば、この天窓以外にはないわけですね?」
「そうなんですよ。ところがそこはしまっていた。屍体が紐を握って番をしていたんですからね。」
「それはそうだ。」

伊丹氏は温室の中をせっかちに歩き廻って、奥の机の方まで行ってみたりしたが、虫眼鏡を

取り出すほどの科学的探偵でもないので、その調査は頗る簡単に済んでしまった。ただ一度だけ、氏は横手の硝子の上から、何か小さな物を掴んで、煙草の箱の中にしまった。刑事は先に立って歩いていたので、それには気がつかなかった。薄暗くなりかけた温室を出ると、三人は母屋の方に戻った。

巡査を張番に残して、山崎刑事がひとまず署に報告に帰ったあとで、夕食になった。この前の時から一人欠けた陰気な食卓で、微笑と軽口とを失っていないのは遠村氏だけだった。

「わざわざ御苦労さまです」と遠村氏が言った。「とんだことになりましたなあ。」

「あなたも事件のために駆けつけてお出でになったんですか？」と伊丹氏が訊いた。

「それが昨晩来たんですよ。知らぬが仏とは言いながら、わざわざ渦中に飛び込んだようなものです。」

食事が沈黙のうちに終り、食後のコーヒーになっても誰もはかばかしく口を利かなかった。この前僕が来た時の話題は、と伊丹氏は考えた。証拠のない犯罪という問題だった。その時は、今此所にいる連中が、全部揃っていた筈だ。今も、誰もがむっつりと黙り込んだまま、そのことを思い出しているのだろう。証拠のない犯罪。偶然の暗合か、それとも僕への挑戦なのか。

「お部屋は二階に取ってございますから」と里子夫人が言った。「お疲れでしたら、いつでもどうぞ。」

「君の部屋はどこ？」と伊丹氏は二階に昇りながら、案内について来た久木助手に訊いた。

「僕と木村とは離れです。」

「僕等はていよく追っぱらわれたようだね。あとで親族会議でも開くのかな? 寝台の置いてあるさっきのした洋室に通って、「さて色々教えてもらおうか」と伊丹氏が言った。「一体、僕を呼ぶことにしたのは誰だい?」

「それは僕です。だって先生、僕の睨んだところでは、この事件はいつぞや先生のいらした晩の、完全犯罪の話題からすっかり出ているんですよ。違いますか?」

「君もそう思うかい? つまりこれは、犯人の僕に対する挑戦だと。」

「勿論です。そう思ったので先生に電報を打ったのです。」

「しかし誰かに相談はしたのだろう?」

「刑事に先生のことをよく説明しました。それから奥さんと香代子さんとにも諒解を求めました。」

「これは確かに、恐るべき知的な犯罪だよ、それは認める。この前僕が来た時に、もし僕が泊ることにしていたら、事件はその晩のうちに起ったかもしれない。しかし単なる挑戦というだけで、人一人を殺せるものじゃない。そこには深刻な動機がある筈だ。そしてその動機は、決して一夜漬けの代物じゃない。ただ、アリバイをつくるという工作が必要だから、いつでもというわけには行かなかったのだ。これは犯人が、練りに練った方法を、百パーセントの自信を持って試みたものだよ。」

「先生だいぶ弱気なようですが、ちょっとは手懸りが摑めたんですか?」と心配そうに助手が訊いた。

「まだよく考えてからのことさ。」

「さっき温室で、何かをそっと隠しましたね?」

「さすがにエラリー・クイーン君は眼が高いね。これだ。」

伊丹氏はおもむろに、ポケットから煙草の箱を取り出した。中から小さな赤い甲虫が這い出して来た。

「これがどうしたんです?」

「いや、これが温室の中の硝子の上にいたというだけのことだよ。」

伊丹氏はまたさっさと、甲虫を箱に入れてポケットにしまい込んだ。「今度は一つ、昨晩のことを、君の知っているだけ教えてくれ給え」と頼んだ。

2の3　事件の夜

夕食が終ったのは六時半少し過ぎだった。食堂の隣の部屋のソファにそれぞれ陣取って、皆は三十分くらい雑談を交していた。

「弓雄ちゃんは、今日はまだ全然勉強がしてないのでしょう?」と里子夫人が言った。「木村さんに早く見ていただいて、済んだらお休みなさい。」

「ママ寝る前に来てくれる?」

「ええ行きますよ。」

木村が少年と共に二階の子供部屋に上って行った。

「私はちょっと用があるので、村まで行って来ます、」と蟹山が言って、部屋を出て行った。

それと同時に里子夫人も二階の自分の部屋へ引き上げた。残ったのは久木と香代子との二人だった。

「さあ久木さん、今晩は一つ推理競争をしましょう。伊丹先生のお弟子さんの腕ぶりを拝見しなくちゃ、」と香代子が言って、一冊の英語の本を持って来た。「私は六十頁まで読みました。面白そうよ。」

それは輸入されたばかりの新刊の探偵小説だった。香代子はその本を気前よく二つに引き割いた。

「私が読んだ分だけあなたに回します。全部で三百頁だから、だいたい二百五十頁までは大丈夫ね。」

「香代子さん、あとの方をめくって見ちゃいけませんよ、」と久木が注意した。

「私は卑怯（ひきょう）なことはしません。でも、あなたが心配なら、」と軽蔑したように言いながら、最後の五十頁をまた破り取ると、煖炉（だんろ）の台の上に載せた。「さあ始めましょう。」

それが七時十五分頃だったろう。二人とも同じところまで読んで、犯人の当てっこをするという競争だった。そこで久木は一頁から、香代子は六十一頁から読み始めた。確かに興味津々たる探偵小説で、時々英語の辞書を引くのがもどかしかった。香代子は途中で座を立って、久

木のためにウィスキイを、自分にはブランディを持って来た。二人は夢中で読み耽った。

二階では、木村が少年のためにおさらいをしていた。隣の部屋で、里子夫人は手紙を書いていた。八時少し過ぎに、夫人は子供部屋にはいり、弓雄ちゃんを寝かしつけた。しかし少年は木村に話の続きをせがんだので、木村はそのまま部屋に残った。夫人は自分の部屋に帰って九時に、下で探偵小説を読み耽っている二人のところに、まず木村が下りて来た。木村はウィスキイに手を出して、何か考えごとをしていた。暫くして里子夫人もそこへ来た。それと殆ど同時に、恐らく九時十分ごろに、遠村氏が東京から到着した。修善寺から自動車で来たと言った。（その点は運転手が証言したが、車が漆原家に着いた時間は、九時頃というだけで正確ではなかった。門から玄関までかなり離れていて、運転手は遠村氏が玄関にはいるのを見とどけたわけではない。）

一同は十時半頃までお喋りをしていた。里子夫人と香代子とは、二階のそれぞれの寝室に引き取った。残りの連中は蟹山の帰りを待って十一時過ぎまで雑談をしていたが、待ち切れずに、遠村氏は一階の客間に、木村と久木とは離れに寝に行った。蟹山の寝室は一階の奥にあった。女中二人は八時頃から、自分たちの部屋でラジオを聞いていた。

そして蟹山は遂に帰って来なかった。

2の4　実験と会話

「分ったことをお教えしておきましょう、」と次の日の午後、山崎刑事が伊丹氏に言った。「蟹山の死亡時間は、大体夜の八時半前後、まず八時から九時の間です。即死じゃありません。刺されてから五分や十分位は、息があったようです。そこでこの男の足取ですが、確かに村へ下りて行って、役場の書記の家を訪ねている。八時ごろ帰ったと書記が証言しています。他にも客が来ていて、この書記のアリバイは確実です。従って蟹山は八時半ごろ漆原家に戻り、まっすぐ家にあがらずに庭の方に廻ったと見える。何か怪しいこと、例えば温室の電燈がはいったということになります。懐中電燈で照しながら、温室の戸を明けて中にはいったのか、……」

「それとも約束があったのか、ですね？」と伊丹氏が口を入れた。「しかし門から玄関に歩いて来る途中からは、温室の電燈は点いていても見えないのだから、どうも誰かと約束があったと見た方がいいようですね。どうして鍵を持っていたか、ということもある。ところで、蟹山というのはどういう人物です？」

「これは死んだ漆原氏が、若い頃からよく識っていた男らしい。戦争中に此所に疎開した時に、腕利きで重宝だというので呼んで、それからずっと支配人格で、家族なみに暮しています。独

身で、以前の経歴はよく分っていないが、遠村さんも一目置いている位で、やり手だったんでしょうね。村の連中なんかにも評判はよくないし、敵も多そうなのでやっかいですよ。目下調査しています。」

「外に敵が多いとしたら、内にもありそうですね」と伊丹氏は言った。

「ところでこれから、温室でちょっとした実験をやりますから。」

刑事は伊丹氏を温室に連れ出した。そこには二人の若い警官が、彼等の来るのを待っていた。

「何が始まるんです？」伊丹氏は面白そうに尋ねた。

二人の警官は温室の内と外とに分れて、中の一人が熱帯樹の幹に丈夫な紐を結びつけ、天窓を通して表へ垂らした。表の一人がそれを引張り、中のは裸足になってその紐をよじ登ったが、それはひどく登りにくそうだった。

「これじゃ、あとから紐を解くことが出来ないでしょう、」と伊丹氏が注意した。「木の幹に紐を巻きつけて、二重にした紐を外へ出すんですよ。そうすれば、あとから片方の紐を引張れば、全部手許へ戻って来る。」

「そうでしたね。しかし一体、天窓へ登れるものかどうか、それを実験してみたいと思いましてね。」

「被害者があとから天窓を閉めたという点は、どうですか？」

「その問題は後廻しです。」

警官はやっと紐のてっぺんに達し、そこから鉄枠に手を掛け、苦心さんたんの末、器械体操

の要領で硝子屋根の上に出た。
「よし、そこで天窓を閉めてみろ。待て待て、指紋はどうだ？」
警官は長い間かかって、白い粉末を蒔（ま）いて硝子の上にかかっている天窓を、両手で少しずつ下へずらした。
「無いようです、」と答えた。
「閉められるな」と刑事が言った。
その時、物凄い大音響が起り、屋根の上の警官が天窓の硝子を粉みじんに砕いてしまった。片足の重みが、つい硝子の上に懸ったものだろう。危いところで身体を支えたが、そのはずみで硝子がまたぱりぱりと破れた。
「もういい。外側へ降りてくれ、」と刑事が不機嫌な声で叫んだ。
その警官が紐を伝って降りて行く間に、笑い声が聞えたので、山崎刑事は怒ったように伊丹氏の方を振り向いた。しかし笑ったのは伊丹氏ではなかった。弓雄ちゃんがいつの間にか温室のわきに現れて、警官の大活躍を笑いながら眺めていたのだ。
「これで分ったことは、」と伊丹氏は気落した刑事に話し掛けた。「紐を使うとすれば、外側でその端を誰かが持っている必要があること。第二に、よほど身体のしなやかな、目方の軽い者でなければ、屋根には登れないこと、……」
「女か子供ですな、」と刑事は言った。
「それから、こういう方法では、硝子戸の外の弓雄ちゃんの方を見ながら、言った。
実験の続きを見ようともせずに、伊丹氏は外に出て、子供の方に歩いて行った。

「弓雄君、僕はいいものを持ってるぜ。当てて御覧。」

そう言いながら、ポケットから煙草の箱を取り出した。

「何だピースじゃないか。」

「と思うだろう。別の物さ。もう少し向うに行こう。これはちょいとばかり秘密なんだからね。」

少年は気をよくして、温室の見えなくなるあたりまで伊丹氏にくっついて来た。

「どうだい、分るかい？」と箱を耳許に持って行って、弓雄ちゃんが言った。「分った、甲虫だろう？」

「かさこそ音がしてる」と箱を耳許に持って行って、弓雄ちゃんが言った。「分った、甲虫だろう？」

「うまい、当った。」

「何処で摑まえたの？」と掌の上で赤い甲虫を遊ばせながら、不思議そうに訊いた。「いつか僕が先生にぶっけた奴？ あいついつの間にか逃げちゃったから。」

「珍しいのかい。これ？」

「そうさ。これ伊豆の特産らしいんだ。昼はなかなかいないんだよ。夜になって、電燈の光を目掛けて飛んで来る奴を摑まえるんだ。」

「君がほしいのならあげるよ」と伊丹氏はばかに気前のよいところを見せた。

二人が尚も歩いて行くうち、伊丹氏は足を止めて、「これは凄い」と呟いた。犬小舎の前で、大きなシェパードが首を起して、二人の方を見た。

「アキレスって言うんだよ。大丈夫、吠えないから。」

しかし少年は、犬の側に近づいて行こうともせず、口笛を吹いた。犬は鎖につながれたまま、尻尾ひとつ振らなかった。

「むずかしい名前の犬だね。」

「パパがつけたんだ。でもこいつはお姉さんの犬なんだよ。とても悧巧だから。」

「芸をするかい？」と言って、側に近寄ろうとした伊丹氏は、少年に腕を摑んで引き戻された。

「危いよ、喰いつかれるよ。悧巧だといっても、馴れているのはお姉さんだけさ。お姉さんが『アタック！（攻撃せよ）』とか、『ジャンプ！（跳べ）』とか言えば、言われた通りにする。とても賢いんだ。」

「弓雄君じゃ駄目なの？」

「僕にもまあ馴れている方だけど、命令は出来ないや。他の人はみんな駄目、側に行けばそれこそ喰いつかれる。あの蟹山さんなんか、きっとよっぽど犬嫌いなんだろう、蒼くなって顫えていたもんだよ。」

少年はおかしそうに思い出し笑いをした。

「君は蟹山さんは嫌いだったの？」

「大嫌いさ。ママを泣かせるような奴は大嫌いだよ。」

伊丹氏が詳しく訊こうと思う間もなく、里子夫人が庭の中から現れ、「お八つですよ、」と呼ん「あ、ママだ、」と叫んで走り出した。

だ。少年が先に走って行ったあとで、二人は並んで母屋の方に向った。当り障りのない会話が続いたあとで、伊丹氏が不意に夫人に訊いた。
「非常に失礼な質問ですが、あの蟹山という男は、前々から奥さんに失礼なことを申し出ていたんじゃないんですか？　例えば、自分と結婚してくれとか何とか？」
　夫人はかすかに、「いいえ、そんなこと、」と呟いた。その顔はさっと赤くなり、それから蒼く沈んで、足がよろめくようだった。
「失礼しました、」と伊丹氏は丁寧に挨拶した。
　食堂で一同がお八つを食べている間、伊丹氏は香代子に、漆原家の家柄のことや、亡くなった父親のことなどを質問した。香代子は得意そうに、平安朝に溯るという家系のことや、蔵書家としても一流だった父親のことを喋った。この、やがてそろそろ三十に近い娘が、自分の家柄を誇るあまりに、つい結婚もせずにこの年まで過してしまったことも、それで分った。漆原香代子に匹敵する男性は、なるほど、容易にいる筈もなかった。そして家庭教師の木村は、話の途中から次第に顔色を悪くした。
「時に、おとといの晩の、久木君との競争の探偵小説はどうなりました？」と伊丹氏は、訊いた。
「あれっきりですの。本物の事件が起ってしまったんじゃ、生じっかな探偵小説なんか……。」
「何頁までお読みでした？」
「たしか……二百十頁ぐらいでしたかしら？」

「三番目の事件が起って、娘が毒殺されそうになるところですか?」
「あら、もうお読みになりましたの? いいえ、その事件はまだですわ。」
二人はそれから、その探偵小説の原作者について、おのおのの造詣(ぞうけい)のあるところを見せ合った。久木が口を出す余裕もないほどに。

2の5　アリバイの検査

その翌日になると、山崎刑事は一層機嫌の悪い顔で漆原家に現れた。
「さっぱり見当がつかなくて、」と伊丹氏と久木助手を相手にこぼし出した。「外部関係では、容疑者らしいものは見当りません。」
「犯人が内部にいることは確実ですよ。蟹山がなぜ温室に行ったかを考えただけでも、」と伊丹氏が答えた。
「内部と言えば、里子夫人に、香代子さんに、遠村氏に、木村君か……。」
「まだまだ、弓雄ちゃんもいるし、この久木君だって。」
「先生、冗談じゃない、」と助手は蒼くなった。「僕と香代子さんとは、お互いにアリバイがあるんですよ。」
「家族の人たちにも色々訊問してみたけど、誰もが何か隠しているらしくて、思うような材料

も得られないし、」と刑事がぼやいた。
「動機の点はどうでした?」
「あの蟹山というのが、したたか者だったことだけは分りました。此所の主人が生きていた頃はよかったんだろうが、死んでからは独断専行です。遠村さんはのんきな人だから気に留めていないようだが、他の連中はだいぶ嫌っていたに違いない。」
「つまり漆原家の癌ですね。その病状が次第にひろがった、奥さんや香代子さんにも手を出そうとした、とこう考えることは出来ませんか?」
刑事はぎくっとなったようだった。
「そうかもしれない、どうも何だか隠しているようです。しかし、それは二人のうちのどっちでしょう?」
「奥さんの方が性格的に弱いから、蟹山が狙うとしたら奥さんの方でしょうね。香代子さんはプライドが高いから、相手にしないでしょう。」
「そう言えば、」と久木が口を入れた。「僕はあの男が、ばかに奥さんに高圧的な物の言いかたをするのを見て、変だなと思ったことがあります。その時の奥さんは、まるで、蛇にみこまれた蛙みたいだった。」
「すると夫人が怪しいのか、」と刑事が呟いた。
「そうは行かない。というのは、もし蟹山が奥さんを脅迫していることが、他の人たちにも分ったとしたなら、それは漆原家の家柄の問題として、香代子さんにも、遠村さんにも、大事件

なのです。それから木村君や久木君のような純情多感な青年にとっても、か弱い女性のために一肌脱ぐだけの決心を、起させるかもしれない。ましてや、証拠のない犯罪という誘惑が、お預けみたいに前に出ているんですからね。」

「何ですそれは？」

刑事の質問に、伊丹氏が詳しくいつぞやの晩の会話を説明した。刑事は弱ったように唸り声を発した。

「先生、分ったことがあったら僕等にも教えて下さいよ。」と助手が助太刀した。「そのために先生に来ていただいたんですから。」

「うん。いいだろう、」と伊丹氏は気軽に答えた。「最初にアリバイのことだけど、これはみんな怪しいのだ。兇行時間を八時半前後とすると、二階の二人が下りて来たのは九時ごろだし、それも別々だ。奥さんが子供部屋に行ったあとで、子供の方は直に寝たかもしれないから、木村君の証明はない。弓雄君は寝つきのいい子供だよ。奥さんの方も、自分の部屋にいた筈だというだけだ。一方、下で探偵小説を読んでいた二人も、面白い本を読むというのは、心理的に時間が早く経つから、相手が中座していなかった時間を、割に短く感じたに違いない。」

「しかし、香代子さんはずっと一緒でしたよ。」

「君の飲んだウィスキイは何処から現れたんだい？」

「そうか。でも、それはほんのちょっとの間です。」

「いいかい、例えば将棋を指していて相手が中座すれば、早く来ないかと思って待っているか

ら、その時間は心理的に長いのだ。二人が探偵小説を読んでいるというのは相手のいない将棋と同じことで、君はひとりきり物語の中に没頭しているから、その時間は短いと感じるのだよ。

それに、ここに証拠が一つある。」

「何です?」

「君は一頁から読み出して百五十頁まで読んだと言ったね。その同じ時間に、香代子さんは六十一頁から読み出して、君と同じ分量の二百十頁まで行っていないのだ。君は辞書を使っていたし、あの人は使わない。英語は君よりよっぽど出来るのに。」

「どうして分ったんです、そんなこと?」

「二百十頁のへんだけ先に読んで、ちょっと香代子さんに質問したのさ。それはとにかく、アリバイはこういうわけで誰でも怪しいのだ。遠村氏の場合だけ、九時に到着という運転手の証言があるから、まあ安全だろうが。」

「そう怪しいのばかりじゃどうにもならない、」と山崎刑事が嘆息した。「あの温室からどうやって逃げ出せるのか、それがまず分らなくちゃ。」

「先生、どうなんです?」と助手が名探偵の名誉を疑うような、情なさそうな顔で見た。

「方法は分っているし、従って犯人も分っている、」と伊丹氏がずばりと言った。

聞いていた二人があっけに取られた瞬間に、伊丹氏は渋い顔をして附け足した。「ただ、証拠がない。完全に。」

「現場を再現すると、先生この前おっしゃったんじゃありませんか?」

「それが再現できないのだ、まさにね。」
「は、早く、犯人を教えて下さいよ。」と刑事がどもりながら叫んだ。
「証拠がないんだから、」と伊丹氏は繰返した。
「そういう時は、犯人をトリックに掛けるんじゃなかったんですか？」と助手がまた訊いた。
「そのトリックだが、」と言って、伊丹氏は渋っていた。「とにかく晩まで待って下さい、」と最後に刑事に向って言った。

夕食は、山崎刑事も一緒に招ばれたせいか、昨晩以上にひっそりしていた。伊丹氏はまったく食欲がないようだった。食後にも、誰一人くつろいだ様子を見せる者はなく、遠村氏さえ葉巻ばかりくゆらせていた。伊丹氏は眼を細く閉じ、ソファに凭れ、煙草が指を焦すのも忘れて放心のていだった。山崎刑事がたまりかねたように、ぽんとその肩を叩いたので、慌てて眼を開くと、「では、やってみましょう、」と言った。

2の6　心理的方法

弓雄ちゃんだけが勉強のために引き上げて、部屋に残ったのは、里子夫人、香代子、遠村氏、木村、久木、山崎刑事、それに伊丹氏だった。六人を相手に、伊丹氏はゆっくりと話を始めた。
「これは非常によく考え抜かれた、巧みな密室犯罪です。なるほど証拠もありません。その点、

僕はいさぎよく帽子を脱ぐことにします。僕の負です。とは言うものの、むざむざ負けたのでは、伊丹英典たるものの名折ですから、僕が決してぼんやりしていたわけじゃないことを、負け惜しみじゃなく、言っておきましょう。今までに僕も犯人に対する攻撃を試みて、犯人の方法を実はすっかり探り出したつもりです。そこで、攻撃を中休みして、目下犯人の出ようを待っている次第です。

——さて、温室の入口は、内側からしまっていた。この点は細工の余地がありません。紐をくっつけて天窓の外に出し、外から紐を引いて錠をしめることも不可能です。従って、残るのは天窓の出口だけです。もし中に犯人がいて、この天窓から逃げたのなら、それはごく身軽な人物で、しかも表に共犯者がいた場合に限られます。しかしそれじゃ、被害者がなぜあとから天窓の紐を引張ったのか、そこの説明が不充分ですね。そこでこうした物理的方法じゃ駄目だということが分ります。残るのは心理的方法です。その一つは、被害者が犯人をかばおうとしている場合、もう一つは、被害者が自分から戸をしめた場合です。僕はこれ以上説明しません。が、犯人には、——此所においての犯人には、僕がその方法をよく知っていることが、これだけでお分りだと思います。ただ一つ、この密室は、単なる物理的方法によるものではないけれども、共犯者を必要とした、このことを申し上げておきます。

——では、僕は何を待っているのか？ まず、犯人の頭脳に僕は心から感服します。それも普通、犯人という者は、誰かに嫌疑を掛けさせるように細工をする。しかしこの事件では、そういう小細工の形跡がない。非常にフェアに行われている。つまり当局をして五里霧中にさせ

ることだけに目的がある。密室にしたのも、犯人が自分の智力を誇っているからです。
——しかしここで僕に言わせて下さい。蟹山は確かに憎むべき人物、漆原家に傷をつけようとした人物かもしれません。しかし殺人というのは、更に憎むべき行為です。どのような動機があったにしても、密室とか、証拠のない犯罪とか、要するにそれは死を弄んだことになります。犯人がそのことに思い当らなかった筈はありません。僕が山崎刑事に話さずに、こうして待っている気持を考えて下さい。時間は刻まれています。犯人の頭脳の方は実に大したものでした。共犯者というものもあります。証拠がないと言っても、卑劣なトリックを使えば、逮捕する方法もないわけじゃありません。そこで僕は犯人に、ここで正義に向って、見事なジャンプをしてもらいたいのです。Dixi(ディクシ)」
 こう言って、伊丹氏は一同に軽く頭を下げた。

    3の1 第二の事件

 山崎刑事は、久木助手と共に伊丹氏の部屋にはいると、さっそく食ってかかった。
「あれは一体どういうことです? まさかあなたが、あんなことを言い出すとは思わなかった。」
「いけませんでしたか? あれが僕の、犯人に対する心理的トリックなんだけど。」

「あれが？　どこがです？」

「僕は犯人の性格を研究してみたのです。その結果、フェアに、堂々とぶつかる、正直にこっちの負を認める、しかし実は話の裏で、犯人にもう駄目だと観念させる、そういう手を試みたのです。」

「一体、その犯人というのは誰です？」とじらされるのは御免だという声で、刑事が悲痛な叫びをあげた。

伊丹氏は答えようとしなかった。そこで久木助手が代って質問した。

「先生のさっきの話、一体何を狙ったんです。どの点に話の裏とやらがあったんです？　先生は必ず共犯者がいるとおっしゃったけれど、今度は犯人が、その共犯者を狙うかもしれないじゃありませんか？」

伊丹氏は依然として無言だった。

「そういう恐れもある。もっと警戒を厳重にしなくちゃ、」と刑事が言った。

「大体こういう事件は、大抵単独犯なんじゃないんですか？」と助手が訊いた。

「一人だけでは、あの密室は出来ないんだよ」と伊丹氏は答えた。

「共犯と言えば、大抵の組合せは出来ないわけですね。奥さんと香代子さんと木村、木村と奥さん、そう、この二人なんかどっちも二階にいたんだから。それに弓雄君、あの子だって他の三人の誰とでも仲がいいんだから。身も軽いし。」

「子供が寝たことは木村君の証言がある」と刑事が言った。

139　温室事件

「しかし木村は部屋を出たかもしれない。あれは悧巧な子だから、寝たふりをして木村を騙したかもしれないでしょう。或いは二階にいた三人が、全部ぐるかもしれない。」

「もし犯人が後くされをなくすために、共犯者を狙うとすれば——こいつは心配になって来た。もう少し応援を呼びましょう。」

山崎刑事はそう言うなり、いきなり部屋を飛び出して、階下の電話のところへ走った。電話で応援を頼んでから、食堂の隣の部屋をのぞくと、さっき多勢いたところに、遠村氏がひとり、葉巻をくゆらせているだけだった。

「おや、皆さんは？」と刑事が訊いた。

「木村君は弓雄の勉強を見るとか言っていたが。香代子たちも二階にあがったんでしょう。」

刑事は急いで階段を昇り、子供部屋を明けてみたが、そこには誰もいなかった。香代子の部屋をノックしたが、応答はなかった。里子夫人の部屋からも返事がなかった。伊丹氏と助手が、廊下へ顔を出した。

「誰もいないんです。どうしたんだろう？」

刑事は緊張した表情で二人の顔を見た。

その時だった。鈍い銃声が響いて来た。刑事は短い叫び声を洩らした。

「しまった。」

「庭だ。温室だ、」と伊丹氏が叫んだ。

三人は階段を駆け下り、そこで遠村氏と一緒になった。四人は真暗な庭の中を、温室の方向

を目掛けて走った。温室の電燈が点いているのが見え、更に近づくと、中にある机の上のスタンドの灯までが、硝子ごしに見えた。その机に上半身を凭れて、香代子が俯きになっていた。

「や、内側から錠が下りている。」と刑事が叫んだ。そして猶予なく、拳で硝子を打ち割り、手を中へ突込んで錠を明けた。戸を引くと、刑事は中へ踊り込んだ。伊丹氏があとに続いた。

机の上に、スタンドの灯に照されて、香代子の黒い髪が散っていた。腰掛の右手の足許に、ピストルが落ちていた。刑事はだらりと垂れた右手の脈を取って、「駄目だ。」と呟いた。側にいた伊丹氏は、その時振り向いて、入口の方に声を掛けた。

「はいらないで下さい、皆さん。」

そこには里子夫人と木村と弓雄ちゃんの姿が見えた。伊丹氏の眼は、同時に、硝子の破れたままの天窓を認めた。実験の時に巡査が踏み破ったのが、まだそのままに残っていた。

「これはあなたの責任ですよ。」と刑事は怖い顔をして、伊丹氏を睨んだ。

3の2　残された場所

「香代子さんが共犯者だったのか？」と助手が言った。「犯人がその口をふさいだわけですね？」

「しかしどうやって、犯人がピストルを撃ったと思うんだい？」と伊丹氏が訊いた。「犯人は

香代子さんのすぐ側に立って、悠々とピストルを取り出して、ずどんとやったのかい？」
「そうとしか思われないじゃありませんか。
二階の伊丹氏の部屋で、二人が話しているところに、山崎刑事ががっかりして帰って来た。
「御苦労さま。何か見つかりましたか？」と伊丹氏が訊いた。
「あのピストルは、亡くなった主人の持物だそうです。ああいうものがあるとは知らなかった。至近距離から、耳の横を撃ってたんだろう？」
「かれずにピストルを撃ってたんだろう？」
「今も、僕がそう言ったところです。結論は極めて簡単じゃありませんか？」
「自殺ですか？ そうも思えるけれど、しかしそれなら遺書ぐらい残しそうなものですからね。」
「他に怪しい点でもありますか？」
「木村君は子供を見に二階に昇ったら、いないので離れへ出掛けたと言うんです。奥さんも子供を探していた。子供の方は、一人で勉強するのに飽きて庭へ出てみた。三人とも、突然の銃声に驚いて、別々に駈けつけたと言うんだから。」
「またアリバイですか。どうも最初の密室事件で、先入観がありすぎるんじゃありませんか？」
「先生は自殺説ですか？」と助手が訊いた。「するとこの前の犯人は？」
「勿論、香代子さんだよ。」

「それならますます、遺書がありそうなものなのに。」

「温室の中は充分に調べました。」と刑事が口惜しげに叫んだ。「居間と書斎とを、これから徹底的に調べます。」

三人が応援の巡査たちと綿密な捜査をして、結局何一つ見つからないことが分ったのは、もう暁方に近かった。みんなすっかりくたびれこんで、物を言うのも大儀そうだった。

「やはり他殺だ」と刑事がぽつりと言った。

「そんな筈はない、」と伊丹氏は固執した。

沈黙のあとで、久木助手が不意に尋ねた。

「先生、もしも香代子さんが犯人なら、それは犯人のうちの一人ということなんでしょう？先生はあんなに共犯者がいるとおっしゃったんだから。そのもう一人の犯人の方は、放っといてもいいんですか？」

伊丹氏はそれを聞いても、暫く黙っていた。それから急に笑い出した。「うまい、まさにそこだよ。どうしてまたそこを忘れたんだろう？」

「何処です？」と刑事が飛び上って叫んだ。

「残された場所が一つある。共犯者のところだ。」

「一体誰なんです？」

「分らないかい？　犬だよ。」

三人が犬小舎の前まで行った時には、夜はもう明けかけていた。伊丹氏は他の二人を押しと

143　温室事件

どめた。
「鎖から離してあるから、近づくのは危険だ。弓雄君を呼んで来たまえ。僕等には手が出せない。」
寝ぼけてまだ眼をこすっている少年を、助手が連れて来ると、伊丹氏が側へ行って話し掛けた。
「君にお願いがあるんだよ。一つアキレスを小舎から誘い出してくれないか?」
「お姉さんでなければ駄目だよ。」と少年は答えた。
「それをぜひ君に頼みたいのだ。温室の方へなら、君とでも行くと思うよ。ためしてみてくれよ。」
少年は気安く、「じゃやってみよう、」と言った。彼は犬小舎の前に近寄ると、「アキレス、カム（来たれ！）と命じた。そしてぱっと温室のある方向へ駆け出した。犬はさっと緊張し、反射的にあとを追って走った。矢のように早く、見る見るうちに少年を追い越して姿を消した。
「山崎さん、さあ大急ぎで。」
刑事は素早く犬小舎へ半身を入れて、懐中電燈で中を探った。犬が戻って来はしないかと、見ている二人は気が気ではなかった。刑事が中から這い出すと、戦利品として手袋と、封筒と、そして鍵とが手に摑まれていた。
「ありましたよ」と刑事は嬉しそうな声で言った。封筒は二通で、一通は伊丹英典氏あて、

一通は里子夫人あてだった。どちらにも犬の歯型がついていた。
「早く中にはいろう。アキレスに見つかると大変だ。」と伊丹氏はせきたてた。
伊丹氏あての手紙の内容は、ごく短かった。

伊丹先生。
――あなたのお話で、私の計画がすっかり見破られたことが分りました。証拠はない筈ですから、私はもっと知らない顔をすることも出来ます。しかし、万一にも司直の手に捕えられることを考えれば、それは私のプライドが許しません。私は決して蟹山を殺したことを後悔して、死ぬわけではございません。漆原家の一人として、私には人を殺す勇気も、自分を殺す勇気も、共にあることを示したいのです。私はアキレスと一緒に、最後のジャンプをします。それではさようなら。

そのあとに署名があった。

3の3　伊丹英典氏の説明

「さっぱり分らないんですよ、僕には、」と帰りの汽車の中で、久木助手が白状した。「一体どういうトリックだったんです？」
「トリックもだけど、動機がまず普通じゃないね。」と伊丹氏は話し始めた。「これは里子夫人

温室事件

と、香代子さんとの、性格の違いというものを念頭に置く必要があるのだ。里子夫人は、なよなよとした、意志の弱い、黄昏のバラといったような美人だ。蟹山が打込んだのも無理はない。そう言えば僕は勘違いをしていたけど、君の友達の木村君は、香代子さんじゃなくて、奥さんの方が好きだったらしいね。彼も蟹山のことは知っていただろうし、香代子さんも知っていた。それに香代子さんは、里子夫人が気が弱くて、蟹山の強引さに負けるかもしれないということも、知っていたのだ。

——ところで香代子さんの方は、我の強い、家柄というものを何よりも大事にする、謂わば古風な、封建的なお嬢さんだ。あれだけの頭をもってしても、蟹山ごとき使用人が、漆原家の未亡人と誼みを通じることなどは許せなかった。このままで行けば、二人はひょっとしたら結婚するかもしれない。とすれば、それは漆原家に対する侮辱、亡くなった父親をも、彼女自身をも、侮辱するものだ。その動機は、決して、単なる里子夫人に対する同情なんかじゃないのだ。蟹山を殺すことは何よりも彼女自身のためなのだ。

——事件の晩、蟹山が誰かと約束して、八時半に温室に行ったことは確かだ。温室は不断は鍵が掛っていて、その鍵は書斎にあった筈だ。多分香代子さんが、蟹山に温室の前で会おうとでも言ったのだろう。蟹山にしてみれば、ひょっとしたら香代子さんが自分に気があるのかと考えたかもしれないし、このチャンスに、彼女を自分の味方にしようと思ったのかもしれない。とにかく彼は、懐中電燈を手に、温室の前で待っていた。すると香代子さんが来て、鍵で温室の戸を明けると、はいって中のスイッチを点けろと命じたのだろう。

――蟹山はスイッチを捻った。そして初めて温室の奥に、あの巨大な犬が、自分を睨んでいることに気がついた。犬嫌いな彼は震え上って階段を入口の方へ戻ろうとする。そこには香代子さんがいて、犬にアタック（攻撃せよ）を命じている。彼はしかたなしに、敵意をみなぎらせた犬と向い合うわけだ。ここで犬が跳びついたのでは、その場に犬がいたことの証拠が残る。だから香代子さんは、ウエイト（待て）！　と命じたに違いない。
　――犬を予め温室の中に入れて待たせておくこと、それから、天窓を明けておくこと、この二つが事前の工作だった。実に簡単なことだよ。今、蟹山は戸口に背中を見せているのだから、そっと戸を明けて、短刀で背中を刺す。と同時に、犬にジャンプ（跳べ）！　と命じる。犬は日頃訓練されているから、天窓から一息に跳び出すと、香代子さんの許に走って来る。
　――背中の傷は即死するほどじゃない。蟹山の注意は犬にだけ集注している。彼は背中に傷を負わされたことを知っても、自分の強敵は犬だと思っている。犬がいなくなったのでほっとするが、硝子張の温室だから、犬が入口の方へ廻ったのが見える。そこで慌てて入口に内側から錠を掛ける。すると香代子さんは、犬を連れて、横手の、天窓の下の方へと廻って行くから、蟹山は最後の息をふりしぼって、危険な天窓の紐をしめる。というより、自分の身体の重みで、紐を引張りながら倒れるわけだ。つまり密室を構成するものは、被害者の心理的要素、その犬に対する恐怖心なのだ。それを見すまして、香代子さんは手袋を外し、犬に戻れと合図すれば、

147　温室事件

犬は手套をくわえて自分の犬小舎に帰る。あとになって、温室の鍵も犬小舎に放り込んでおけば、誰も犬小舎には近づかないし、それに犬小舎は一種の盲点になっているから安全なわけだ。まあ、こういうことだったのだろう。」

「なるほどね。そうすると、いつか先生が大事にしまっていたあの甲虫、あれはどういう意味なんです？」

「あれは、天窓が開かれていたという証拠さ。あの温室は、長い間、鍵が掛ったままでいたから、甲虫はあの晩はいり込んだに違いない。それも、明りが点いていて、かつ天窓が明いていた時間、そういう時があったことが分るのだ。珍しい甲虫らしくて、明りを目掛けて飛んで来ると弓雄君に教わったからね。」

「つまり犬というのが、密室のための心理的方法というわけですか？」

「他の方法ではどうしても駄目さ。蟹山が犯人をかばっているとは、あの死にぎわから見ても考えられないし、何と言っても蟹山の手の中に、絶対的な天窓の紐があったのだからね。温室が硝子張だということも、心理的に見て重大なポイントだ。そして、アキレスが香代子さんの命令しか聞かない以上、他人では現場を再構成できない点が、犯人の最も天才的な着想だよ。」

久木助手は頷いて、次の質問にかかった。

「それで次の事件は？」

「あれは簡単だ。香代子さんは自殺するつもりで、お父さんの好きだった温室の中の机の上で、遺書を書いた。アキレスを殺してから自分も死ぬつもりでいたのだが、犬にピストルを向ける

ことが出来なかった。あれでやさしい心もある人だ。そこで、気が変って自分だけ死んだ。ピストルが足許に落ちた。
　——犬はその音に驚き、二通の遺書を、いつぞやの二つの手袋と同じように口にくわえて、硝子の破れた天窓から外に跳び出した。そのまま真直に犬小舎へ戻って行った。つまりピストルの音を、いつもの帰れという合図と間違えたんだ。」
「先生には、香代子さんが自殺することが分っていたんだ。」
「多分ね、」と言って、伊丹氏は顔を曇らせた。「僕みたいな人間は、ただ推理的才能が少しばかりあるだけで、人に石をぶつけることは出来ない。探偵としたらまったく失格さ。香代子さんの罪は憎むが、あの人を警察の手に渡すだけの勇気がない。勿論、あの場合は証拠もなかった。そこで一か八かで、ああいうスピーチをしてみたんだ。
　——あの時の話は、証拠のない犯人に対する方法として、僕の考えた一番簡単な、しかし一番確実な、心理的方法なのだ。先天的犯罪者に対しては無効だろうが、香代子さんみたいな人には一番利く筈だ。つまり相手のプライドに訴える。頭脳を誇っている相手に、こっちの頭脳を示して、かなわないという気を起させるのだ。」
「しかし先生は、自分の負だとおっしゃったでしょう？　あれ謙遜ですか？」
「犯人の頭脳的プライドを一応満足させてから、しかしやっぱりもう駄目だと向うに思わせるのさ。自首してくれればもっとよかった。しかし、あの人は自首するような性格じゃないね。」
「でもあれだけで、死ぬ気になったというのが分らないな。もっと頑張れそうなものなのに、」

と助手は不思議そうに呟いた。「先生の話はじごく曖昧なもので、あの人を犯人だと、はっきり指しているわけじゃなかったでしょう?」

「僕は話の中で、犯人への攻撃を試みた結果、目下は出ようを待っているところだと言っただろう? 最後に、正義に向ってジャンプしてくれと頼んだ。つまり三つの言葉、アタック、ウエイト、ジャンプ、——これが密室構成の鍵なのだ。それを僕はさりげなく自分の話の中に入れた。香代子さんがそれに気がつかなかった筈はないのだ。僕があの人に、探偵小説を何頁まで読んだかと訊いた時に、僕の攻撃は始まっていたわけさ。」

「頭のいい人だったけれどなあ、」と助手が呟いた。

「エラリー・クイーン君をアリバイの道具に使うくらいだから、大したものだ、」と伊丹氏はやっと持前の悪口を吐いた。「しかし家とか、家柄とか、そんな過去の亡霊に取りつかれないでいる君の方が、頭は悪くてもしあわせだよ。」

この事件の数ヶ月後に、家庭教師の木村君から伊丹英典氏のところに手紙が届いた。その最後に、アキレスがどんなにすすめても何も食べようとせず、遂に痩せ衰えて死んだと報告されていた。

失踪事件

1の1　消え失せた大学生

春の新学期が始まったばかりで、古典文学科の研究室はまだひっそりしていた。夕暮に近い生暖かい光線が硝子窓から差し込んで来る中で、助教授の伊丹英典氏は、午後の講義を終って、今や悠然と研究室の肱掛椅子に凭れ、煙草の立ち昇るのにまかせていた。その前の椅子では助手の久木進がさっきから思案に暮れた面持で、しきりと冷たいお茶を飲んでいた。とうとうたまりかねて口を利いた。

「先生——。」

伊丹氏はおもむろに眼を開き、煙草の灰を落し、「やあ君か、」と言った。

「やあ君かもないもんです。僕さっきから、先生が目を覚ますのを待ってたんですよ。」

「眠っていたわけじゃないさ。久木君はこういうことは出来るかね、巻煙草に火を点けて、最初の一服をやったら眼をつぶるんだ。それでぎりぎりの、指先が焦げる前に眼を明ける。この短い時間に精神が集中すると、実に驚くべき沢山のことが考えられるものだよ。」

「途中で火が消えたらどうなんです?」
「近頃は専売公社もいい品物を作るようになったから、まずその心配はないさ。時に何の話だったっけ?」

久木助手はがっかりしたように、掌で膝を叩いた。

「先生、それはこれからなんですよ。ぜひ先生に、その、精神を集中していただきたいことが出来ちまったんです。それで先生の半睡眠的集中思考を、不本意ながら妨げたというわけです。」

「半睡眠的集中思考か。君も皮肉がうまくなって来たな。こんな春めいた夕暮に、むずかしい議論は御免だよ。」

「先生の本職の方じゃありません。例の推理の方です」と助手は真剣そのものの顔つきで、伊丹氏の方に膝を寄せた。

「椅子から落っこちるなよ。宜しい、聞かせ給え。一体何ごとなんだね?」

そこで久木助手が、次のような話を始めた。

「今度四年になった学生で、瀬戸君というのがいるんです。御存じでしょう。それが春休みに、どうやら行方不明になっちまったらしいのです。」

「瀬戸君というのは、背の高い、痩せぎすの、——うん、知ってる、それで?」

「瀬戸君はお兄さんと一緒に下宿していて、両親はありません。割に気楽な身分です。兄さんの方は或る商事会社に勤めていて、時々出張で九州なんかへ出掛けるので、弟の生活に対して

はあまり干渉はしていないんですが、その兄さんが昨晩僕のところに相談に来ましてね。今日、瀬戸君と同じクラスの連中にも色々聞いてみたんですが、誰にも心当りがつかないのです。」

「一つもう少し詳しく頼む、」と伊丹氏は煙草に火を点けて、眼をつぶった。

「三週間ばかし前のことです。瀬戸君は伊豆方面に、一人で旅行に行くと兄さんに申し出て、約一週間の予定で出発しました。乗物は使わず、歩いて廻るつもりだったらしく、レインハットにレインコート、リュック一つ持って、所持金はたいしてなかったそうです。しかしもともと旅行好きで、今迄にも盛んに徒歩旅行を試みているので、兄さんは全然心配しないで気軽に別れたらしいのです。修善寺からの絵ハガキで、伊東から此所まで来たが、明日は山越えをするという便りがついています。僕も見ましたけれど、間違いなく彼の手で、消印も修善寺で四月の三日です。ところが彼の兄さんは十日から九州へ出張で出たんですが、弟の方はそれ迄に戻っても来ないし、便りもない。しかし大して心配もしないで、留守の間に帰って来ているだろう位に考えて、出張からは一昨日の十八日に帰って来たそうですが、弟の消息は依然として全然なしと分って、急に心配になったんです。どうです、変じゃありませんか？」

「変も変だが、取りとめのない話だな。兄さんは一体、どう解釈してるんだい？」

「蒼くなっていて、解釈どころじゃありませんよ。もともとは、二人とものん気な兄弟らしいんだけど、こんな事は今迄になかったし、想像もつかないと兄さんは言うんです。それはそうでしょう。三週間近いのに最初の絵ハガキ一本きりなんですからね。」

「君はクラスの連中に会ったと言ったけれど、そっちから何か分った？」

「伊豆の、踊子を地で行くんだと言ってたそうです。だから天城山を下田に向って歩く気だったことは確かです。まさか小説を地で行って、本当に旅芸人と一緒に旅行している筈もないでしょう。」

「君ほどロマンチックな青年じゃなさそうだね、瀬戸君は、」と伊丹氏は釘を刺した。「それとも何か恋愛事件でもあるのかい？」

「多分なさそうです。」そして急いで附け足した。

伊丹氏は眼鏡の奥から薄眼を開いて助手の表情を確かめ、

「要するに平凡な何ということもない学生が、旅行の途中で行方不明になった、原因として特に思い当るものは何一つない、こういうんだね？」

「そうです。金だってせいぜい三千円くらいしか持ってないし、殺されるほどの怨みを受ける人柄でもないし、身をくらます事情もないし、要するにわけが分らないんです。」

「ふうん。」と助教授は腕を組んで唸った。「なるほどね。それで兄さんというのは警察へ届けたのかい？」

「届けました。しかし伊豆方面で、このところそういった事件は何もないんです。変屍体も発見されてないし、遺留品もないし。」

「絵ハガキだけを頼りに、伊豆方面ときめてかかるのは少々乱暴じゃないかな。」

「伊豆は確かですよ。それに僕は死んでるんじゃないという意見です。」

「なるほど、ワトソン君も一家言あるようになったね。で、その根拠は？」

「勘です、」と蚊の鳴くような声で助手は答えた。
「勘なんて非科学的なことを言っちゃ駄目だ」と伊丹氏はたしなめてから、「とは言うものの、科学的知識の乏しい点では、僕も人後に落ちないがね。ただ僕は君と違って、……」
「半睡眠的思考ですか?」と助手がやり返した。
「いやいや、僕にあるのは、第一に分析力、第二に想像力、第三に論理力と来るんだ。」
「いや先生の腕前は分っています。まず分析の方からやってみて下さい。」
「何しろ材料不足だからね、そう簡単には問題がおろさない。
——第一に、本人の意志によって消え失せた場合。これには自殺と失踪とが考えられる。人に知られないように自殺するとなれば、山奥で首をくくるとか、船の中から海に飛び込むとか、容易に屍体の分らないことだってあろうじゃないか。失踪の方は、意識して身をくらます気なら、予め金を別に用意して、伊豆とはまったく違った方向に逃げ出しさえすれば、この頃の世の中なら当分は隠れていられるさ。しかしどっちにしても、人生観的な充分の動機が必要だ。それに性格とか人柄とかいうこともあるだろう。だから瀬戸君の兄さんにでも会って、平常のことなんかよく聞いてみなくちゃ、何とも言えない。
——第二には過失による死亡とも考えられる。山に登って崖から落ちて死ぬ。そこへは誰も近づかないとすれば、容易に屍体は発見されないさ。古井戸に落ち込むとか、昔の防空壕にはいって寝たら、崩れて入口がふさがるとか、一人きりで野宿などをする旅行なら、そんな危険だってあるわけだ。しかし天城くらいの山では、まず大丈夫だろう。これが底無し沼なんかのあ

る沼沢地方なら、帽子一つ残らないで消えることもある。但し、日本にはこんな怖いのはなさそうだ。

——第三に本人の意志が失われて連絡がつかない場合。その最たるものはショックによる記憶喪失さ。崖から落ちて頭を打った、今までのことは忘れてしまった、——となると手紙だって来やしないさ。しかし警察が調べればきっと分る筈だからね。その他にも意志が失われる場合、——持ち物を調べれば、住所氏名の知れそうなものがあるにきまっているんだから。自分で意志を捨てた場合がある。さっきの君の伊豆の踊子だ。けれど、どんな素晴らしい踊子を発見して夢中になったところで、浦島太郎じゃあるまいし、同じ日本にいるのなら兄貴にハガキの一枚くらいは出すだろうよ。友達だっているんだしね。

——第四に本人の意志が阻害されて、思い通りにならない場合。これは例えば、旅先で怪我をしたとか病気になったとかいうこともあるが、よっぽどの熱病ででもない限り、自宅へ通知してくれと言えない筈はないだろうし、本人が口を利けなくても看護している人が当然、代って一筆するか警察に届けるかするだろう。とすれば、ここでいよいよ犯罪の匂いがして来るのだが、意志が通じないのは他人が強制しているから、つまり不法監禁されているということになるわけだ。どうだい、以上四つのどれかだろう？」

久木助手は頷いた。

「確かにそのどれかですよ。しかし、そのどれかをきめることが問題なんです。」と不満そうに言った。

「このソフィスト先生、と言いたげな顔をしているね。久木君、この分析のうちの一つを採るためには、瀬戸君の兄さんに会うとか、警察の報告を聞かせてもらうとか、そうしたデータが必要なのさ。」

「ありがたい。今晩その兄さんのところへ行ってくれますか、」と久木助手は椅子から跳び上って叫んだ。

1の2　瀬戸英次の人柄

伊丹英典氏はゆっくりと手にした日記帳の頁をめくって行った。その側には久木助手が、湧き上って来る好奇心と戦いながら、覗き込まないように遠慮していた。その正面の机の向うに、サラリーマン風の青年が、きちんとした洋服姿のまま、かしこまって伊丹氏の手許を見詰めていた。

「なるほど、特に深刻な問題は見当らないようですね」と伊丹氏は言った。「一番がっかりしているのは此所のところだな。——今日の伊丹先生の試験はまったく失敗した。どうしてこんな人の悪い問題を出すんだろう。すっかり自信をなくした。——この程度では死ぬ気にはならないね。」

「それだったら学生はみんな、集団自殺でもしなくちゃ。先生の試験はいつでもからいんだか

ら」と助手が批判した。
「試験では大して心配した様子もありませんでした、」と二人を見守っていた青年が、声を明るくして註釈した。「休みに旅行に行くのを愉しみにして、けろりとしたものでした。」
「日記帳は旅行には持って行かなかったんでしょうね。」英次は小型の手帳を持って行ったのでした。」
「それはかさばるからやめたんでしょうね。」
「明日から伊豆に行くという、この三月三十一日附で終っているのを見れば、きっとそんなことでしょう。熱心につけている人なら、少々かさばってもリュックにいれるだろうけれど、大して熱のはいった日記とも見えない。もし意識的にごまかすつもりで書いたのでなければ、この日記の示すところは確実とも見えない。」
「確実?」と相手は訊き直した。
「つまり恋愛もない、兄弟喧嘩もない、深刻な煩悶もない、病気も、経済的問題も、すべて自殺したり身をくらましたりするに足るだけの理由は、此所には見当らないということです。」
「それは大丈夫です。」と兄も主張した。「英次は何でも僕に相談してくれましたから、苦しんでいたら僕には分ります。伯父たちが羽ぶりがいいので、経済的に心配なことはありません。遺産が少しありますし、『古典文学科というのは、就職のパーセンテージが殆どゼロです、』と伊丹先生が関係のないことを口にした。
瀬戸謙一は頷き返し、「弟には好きなだけ学問をやらせるつもりです、」と言った。「才能が

「先生、さっきごまかすとか何とかおっしゃいましたが、その日記におかしなところでも?」
と助手が訊いた。

「いや、日記の方は何も変じゃない。とても素直な、悪く言えば平凡な、大学生の日記さ。心の苦しみを隠して日記をつけるほどの、創作的才能は彼には無さそうだ。とすると……」

兄の方も助手の方も、二人ながら心配そうに伊丹氏を見詰めた。

「警察の方どうなりました?」と暫く考えてから、伊丹氏が尋ねた。

「四月二日に、修善寺のうさぎ屋という宿屋に泊っています。そこでなんです。その次の日に、湯ヶ野で小学校の宿直室に小使さんに頼んで泊めてもらっています。なるべく安く上げると分ったのは、英次はもともと、宿屋に泊る気なんかあまりないんです。お寺とか、公会堂とか、それに百姓家なんかに頼み込んで泊るのが得意なんです。暖かければ野宿でも平気な奴です。修善寺で宿屋に泊った方が例外みたいなものです。従って警察でも、なかなか調べがつかないんじゃないでしょうか。」

「つまり英次君は、人に気さくに物の頼める、冒険的な、やや向う見ずな、ヴァガボンドのわけですね。なるほど。それでいて緻密な頭脳を持っているし、軽はずみなことをする筈もない。筆不精なんですか?」

「いや、今まで旅行中は、きっとちょくちょくハガキをよこしたものです。日記もつけるし、僕よりよっぽど几帳面です。」

「湯ヶ野へ出たんなら、下田へ向ったことは確実ですね、」と助手が訊いた。
「どうかなあ、湯ヶ野はどっちへも出られる便利なところだから、今井浜へも下田へも、それに山越えをすれば松崎にだって出られる筈だ。瀬戸さん、一体英次君のプランはどういうんでした?」
「天城を越えて、それから西海岸をゆっくり歩くとか言ってました。しかし気紛れな奴ですから、」と瀬戸謙一が言った。
「山の中へはいったかもしれないわけですね?」
「山登りをする気はなかったようです。海岸線を歩くつもりだとはっきり言いました。」
「湯ヶ野で消えたと……?」そう言ったなり、伊丹氏は考え込んだ。
「僕は明日、そこの小学校に行って小使さんに確かめてみるつもりです。どっちの方向へ向ったか……、」と瀬戸謙一が言った。
「明日ですか。しかしそれは警察の手で調べがつくでしょう。」
「僕は自分で探してみなければ、気が済まないのです。」
「僕も一緒に行きます、」と助手が口を添えた。
「僕にもう少し考えさせて下さい、」と伊丹氏は呟いた。

2の1　伊丹英典氏の想像力

「一体、先生何を考えるんです?」と伊丹氏の家までくっついて来た久木進は、不満そうに尋ねた。「現地に出掛けて、足跡を辿ることの方がこの場合一層実証的でしょう。」

「また難解な事件ですの?」とお茶を運んで来た奥さんが、にこにこして訊いた。「お忙しいのね。」

「うちの学生が一人、行方不明になりましてね。」と助手が説明した。「先生の試験がむずかしかったことも、ひょっとすると関係があるんです。」

「あら、だから私が試験で学生さんを苛めちゃ可哀そうだって、あんなに注意したでしょう?」

伊丹氏は威厳をとりつくろった。

「余計な話をしちゃ困る。それとは全然関係がないんだ。久木君、冗談じゃないぜ。」

「はあ、」と助手は小さくなった。

「僕たちは夕がた、この失踪事件を分析して四つの場合を考えた。それから瀬戸君の兄さんに会って、話を聞いたり日記を見せてもらったりした結果、問題をもう少し絞れるようになったと思うんだ。一つそれを検討してみようじゃないか。」

163　失踪事件

「聞かせて下さい」と助手は答えた。

「聞かせるほどのものはありはしない。自明のことばかりさ。第一の、本人の意志によって行方をくらましたというのには、動機が不足だ。況や自殺するほどの動機はない。瀬戸君は気のいい、割に楽天的な、はきはきした性格だ。陰気に考え込むたちじゃない。日記にだって作為のあとはないしね。そこで第二の、過失による死亡、これは何とも言えないけど、場所が伊豆で、海岸線を徒歩旅行するつもりなら、危いこともないだろうし、相当に頭のいい学生で、一人旅なんだから、危険なところには足を踏み込まないと考えていいね。従って記憶を喪失するほどに怪我をしたなんてことは、勿論あり得るが、病気になったとかいうことは、問題は、なぜ連絡がないかという点だ、確かに日記で見ても、彼は大してロマンチックじゃないよ。ガールフレンドと音楽会に行くより、音楽喫茶で安くあげようとするぐらいの、ちゃっかりしたところもあるし、だから旅先でどんな恋愛をしたとしても、兄さんにうんとも言って来ないのは不思議だね。とすると、最後の、犯罪的な匂、つまり他人に強制されて動けないという想像が、一番妥当になって来るのだ。」

「まるでお講義ね」と奥さんが側からひやかした。

「君は黙っていたまえ」と伊丹氏は軽くたしなめた。「そこで、分析力の次は想像力を用いなければならないのだが、一体、瀬戸君みたいな大学生を監禁して、どんな得があるだろう？ 格別スパイ事件の主役になる柄でもないし、大金持というわけでもない。ギャングが身代金を請求するわけでもなく、お家騒動で落し胤の若様というのでもないだろう。これが女の子なら、

たとえ顔はまずくても誘拐ということも考えられるが、相手が逞しま しげな大学生ではね。さっきの兄さんは真面目そうなサラリーマンで、親戚もしっかりしているらしいし、身うちや友人などが犯罪をたくらむといったケースじゃない。要するにどう見ても他人が不法監禁したとしか思われないんだが、さてそれにふさわしい動機はとなると、さっぱり思い当らないのだ。」
「まさか殺されたんじゃないでしょうね？」
「だって警察があるじゃありませんか」と奥さんが蒼くなって訊いた。「殺されたのなら直に分るでしょう？」
「君は単純すぎるんだよ、」と伊丹氏は細君を一言で片づけた。「そもそも殺すほどの動機というのがうまく見当るかね、久木君？　風采ふうさいの上らない大学生だぜ。金なんか持ってる筈もないし、旅先で怨みを買うとも思えない。僕はね、彼はもちろん生きてると思うよ。そこでだ、なぜ彼は知らぬ他人から、それも旅先で、監禁され放しになっているか、ここのところに想像力を働かさなくちゃならないのだ。」
「試験よりよっぽどむずかしいや、」と久木助手は溜息ためいきを吐いた。
「一つビールでも飲んで考えよう、」と伊丹氏は言った。
「眠くなりますわよ」と奥さんは予言して、それでも支度を始めた。
「僕は今晩中に、あらゆる場合を考えてみる。それが想像力だ。」
「僕は現地に行って尋ね廻った方が早いと思いますね」と助手が反対した。
「せめて瀬戸君から、例えば新聞の活字を切り抜いて貼りつけた手紙でも来れば、推理を働か

す余地があるんだがな。」

「何です、新聞の活字ってのは?」

「手許に字を書く道具がない時には、古新聞から必要な活字を一字ずつ破いてさ、飯粒で紙に貼りつけるんだ。窓の前には椿の木あり、その向うには富士山と海、なんて具合にね、そうすれば……。」

「最も平凡な探偵小説ですよ」と奥さんがビールの栓を抜いてお酌をしながら、ひやかした。「ついでに手紙の中から砂を一粒見つけ出して、この砂は沼津の海岸以外にはない、と言うんでしょう?。」

「そんな非科学的な。いくらシャーロック・ホームズでもそんなわけには行くもんか。僕はせめて、材料が何かあればと言ってるんだ。」

「夫婦喧嘩はやめて下さい」と助手はビールを大急ぎで飲みほすと中にはいった。「それで先生の想像力はどう働いたんです?」

「一体、犯人はどういう得をするか、そこが問題なのだ。何しろ不法監禁というのは相当に重い罪だからね。どうしても充分な動機づけがなければ、簡単に出来ることじゃない。例えば、こういった場合がある。南米あたりから、凄い金持の伯父さんが暫く日本見物に帰国した。甥に会いたがっているし、会えば相当の金をくれることが眼に見えている。ところがその青年が病気で死んだ。或いは行方が知れなくなった。はたの者が気を揉んでいるところに、たまたま旅行中の大学生が、そっくりと言っていいほど似ている。そこで替玉に使おうという気にな

166

る。」

「しかし、先生……。」

「君の反対は分るよ。この話の弱点は、なぜ犯人が話合いで行かなかったかという点だ。ちゃんと礼を出すからと言って頼めば済むことだ。しかしそうすると、断られた時に自分たちの悪事がばれてしまう。」

「僕の疑問はですね、」と助手はビールを飲み飲み質問した。「仮に瀬戸君をそういう目的で監禁したとしても、いざその伯父さんが現れた時に、彼が自分は違うと言えばそれまででしょう。話の辻褄だって合わないだろうし。」

「その点は、僕は犯人が彼を文字通り眠らせておくのだろうと思うよ。つまり食事を与える場合に、常に睡眠剤を盛って、しょっちゅうううとさせておく。彼を病人扱い、或いは狂人扱いするわけだ。屈強の大学生を監禁するのなら、そうでもしなくちゃとても三週間は隠せないよ。とすれば、南米の伯父さんは病気の甥を見舞って、一層不憫に思うだろう。」

「じゃ先生は、この事件に医者が関係してると考えるわけですね?」

「医者、或いは医学的知識のある者が一枚加わらなくちゃ、暴力だけで監禁することは不可能だろう。狂人病院なんてのは舞台には絶好なんだが、それだけの動機が出て来ないんでね。」

「一体、犯人が眼をつけた初めは、どういう具合に想像すればいいんですか?」

「瀬戸君は、宿屋に限らずどこにでも、泊る気があった。そこで運悪く安達ヶ原に宿を取ったのかもしれない。また途中で病気になった、或いは怪我をした、というのかも

しれない。とにかく泊った家で何かが起った。馴れない土地を夜まで歩くとは思われないし、犯人の方でも昼まから大の男をさらう筈もない。しかし一体何が起ったんだろうね？」

「先生は南米伯父さん説ですか？」

「いやいや、あれは単なる一例さ。君はどうだい？」と伊丹氏は水を向けた。

「彼を泊めた家にマルコポーロの書いたものが残っていて、彼はそれを読まされている、というのはどうです？ その本にはジパングの伊豆半島に金鉱があると……」

「まったく古典学者的・非現実的想像力だね」と伊丹氏は思わず笑った。

「私も考えたんだけど」とそれまでひっそりしていた奥さんが、口を挾んだ。「その泊ったお家に少し気の変なお嬢さんがいて、看病してもらっているうちに、学生さんの方も気が変になった、というのはどう？」

「精神病は伝染しないんだ。どうも君はロマンチックでいけない。」

「駄目かしら？」と奥さんは言った。

「駄目だ。そこで真面目な話、監禁して得られる利益というのは、身代金請求でもなく、身代りでもないとしたなら、例えばこういうのがある。瀬戸君を半睡状態にしておき、犯人が予定した殺人事件を行う。その時、瀬戸君が自分が犯罪を犯したような錯覚を持つように仕組む。誰かが短刀を部屋に置いて行く、それでドアをこじあけ、逃げようとすると見つかって格闘になる。気がつくと相手はその短刀で死んでいる。こういう羽目になれば、瀬戸君は行方をくらまさざるを得ないし、犯人にはアリバイがある……」

「瀬戸君なら自首して出ますよ、」と助手が注意した。
「そうだろうね。そこが弱い。いや何と言っても、なぜ三週間も監禁しておくのか、この時間的経過というところが問題だ。」
「もう殺されているのなら別だけど、」と助手はまた蒼くなって、ビールの酔も醒めはてたという顔をした。
「問題は想像力なんだ、」と伊丹氏は力説した。「なぜか、そこにどんな場合がありうるか、それを僕が思いつきさえしたら。」
　そう言って、助教授はしきりに煙草をくゆらせた。

2の2　伊丹英典氏の活動

　あくる日の昼ごろ、久木助手が助教授の家を訪問すると、伊丹氏は朝早くから外出して留守だった。
「それじゃ先生は、何か思いつかれたんですね?」と助手は嬉しそうに奥さんに尋ねた。
「そうらしいんですの。昨晩あなたがお帰りになってから一時間ぐらいも書斎にいましたかしら。分った、って叫んで、飛んで出て来て、すぐに目覚しを掛けて寝てしまいましたわ。うちの主人は、それはよく眠るんですのよ。」

「睡眠的思考ですね。」
「なにそれ?」
「悪口です。時に何処に行かれたんですか? 僕は瀬戸君の兄さんと湯ヶ野に出掛ける手筈なんですが。」
「行先は分らないの。名探偵は秘密主義を尊ぶんですって。でもお昼までにはきっと一度は戻るって言ってました。」
久木助手がどうしたものかと考え込んでいるうちに、伊丹氏は風のように舞い戻って来てるね」と言って、「君に頼みが出来たから、飯を食ってから一緒に来てくれないか。」
「どんな御用です?」
「君のお父さんは今でも麹町署の署長さんだろう? お父さんから僕を警視庁に紹介してもらいたいんだ。急ぐんだよ。どうしても調査してみたいことがあるし、僕個人では調査の出来ないところもあるんでね。」
「僕は伊豆へ出掛けるんですが」と助手は渋った。「瀬戸君の兄さんとも約束してあるし。」
「しかし君、湯ヶ野に行ったって大したことは分らないよ。伊豆だって広いんだから、君たちが聞き廻るくらいのことは、警察の方がよっぽど確かさ。今から三週間も前に、レインコートを着てリュックを持った大学生を見なかったかなんてなんかいるものかね。」
「でも、泊ったのなら覚えているでしょう?」

「そこだよ。湯ヶ野の次に泊ったとこがあるのなら、何とか聞き込みがありそうなものだ。それがないんだから。とにかく漫然と探すわけには行かない。はっきりと一地点を目指して出掛けるのでなくちゃ。」

「そんなにうまく行くんですか？」と助手がびっくりして訊いた。

奥さんの支度した昼食を認めると、先生と助手とは一緒に家を出て車を拾った。

「要するに」と伊丹氏は言った。「僕の想像が当るかどうかは、これからの調査にかかっているのだ。これはつまり当てずっぽうなんだが、他に妥当な解釈がなければ、それでやってみる他はない。君のお父さんともよく相談してみるよ。」

「僕はどうするんです？」と助手は不服そうに尋ねた。

「君は僕をお父さんに紹介してくれたら、瀬戸君の兄さんに会って、出掛けるのを待つように言ってくれ給え。僕も一緒に出掛けるから。」

「先生は今日じゅうにその一地点とやらが分るつもりなんですか？」

「午後じゅうにね。出来たら夕方にでも出発したい。一体なぜ三週間も監禁したまま待っているのだろう。瀬戸君には生命の危険があって、それが一日一日と迫って来ているような気がする。もし僕の想像が当っていれば大変なことになるんだ。」

しかし先生はいっこうその先を聞かせてくれなかったから、久木助手は大いに不満だった。

自動車は麹町署に着き、助手は父親に先生を紹介した。伊丹英典氏は助手に向って、さっさとさよならを言った。

久木助手は瀬戸謙一に会いに行き、警察の調査も格別進展していないことを知った。行方不明の大学生の消息は、湯ヶ野の小学校でぱったりと途絶えていた。ただ、より詳しい報告によって、瀬戸君が下田街道へ向かったことが明らかになった。

それ以上のことは分らないだろう。それでも謙一氏は、一刻も早く行きたがったので、助手は引き留めるのに一苦労し、もしこれで伊丹先生の想像力が貧困だったら、無駄足を踏むだけかもしれないと心配した。

「僕が九州出張の間、放っといたのが悪いんです」と謙一氏は愚痴をこぼした。「もっと早く僕が手を打っておけばね。」

「伊丹先生は生存説です。僕も大丈夫だと思います。そんなに嘆くと、まるで瀬戸君が死んだみたいですよ。」

「こういう中ぶらりんな心配は厭ですね。」

二人は伊丹氏を待っている間に、地図や時間表などをもう一度調べ直した。やきもきしているところに、六時に東京駅に来るように、伊丹氏から電報が届いた。

三人は六時半の伊東行の電車に乗り込んだ。伊丹氏はさっそく伊豆半島の地図をひろげた。

「結局、一地点というのは分ったんですか？」と久木助手が側から訊いた。「僕たちは何処へ行くんです？」

「これから下田まで行く。伊東から自動車で行けば十一時前には着くだろう。」

「下田が問題の場所ですか？」

「いや、下田の警察と連絡が取ってあるんだ。君のお父さんのお蔭でいろいろ助かったよ。電話を使わせてもらえたし、下田の警察もとても好意的だ」
「文化大学助教授の肩書のせいでしょう？」
「なに大学の教師なんて、そういう点じゃ何の役にも立たないさ。君のお父さん、ひいてはエラリー・クイーン君のお蔭だ」
「先生はいやに楽観的に構えているけど、成算はあるんですか？ 下田の何処だか分っているんですか？」
「問題の地点は下田より西なんだ。自転車で三十分くらいのところだ」
「どうして自転車なんです？」と助手は眼を丸くして訊いた。
「とにかくこの地図を見たまえ」と伊丹氏は言った。「瀬戸君は徒歩旅行を試みて、最初の日は伊東から歩き出して修善寺まで行った。これが三〇キロ位。次に修善寺から湯ヶ野までが三五キロ位かな。だいたい一日行程はこんなものだ。ところが湯ヶ野の小学校を出た時間は、小使さんの話では十時頃だって言うんだよ。つまりいつもよりちょっと遅いんだね。するとこの日は行程が短いことになる。湯ヶ野と下田はだいたい二〇キロだ。しかし彼は下田のようなごみごみした町には泊らないだろう。とすれば、もう少し西の方になる」
「それが先生の推理なんですか？」と助手が訊いた。
「いやいや、推理は分析力・想像力・論理力に基くものさ。まったく別の方法によってこの地点が出て来るんだが、それが今の歩行距離と一致するんだよ」

「もしも泊った場所が警察にも分らないで、次の日も歩いていれば、今の計算じゃ全然駄目です。」

「そうだよ、」と伊丹氏は平然と答えた。「その点も考えてある。」

「生きているんでしょうね、」とそれまで黙って二人のやりとりを聞いていた瀬戸謙一が、心配そうに尋ねた。

「大丈夫でしょう。もしそれが今晩でさえなければ、」と伊丹氏は謎のような口を利き、「今から心配しても始まりません。本でも読みましょう。」

そしてさっさとポケットから小型本を取り出して頁を開いた。助手が覗くと、それは新刊の探偵小説だった。その間に、電車は夜の闇の中を稲妻のように走った。

3 瀬戸英次の奇怪な体験

瀬戸英次が下田の町を後にしたのは、午後ももうだいぶ遅い時分だった。下田で宿を取ればよかったのだが、宿屋泊りは主義に反したし、あくる日は石廊崎でゆっくりする予定だったので、とにかく石廊崎の方向へと歩き始めた。地図を見て、せめて途中の鯉名(こいな)あたりまでは、日の暮れないうちに行くことが出来ると計算した。

天城越えで山ばかり見ていたので、早く海辺に出て、静かな波音を聞いて眠りたいと思って

いた。しかし彼が歩いて行くバス道路は、海岸からずっと山の方に寄っていて、埃っぽい畑の中を単調に続いていた。吉佐美という部落まで来た時に、彼は決心して、バス道路を離れ、左手の、海岸線に出る近道を通って鯉名へ行くことにした。地図で見ると、途中にお寺があるようだから、何ならそこに泊めてもらおうと考えた。夕暮時が近づいて、段々畑の間にある百姓家から、幾筋ものどやかな煙が上っていた。英次はせっせと歩いた。

この近道は、山の中を突っ切るようになっていたから、暫く行くと人家はまったく見えなくなり、一人旅らしい心細い気持が、春めいた空気の中で彼を感傷的にした。

その日、湯ヶ野で出発がおくれたのが、そもそも到着の時間を間違えた原因だった。必ず午後の四時までには目的地に着いて、宿を物色するのが彼の立前だったのに、今朝は少し身体がだるくて、つい時間をおくらせた。どうも天城峠で汗をかいて風邪を引いたらしい、と彼は考えた。

彼は道の端に腰を下して、額の汗を拭った。今日もまた生暖かくて、山道を歩くと汗ばむほどの陽気だった。空は夕映に明るく輝いていたが、足許はもう薄暗かった。彼はもう一度、地図をひろげて調べた。その時、道の向うから女が一人来た。

「何処へ行くんですの？」とぶっきらぼうに訊いた。

英次は、自分がよっぽど思案に暮れたような顔をしているのかと、おかしくなった。女の顔は蔭になってよく見えなかったが、きつそうな、四十に近い、とげとげしい表情で、声もその顔に似つかわしかった。

「鯉名まで行きたいんですが、あとどの位でしょう?」

女は怪しむように英次を見、「この道を行ったんじゃ日が暮れます、」と答えた。

「弱ったな、」と英次は嘆息した。「この辺に泊るところはありませんかね?」

「鯉名にお識合(しりあい)でも?」

「いいや、そういうわけじゃないんです。一人で旅行しているんで、なるべく金のかからないところに泊るつもりなんです。」

女は頷いて、「とにかく家へでも来て御覧なさい、」と言った。

見掛けと違って親切な人だ、と英次は考え、自分の運のいいのを悦んだ。彼は女の後から山道を降(くだ)って行った。足許は既に真暗で、案内がなければとても歩けそうにないほど急な降り道だった。

「海岸の方なんですよ、」と断りを言った。

「僕はぜひ海の見えるところに泊りたいと思っていたんです。」

しかし女は返事もせずに道を急いだ。やがて古風な屋敷の横に出た。田舎者らしい、のっそりした爺さんが入口に立っていた。

「お客さんだよ、」と女は言った。

英次はその大きな建物が、しんと静まり返っているのを不思議に思った。通された部屋に一人坐っていると、人声も聞えず、波音もしなかった。暫くして、さっきの女がお茶の道具を手にして現れた。

「主人はもうじき帰って来ます。お構いは出来ませんが、部屋はいくらでもありますから、泊るだけならどうぞ。」

不愛想にそれだけ言うと、また部屋を出て行った。英次はしかたなしに、足を延して畳の上に寝ころがり、それから手帳に今日の分の日記をつけ始めた。不意に戸が開いて、背の高い、口髭のある、素早く眼の光る男が、ずかずかと英次の側まで来て坐った。

「家内は滝村と言います。まあ楽になさい。旅行ですか、いいですなあ若い人は。のんきなものだな。」

その男は立て続けに用もないことを喋った。年の頃は英次には鑑定がつかなかったが、細君よりも幾らか若い感じだった。時々、部屋の中をあちこち見廻す癖があった。しかしこの八畳間はがらんとして、古ぼけた横額が欄間に懸り、床の間にありきたりの山水図がぶら下っているだけだった。男は英次に色んな質問をしたが、それは取りとめのない感じで、英次は頭の悪い田舎者だと相手を判断した。

「お兄さんが、そうですか、商事会社というのは景気がいいんでしょうな、ボーナスが凄いというじゃありませんか。ああ出張ばかりね、しかたありませんな。何と言っても学生時代が一番いい、さよう私も……。」

しかし不思議なほど、男は自分のことは喋らなかった。英次が知り得たのは、細君と爺さんと一緒に、この昔からの家に住んでいること、そして爺さんというのは身体は頑健だが、啞で頭も少し変だということ、田へ通うこと、細君と爺さんと一緒に、この昔からの家に住んでいること、そして爺さんというのは身体は頑健だが、啞で頭も少し変だということ、そんなつまらない話ばかりだった。

やがて女が食事を運んで来た。土地のものらしい焼肴や貝の煮附が出たが、食事の間も、男はひっきりなしに断片的なことを喋り、ちらちらと眼を動かした。女の方は黙り込んでいた。変な夫婦だと英次は思ったが、どうせ今晩一晩泊るだけのことだから、大して好奇心も起らなかった。それに喋るのもだるいほど、ばかに熱ぽかった。風呂に誘われた時にも、あまり気が進まなかった。

「昨日少し風邪を引いたらしいんです。」

「なに若い人は、一風呂浴びればよくなりますよ。遠慮は御無用。こっちへどうぞ。」

男はそう言って、手を引張らんばかりにして暗い廊下へ彼を案内した。風呂場は古風な五右衛門風呂だった。湯加減は少しぬるかったが、彼はそれで我慢した。

風呂から上ると、薄暗い廊下にまるで待ち構えていたように女がいたのにはびっくりした。女は彼を二階へと連れて行った。

「梯子が急ですから用心して下さい。」

それは真直に昇る、文字通りの梯子だった。昇り切ったところが、上蓋のようになっていて、その黒ずんだ板は手で押した時に軋った。

女は二階の端の部屋にはいり、電燈を点けた。押入からさっさと蒲団を出して敷いた。英次は女の素早い手つきを感心して眺めていた。

「便所は二階の奥にあります。電燈は点いていますから。」そう事務的に言うと、「ゆっくりお休みなさい」と挨拶じて部屋を出て行った。

軋る音がして上蓋が動き、梯子を下りる気配がした。その後はもう物音一つ聞えて来なかった。遠くでかすかに波の音がしたが、あたりは恐ろしい程静かだった。英次は日記の残りをつけ終ると、急いで床にはいった。どうも風邪気味だと呟いた。

目が覚めると部屋の中は薄暗く、足許に腰高窓があり、そこの障子に縦縞になって光が射していた。起き上ると、ずきずきする程頭痛がして、完全に熱のあるのが分った。すぐ前に風呂場の煙突があり、僅かばかりの空地の向うは崖になって、一面に樹が茂っていた。朝日が樹の梢に射していたから、この窓は西向きに違いない、と考えた。

雨戸を繰ると、驚いたことに窓には鉄の棒が縦横に張ってあった。障子を明け、雨戸を明ける音を聞きつけたものだろうか、不意に襖を明けて女が現れた。英次の顔色を見ると心配そうな、意外なほど母性的な表情をした。

「熱があるんじゃありませんか?」と訊いた。

英次は大丈夫だと言って、女と一緒に真直な梯子を伝って下におりた。彼は女に給仕してもらって朝食を認めたが、食欲は全然と言っていいほどなかった。宿の主人も啞の爺さんも、姿を見せなかった。

「今日はうちで寝ておいでなさい」と女はすすめた。「急ぐ旅でないのなら、無理は毒ですよ。気兼は要りませんから。」

「大したことはないと思うんです。」

「でもね。今晩主人が戻って来たら診てくれますよ。今朝はもう出てしまったので。」

「御主人はお医者さんなんですか？」とびっくりして訊き直した。
「あら、言いませんでしたか？　下田の病院に勤めているんです。だから、安心ですよ。」
 好意に甘えたというより、旅行を続ける気でも身体が言うことをきかなくなりかけていた。彼は兄に宛ててハガキを一枚書き、それから眠ってしまった。
 また二階に戻ったが、梯子を昇る体力さえなくなりかけていた。

「風邪を引きましたかね。」
 英次が眼を開いた時に、口髭のある顔がすぐ前で笑っていた。
「御迷惑をお掛けして。」
「どれ診てあげましょう、」と言いながら、起き上ろうとする英次を制して、男は蒲団の側に胡坐をかき、「いい歯をしてますね、」と自分も白い歯を見せながら言った。検温をし、脈を測り、口の中を調べた。
「歯だけはとてもいいんです。歯医者にかかったことはないんですから。」
「その代り扁桃腺は悪いですな。」
 男は打診を済ませると、首をひねった。聴診器は持っていなかった。「もう一度、」と言って、また口を開かせた。
「多分、ただの風邪だと思いますがね、しかし肺炎にでもなったら困るから、暫く寝ていなさい。取りあえず家にある薬をあげます。明日、病院から注射の道具を持って来ます。」
「このハガキを、済みませんが速達で出しといて下さい。明日で結構ですから。」
「いいですとも。」

その晩も、彼は食慾がなかった。眠りも浅くて、ひどく寝汗を掻いた。何だか少しずつ心細くなって行った。

次の日の昼も同じような具合だった。女は時々彼の様子を見に来て世話を焼いた。見掛けによらない心のやさしい女だ、と彼はまた感心した。その晩は男が注射をしてくれた。そのあと、彼の側に遅くまで付き添って、例によって勝手な話ばかりしていた。英次は、兄が九州に出張に出掛ける十日迄には、帰京する必要があることを相手に伝えた。それ迄には癒りますよ、と男は簡単に引き受けた。

それから二日ほど寝ると、どうやら肺炎にもならずに済んだらしく、熱っぽい感じもしなくなった。それが四月八日だった。その晩、彼は注射をしに来た男に、明日はどうしても東京に帰るからといって、礼を述べた。

「随分親切にしていただいて、申訣なく思っています。」

「こんなことは何でもありませんや、」と男は笑っていた。「しかし大丈夫ですかね。もう少し大事を取った方がいいんだが。」

「ありがとう。奥さんにもすっかりお世話になって。」

きつい顔をした女は、夕食を運んで来ただけで、彼の話相手にはならずにさっさと引き上げた。男はいつものきょろきょろする癖が、一層烈しくなっていた。

あくる日、彼は猛烈な頭痛がして目を覚ました。枕許の水を飲むと、またぐっすりと眠った。その辺から、彼の意識は次第に溷濁してしまい、昼と夜との区別もつかなくなった。

「大丈夫ですか？」と男が心配そうに覗き込んでいた。
「どうしたんでしょう、凄く眠くて、」と英次はそれだけ答えた。
「変ですねえ。一種の脳膜炎みたいなものかな。実はこの地方には病源不明の風土病があるんですがね、それにやられたのかしらん。」
「御迷惑ばかりお掛けして。」
英次はしょっちゅう眠ったり覚めたりしていたが、覚めた時でもはっきりした思考のつながりを持つことが出来なかった。兄さんに連絡しなければとか、学校が始まるとか、ここの夫婦は実に親切だとか、そんなことを繰返し考えていた。兄との連絡はついていると、女が受け合ってくれた。
「昨日の晩、あんたが眠っている時に兄さんが見えましたよ」と女が言った。
「え、会いたいな、いますか？」と英次は床の上に起き上って尋ねた。
「それが忙しいとかで、今朝早く帰られてね。また見えるそうです。これがお見舞の果物。一つお上んなさい。」
そして彼が食事をしている間じゅう、女は、無理に帰ろうとしないで、此所に静養している方がいいという兄の意見を、伝えてくれた。彼は食事を終るとまた眠った。眠くて眠くてしかたがなかった。
英次がふと気を取り直したのは、彼に聞えて来た遠い波の音だった。それを久しぶりに聞いたというのも、今迄ずっと具合の悪かった証拠のようだった。彼は寝床の上に起き直り、頭を

揺ぶってみた。乏しい光を放つ小さな裸電球、雨戸のしまった腰高窓、枕許の食事の支度、コップの水、――彼はふらふらする足取で便所へ行った。あたりはしんとして、風の音が樹々をざわめかせていた。彼はまた蒲団に戻り、コップの水を飲もうとし、それからその手を下へ置いた。思考力が少しずつ返って来た。どうしてこんなにいつも眠いのだろう。なぜ、いつまでもこうなのだろう？

彼はコップの水を見詰めていた。兄さんはなぜ僕に会わずに帰ってしまったのか、病気のことにはいつも人一倍神経質な兄さんが？ 病人の僕を、東京へ連れ戻そうとしないのもおかしい。せめて置手紙でも残して行く筈なのに。それに今日は一体、四月の何日なのだろう。腕時計は止っていた。彼はまたコップの水を見詰めた。異常なほど眠い。不自然に眠い。ひょっとしたら？ しかしこの夫婦みたいに親切な人たちは、都会ではちょっと見当らないだろう。見ず知らずの人間を、こうして幾日も泊めて、病気の世話をしてくれるなんて。やっぱり僕は病気なのだ。脳膜炎？ 風土病？ しかしそれなら専門医に診てもらわなくちゃ。滝村さんみたいな田舎医者じゃ分りっこない。

とにかく眠らないことだ、と彼は決心した。彼は食事をし、薬包紙に包んであった頓服薬を
コップの水で飲んだ。しかし蒲団にはいると、いつのまにかまた眠ってしまった。
その次に眼を開いた時に、意識が再びこの不思議な眠気に集中した。なぜ眠ったんだろう？ 枕許の食事の支度、コップの水。ひょっとしたら？ コップの透明な水。彼はそれを見詰め、霊波の音がごく遠くでしていた。窓には縦縞の光線が洩れていた。電燈は点いたままだった。

感の閃くように何か仕掛けがあるんじゃないかと考え出した。とにかく、人間こんなに眠れるものじゃない。彼はよろよろと立ち上ると、コップの水も、薬も、お盆の上の食事も、全部便所に行って捨てて来た。それから決して眠らない決心で、蒲団の中にもぐり込んだ。跫音がそっと近づいた時には、彼は眠っているふりをしていた。

「どうだ？」と男の声がした。

「よく眠ってる。御飯も食べたらしいし、お茶も吞んでる。」

「注射はやめにしとくか。」

「そうね、大丈夫らしい。」

跫音が消えてなくなってから、英次は今の会話の意味を考えた。大丈夫らしい——何が大丈夫なのか、病気の方か、眠らす方か？　しかし確かなことは、今や彼が眠くならないことだった。とにかく明日になってよく調べてみるつもりで、本気で眠ろうと思っても、かえって眼が冴えるばかりだった。

翌日、彼はそっと起きて、二階の中を調べて廻った。どの部屋も真暗で、閉め切った雨戸はびくともしなかった。便所の窓にも鉄格子がはまっていて、そこから下の空地で、啞の爺さんが薪割りをしているのが見えたが、鉈を振り下ろすその表情には、一種の殺気のようなものが滲んでいた。ここの細君は、あの爺さんは気が狂っていて、知らない人には危害を加えるからあんたを二階に泊めるのだと、いつか彼に説明したことがあった。彼はその言葉を思い出し、夫婦の方も気が違っているのじゃないかと彼は考えた。すると奇妙なほど脚が顫え始めた。彼は踊場

彼は蒲団に戻り、奇妙な悪寒と戦った。しよく考えると、どうも逃げられそうな自信がなかった。一刻も早く逃げ出さなくちゃ大変だ。しよく考えると、確かに僕は此所に監禁されているらしい。一刻も早場から飛び下りることも、鉄格子を外すことも、無理だった。病気のあとだし、この二日間食事を摂っていないので、体力が全然ついていなかった。しかし本当に危険が迫っているのだろうか。逃げ出して訴えたところで、あの夫婦は親切に介抱しただけだと言えるじゃないか。梯子は？ あれも、啞の爺さんをらせないための細工かもしれない。鉄格子は？ あれは僕が来る前からあったのだ。むかし気違いかなんかを入れておいた、座敷牢の名残なのかもしれぬ。

とすると？

夜になって風音が烈しく響く中を、また跫音が忍んで来た。

「眠っているな。」

「そうらしい。よく眠ること。」

「今日は注射をしておこう。昨日はしなかったから。」

「それより早く決心しなさい。どうするの、もういいんでしょう？ 風もあるし。」

風？ 何のことだろう、と英次は考えた。注射をされればまた眠らされるのだ。彼は目の覚めたふりをして、身動きした。

「僕は注射はもう厭だ。」と呟いた。

男はぎょっとした様子だった。しかし女の方は進み寄って英次の腕を抑えつけた。
「駄目よ。早くよくなりたいんでしょう？」
女の腕には驚くべき力があって、寝ている英次にはとても抵抗できなかった。二の腕がちくっと刺され、「ほら済んだ、」という女の声が次第に意識の中を遠ざかって行った。

4の1 解 決

「どうでした、僕の予想は？」
下田警察署に自動車を乗りつけると、署長室に飛び込んだ伊丹英典氏は、自己紹介ももどかしそうに叫んだ。
「滝村歯科の方は留守番が泊っているだけで、異常はありません、」と署長は落ちついて答えた。
「自宅の方には三人ほど張り込んでいます。もう連絡が来る頃です。」
「じゃ、やっぱり瀬戸君はそこにいたんですね？　もう助け出したんですか？」
「いやそれがね、監禁してるんだかしてないんだか、何しろ漠然とした嫌疑ですからね、踏み込ませるのは暗くなるまで待たせているんです。現行犯で攫(つか)まえられれば、これに越したことはありませんからな。」

「しかしそれは危険が伴う。それにもし僕の間違だったら、他の方にも当ってみなけりゃならないんだから、」と伊丹氏はやっきとなって叫んだ。

「大丈夫です。任せておきなさい。この時間まで報告に戻って来ないところを見ると、一人も手が放せないほどの事情、つまりあなたの予想通り、犯人は今晩やる気らしいですな。」

「とにかく、僕等はそこへ行ってみたい。応援が要るかもしれんし。」

「私もあなた等のそこへ行ってたんですよ。こうしちゃいられません。」

そこで一行は急いで自動車に乗り込み、夜の街道を飛ばした。フロントガラスを睨んでいた伊丹氏が急に「あれは？」と叫んだ。左手の空がかすかに赤らんで、火の粉らしいものの飛ぶのが見えた。

「やったな！」と若い刑事が叫んだ。自動車がはいれない細い道を、一行は車から下りて、懐中電燈の光を頼りに転るように先に走った。火事はますます近くなり、木立が影絵のように浮び上った。刑事たちは身軽に先を走っていた。急にその一人が立ち止ったかと思うと、

「どうしたんだ？」と叫んだ。それは署長の声だった。道の側にもう一つ黒い影が立っていた。

「助けたか？」と署長が訊いた。

「学生は無事です。女は摑まえたんですが、滝村はどうやら逃したらしいです。それで精いっぱいで、とても火事までは消せませんや。」

すぐ眼の前で、大きな建物が完全に燃え上っていた。囲りの樹木が火のついた木の葉をふるい落した。謙一氏が真先に、道側に横になっている弟を見つけ出した。

「英次!」と叫んで飛びついて行った。刑事たちは茫然と火の手を眺めていた。風が吹きつけるたびに、斜めになった焔が一行の方に舞い下りた。

「引き上げよう。」と署長が言った。「早いところ滝村の手配もしなくちゃならん。」

失踪していた大学生は、兄と久木助手とに抱き上げられても、まだ昏々と眠っていた。刑事の一人が、山道を歩きながら署長に報告した。

「暗くなったら、直に滝村が自転車を飛ばせて帰って来ましてね。どうも夫婦で盛んに相談をしているので、これはやるかなと思いました。風呂場の囲りに、うまい具合に古新聞や薪が積んであるし、風も強いしでね、いつ踏み込もうかと見張っていたんですが、とにかく二階の様子が先だと思って、窓に這い上ってみるとこれが鉄格子でしてね。骨を折りましたよ。中にはいると、確かに学生はいたんですが、ぐっすり眠っているんでさ。担いで下におりるには梯子段が外してある。うろうろして窓から出ようとしている時に、女の奴が風呂場に火をつけましてね。滝村は海岸の方から先にずらかったらしいんです。火の廻りの早いこと驚くばかりで、すんでで私も、学生と一緒に焼き殺されるところでしたよ。桑原桑原。我々がもう一足おそければ、滝村の思う壺だったんですな。」

4の2　伊丹英典氏の閃き

瀬戸兄弟を下田の病院に残して、翌朝東京へ戻る汽車の中で、久木助手はしきりに伊丹氏を責め立てていた。
「一体、どうやって分ったんですか？　何しろ今度の事件は、材料たるや皆無なんですからね。単なるインスピレーションで当てたんですか？」
「何でも閃きということが大事だ」と伊丹氏は、前に助手の勘を非科学的だと攻撃したことなんかけろりと忘れて、にこにこ顔で答えた。「しかしいくら閃いても推理力がなければね。」
「推理すなわち閃きでしょう？」
「推理とは、すなわち分析力・想像力・論理力さ。昨日そう言っただろう？　分析力の結果、他人による不法監禁というケースを選んだ。想像力の結果、……」
「そこだ。そこを聞かせて下さい。」
「つまり、なぜ見も知らぬ男を監禁するのか、その理由をあれこれと想像するうち、一つ閃いたことがある。生命保険という代りものだ。もし金に困った奴が、自分が死んだということにして、例えばその保険金を細君が取るように手続きして行方をくらます。あとでこっそり細君と一緒になる。それには自分の身代りになって死ぬ男が必要だ。もし或る男が旅行中に失踪して、そのほとぼりが醒めてしまえば、死んだ男が実は失踪した男だとは、気がつかれないで済むだろう。特に、それが火事で黒焦げになった屍体の場合にはね。」
「ほとぼりを醒ますために、三週間も監禁しておいたんですか？」
「失踪っていうものは、暫く時間が経てば、もうどこか遠くへ行っちまったような気がして来

るものだ。それと、犯人は初めからその気で監禁したんじゃなく、瀬戸君は最初、病気か何かで看病してもらったんだと思う。湯ヶ野を出たのが十時すぎだというのが、几帳面な彼としては少し変なんだ。すると犯人は、とんだ機会を与えられて、毎日、機会を摑もうか止そうかと思案していたことになる。それに生命保険を掛けてすぐに死んだんじゃ疑われるだろうし、火事のための準備もあるだろう。それやこれやで日が経ったんだね。ゆうべみたいに西風が吹くという条件もあるしね。」

「で先生はどういう手を打ったんです？」

「待て待て。そこで火事で焼け死んだ場合に、いくら黒焦げ死体でも、精密な検査をすれば誰だか正体が分る筈だ。たといえい加減な検査でも、ここにどうしても第一番に鑑定される箇所がある。それは歯さ。むし歯とか義歯というのは、隠しようがない。だから歯医者なら、この身代り死体に予め細工が出来るから、一番くさいわけだ。従ってこの点をパスして、特に怪しむべき状況が他になければ、大抵は本人で済んじまうものだ。瀬戸君の失踪した四月四日以後、生命保険に加入した者で、歯医者か、それでなくても薬に縁の深い者、という論理になる。これは一昨日も言ったように、監禁には眠り薬が必要だというポイントからね。

――次に大事なのは、瀬戸君が徒歩旅行するという前提に立って、湯ヶ野からの距離を測定することさ。これは話したね。泊った場所が警察にも分らないことだってあるから、僕は更にその次の日の行程までも一応は考えてみたさ。

――それで昨日、僕は警視庁の紹介をもらって、片端から生命保険の会社を歩き、下田を中

心にする西海岸地方で、四月四日以降に多額の保険金を掛けた者を探した。歯科医の名簿や、病院の名簿も調べた。骨の折れる仕事だったよ。下田警察に電話したら、この滝村という小さな歯科医が、四月九日に契約したことが分った。そこで警察に事情を明かして援助を求めたというわけだ。」

「なるほどね」と助手は感心し、それから少し首をひねった。「先生の腕前を疑うわけじゃありませんが、今度のは、推理とか閃きとか言うより、どうも先生の運がよかったと言った方が本当のようですね。」

「運がいいと言えばね、」と伊丹氏は助手の耳にささやいた。「僕等より一足先に、刑事が瀬戸君を助けてくれたことさ。何しろ僕は机上推理の専門でごく腕っ節が弱いから、悪人と格闘したり、火事場に飛び込んだりするのは、荷が勝ちすぎているんだ。」

そして皮肉な言葉を探している助手の方をちらりと横眼で見て、伊丹先生はポケットから取り出した探偵小説の中に急いで首を突っ込んだ。

電話事件

1の1　遠藤氏の話

 その晩客が来た時に、水上(みなかみ)刑事は自宅の茶の間で畳の上に引繰り返り、のんびりとラジオを聞いていた。子供たちは、小さいのは母親が附き添って寝床に就いていたし、中学生の総領は隣の部屋で机に向かって明日の予習をしていた。「お父さん、ラジオが大きすぎて勉強が出来ないぜ、」と子供が文句を言った。「たまに己(おれ)がのんびりしている時ぐらい我慢しろ、」と父親は答え、落語の放送に聴耳を立てて大声で笑った。「ちぇ、気が散って駄目だ。」中学生はそう言って隣の部屋から出て来ると、自分も父親の真似をして、畳の上に腕枕をして横になった。客の訪れる声がしたのはその時だった。
 母親は小さい子と一緒に寝てしまったらしいので、中学生が玄関に出て行き、名刺を手に戻って来た。小さな声で「遠藤君のお父さんだよ、」と報告した。その名刺には或る電気器具会社の専務理事の肩書のついた、遠藤三郎(えんどうさぶろう)という名前がしるされていた。それは息子の通っている芸文(げいぶん)中学のPTA会長だったから、水上刑事も総会の席上で二三度顔を合せたことがあった。

何の用だろうと、訝しげな表情で起き直ると、私は遠藤と申しまして、ほんのお近くに住んでおる者です。」
「お休みのところを失礼しました。

客は中年の、かっぷくのいい紳士で、刑事が日頃扱い馴れている種類の連中とは、人柄が違っていた。しかし何となくおどおどしたところがあり、これは仕事向きの用件だなと、刑事は直観的に気がついた。しかし何げなく挨拶を交した。
「お宅の坊っちゃんのことは、うちの息子からよくお噂を聞いています。とにかくお上りになって下さい。狭いところですが。」
「いや、……そうですね」と客は暫く考え込んでから、「決してお宅では具合が悪いというわけじゃないのですが、もしお差支えなければちょっとお出まし下さいませんでしょうか。」
「どちらへですか。」
「いや厚かましいお願いで申訣ない次第ですが、私の家までお運び願えませんか。ほんの一町ほどで。そのほうが実は安全なような気がしますもので。」
「そうですか。では支度をして来ますから。」

水上刑事は暇な晩はゆっくりラジオでも聞いてくつろぐに越したことはなかった。それなのに乞われるままに出掛ける気になったのは、客がいかにも人品卑しからず見えたのと、不安そうに表通りの方の気配をうかがっているその態度に、不吉な予感のようなものを覚えたからだった。刑事が表に出て来た時に、遠藤氏は道の少し先の暗い塀の側に、ぴったりとくっついて

待っていた。刑事の姿を見るや、もう急ぎ足に歩き始めていた。遠藤氏の家の在り場所はかねて刑事も知っていたが、広いに庭をめぐらした大きな邸宅だった。遠藤氏はその門をくぐって相手を招じ入れると、自分で玄関の戸を開き、豪奢な客間に案内した。そのままドアから出て行ったから、刑事は客間の中を見廻し、グランドピアノや、本箱や、飾り棚や、壁に懸けた油絵などを眺め廻していた。遠藤氏はやがて盆を手に持って部屋に戻って来た。
「わざと女中を呼ばないことにしました。変にお思いになると困りますが、あなたにお会いしたことを人に知られたくないものですから。」
　遠藤氏はそう弁解しながら、遠慮がちな微笑を見せた。盆の上には洋酒の瓶や、水差や、グラスなどが載っていた。「長らくやもめ暮しをしていると、こういうことが器用になります。」
　確かに洋酒を注ぐその手先は巧みだった。しかし水上刑事は、主人の手がかすかに顫えているのを見逃さなかった。
「お宅の坊っちゃんはよくお出来になるらしくて結構ですね、」と当り障りのない話題から始めた。「うちのは遊んでばかりいまして。」
「どんなもんですか。私は忙しいし、母親のいない子供は不幸です。」
「から。何と言っても母親のいない子供は不幸です。」
　そのしみじみとした声音に、ひょっとしたら子供の不始末でも相談したいのかな、近頃は中学生も隅に置けないから、と刑事は考えた。それだからうちの坊主のいるところでは話すのが厭だったのかな。しかし、遠藤氏の息子は級長をつとめて、成績でも操行でもずば抜けてすぐ

れていることは、いつも子供から聞かされていた。つい二三日前にも、「遠藤君たら、自分で電蓄をつくったんだってさ。今度はテレビをつくるそうだよ。」と聞かされたものだ。「お前も一つやってみろよ。」とひやかしたばかりに、息子から「部分品を揃えるのに僕のお小遣いじゃ一年ためたって足りっこないよ。」と逆襲された。刑事はそのことをほほえましい気持で思い出した。その間に、相手の方はしきりとグラスを傾けていた。酒でも入れなければ話し出せないとでもいったように、黙り込んで、手にしたグラスを口の方へ運んだ。それから、漸く思い切ったように話し始めた。

「これは正式に警察のかたにお話しするというのではなくて、ただ御相談するということにしておいて下さい。実は話の半分は非常に言いにくいことなのです。そして後の半分は、証拠もないし、なかなか人に信じてもらえないことだろうと思うのです。私も決心するまでにだいぶ考えました。そしてあなたなら、きっと聞いて頂ける、聞いて正当に判断して頂けると見込んだわけです。話というのは、……後の半分の方から先に言いますと、実は私は脅迫を受けているのです。それも夜おそく、電話で脅迫して来るのです。そういうような例を、何か他にお聞きになったことはありませんか？」

遠藤氏は顔を起して刑事の方を見上げた。

「とにかくもっと詳しく話してみて下さい。」

「私は二階に自分の寝室があって、夜は電話をその方に切換えておきます。初めにその電話が掛って来たのは、もう一月ばかり前、先月の十五日でしたが、夜中過ぎにベルが鳴り始めまし

た。私は何の気なしに受話器を耳に当てました。全然知らない声で、それも含み声と言いますか、わざと押し殺したような声で、私の名前を言います。そうだと答えると、それから気味の悪いことを告げ始めました。」

遠藤氏はそこでまた口を閉じ、グラスの中身を一息に咽喉に流し込むと、更に洋酒の瓶を傾けて注いだ。その顔色は以前よりも一層神経質に青ざめ、唇の端がぴくぴくと引きつっていた。水上刑事は自分もグラスを取り上げ、無言で相手を促した。

「その電話は、こう言って私を脅迫するのです。その点が実は申しにくいところなのですが、中学の校長の宮本先生、あの人の奥さんと私とが、その親しくしているのは宜しくない。それはお前の身のためにならない、とこう警告して、もしこのことが明るみに出れば中学の評判はめちゃめちゃになり、お前も、校長も、校長の奥さんも、取り返しのつかないことになる、こう言うのです。これだけでは何だか親切な忠告のように聞えますが、それが深夜で、あたりが寝しずまってしんとした中で寝室で一人で聞かされたとなると、思わずぞっとするほど恐ろしいものです。況や……」と言ったなり黙り込んだ。

「況や？　それが真実を告げしそうにくそうになり、テーブルの上に置いたグラスを見詰めたまま、掌で頬を撫でた。

「そうなのです。校長の奥さん、三重子さんというのは、もう十何年か前の戦争中に、ちょうど女学生で、私の会社に挺進隊で来ていました。初めのうちは綺麗な女学生というだけのこと

だったのですが、そのうちに二人とも真剣な恋愛をするようになりました。私の方は結婚していましたし、あの頃の御時世ですから、長続きのする筈もありません。私はあの人が淡々しい初恋の対象に私を選んだものと考えて、終戦後行方が知れなくなってからは、段々に忘れて来ていたのです。ところがどういう偶然か、半年ほど前に、三重子さんが私がPTA会長をつとめている中学校の校長先生の奥さんだということが分りましてね。あの人は決して幸福な家庭を営んでいるとは言えないようです。お子さんもありませんしね。それで私の方も、家内が三年ほど前に亡くなってからは、息子と二人で暮しているものですから、ついお互いの気持が惹き合って、……校長の宮本さんに悪いということは、二人とも身に沁みているのですが。」

「それで、秘密にお逢いになっていたわけですね?」

「絶対に人には分らないようにしていたつもりです。お互いに電話を掛けるのも遠慮して、ただあの人が表の公衆電話から私の会社の方へ時々電話で連絡する、それでしめし合せて小さなホテルなどで逢っていたので、誰にも知られている筈はないと、まあ私たちは考えていたわけです。もっとも、三重子さんは私の息子のタダシが好きで、うちに訪ねて来ることもありますが、それはこの部屋で息子も加えて話をするだけですし、人が怪しむようなことは全然ない筈です。どうしてこのことが人に洩れたのか、まったく頷けません。」

「しかし秘密というものは、完全に守られることはむずかしいでしょう。私もあなたにお話しするのも丈夫なんですか?」

「それは勿論です。絶対に人に知られないようにしていた筈です。

がこれが初めてです。電話の脅迫も、決して人に告げてはならない、三重子さんにも告げてはならぬ、というのでした。」

「ほう、すると奥さんの方は電話のことは御存じないわけですか？」

「いや、電話は今迄に三度ほどありましてね、最初の時は、何だか顫え上ってしまって三重子さんと連絡しないままで五日ほど過ぎたんですが、また夜中に脅迫の電話があったものですから、翌日の二十一日の晩、タダシに会いに来るという名目で、三重子さんに此所に来てもらい、息子が電蓄を作り上げて、音色のいいところを聞いてもらいたいという口実がありましてね。何しろ表で会うよりかえって安全な気がしたので、それを聞きに来るという口実で、この部屋で相談しました。私が脅迫の電話のことを話したら、あの人はすっかり怯えてしまいまして、私も言うんじゃなかったと後悔しました。あの人の方は、そういうふうな脅迫は受けていないと言っていました。二人で相談したといったところで、どうすることも出来ないのです。相手が誰だかも分らないし、相手の出ようも分らないんですから。」

「つまりそこが問題の点ですが、一体その電話は何を要求しているんです？　恐喝なんでしょう、勿論？」

「それが、今迄のところ何一つ要求して来ないのです。金をよこせとか何とか言われるとかえって気楽なような気もしますが、何とも言わないのは一層気味の悪いものです。自分はこういう事実を知っているぞ、とおどかすだけなのです。それが一昨々日の電話では、更に新しい内

201　電話事件

容が加わりまして、PTAの会計事務に不正がある、お前もその不正に一役買っている、とこう告げるのです。御承知のように、中学では体育館の建設に大口の寄附を求めて、その会計は副会長の佐藤さんと、教頭の江馬先生とがおやりになっています。私は詳しいことは知りませんが、不正などがある筈はないと思います。しかし三重子さんとのことが頗る正確なんですから、こっちの方も或いは本当かしらんとつい心配になりまして。私としては、会計に不正があるというこっちの方には、何等恐れる筋はないのです。問題はかかって三重子さんと私との関係の方なのです。」

「なるほど、私生活と公生活との両方で脅迫して来る、どっちにしても、中学としては大いに問題なわけですね。」

「そうなんですよ、私が心配なのは、これが表に出れば、息子がどう思うだろうと、いや息子だけじゃなく、あなたのお子さんを初め純真な中学生たちにはひどいショックでしょうからね。私は充分に後悔しました。三重子さんにも、もうこれ以上逢うことは出来ないと申しておきました。しかし電話の主は、何にも要求しないで、じりじりと私をおびやかして、最後には明るみに出す腹なんじゃないでしょうか。何かこう復讐されているという気がするんですが。」

「誰にです？　心当りがおありなんですか？」と刑事は訊いた。

遠藤氏はそれには答えなかった。黙ってグラスを乾した。

「あなたが言いにくい、とすれば、私の考えでは宮本校長ということになりますね。」と刑事が説明した。「校長は奥さんの行状を知った。そしてあなたを遠ざけるために電話でおどかし

た。とすれば、目的は大体果せたわけだから、この上の要求はないことになります。」

「しかし証拠は何一つないんですよ」と遠藤氏は口を挟んだ。「電話の主は、間延びのした、重くるしい、何とも分りにくい男の声なのです。言うだけのことを言って、ぷつんと電話が切れる。ぞっとしない、一方的に通告するだけのです。それもこっちの言うことに答えたりなんかはするようなものです。」

「しかし、三回目の電話の、その寄附金のことがもしも出まかせであるとすれば、校長の奥さんのことも出まかせのわけでしょう。つまり証拠がなくて掛って来る電話なら、そう恐れるには及ばないじゃありませんか。」

「それが証拠があるのです、」と相手は声を顫わせて答えた。「最初と二回目の時は、私もそこまでは考えなかったのですが、次第に、何を証拠にそんなことを言うのかと気がついて、反駁するつもりでいました。それを見抜いたように、一昨々日の電話は、お前にのっぴきのならない証拠を聞かせてやると言ったかと思うと、不意に私と三重子さんとの会話が受話器から聞え始めたのです。つまりいつのまにか、我々の話をテープレコーダーに入れて、再生しているのです。その内容は、二人が……深い仲であることを明らかに証拠立てるものでした。間違いなく私たち二人の声でした。」

「その話をしたのは、いつのことか分りますか？」

「それがどうも。いつでも同じようなことばかり話し合っているものでしてね。ただ、どうしてテープに収めることが出来たのか、まるで見当がつきません。何しろ二人だけで、こっそり

電話事件

とホテルなんかで逢っているんですから、とても予めそんな機械を部屋の中に用意することなんか、出来る筈もないのです。しかし脅迫する相手は、現にそのテープを握っているのですから、こっちは手も足も出ません。こういう状況なのですが。」

刑事は考え込んだまま、暫くは物を言わなかった。

「むずかしい事件ですね。相手が分らないし、相手を突きとめる手段もない。しかも目下のところ、何の要求も持ち出して来ない。他にも脅迫を受けている人がいれば、そこから手口を掴めるんでしょうが。」

「そこです。私だけでもこれだけ打撃を受けているのですから、もし他にも被害者がいるのなら、これは由々しいことです。やりかたが実に卑劣です。何とかぜひ、この電話の主を見つけて頂きたいのです。」

「分りました。しかしあなたは正式に警察に訴えられるわけじゃないんですね？」

「出来れば内密に調べて頂きたいのです。中学の子供たちが聞いたらと思うとねえ。ほんの冗談ごとで済めば、これに越したことはありません。」

「いや、もっと深刻なものでしょうね。」と刑事は答えた。「どこまで内密に済ませられるか。何しろテープレコーダーに取ってあるというのが、悪質です。しかし、それがこっちの唯一の手懸りとも言えるのです。あなた等の行ったホテルというのを教えて下さい。問題は、相手にそこまであなたたちを先廻りすることが出来るかどうか、という点です。」

刑事はホテルの場所（それも一箇所だけではなかった）を聞き、調査を約束して帰ることに

204

した。主人が自分で玄関まで見送ったが、その顔色は依然として冴えなかった。何か言い残したことがあるような印象を、その時水上刑事は受けた。

1の2　宮本校長の話

二日ほど経ってから、水上刑事は伊丹英典氏の許を訪問した。それというのも、刑事は久木署長にこの事件を報告したのだが、うまい結論が出なかった。ホテルの方の調査はやってみたが、その部屋の中に、予めマイクを持ち込むことはどうしても不可能だった。ホテルの経営者や使用人にも、疑わしい節はなかった。その方面でこれという手懸りも得られず、署長と水上刑事とが考えあぐんだ末に、(1)遠藤氏が虚偽の申立てをしているか（しかし、その理由は？）、(2)宮本校長の夫人が自分でテープレコーダーを持参したか（これも理由が薄弱だが）、(3)校長が人を頼んで夫人のあとをつけさせ、ホテルの隣室にでも忍ばせたか、この三つ位の見通ししか出なかった。とにかくこうなっては、校長とその夫人とに当ってみる他はなく、それには刑事が行けば表沙汰になってしまうので、久木署長が、彼の息子が文化大学の古典文学科の助手をつとめている関係から、助教授の伊丹英典氏に助太刀を頼むことにした。

伊丹氏は水上刑事から事情を聞くと、情なさそうに首を振った。

「僕には荷が勝ちすぎていますよ。データが集って来てから考えるのなら、何とか考えようも

205　電話事件

ありますが、これだけじゃ見当もつかない。大体その遠藤さんというPTAの会長は、なるべく人には知られたくないんでしょう。僕にまで秘密を洩らしてもいいんですか？」

「それは既に諒解を得ています。一度遠藤さんにも会ってみてほしいのです。私はその話が嘘だとは思わなかった。本当に頷き上っている様子でした。しかし、まず校長の方に、ぜひ会ってみて下さい。遠藤氏はどうも校長を疑っているんじゃないか、それをはっきりと言い出せなかったんじゃないか、こう私は考えるんです。もしこの校長が、遠藤氏を脅迫しているのなら、筋は通るんですよ。遠藤氏をおどかして細君から遠ざける。会計に不正があるというのも、PTAの会長をやめさせるためだとすればね。私立探偵にでもしょっちゅう細君を尾行させておけば、ホテルの隣室ぐらいまで、うまく細工してテープに話声を取れないこともない。外部を固める方は私共でやりますから、直接にぶつかる方を、ぜひ伊丹先生にお願いしたいのです。これは署長からくれぐれもお頼みするように言われて来ました。何しろ相手が中学の校長ですから、公けに乗り込むわけにはいかないんでしてね。」

「そりゃ僕も頼まれれば、厭とは言いませんが、」と伊丹氏はしぶしぶ承知した。「しかし大して自信はありませんねえ。」

その翌日は日曜日だったが、伊丹英典氏は芸文中学の構内にある校長の官舎に、宮本校長を訪ねた。それは古びた二階家で、壁には蔦が絡んでいた。玄関で女中に来意を告げると、応接間に案内されて暫く待たされた。やがて現れた宮本校長は、威風堂々たる感じのする、豪胆そうな人物だった。伊丹氏はかねがね、芸文中学がスパルタ教育で名高く、それもこの校長の人

格識見に基くものだということを知っていた。教育の方でも行政の方でも、やり手として評判が高かった。「何か教育上の御意見をお求めですか？」と校長は話し始めた。「私の中学では、しつけということをやかましく申しています。何としても筋骨が通っていなければ、大きくなってから人間として役に立ちません。中学というのは、小学校と高等学校との間にあって、人間の基礎を固める大切な時期です。決して甘やかすだけでもいけない。のびのびと、しかし規律を以てしつける必要があります。或る場合には、愛の鞭も必要になって来ます……。」

これは困ったことになったと、伊丹氏は拝聴しながら考えた。こういう人物にめったなことは切り出せない。といって、策略を弄するほどの智慧もない。そこで率直に口を利いた。

「お話の腰を折るようですが、僕は教育上の問題で伺ったわけじゃないのです。実はまったく別のことをお尋ねにあがったんですが、それが大層言い出しにくいことで。もしお気に障ったら勘弁して下さい。実はですね。最近、このあたりに電話でつまらないことを脅迫して来る事件が起りましてね、それが先生のお宅と関係があるんじゃないかと、こう考えたものですから出向いて来ました。もしそのことで何か御存じのことがあれば……。」

「ひょっとすると、あなたは遠藤さんに頼まれて来ましたな？」と校長は、すかさず言った。

「まあそれに近いところですが、お心当りがおありですか？」

「心当りも何も、私自身がその電話で苦しめられているのです。待てよ、遠藤さんのところにも電話が掛って来るんですって？」

「というより、先生のところにも掛るんですか？」と伊丹氏は勢いのいい声で訊き直した。
「こいつは思ってもみませんでした。」
「いや、そうなんです。これは不思議だ、私はてっきり、遠藤さんが私を脅迫しているものとばかり思っていましたよ。遠藤さんがなんでまた脅迫される必要があるのかな。」
「詳しいことを話して頂けませんか？」
「宜しい。これは私としても名折ですから決して人には言わないつもりですが、実は二週間前の月曜の夜おそくに、電話が掛って来ました。それが私の家内で、PTAの会長と密会しているという飛んでもないことを教えてくれましてね。ばかばかしい。私はすぐにも電話を切ろうとしたんですが、証拠を聞かせると言って、すぐにテープに吹き込んだ私の家内の声と遠藤さんの声とが、受話器から聞えて来たのには驚きました。文字通り寝耳に水でした。確かに二人の会話たるや、唯の間柄とは思われない代物です。電話がぽつんと切れてしまってから、私は一晩中悶々としましたよ。」
「奥さんにお話しになったんですか？」
「いや、家内とはもう久しく冷戦状態でしてね、私は二階に書斎と寝室とを持ち、電話も二階に切換えるようにしています。つまり同じ家の中で別居しているようなものです。これはまあ性格が合わないという奴で、あれも身持だけはいい筈だと信じて来ました。前に、別れ話を持ち出されたこともあるんですが、私は絶対に別れてはやらんつもりです。私は夫婦というものは、結婚した以上それだけの責任があるという主義なのです。たとえ二人が間違って結婚した

としても、簡単に別れれば済むというものじゃないでしょう。とにかく、電話の目的とするところが、家内の不身持を私に告げて、私に家内を離縁させようとしているのだと、私は考えました。そこで私は、電話のことは一切知らん顔をすることにきめたのです。」
「なるほど。あなたはその声が遠藤さんだとお考えになるんですね？」
「いや、声そのものは誰とも正体の分らない声でした。変に間延びのした、濁った声で、決してこっちの言ったことに返事はしない、一方的に通告して来るだけです。」
「電話の内容はそのことだけでしたか？」
「いや、それが、」と、急に宮本校長は表情を翳らせて言い澱んだ。「その一週間あとにまた電話が掛って来ましてね、体育館の建設資金のことで、役員の間に不正が行われているのを知っている筈だ、とこう怪しからん事実を告げるのです。私もこれは信じかねた。ＰＴＡ関係では副会長の佐藤さん、学校関係では教頭の江馬君がその係ですから、私は翌日、江馬君を呼んで訊いてみたが、勿論そんなことはないと否定しました。しかしその時の電話は、どっちにしてもお前の身分は長続きしない、家内のことも会計の不正も、いずれは明らかになるだろうと、予言してくれました。といって、じたばたしようにも手がないじゃありませんか。」
「電話は二度ほど掛って来たんですね？」
「さよう、このどっちも、先週と先々週の月曜です。」
「するとそのどっちも、特に先生に何かを要求するというんではなかったんですね、ただおどかしたというだけですね？」

「そういうところです。私は最初あなたが、遠藤さんの代りに要求に見えたのかと思いましたよ」と校長はずけずけ言った。
「僕はそんなに人相が悪いですかね」と伊丹氏は笑い出した。「何か他にお気づきになったことはありませんか？　どんなことでも、つまり電話のことでもそれ以外でも」
「そうですな。」
　校長は考え込んだ表情で伊丹氏を見詰めた。
「あなたを信用するとして、一つ合点のいかないことがありましたがね。或いは全然意味がないのかもしれない。こういうことです。一昨日の八日のことです。江馬君が校長室の私のところに所用で教頭の江馬君を呼んで話を聞いてから三日あとのことですが、つまり私が教頭の江馬君のところに所用でやって来て、帰りに厳重に包装した紙包みを置いて行ったのです。これを預って頂きます、と言いましてね。中身は何だ？　と私は訊いたのですが、ただ預っておいて頂けばいい、と言うので、机の抽出にしまっておきました。昨日、学校でその抽出を明けてみたら、ものの見事になくなっていましてね。昨日の包みは君が持って行ったのか？　と訊いてみると、黙って頷いていましたから、私もそれ以上追求はしなかった。しかしよく考えてみると、江馬君が何のつもりでそんなことをしたのか、気にはかかりますね。明日にでも確かめておきましょう。」
「ありがとうございました。どうも僕には、この電話の事件はさっぱり意味が分りません。少し調べてみるつもりでいたんですが、もっとデータが出ない限り五里霧中です。何か新しいことが分ったら教えて下さい。」

「私はあまり気にしておらんが、何とか突きとめたいものです」と校長も同意した。「私の家内は歳も私よりだいぶ若いし、子供もないしするからつい気が迷ったんでしょうが、そういつまでも夢を見てもいられないでしょう。私もそろそろ停戦協定を申し込もうかと思っているところですよ。」

校長は磊落な笑い声を洩らしたが、その声音には多少の苦味が混っていた。

1の3　江馬教頭の話

校長の夫人は、伊丹英典氏が辞去する時にも現れて来なかったから、伊丹氏は心残りのまま官舎を後にした。夫人はこの次でもいいだろう、と考えた。今や気にかかっているのは教頭の江馬先生だった。この人物も、どうも電話事件にひっかかりがあるらしい。伊丹氏は、芸文中学の正門を出ると、近くの煙草屋で電話帳を借り、江馬先生の自宅に電話があることを確かめた。そして番地を頼りに（その家は、遠藤氏の家とは方向が逆だったが、やはり中学の近くだった）訪ねて行った。

不審そうに名刺を見ている江馬先生の豪傑じみたのとは反対に、神経質そうな、気の弱い感じの人物だった。伊丹氏は単刀直入に説明した。

「僕はその名刺の肩書でお訪ねしたわけじゃないんです。もっと酔興な、おせっかいじみた用

事なのです。実は、この近所で、既に二人ほど、誰だか分らない声の主から、電話で脅迫されている人がいましてね、それを僕が頼まれて調べているのですが、先生もそういう被害を蒙っていらっしゃるのではないでしょうか?」

相手の顔色が、さっと変ったのは確かだった。

「その二人というのは誰ですか?」と反対に訊いた。「私はいっこう脅迫なんか受けていませんが。」

「夜中に掛って来るらしいんですがね、その電話は。」

「さあ、私は全然そんなことは。」

「そうですか、」と伊丹氏はあっさり切り上げた。「話は変りますが、先生は一昨日ごろ、宮本校長に何かお預けになったそうですね。それが何だったのかお洩らし願えませんか?」

「飛んでもない。あれは校長にお渡ししたのです。どっちにしてもあなたとは関係がない。私はこんな馬鹿げた質問などされる覚えはありません。お引取りになって下さい。」

江馬氏は無愛想に立ち上って、客を玄関に送り出した。しかしその態度には、立っているのも辛そうなほどの不安と懸念とが隠されていた。薄気味悪そうに、挨拶して出て行く伊丹氏を見送っていた。

2の1　事件の発展

その翌日の十月十一日は、伊丹英典氏にとってひどく多忙な月曜日だった。午後の講義時間中に宮本校長から電話が掛かって来た。三時に講義を終ってから、伊丹氏は急いで校長に電話した。

「やあ伊丹先生ですか、実は昨晩また例の電話がありましてね。もしもし、聞えますか、あまり大きな声も出せませんのでね。」しかし宮本氏の声は、決して小さいとは言えなかった。「いよいよ敵は奥の手を出しましたよ。何だと思います？　この前お話しした教頭の江馬君、あれから預った紙包みというのがあったでしょう、ほら私が机の抽出にしまっておいた……。あれは江馬君が不正の事実を揉み消すために、私に渡した賂だとこう言うんですがね。どうも言いがかりも甚だしい。それを私が取ったなどとね。私はそんなことは知らん。机の抽出からいつのまにか消えたのは確かだが、私は指一本触れはしない。それで先程江馬君を呼んで訊いてみたのですが、彼も知らないの一点張です。中身は金ではないし、校長にお渡ししろと言われたから彼に渡したまでだと言うのです。誰に言われたのかは、本人は隠していますが、例の電話に間違いありません。どうも江馬君は、私のことを疑っている模様です。私も教育者として心外に耐えんから、警察に訴

私がそれを取ったものと勝手に認めています。

えて黒白を明かにしようと思うのですが、あなたの御意見は如何です?」
宮本校長はよほど憤慨しているらしく、ひどい大声で怒鳴り立てた。
「それで江馬先生は、その中身が何であるかは言い出しそうもないんですね?」と伊丹氏は訊いた。
「言わずとも分っているという様子ですがね。私にはさっぱり分らん。ただ江馬君は相当に怯えていますな。」
「そうですか、それじゃとにかく僕に任せて下さい。あまり大っぴらになるのも良し悪しですから、僕がもう少し調べます。」
「宜しい。私も最初はあなたを疑っておったですよ。やはり昨晩の電話が告げたことですが、今日の五時にPTA会長の遠藤さんが校長室に来て、私に紙包みを渡すそうです。私にそれを机の抽出に入れておけという命令なんですがね、私がわけを訊いても、この電話の奴は一切返答しませんからな。ただ敵は、この前も取ったように、今度も私が取るものと思っているらしい、そんな不届きな。」
「まあそう怒らないで下さい。それは誰かが取りに来るというわけだから、こっちは充分手を打つことが出来ますよ。安心していて下さい。誰にもおっしゃらないで、一つ芝居をやって下さい。」
「誰にも言いませんとも。」

宮本校長は勢いよくそう言って、電話を切った。

伊丹氏はすぐさま警察署の水上刑事を電話に呼んだ。刑事は留守で、よければこちらへお越し願いたいという久木署長の返事だった。昨日の校長や教頭との会見、今日の電話など、打合せすることが沢山あったので、伊丹氏はさっそく車を飛ばすことにした。

伊丹氏が署に着くのと同時ぐらいに、水上刑事が出先から戻って来た。伊丹氏が簡単に説明を終えると、刑事が代って話し出した。

「私は遠藤さんに呼ばれて今そこから帰って来たんですが、遠藤さんにも、昨晩おそく電話が掛って来たらしいのです。今迄は一度も要求らしい要求をしていなかったのが、今度こそはっきりした要求です。三十五万円紙に包んで、今日の五時に校長室に宮本校長を訪ね、預ってくれと言って渡せ、こういう命令だそうです。一体これはどういうことなんです？」

「遠藤氏にとってみれば、それ位は大した金額でもないでしょうねえ、」と伊丹氏が註釈した。

「三十五万円か、どうして何となく半ぱなんでしょうねえ。」

「遠藤氏はそれで出掛ける気だね？」と署長は刑事に訊いた。「伊丹先生もおっしゃったが、これで獲物が引掛れば簡単だ。校長は言われた通りに机の抽出にしまうだろうから、今晩は一つあたりを張らせておくさ。」

「しかし、校長が嘘を吐いているとすれば、つまり校長が電話の主だとすれば、ちょろまかすのは簡単ですからね。私はその金を机にしまうところを確認しておきますよ。とにかく私は五時に間に合うように出掛けます。」

そう言って水上刑事は急いで立ち上った。
「一緒に行きましょう。校長が学校にいる間に、僕は奥さんに会ってみよう」、と伊丹氏も言った。

　伊丹氏が校長の官舎を訪れた時に、玄関に現れたのは昨日と同じ女中だった。校長は学校の方だと言われて、それでは奥さんにお目にかかりたいと申し入れた。先生はまだ学校にいると言われている間に、伊丹氏は次第に、夫人に切り出す勇気が自分にはなさそうだと気がついた。遠藤という人にまだ会ってもいないのに、あなたは遠藤さんと恋愛関係がありますか、などと無遠慮に尋ねられるものだろうか。夫との間がうまく行っているかどうか、そんなことも訊き出せる筈がないし。大体僕は美しい女性には気が弱いんだから、と伊丹氏は心の中で呟いた。
　三重子夫人が応接間に現れた時に、伊丹氏は自分の予想がまったく当ったことを悟った。夫人はもう三十をとうに過ぎている筈だが、落ちついた、そして若々しい魅力を持っていた。しずかな声と、瞳をきらりと光らせる情熱的な眼指《まなざし》とが、相互に矛盾し合っていた。驚くほどの美貌と言ってもよかった。肝心の点に触れないとなると、話の材料がまるで見当らなかったから、伊丹氏は進退きわまってしまった。
「こういうところにお住いでは、運動場で生徒たちが騒いでいるのがうるさくはありませんか？」
　表から聞えて来る子供等の叫び声に耳を澄ませながら、伊丹氏はいかにも場ふさぎといった感じで訊いてみた。

216

「いいえ、ちっとも。わたくしあれを聞いていますと、気が紛れまして。それに子供たちが好きですから。」
「子供といっても、中学生ぐらいが一番むずかしいんでしょうね。宮本先生は専門家だから宜しいが奥さんは。」
「でもわたくしの方が人気があるかもしれませんわ、」と夫人はにっこり笑った。「たくはやかましくて、子供たちには怖いのでしょうね。わたくしは愛情を以て迎えてあげれば、どんな子でもなつくと思うのですが、たくは優しい顔なんか見せるものじゃないという主義ですの。わたくしとは主義が違いますのよ」
「奥さんは何か先生のお手伝でもなさっていらっしゃるのですか？」
「いいえ、手伝なんて。わたくしはただ遊んであげるだけです。子供たちはよく此所に参りますわ。」
無邪気そうに言った。伊丹氏はますます勝手が悪くなった。
「ちょっと先生にお会いしたい用事があってお寄りしたのですが、お帰りが遅いようですからこれで失礼します、」と唐突に言った。「他にも用があるものですから。」
「あら、学校におりますのに。」
「内密なことなので、此所でお会いした方がいいと思いましてね。」
それを聞いて、夫人の顔色が少し変ったようだった。
官舎を辞して自分の家へ帰りながら、伊丹氏はどうも分らない、と呟いた。三重子夫人の印

217　電話事件

象を整理してみても、確かに聡明で、感受性の強そうな女性というだけで、心の奥底は分らなかった。夫との間が面白くないとすれば、それを人に隠すだけの才覚はあるだろうし、恋愛をすれば、それも目立たぬようにやってのけられるだろう。しかしそれほど夫を憎んでいるとも見えないし、遠藤氏との恋愛に一切を賭けているとも見えない。その冷静な美貌は謎のような印象だった。

2の2　夜

水上刑事は遠藤氏が学校に着いた時には、既に校長室の隣の応接室に陣取って、様子をうかがっていた。遠藤氏が校長室にはいると、廊下に忍び出て、中の話声に耳を澄ませた。二人の会談は直に済み、遠藤氏は部屋を出て来ると、そこにいる刑事に黙礼したまま帰って行った。暫くして校長が出て行くのを応接室に隠れてやり過すと、刑事は急いで校長室にはいってみた。真先に机に近寄って抽出を明けてみた。紙包みが無造作に投げ入れられていた。その抽出を注意深く締め、自分の指紋を拭き取ってから、刑事は窓を調べた。窓には錠が下りてなく、外からも自由に開け閉めが出来た。まるで明けっ放しの、誰でもはいれる部屋だった。のんきなものだ、と刑事は考えた。

七時すぎに若い刑事が二人、応援に来た。水上刑事は一人を隣の応接室に、一人を窓をうか

がう外の木立の中に、隠した。あたりはもう暗くなって、小使部屋と宿直室とに灯が点いているほかは、廊下に薄暗い電燈があるばかりだった。

手配を済ませてから、水上刑事は食事をしに自宅に戻った。何だか馬鹿馬鹿しい事件のような気がして、ゆっくりラジオでも聞いてくつろぎたいと思った。細君は例によって小さい子供と一緒に寝床にはいっていたので、中学生の息子に給仕をさせながら、一人で晩い夕食を認めた。

「今晩は何か面白い番組でもあるのかい？」と息子に訊いた。

「お父さんむきのはもう終ったよ。九時からいい音楽があるんだ。お気の毒さま。」

「ラジオばかり聞いてないで少しは勉強しろよ。」

水上刑事が重い腰を上げてまた仕事に出掛けようとした時に、夕刻中学の校門で別れた伊丹英典氏がステッキを突いて玄関に現れた。

「おや散歩ですか？」と刑事は愛想のいい微笑を見せた。

「あなたのところに様子を尋ねに来たと言いたいところですが、実はお宅の息子さんとちょっと話をしたくてね。」

「うちの坊主とですか？」

「芸文中学の生徒さんでしょう？ 何しろデータが不足だから、」たの評判でも聞くつもりです。」

水上刑事は道の方へ伊丹氏を誘い寄せると、ひそひそ声で囁いた。「先生が

「先生、私はこれから校長室へ張り込みに行くんですが、この事件は段々に要領を得なくなって来ましたよ。一体誰かしら現れる見込がありますかね？」

「僕には分らない。僕も御同様、五里霧中なんです。そこでお宅の息子さんとお喋りをして、藁でも摑めないかと思うんですがね。」

「私は今晩は無駄骨のような気がします。」

刑事はそう言って出掛けて行き、伊丹氏はその留守宅にあがり込んで、中学生をつかまえて雑談を始めた。刑事の息子は馴れて来ると何でも喋り始めた。

「校長先生はね、ラッパっていう渾名なんだよ、声が大きくて、お説教が好きで、怒るとそりゃ怖いんだ。そこに行くとナメクジの方が、ナメクジってのは江馬先生さ、ナメの方が僕等には近づき易いよ。しかしあいつは点が辛くて陰険でいけない。どっちかっていえば、校長先生はみんな尊敬してるんじゃないかしら。ナメの方はあんまり人気がないよ。一番人気があるのは、もっと若い英語の先生で……。」

それから立て続けに、先生がたの渾名と信望とを一覧表にして教えてくれた。

「君は校長先生の奥さんは知っているかい？」と伊丹氏が水を向けた。

「知ってるとも、僕等は女神って渾名をつけているんだ。優しくて素晴らしい人さ。僕たちは時々奥さんのところに行って、レコードやテープで名曲を聞かせてもらうんだ。女神はピアノがそりゃうまいんだよ。僕たちの仲間はしょっちゅう遊びに行くんだ。」

「仲間ってのは、それじゃ音楽部とかなんとか言うようなもの？」

「うん、林田君とか西君とか遠藤君とか、必ずしも音楽部ってわけじゃない。六人ぐらいいるけど、要するに仲良しさ。僕等の仲間ではバザーの時や運動会の時にはみんなの前に顔を出すから、団結しているんだ。けれど、女神はあこがれの的だから、騎士同盟っていう名で学校中でとても人気があるのさ。ただ僕たちの仲間は、特別に拝謁できるのさ。」

「綺麗な人かい？」

「勿論さ、ラッパなんかには勿体ないよ。ラッパは無神経だから、女神とは気が合わないな、きっと。」

伊丹氏はそれから何げなくPTA会長のことを訊いたが、中学生は友達の父親というだけで、詳しいことは知らなかった。伊丹氏はいい加減でさよならを言い、ステッキを振りながら帰って行った。息子は九時になるとラジオの前に引繰り返って、音楽を聞いていた。そして父親の方は、芸文中学の構内で、虫の音に囲まれて校長室の窓をじっと睨みつけながら、犯人の現れるのを待っていた。

2の3　伊丹英典氏の分析

翌日の午後、伊丹英典氏は署長室で久木署長と水上刑事を相手にしていた。

「駄目でしたよ、先生。結局くたびれ儲けでした。どうもそういう予感がしていたんだが、」

と刑事が情なさそうに言った。
「それでどうしました?」
「遠藤氏に行ってもらって、校長からあの金は取り返してもらうことにしました。やむを得ません。三十五万円の金を、誰でもはいれるあの部屋の中に何日も放っとくわけにはいきませんからね。これで折角の計画も失敗というわけですが、どうも犯人に分ってしまったような気がしますよ、こっちが罠を張ったことが。」
「或いは犯人が、それを承知で、見せかけだけの芝居をしたのかもしれない、」と署長が言った。
「これはまるで、えたいの知れない事件ですなあ、」と刑事が嘆息した。「電話で脅迫する、そんなことは誰にだって出来るんですからね。体育館の建築資金に不正があるという噂が立っていれば、それをたねに、おどかしの電話を掛けるぐらいのことは誰だってわけはないのです。何しろ肝心の電話の声というのを、我々は聞いてないんだから、まるで雲を摑むようなものだ。それに昨日までは、はっきり恐喝というわけでもなかったんだし。」
「誰でも出来ると言っても、会長と校長夫人との声をテープに取ったという代物がある以上、そう簡単にはいきませんよ、」と伊丹氏が反対した。「寧ろ、中学に関係のある人たちだけが被害者なのから考えて、電話の犯人は、遠藤氏、宮本校長、三重子夫人、第三の男、江馬教頭と、殆どこれだけの範囲内に搾られているんじゃないんですか。そこで、会長と三重子夫人との恋愛関係という線と、会計に不正があるという線と、どっちに脅迫者の重点があるかを考えてみ

ましょう。もしも後者だとすれば、PTAの他の役員たちも脅迫されているかもしれないし、こっちの方はどこまでひろがっているか、江馬氏だって否定する位だから、被害者を見つけることさえ困難です。しかし会長の私生活の方は、会長と校長との二人だけの問題だし、どっちも電話のあったことを認めているし、その鍵が三重子夫人にあることは確かだと思う。この方の線がどうも重要なようです。僕はここに、分っただけの日附を表にして書き抜いておきましたが、私生活の方が、いつもまず問題になっている。これだけでは脅迫としては弱いから、後から会計の方をやや当てずっぽうに持ち出して来たんじゃないんですか。」

そう言って伊丹氏は一枚の紙片を、二人の前へひろげた。

九月十五日（水）――遠藤氏への電話、私生活の暴露。

九月二十日（月）――第二回目。右に同じ内容。

九月二十一日（火）――遠藤氏、三重子夫人と自宅で会い、協議。

九月二十七日（月）――校長への電話。夫人の行状。テープ録音。

十月四日（月）――校長への電話、第二回目。会計の不正。

同　日――遠藤氏への電話、第三回目。会計の不正、及び証拠のテープ録音。

十月五日（火）――校長、江馬教頭に真偽をただす。否定。

十月六日（木）――遠藤氏、水上刑事に事情を明す。

同　日（？）――江馬教頭への電話。校長に紙包みを渡すよう指令（？）

十月八日（金）――教頭、紙包みを校長に渡す。内容不明。

十月十日（日）――伊丹、校長に事情を聞く。紙包みは九日紛失。教頭を訪ねたるも得るところなし。

同　日――遠藤氏への電話、第四回目。三十五万円の包みを校長に渡すよう指令。

同　日――校長への電話、教頭より預りたる紙包みを着服せりと言う。遠藤氏より金を受け取るよう指令。

十月十二日（火）――犯人現れず、包みは遠藤氏に戻る。

「この最後の今日のところは、今書き入れたばかりです、」と伊丹氏が説明した。「そこで一つ一つ当ってみましょう。まず遠藤氏が、水上さんに全然噓を吐いたとする。つまり自分のところには電話なんか掛って来なかったのに、自分もまた被害者だと思わせるための策略に、出たらめを言ったとする。とすれば、テープレコーダーは自分で細工すればいいのだから、極めて簡単ですし、目的としては、校長を脅迫して夫人と離婚させ、ついでに校長の職を辞職させてしまおうということになります。会計の不正の方は、たとえ事実無根でもちっとも構わない。この場合には、三重子夫人と共謀ということも考えられます。そこで校長だけを脅迫したのでは疑われるから、ついでに教頭も脅迫する。もっと他の人にも電話したかもしれません。しかしこの場合の弱点は、校長をおどかす材料として、自分の私生活を含めて三重子夫人の行状をあばくのは、ちょっと的はずれの感じがすることです。それに宮本校長は太っ腹の人ですから、こんなことでは動じない。その心理的測定をあやまっている。夫人が共謀しているとすれば、もっと他の策に出たでしょう。この犯人は、どうも宮本校長をよく知っていないと、そう考えられるところがある。

——次に宮本校長が犯人、と仮定してみましょう。僕が訪ねて行ったので、やむなく自分も被害者だと告白する。目的は、自分の奥さんから遠藤氏を遠ざけること。この目的は簡単に達せられたが、自分に嫌疑がかかるのを恐れて、今度は教頭を会計のことでおびやかす。三十五万円はまったくのお芝居。とこういうふうに考えてみると、例のテープレコーダーが問題になって来ます。どうやってそれをホテルに持ち込んだか。私立探偵をやとったか。それに

しても、二人が何処に行くかを尾行しながら、うまく先廻りしてテープに取るような芸当は、なかなか出来そうにもない。

——さっき第三の男と言いましたが、次に三重子夫人にもう一人恋人がいたとします。これが本物の恋人で、夫人は夫からも別れ、遠藤氏とも手を切って、行く行くは一緒になろうとしている。とすれば、この男が、三重子夫人と相談してきめた場所に、予め器械を用意して、そこに三重子夫人が遠藤氏を連れて行けばいい。この場合には金が必要だから、教頭や遠藤氏から金を取ろうとした動機も分る。ただそういう人物が、調べてもいっこうに現れて来ないし、する方法がみつからない。

——三重子夫人の人柄も、男を端から手玉に取るような悪女とは思われない。

——江馬教頭はと言えば、もしこの人が本当に会計に穴を明けていれば、遠藤氏から金を取る気になるだろうけど、校長からはどうですか。たとえ校長を失脚させる気でいたとしても、自分の方も穴を明けた当事者だから、一緒に失脚するでしょう。何より、教頭がテープに録音する方法がみつからない。

——そこで、何といっても、このテープに収めた恋人同士の会話という奴が、問題の中心です。誰にその機会があったか。校長か会長かのどっちかが嘘を吐いているのかもしれない。しかし二人とも同じ嘘を吐く筈はないから、そのテープは現実に存在するものと思われます。これさえ見つかれば、事は簡単に落着するんですがね。」

伊丹氏はそれだけ喋って、くたびれたように口を結んだ。

「今迄のところでは、第三の男も見つからないし、校長の頼んだ秘密探偵とやらも見つかりま

「せんよ、」と署長が答えた。
「近頃はテープレコーダーも普及したから、校長だって持っていないとは言えない。遠藤氏の会社はラジオやテレビを作っているようだから、テープレコーダー位はお手の物でしょう。」と刑事も言った。
「三重子夫人は音楽ファンだから、名曲のテープを色々持っているらしいですよ、」と伊丹氏も補足した。
「こんなことを幾ら喋っても始まらない。一体、伊丹先生は目鼻がおつきなんですか？」と署長が肉薄した。

伊丹氏は渋い顔をしたまま、答えなかった。
「踏み込んでそのテープを抑えればいい、」と刑事が口を入れた。
「むやみと調べるわけにもいかないでしょう、」と伊丹氏は言った。「それにもう音を消してしまったかもしれないし。」

「どうしたもんだ？」と署長がせっかちな声で歎いた。
「昨晩、犯人は金を取りに来なかった、それは我々が手をまわしたことに勘づいたからでしょう。とすれば、今晩あたりまた電話が掛って来るんじゃありませんか？」と刑事が言った。
「それを何とか傍受するほかはありませんな。」
「しかし、掛けて来る方の奴が問題なんですよ。片っ方に電話が掛って来れば、犯人は残った一人
「遠藤氏か宮本校長かのどっちかですよ。

だ。」

「いや、その推定にはさっきも言ったように、まだぴったり来ない点があるんです。とにかくもう少し確かめたいことがある。水上さん、恐れ入りますが遠藤さんのところへ僕を連れて行ってくれませんか？」

「いいですとも。」

「今晩、僕がお宅に誘いに行きます。それまでに少し頭を冷して考えてみなくちゃ、」と伊丹氏は眉間(みけん)に皺(しわ)を寄せて言った。

2の4　疑問点

それは数日前に、水上刑事が遠藤氏から初めて話を聞いた豪奢な応接室だった。この前と同じように、テーブルの上に洋酒や水差やグラスが置いてあった。刑事が伊丹氏を紹介したあとで、伊丹氏は鋭い眼を相手に向けながら、口を切った。

「僕は名探偵でも何でもないのです。ただ当事者であるあなたよりも冷静な立場に立てるだけに、あなたが疑問としなかったところに、疑問を感じているのかもしれません。それに僕の知識は、水上さんからのまた聞きですから、不確かなところもあるかもしれない。そこで少し質問をさせて頂きたいのですが？」

「どうぞ何でも訊いて下さい。」そう言うと、遠藤氏は神経質にグラスを口許に運んだ。

「第一に、その掛って来る電話は、室内のものか公衆電話のものか、分りませんでしたか？ 自動車のクラクソンとか、時計のチクタクとか、何か思い出せることはありませんか？」

遠藤氏は首をひねっていたが、「分りませんね」と答えた。「とにかく、相手の声以外の物音はしなかったようです。」

「その声は、押し殺したような、濁った、男の声でしたね、その上、間延びのした？ しかもあなたに返事することがなく、一方的に通告して来た。それは証拠だと言って聞えて来たテープ録音と同様に、やはりテープに吹き込んだ声じゃなかったんでしょうか？」

遠藤氏の顔色が変った。刑事もかすかに声をあげた。

「つまり電話の内容はあらかじめ用意されていたというわけです。だから自分の声を隠すのに、犯人は充分に準備をして、これなら大丈夫、人には分らないというところで、それを電話に掛けて流した、とそうは思いませんか？」

「そのようです。」と遠藤氏は答えた。

「第二に、例の証拠だと言って聞えて来たテープのことですが、その内容は、⋯⋯ちょっと言いにくいんですが、決してなまめかしい性質のものじゃなかったでしょう？ もっと真剣な、必死の、追いつめられた恋愛といったものだったでしょう？ その点が、この前のお話では曖昧なようでした。」

「その通りです。」と溜息を吐きながら、遠藤氏が答えた。「三重子さんが今でも私を愛してく

れていると言い、私も同じように誓ったわけです。どんなことがあっても、必ず愛し合おうと誓い合っていました。ただ、それがいつのことだったのか、どうしてもはっきり思い出せないので。」

「テープというのは、好きなように編集できるのですから、話の途中で少しずつ飛ばしてつないだ奴を聞かされれば、感じが違って、正確に記憶を再現できないものです。しかしこういうことは言えるでしょう? そのテープの内容は、恋に酔った表現というよりも、もっと苦しげな、切実な内容のものだったと。」

「そうですね。」

「つまりホテルで録音されたものでなくてもいい、電話の脅迫があってから後のものでもいいと?」

遠藤氏の顔つきが一段と暗く沈んだ。その顔を伊丹氏はじっと見つめていた。

「僕はこれだけ確かめたかったのです。これでお終いです。水上さん、行きましょう。」

そして刑事が何か言いたげに口を動かしているうちに、伊丹氏はもう立ち上っていた。そしてさっさと玄関の方に歩き出した。刑事もしかたなしに従ったが、遠藤氏は自動人形のようにあとにくっついて来た。伊丹氏が別れを告げたのにも、ただ頷くばかりだった。

表に出ると、水上刑事は猛然と食ってかかった。

「先生、あの最後のはどういう意味ですか? 私には、さっぱり分らない。遠藤氏はひどく参っていたようだが、あの人が犯人なんですか? それにしては辻褄が合わないじゃありません

か?」

伊丹氏は悲しげな声を出した。

「僕はもう手を引きますよ、僕の手には負えないから。ただね、電話の脅迫はもうありません、それは請け合います。署長に、明日そう言っておいて下さい。遠藤さんにもそう言っておけばよかった。」

3の1　破　局

翌日、寝坊の伊丹英典氏は水上刑事に寝込を襲われて、遠藤三郎氏が昨晩、服毒自殺をしたことを告げられた。それを聞いた瞬間に、伊丹氏は何とも言えない悔恨に充ちた表情をした。

「そうか、そうですか。」

「一体これはどうしたことなんです? もしや他殺じゃないかと、今さかんに調べています。しかし閉め切った部屋の中だし、短いながら遺書もありましてね。」

「どういうものでした?」

「それが抽象的なものでね、或る女性を愛していたが、それが不可能であることが分ったから死ぬ、というんです。考えられますか、五十に近い人間が失恋自殺をするなんて。」

「それだけですか?」

「宮本校長がお暇でなければ、息子の教育を見てやってくれ、というのもありました。電話のことは一行もなし。昨晩、先生のなさった質問で、手ひどく脅迫された、覚悟をきめたとしか思われませんよ。それとも夜中に、また電話が掛って来て、……」

「署長はどう考えているんです?」

「署長も分らなくて、先生を呼んで来いという命令なんです。一つお出掛けになって、謎解きをして下さい。」

「いや僕は午後は講義があるし」と伊丹氏は愛想のない声を出した。「それに事件は終ったんだから、それでいいじゃありませんか。幸いにして刑事事件にはならなかった。体育館の建設資金の方も、決して不正なんかありませんよ。」

確かに、奇怪な電話はもう掛らなくなった。遠藤三郎の死は自殺ということにきまり、盛大な葬儀が営まれた。息子の中学生は宮本校長の官舎に引き取られたが、校長と夫人との間の冷戦も、これをしおに調停の域に達したようだった。江馬教頭も元気になり、二学期の試験にはまた辛い点をつけた。水上刑事と大きい方の息子とは、夜になると仲よく茶の間に寝転んでラジオを聞いた。

そして忌わしい深夜の電話事件も、次第に人々の記憶から薄れてしまった。

3の2　伊丹英典氏の説明

「先生、あれは結局どういうことだったんですか？」と久木進助手が、伊丹助教授に質問した。
「それは君のお父さんに訊くさ。」
「親父もさっぱり分らないらしい。非公式に僕にだけ教えて下さい。親父には洩らさないから。」
「それじゃ説明しようか。もう少し僕が早く気がつけばよかった、そうすれば遠藤氏も死ななかっただろう。事件が大きくなりすぎたから、遠藤氏としては責任を感じて、自決するほかにはなかったのだろうね。
——問題はあのテープに取った録音だ。その内容の話というのはホテルでなくても、遠藤氏と三重子夫人とが会った場所でなら、何処ででもいいわけだ。とすれば、遠藤氏の息子のところに、三重子夫人が訪ねて来ることが再々あったのだから、その時かもしれない。と考えれば、例の脅迫の電話が二回目にあったあくる日、九月二十一日に、遠藤氏は三重子夫人を自宅に呼んで、レコードを聞いたあとで、二人きりで相談している。その時に録音されたものかもしれないと考えると、例の電話が九月二十一日より以前には、このテープを決して利用しなかったことが意味を持って来る。それからまたこういうこともある。遠藤氏が水上刑事を呼んで話を

した。その時、遠藤氏は校長を疑っているような素振りを見せた。すると江馬教頭が紙包みを校長に預けて、それが紛失するということが起る。これは校長を更に嫌疑を掛けるためだ。もう一つ、水上刑事が十月十一日に、やはり遠藤氏から三十五万円を校長に渡せという電話のことで出掛けて行く。そうすると刑事の裏を掻いて遠藤氏の応接間で話したことは、全部犯人に筒抜けになっている。それは、部屋の中にマイクが隠してあるということだ。」そんな細工をするのは、タダシ君という息子の中学生しかいないじゃないか。」

「すると犯人は、」と久木助手がびっくりして叫んだ。

「そうさ。この事件は全体に渡って非常に子供っぽいのだ。そこに特徴がある。それに僕に興味があるのは、その動機さ。それは少年期の心理状態を、いささかデフォルメして完全に表現していると思う。この中学生には何人かの仲間がいた。水上刑事の息子さんもその一人だ。この連中は音楽が好きで、校長夫人と親しくなり、よくそこに遊びに行った。中でもタダシ君は電蓄を自分で作るくらいの音楽マニアで、夫人の方でもレコードを聞きに出掛けるようになった。勿論、その父親に会う目的もあってのことだけどね。この中学生の仲間は「騎士同盟」という名前をつけて、夫人を女神として崇めていた。その仲間の中で、タダシ君だけは、病的なほど夫人に恋をしたのだ。従って、彼にとっては夫人を虐待している憎んでもあきたらない人物だった。結婚しているだけでも怪しからぬのに、夫人を虐待していると考えていたろうからね。

——ところで彼はラジオとか電蓄とかに興味のある少年で、面白半分に応接間に隠しマイク

を据えた。自分の部屋でこっそりそれを聞くようになった。父親はＰＴＡ会長だから、学校関係の客が来た時などに話を盗み聞いて、体育館のＰＴＡの資金を教頭がくすねているらしい噂を耳にした。このニュースは仲間の誰かが告げたのかもしれない。もとより事実かどうかは分らないが、子供らしい正義感を燃したに違いない。そのうちにこの隠しマイクが、飛んでもない事実を彼に暴露してしまったのだ。三重子夫人がたまたま父親と一緒の時に、この二人がどういう関係であるかを口にしてしまったのだ。

――タダシ君の母親は数年前に亡くなっている。その記憶は神聖だったろうから、遠藤氏は子供の眼に、母親を裏切ることと、女神を奪うこととの、二重の裏切をしたように見えた。彼は父親を憎んで、自分の声をテープに入れてためしてみたあげく、父親を脅迫して女神から遠ざけようと考えたのだ。こういう異常心理は実に飛んでもない結果を招くものだ。彼は恐らく夜おそく家を抜け出して、勝手を知った中学校の校舎の中にある電話を使ったに違いない。そこからテープに吹き込んだ脅迫、というよりも警告を、父親に聞かせた。

――これが意外に成功して、父親が蒼くなったのが分ったので、もう一度やってみた。三重子夫人が次の日に来て父親と話しているのを隠しマイクで録音した。今や証拠まで揃ったわけだ。そうすると、今度はこれをたねに校長をおどかす気になった。校長もかねて女神の敵だと思っていたのだからね。しかし校長は太っ腹で、父親ほどびくつかない。そこで次に、例の体育館のことがあるから、教頭をおどかしてみた。あの紙包みの中にあったのは、多分、会計の帳簿だろうと思うよ。それを校長に渡すように命じた。校長は何のことか分らないから机の抽

出にしまった。それを夜、忍び込んで取って来たのだろう。教頭はてっきり校長がしたことだと思い、破れかぶれの気持でいただろう。この江馬さんという人は、競輪だか競馬だかは知らないが、どう魔がさしたものか、確かに三十五万円の穴を明けていたのだ。それをタダシ君は帳簿で調べて、ちょうどそれだけの額を、父親から取ってやろうと思った。それもなるべく安全なように、一度校長に渡させてから取る気でいた。しかし刑事が張り込んでいることが分ったから、やめてはしまったが、恐らく帳簿と金とは無条件に教頭にやるつもりでいたのだろう。このナメクジという教頭は、生徒にはあまり人気がないらしいが、タダシ君にとっては敵じゃないのだ。おどかすのが面白かっただけで、父親や校長とは種類が違う。こっちの二人は愛する女神の敵だからね。つまりタダシ君は、自分が正義の遂行者だと考えていたのだと思う。こういう気持は、空想家の少年にはよくあるものだよ。

——ところで僕は遠藤氏を訪ねて、二つばかり質問をした。それは隠しマイクを通してタダシ君にも聞えただろう。僕は彼がばれたことを知って、この上はもう悪戯をしない筈だと考えた。父親はうすうす気がついていても、まさかこれほどまで責任を取るとは思わなかった。それが僕の誤算だった。遠藤氏にははっきり犯人が分り、自分の責任も分ったのだ。それからどういうことがあったのだろう。遠藤氏は黙って死んだのか、それとも息子を責めて死んだのか。遠藤氏にとっては、三重子夫人との恋愛はどうにもならないようなものだったし、息子をどう処置するかという問題もあるし、死ぬよりほかはない気持に落ち込んだのだろう。気の毒なことをしたよ。ただ、これは父親の命令か、息子が後から自発的にそうしたのかは分らないが、校

長から戻された三十五万円と帳簿とは、こっそり教頭のところへ送り届けられた筈だと思う。建築資金に不正があるという噂も、いつのまにか消えてしまったからね。
——こういうことだった。犯人が分ったとたんに、僕が手を引きたくなった気持も無理はないだろう。考えてみると、探偵なんてものは実に厭なものだ、調べて行くうちに何に突き当るか分らない。僕は探偵趣味の方はそろそろ廃業するつもりだよ」
伊丹英典氏はそう言って、深い溜息を洩らした。

眠りの誘惑

1 夢の始まり

それは一つの夢のような印象だった。と言っても、すぐに覚めてしまうような夢、どんな複雑な内容を持っていても、とにかく覚めてしまえば「一つの」夢として納得の出来るような、そんな簡単な夢の印象ではない。私が赤沼さんのお宅に暮すようになってからの、この数ヶ月間の生活が、そっくり、非常に長い、そして決して覚めることのない、一つながりの不可解な夢のような気がする。「さあ眠るんだよ。そら、目蓋が重たくなった。身体中がしびれて来た。ほら、もう眠ってしまった……。」そう言っている赤沼さんの声が、私の耳にいつでも響いている。子供の頃、私は、魔法に掛けられて、百年もの間、森の中でこんこんと眠り続けたお姫さまの話を、読んだことがある。でも百年が過ぎて王子さまが助けに来ると、魔法は解け、眠りが覚めて、お姫さまは再び幸福になるのが、お伽噺の常識だった。ところが私には、現在見つづけているこの悪夢が、いつか覚めるだろうとは思われない。今度の不幸な事件は、決定的に、私を悪夢の中に包みこんでしまった。しかし私は、少し先を急ぎすぎたようだ。

お断りしておくけど、お伽噺を持ち出したからと言って、私がお姫さまでないのは勿論のこと。私は鳥飼元子といって、今年の春、私立文化大学の英文科を卒業した。そして国立の大学院の試験を受けたのだけれど、見事にすべってしまったので、ここ一年（プラス・アルファ）は高等浪人というところだった。すると秋ぐちになって、母校の主任教授から、こういう就職口があるから、その気があれば推薦してあげるという手紙をもらった。それは普通の就職口とは少し違っていて、個人からの申込だった。条件が同封されていたが、それも少々変っていた。

　　a・英語ノヨク出来ル文学士（女性）。優シイ家庭的ナ人。
　　b・仕事ハ犯罪学・怪談・催眠術・心霊学ナドニ関スル私ノ蔵書ノ整理。
　　c・住込ノコト。土曜日曜ハ自由。週給五千円。期間未定。
　　d・家族ハ次ノ如シ。
　　　大作。主人。会社重役。
　　　ゆかり。妻。
　　　うた。祖母。
　　　ユリ子。娘。中学二年。
　　　他に、ばあや、女中、運転手、庭師。

私はこの赤沼大作という、お金がありあまって蔵書整理に文学士をやとうような身分の人と、私みたいな怠け者の卒業生との取り合せがおかしくて、くすくす笑った。英語の力だって大したことはないし、仕事は本を見てれば済むことらしいが、その本も、あんまり私には縁のなさそうな代物ばかり、しかし週給五千円というのは、とても魅力があったから（週給なんて計算は、きっと外国で暮したことのある人だな）、私がふらふらと勤める気になったとしても、無理はないだろう。そこから、私の奇怪な夢が始まったのだ。

2 催眠術

「さあユリ子、眠るんだよ、目蓋が重たくなって来た。身体中がしびれて来た。そら、だんだんに眠って行くよ。パパの声が遠くなる。お前はもう眠ってしまった……」

私はびっくりして、さっきから息を吞みこんだまま、この場の光景を眺めていた。夕食を終って（それは私が赤沼さんのお宅に住むようになった、その最初の晩だった）家族は食堂に隣合った居間の方へ移った。家族といっても、病気がちの老夫人は離れの自分の部屋で食事を取るとかで、この夕食には顔を見せなかったから、従って先生（私は赤沼さんをそう呼ぶことにきめた。赤沼さんも、先生と呼ばれるのは満更でもないようだった）、奥さん、ユリ子さん、私、そしてお客さまの富田という紳士、この五人が、それぞれ長椅子や肱掛椅子に座を占

めた。女中が飲物を運んで来て、先生は富田さんと洋酒のグラスを取り、私たち女性軍は紅茶を飲んだが、奥さんだけはその茶碗にたっぷりブランディを加えた。私が不思議に思ったのは、先生が私に学校のこととか、勉強のこととか、私の家庭の様子などをぽつぽつと尋ねている間、奥さんは外国のヴォーグ雑誌をその膝の上にひろげたまま、一言も発しないことだった。そんなこととってあるかしら。「優シイ家庭的ナ人」という条件で求められた以上、そこのお宅の奥さんが初めからこんなに冷たいのでは、先が思いやられるというものだ。もっとも奥さんは、時々、私がへまな返事をした時など、鋭い視線を私にちらりと向けた。しかしそれだけだった。

私の雇い主であるこの赤沼大作氏という「会社重役」は、確かに裕福な実業家というよりも、どこかの大学の先生のように見えた。穏かな微笑を私に浮べて、ゆっくり口を利くのだが、何となく語尾に厳しい詰問的な調子がある。そして口許はにこにこしていても、眼が暗く濁っていて、しかも眼窩が深く落ちくぼんでいる。度の強い近視の眼鏡が、その表情を隠してはいたが、私は一種の冷血動物、——爬虫類めいた印象を受けた。大学の語学の万年教授なんかに、よくこうしたタイプの、意地の悪い先生がいるものだ。しかし赤沼先生が、決して私に意地悪く当ったわけではない。先生は私に色んな質問をしたあとで、自ら趣味と称するところの犯罪学や心霊学や催眠術の話をし始め、時々お客の富田さんに相槌を求めたが、このお客さんは、初めから終りまで、そうとか、うんとか言うほか、殆ど口を利かなかった。一人娘のユリ子さんも、これまた雑誌に顔を埋めて、一度も顔を起さなかった。何となく気づまりな雰囲気だった。

すると不意に、先生が私を驚かすようなことを言い、それが私の悪夢を開いたのだった。

「そうだ、催眠術というのは、実験してお見せするに限る。鳥飼さん、あなたまだ催眠術なるものは見たことがないでしょう。実験して一つお目に掛けよう。私では少し役不足だが、(そう言って、客の方を向いてにやりと笑った。それから微笑が拭うように掻き消されると)ユリ子、顔を起しなさい。」

びっくりして雑誌から顔をあげたユリ子さんの、その時の表情を、私は恐怖と不安だと思った。しかしそれはもっと複雑なもの、例えば父親に対する甘えとか、新しいお客さん(つまり私のこと)に対する強がりとか、急に舞台に出されることになったニューフェースの驚きとか、そんな色んなものを含んでいたのかもしれない。それはひどく小柄な、まだ小学生かと間違えられそうな子で、或る私立の中学の二年生だった。髪を長くお下げに結って、顔色は白いのを通り越して蒼ざめて見えた。

「ユリ子、立ちなさい。」

ユリ子さんはひどくゆっくりと、読みかけの雑誌を伏せてテーブルの上に置き、立ち上った。

父親の方を向いて、じっと待っていた。その時、奥さんが初めて声を掛けた。

「あなた、そういうことはなさらない方がいいんじゃありませんか?」

それは気持の悪いほど低い、しかしよく透る声だった。しかも奥さんは、その間も、両膝の上にひろげた大判のヴォーグ雑誌に眼を落したままだった。

「なに座興だ。鳥飼さんにちょっと見てもらうだけだ」とせかせかした調子で言うと、先生は別人のような鋭い眼つきになって、娘の方を睨んだ。

「ユリ子、さあ眠ろう。眠るんだよ。そら、目蓋が重たくなって来た……。」

私は急に、眼に見えない怪物にしっかと身体をおさえつけられてしまったかのように、ユリ子さんの姿から眼を離せなくなった。声を掛ける余地も余裕もなかった。ユリ子さんの方は、先生はのろのろと、繰返して、暗示（と言うのか命令と言うのか）を与えた。果してどこから、催眠術にかかって本当に眠ってしまったものか、私には分らなかった。

を仮面のように生気のないものに変えた。ユリ子さんの顔の表情

「お前はもう眠ってしまった。お前はパパの言うことは何でも聞く。目が覚めた時にはもう思い出さない。いいね、目が覚めても、自分が何をしたかは覚えていない。分ったね？」

「分った。」とユリ子さんは答えた。立ったまま両手はだらんと脇に垂れている。それは大きなお人形のようだった。

「お坐り。」

彼女は元の椅子に坐った。

「雑誌を読んで御覧。読みかけのところから。」

彼女はひどく子供っぽい棒読みで、朗読を始めた。それは探偵小説の雑誌らしかった。

「もういい。雑誌を閉じて、テーブルにお置き。」

彼女は言われた通りにした。

「今度はお話をしよう。お前は鳥飼さんをどう思う？」

私はびくっとした。が、ユリ子さんは素早く答えていた。

「まだよく知らない。でも好き。」
「どうして?」
「綺麗だから。」
私は赧くなった。
「じゃ、ママも好きだね、ママも綺麗だろう?」
「よしなさい、」と、その時鋭く、奥さんが叫んだ。
「ママも好き、」と母親の声にはまるで無頓着に、ユリ子さんは答えた。
「鳥飼さんと仲良くするんだよ。お姉さんみたいに、よく言うことを聞くんだよ。」
「うん。でもあたし、お姉さんいない。お母さんもいない。」
「余計なことは言わないで。今度は、……氷がなくなったから、お勝手に行って冷蔵庫から角氷を持っておいで。ほら、これに。」
先生は自分の前の氷皿を見せ、ユリ子さんはゆっくり歩いて皿を手に取るとドアの方へ歩き出した。私は憑かれたように、その後ろ姿を見ていた。あれは本当に眠っているのだろうか。急にドアがぱたんと開いた。そしてぽっかり開いた空間に、黒いガウンを着た、上品な老夫人が小人のように立っていた。銀髪が、光線を受けてきらきら光ったが、しかしその眼の色ほどの鋭い光ではなかった。部屋の中をじろりと見、ついで突き刺すような眼指で、ドアの方、つまり自分の方に歩み寄って来る少女の顔を見詰めた。
「何としたことです?」と掠れた声で叫んだ。

しかしユリ子さんは、まるで無頓着に、手に氷皿を持ったまま、するりと老人の傍らを抜けると、ドアを出て行った。
「おばあさん、いいんですか、出歩いても?」と先生が物怖じしたような声で訊いた。
老夫人は部屋の中にはいって来たが、病身のように見えるのはその異様なまでの痩せかた。小柄な身体つきだが、しゃんとしていて、壁の前に立ったまま、じっと私の方を見た。そして蒼い澱んだ皮膚の色ばかりだった。私はなぜか、ぞっと背筋が寒くなった。
「あらわたくし、お食事のあとで、御挨拶にうかがおうと思っておりましたのに……」と私は慌てて立ち上った。
老夫人は首を振って頷き、それから鋭く、「大作、これは何としたことです?」とさっきと同じ言葉を繰返した。
「まあお掛けなさい。疲れますよ。」
「私はこういうことは認めません。ユリを道具に使うなんてもっての他です。お前は自分から地獄の方に歩み寄っているのですよ。」
「まあまあ、おばあさん、何もそんな……。」
「今日新しい娘さんが来たとハツから聞いたので、顔を見に来たのだが……。」
その時、ドアからユリ子さんが戻って来た。氷皿を捧げ持つようにして、ゆっくりとテーブルに向った。
「やめなさい。すぐやめなさい。」

そう言い捨てると、老夫人はすっとドアから消えた。　黒いガウンが鳥の羽ばたき、次いでドアがしまった。先生は溜息を吐いた。
「ユリ子、もとの椅子にお帰り。これでもうお終いだ。さあ目が覚めて行く。みんな前の通りだ。眠っていた間のことはみんな忘れてしまった。そら、眼が明く。そら、覚めた。」
　ユリ子さんは、首をうなだれて聞いていたが、やや暫くして顔を起した。笑っていた。
「あら、あたし居眠りしたのかしら？」
「もうお休みの時間ですよ。」と奥さんが言った。
「あたしどこまで読んだのか、忘れてしまった。」
　ユリ子さんはテーブルの雑誌を取って、ぱらぱらとめくった。先生はグラスの中に角氷を入れた。そして私は、何とも言えず気持が悪かった。眠った、といっても、ユリ子さんの眼は開いていたのだ。雑誌も読み、氷皿も、おばあさんも、その眼で見た筈なのだ。そしてすっかり忘れてしまっている。
　何より私が奇妙に感じたのは、私の知っている家庭というものと、まるで違うことだった。これはまるで他人どうしの集りだった。そして本当の他人であるお客の富田さんは、この間じゅう一言も口を出さなかった。

3 図書室にて

私があくる朝、赤沼さんに連れられて図書室にはいった時に、私はその蔵書の量の素晴らしさに、すっかりびっくりした。何しろ私の母校の英文研究室なんか、足許にも及ばないほどの分量なのだ。大きな、天井の高い洋館の、その天井まで見上げるばかりの棚が重なり、それが、北側の窓と、書斎に通じるドアとをのぞいて、この広い図書室の四面を埋めている。私はすっかり嬉しくなった。

「これみんな先生がお集めになったんですか？」と思わず尋ねた。

「いや私ばかりというわけでもない。富田君が集めてくれたのもある。それに、本という奴は、集め出すとひとりでに集るものでね。」

「素敵ですわ。図書館みたいですわ。」

赤沼さんは、先生らしい、というより、この時はお金持らしい磊落な笑いかたをした。

「当分は、どんな本があるか見ておいて下さい。馴染むのが一番だから。私はこれから会社の方に出ます。」

私は本の方に夢中になって、上の空で聞いていたから、先生がお出掛けになるのに、玄関まで見送りにも行かなかったらしい。確かに、私のような文学士を夢中にさせるだけの、途方も

ない蔵書だった。私の眼は、英文学関係の本棚のあたりに、吸いついたなり離れなかったけれども、そこには他にも実に雑多な書籍が並び、日本語、英語、ドイツ語、フランス語などの本が入り混っていた。整理のついているのも、いないのもある。内容に至っても種々雑多で、文学、哲学、歴史、社会などのまともな本と並んで、例えば「十八世紀フランス犯罪史」とか「英国中世の日常生活」とか、奇妙な表題のものが少くなかった。これを分類整理するのは一仕事だと、私は嬉しいような憂鬱なような、一種の酔心地を感じてきょときょとしていた。

「朝早くから精が出ますね。」

その声で、私は思わず飛び上ったが、ドアを明けてはいって来たのは、ゆうべのお客の富田さんだった。この人はお泊りだったのか、と私は少し驚いた。それに今朝は見違えるほど愛想がよく、その声が耳に快いテノールなのも、驚いたねだった。

「はい。」と私はおとなしく返事をした。

富田さんは椅子に坐って、私にも坐るようにすすめた。

「ゆうべは僕は口を利かなかったから、あなたは僕が誰だか知らないでしょう。名前は御存じかな。富田譲次、ペンネームは富田常山、何だか日本画家みたいな名前だが、このペンネーム、というより雅号は、特別の場合にだけ使うんです。本職は弁護士、いま赤沼さんの田舎の土地のことで係争が持ち上っているので、ずっと泊りこんでいます。しかし僕は趣味の方が本職よりも有名なんですよ。富田常山というのは催眠術の方の名前です。」

この人も催眠術か、と私はあきれた。この人はどう見ても、立派な紳士で、弁護士という職

業にふさわしい、よく切れそうな、知的な表情をしていた。年の頃は私より十くらい上だろう、何しろ男の人の年齢は分りにくい。昨晩の、気味の悪い印象とはまるで違っていた。しかし催眠術の大家とはね。

「催眠術といっても、馬鹿にしたものではありませんよ、」と忽ち私の気持を見抜かれて、私は思わず赧くなった。「これは人間の心理の未知の部分に深くメスを入れるものです。人間は他の動物と違って、意識的に、更に言えば意志的に行動する。脳が命令し、身体がそれに従う。しかし、しばしば人間は、無意識的にも行動するものです。例えば夢遊病というようなものもある。無意識的な犯罪を、健全な人間が犯すこともある。群集心理、ファッシズムのように、個人を越えた力が働くこともある。それは個人の一人一人が、一種の催眠術にかかったと考えることも出来ます。誰が、どうやって掛けたのか。催眠術とは気がつかずに、我々はしょっちゅうその危険に曝されているのです。しかし一方、適切に用いれば、精神障害とか、異常神経とか、発作性ヒステリイとかを、催眠術で治癒することも出来ないことじゃありません。」

私は相手の雄弁なのに、ぽかんとした。すると相手は忽ち話を変えて、

「僕が昨晩だんまりでいたのに、今あんまり喋るのであきれているのでしょう、」と言った。「この人は読心術も出来るのかしら。「昨晩はわざと黙っていました。それはね、赤沼さんがきっと催眠術の実験をするだろうと思ったからですよ、あなたに見せるためにね。ところがもしも僕が出しゃばると、術がかからないかもしれないから、おとなしくしていたんです」

「でもなぜですの？」

「赤沼さんはまだあまりうまくない。かかるのは、せいぜい奥さんかユリちゃん位のものです。ところが僕は誰にだって掛けられる。もしも僕がその気になったら、赤沼さんの術を破ることも出来るのです。」
「富田さんが先生の先生なんですのね？」
「僕は催眠術の原理的研究をしているので、格別、赤沼さんに手を取って教えるわけじゃありません。それに僕の目下の研究は、無意識的催眠術、心霊操縦という奴です。」
「何ですの、それ？」
「さあ眠りますよ、なんてことは言わないで、いつのまにか相手を催眠状態にすることです。相手を自分の無意識的影響下に置いて、いわば心霊的に操縦しようというんですがね。」
「だったら本人の意志もあるわけでしょう？　自分が厭だと思ったらしないでしょう？」
「そこが研究の研究たるところですよ。しかし絶対的心服というのは、或る場合には、親子とか、夫婦とか、上役と使用人とかに、見られないことじゃない。それをもっと自由に、他人に対しても押し及ぼせないだろうか、というのが僕の研究なのです。」
「だってそれだったら、どんな女のひとでもわけなく恋人に出来るわけでしょう？」
「ほらもうそういう冗談が出るというのが、あなたが催眠的効果によって、僕に好意を持ち始めた証拠ですよ。」
そして富田さんは嘲(あざけ)るような微笑を浮べた。

眠りの誘惑

4 離れにて

昼の間は私の天下だった。ユリ子さんは学校へ行く、先生は会社へ出る、奥さんも（何処へだかは知らないが）お出掛けになる、富田さんも事務所へ出勤する。従って家の中に残っているのは、女中さんたちをのぞけば、図書室に私、離れにおばあさん、この二人きりだった。といっても、ユリ子さんはしばしば仮病を使って学校を休んだし、先生も半日、図書室で私の指図をして、午後からゴルフへ出掛けることもあった。富田さんはまったく気ままで、勤めには行ったり行かなかったりだった。

先生がゴルフ狂とすれば、富田さんはカメラ狂で、しょっちゅうカメラをいじっていた。何でも心霊写真というのに凝っているとの御自慢なのだが、私が見せてもらったのは、どれも薄ぼんやりした、ピンぼけのような写真ばかりだった。何が写っているのだか見当もつきゃしない。しかし普通の写真、つまり芸術写真の方はなかなか大したもので、見事な風景や人物（その中には奥さんをモデルにしたのもあった）を見せてもらうのは、大いに愉しみだった。これも私が「好意を持ち始めた証拠」なのかもしれない。

ところで一般的に言えば、昼の間は私ひとりきりだった。私は図書室の中で、大いに本に「馴染ん」だ。初めのうちは、自分の専門の英文学の方に、つい手が出たものだが、そのうちに探偵小説、犯罪実話などに、すっかり病みつきになってしまった。赤沼先生も至って寛大で、

私が仕事もしないで（と言っても、私に与えられた仕事の性質が、実はあんまりはっきりしていなかったのだが）通俗な物語の類に読み耽るのを、咎めることもなかった。

本を読むのに飽きると、私は庭を散歩して、時々は離れにおばあさんを訪ねた。庭と簡単に言ったが、これが大したもの。蔵書の量からだって、赤沼大作氏の財力は想像にあまりあるが、物凄く大きな邸宅を取り囲んだ庭の広さは、林や池や花畑などを含んで、どこが境なのか私には見当もつかなかった。この家は東京の郊外の、既に充分に開けた町のはずれにあったが、敷地内に、武蔵野の面影を残したこんな広い自然公園があるなんて、あきれたものだ。めったに出歩くと迷子になりそうで、私はユリ子さんと一緒でなければ、あまり遠くまでは行かないことにしていた。

離れというのは、母屋から百メートルばかり離れた、茶室風の建物で、母屋が完全な洋風建築なのと、著しい対照をなしていた。おばあさんは病気がちということだったが、ただ身体をいたわっているだけの感じで、いつ訪ねても、床に就いていたためしはなかった。ユリ子さんのばあやだったので、今でもばあやと呼ばれているハツさんと共に、離れの中でひっそりと暮していた。

おばあさんは、最初の晩には黒いガウンのせいで、私には小人か魔女か、とにかく妖精物語の中の人物のように印象づけられたが、よく見ると、分りのよい、親切な老人だった。時々、厳しい、癇の強そうな表情が現れた。しかしいつもは、穏かな、物静かな人柄で、いっそ悲しげにさえ見えた。特にユリ子さんのことを話す時などに、そうした影が濃くなった。

「あれはかわいそうな子でね、」とおばあさんは言った。「小さい時から神経過敏で、身体の成長もおくれているし、何よりも母親が亡くなれているんでしょうよ。ゆかりは本当の母親じゃありません。ユリの母親は三年ほど前に亡くなりました。それからどうも、ユリはあんな変な子になってしまって。ユリの母親に精神障害を治療するなどと言っていますが、何の素人の生兵法、ろくなことはありません。私はあんなものは大嫌いです。富田などという、弁護士だか、いかさま師だか分らない男の、つまらない講釈にかぶれて、うちを下宿の代りにしてやっていますが、これは先妻の娘には愛情てやらず、構うとすれば催眠術の実験材料、ゆかりの方は、何でも愛情が第一です。ユリに大事なのは愛情ですよ。ですから鳥飼さん、私はあの子のためにあなたを頼りにしているのですよ。大作は構っあなたはまだ若いけど、お分りになるでしょう、酔狂なことです。ただあ関心です。長く続けばいいけど。」

なたが、いつまででも、」と言い切った。

私はおばあさんのしんみりした話に、ちょっとばかし感激したから、「宜しければ、私の方はいい人らしいから、やめてもらいたくありませんよ。」とおばあさんは繰返した。さんの条件の中にあった「期間未定」というのを思い出して、首筋がすうっとした。「あなた私はハツさんとも馴染になったから、後に、二人きりの時に、彼女に訊いてみた。

「ねえ、私の前にも、私みたいに御主人の本の整理にやとわれた女の人がいたの？」

「はい。二人ほどございましたけど。」

「くびになったの?」

「いいえ、その人たちの方でおよしになりました。長くは続きませんでした。」

「どうしてかしら?」

「さあどうしてでしょう、存じませんけど。」

私は、その理由をおばあさんに訊いてみる気にならなかった。そして先生や富田さんに訊くことも、どうしてかやはり憚られた。

5 落人池

ユリ子さんと私とは、じきに仲良しになった。人なつこい、可愛い子なのだ。中学校の二年生というのは、Sなんてことにあこがれる、無邪気で愉しい時代ではないかしら。ユリ子さんは全然無口な時(例えば、奥さんが同席している時、つまり食堂や居間にいる時)と、こっちが一言も口を出せないほどひどくお喋りになった時と、極端なくらい違っていた。子供らしい感傷癖(「あたしには秘密があるのよ、暗い秘密があるの、悲しいわ。」)──率直さ(「鳥飼さん、ボーイフレンドいないの? あたしが見つけてあげましょうか。」)──野蛮さ(「あたし馬鹿みたいに怖がりなの。夜ひとりで寝るのが、そりゃ怖いの。でも今度は鳥飼さんがお隣の部雨の中を裸で飛んで歩くの大好き、でもこれ、子供の時のことよ。」)──臆病さ(「あたし

屋にいらっしゃるから、少し安心だわ。」）……つまりおばあさんの言う通り、愛情が不足していることの証拠なのだ。

ユリ子さんが仮病を使った日、それでなければ夕食前のひと時、私たちはよく庭の中を散歩した。彼女はすこぶる地理に通じていて、私の先に立って案内した。ただ一度だけ、林の中を抜けて、その向うにある池のほとりに出ようとした時に、彼女は林の中に立ち止ったなり、動こうとしなかった。

「あたし行かないわ。」
「あら どうして？　私は前に一人で行ってみたことがあるけど、お池はとても素敵よ、ロマンチックで。」
「でも、あたしは行けないわ。」

二度目の、「行けない」という表現が、何ということもなく私に禁忌（タブー）という言葉を、そして催眠術による暗示ということを、思い浮べさせた。私はやや執拗に訊いた。

「なぜなの、ユリ子さん？」

彼女は黙ってしまったなり、その場を動かなかった。どうして私は、その時、急に意地悪くなったのだろう。〈心理学的に解釈すれば、最初の晩の催眠術実験への、無意識的抵抗だったに違いない。〉

「じゃ此所で待ってて。私ひとりで行って来る」と言って、私はさっさと歩き出した。ほんの五六歩行ったところで、私の背中の方で、ユリ子さんがわっと大声で泣き出した。ま

さか泣くなんて、私は夢にも思っていなかったから、大急ぎで戻ると、心から謝った。もっとも、我儘なお嬢さんに対する反撥のようなものと、自分の身分に対する慌しい反省とが、同情の中に少しばかり混っていたけれども。
「あたし、行けないの。お池でママが、本当のママが……」と彼女は泣きじゃくった。
「え、何ですって?」
「ママはお池に落ちて死んだのよ、夜……」
私はびっくりし、今度はしん底から、同情心が湧き上った。「御免なさいね、私ちっとも知らなかったものだから」と、小柄な身体を抱きしめるようにして、謝った。やっと涙が収ると、ユリ子さんはやや早口に喋り出した。
「とても昔からあるお池なんですって。あたしはママが死んでから、怖いから行ったことはないけど、その前は、ママと一緒によくお散歩に行ったわ。変な名前だけど、落人池っていうのよ。何でも平家の落武者が、十人ほど、お池のほとりで切腹したり、身を沈めたりしたんですって。それとも、平家じゃなくて武田の残党だったかな? あたし小さい時に、ママからお話を聞いたんだけど、もう忘れてしまった。池のふちに、小さなお宮が祀ってあるでしょう? 縁起が悪い場所なんだって。でもママはロマンチックだったから、よく一人で行ったらしい。まだ夜中に行かなくてもね。きっと暗くてよく見えなかったからそれで……。あたしその頃は好きな人だと思っていたけど、三年にしかならないわ。それから今のママが来た。今のママは、あたしの本当のママのお友達で、昔からよく泊りがけで遊びに来ていたわ。

「急にあたしのママになるなんて、変じゃない？ あたし納得が行かないわ。本当は、あたしの心の底にそっと隠している、怖い怖い秘密があるの。考えるだけでも怖い。あたしそれを、誰にも言えないの。悲しいわ。」

私はそこで、ユリ子さんを連れて引き返したが、時々は一人で、落人池に散歩に行ってみた。林の影が水面に落ちた、ひっそりした池だった。鳥の声のほかは物音ひとつ聞えなかった。ユリ子さんのママは、なぜ、夜なのに此所に来て、池に落ちたのだろうと私は考えた。或る時、不意にかさこそいう跫音が聞え、縁起の悪い場所で縁起の悪いことを考えていた矢先なので、びくっとしたことがある。見れば富田さんが、大きな望遠レンズをつけたカメラを持って、池のそばを歩いていた。鳥の生態写真でも写すのだろうか。私はなぜともなく、そっと身を隠した。確かに、私は富田さんに好意を持っていたが、富田さんは落武者のように、その時自分の跫音にも気を配っているようだった。

6 夜の不安

従って私の生活は、すこぶる単調を極めた。図書室での仕事といっても、与えられたのは、カードを作って蔵書を分類するだけのこと。それも心霊学や催眠術に関係した本は、富田さんが既にあらかた整理していた。ただその他に、探偵小説や犯罪実話の中で、心霊学、催眠術、

夢中遊行、二重人格、などに関した条項があれば、それを書き抜くことを赤沼先生から命じられていたが、この方は読む本ごとに出て来るというわけでもないので、要するに私は、本のページをめくっていさえすればいい気楽な身分だった。

しかしいつのまにか、私が探偵小説のファンになり、更に悪いことに、濫読のようなものを感じ始めたというのは、これまた濫読の酬いというものだったろうか。殺人や犯罪の物語が頭の中にいっぱいになって、この大きな建物、他人行儀な家族、広すぎる庭、それがだんだんに無気味に感じられ、特に夜になると、怖くてぞくぞくした。私は本来が楽天的な、明るい性質の娘なのだが、どうもユリ子さんの神経質が私にもうつったらしい。しかも私が怖がるのには、多少の理由があった。

この家で、私は二階に自分の部屋を与えられていた。前にも言ったように、天井の高い、大きすぎるほどのシャンデリアが天井から下っていた。階段を昇りつめると、廊下の左右に、南側と北側とに分れて、幾つもの部屋があった。左側は、その北側が御夫婦の寝室で、中央にバスルームを置いて、三部屋つづきになっていたが、奇妙なことに、今では先生だけがここに寝ていて、奥さんはお向いの、南側の部屋二つを、寝室と居間とにしていた。階段を昇った右側は、南側に私の部屋、ユリ子さんの部屋、もとのおばあさんの部屋（現在は空室）と並び、北側は、向い合って、三つの空室が並んでいた。しかしその隣の廊下のはずれに、私とユリ子さんとの使うトイレ兼用の浴室があり、その向い、つまり、もとのおばあさんの部屋の隣に、小

二階が家族の専用の部屋ばかりなので、泊り客の富田さんは、一階の左側の端にある、お客専用の寝室をあてがわれていた。一階には、台所、食堂、居間が、ロビイの左側に、図書室と書斎、それに応接間が右側にあった。
　こんなことを詳しく書くのも、夜になると、いかに家の中がひっそりするかを分ってもらいたいからなのだ。たくさんの空室。ドアに鍵を掛けるのは安全感を与えてくれるが、それも夜中にトイレに行く時には、折角の鍵を明けて、廊下の端まで行かなければならない。シャンデリアは、半分以上も燭台の灯が消えて、変に薄ぼんやりした光を投げている。どのドアも、ひっそりと静まり返っている。これではユリ子さんではないけど、臆病にならざるを得ない。
　そのユリ子さんが、夜、一人で外を歩いているのを見た時の、私の驚きといったらなかった。
　たまたま私はトイレに行き、浴室の正面の非常ドアが、少しばかり明いているのに気がつき、踊場に出てみた。踊場といっても、鉄の板を組み合せたごく狭い場所で、すぐに傾斜の急な、梯子ふうの非常階段になっている。その晩は明るい月夜だった。そして私は、庭の中を歩いて

いる人影に気がつき、急いで自分の部屋に帰ったが、それはユリ子さんであることを認めた。私はぞっと寒気を覚え、急いで自分の部屋に帰ったが、それは月光を浴びたユリ子さんの歩きかたが、機械仕掛のロボットのように、まるで生気がなかったからだ。夢遊病じゃないかしら、と私は思った（濫読の弊害がそろそろ現れて来た）。あくる日、私はさりげなくユリ子さんに尋ねてみたが、彼女は眼を丸くして否定した。

奥さんが別の部屋に寝るというのも、御夫婦の続き部屋があるにしては、奇妙なことに違いなかったが、先生が自分の寝室に鍵を掛けているのを発見したのも、私にはどうも納得が行かなかった。外国風の習慣とはそんなものかもしれないが、女ではあるまいし、大の男がいちいち鍵を掛けるのは変じゃないかしら。それは私が図書室で、寝てから読むための本を物色していた時に、急な電話が先生に掛って来て、呼びに行った時だった。先生はまだお休みではなかったが、ゆっくり鍵を廻し、ドアの間から私の顔をじっと見詰めた。何だか怖い顔だった。

ところで私は女中さんたちと近づきになり、女中さんは口さがないものだから、御夫婦の間が円満でないことを訊きもしないのに教えてくれた。先生が鍵を掛けて寝ることは、女中さんたちも知っていた。まるで別居みたいなもの。大体ゆかり夫人とは、ユリ子さんのママが生きていた頃からのお附合で、その人が亡くなったあとすぐに結婚したらしいのに、もうこんなに熱が冷めたというのも変だ（但し私は未経験だから、途方もない本の集めかたからでも分る位だから、先生の性格の中に偏執狂的なものがあることは、夫婦の間のことはよく知らない）。先生の性格の中に偏執狂的なものがあることは、奥さんが厭がる理由も何かあるのだろう。女中さんの一人は、口を滑らせて、奥さんと富田さ

眠りの誘惑

んとの仲が怪しいと言ったが、私は聞き流した。私は先生には生理的な嫌悪感を覚えるが、まさか奥さんだって、同じ家の中で、富田さんとどうこういうことはないだろうと思う。
　私が先生に嫌悪感を覚えるのは、そもそもの初めの晩の、ユリ子さんを使った催眠術の実験の時からだが、それが決定的になったのは、先生が、事もあろうに、私まで実験材料にしようとしたからだ。夜になって、ちょうど私たち二人が図書室に籠っていた時に、先生は猫撫で声で切り出した。
「どうです、ちょっとためしてみませんか？」
「厭ですわ」と私は言下に断った。
「何んでもないんですよ。それに人にもよるから、催眠術に必ず掛るときまってもいないし。あなたは理性的なお人らしいから多分掛らんかもしれない。」
「富田さんは誰でも掛けられると言っておいてでした。悪く思わないで下さい。」
「何も毛嫌いすることはないんだが、まあ強いてとは言いません。私はお断りです。」
　相手のその下手に出た様子が、つまりこのせいなのだ。私の前任者が長続きしなかったというのも、つまりこのせいなのだ。週給五千円も、気楽な仕事も、つまりはこれが目的なのだ。人間の意志力の剥奪。言ってみれば、人権蹂躙じゃないの。私はやたらに憤慨し、それから急に怖くなった。もしも私の意識が、そして意志が、他人によって支配されてしまったとしたら、私はどうして自分に責任が持てよう。知らない間に、私は何をしでかすだろう。

私はそれから、毎晩、自分の寝室の鍵を入念に調べてからでなければ、眠れなかった。眠ってしまうのが怖かった。知らないうちに暗示が与えられ、それに従って寝衣姿の私が、そっと部屋から出て行く？……おお厭だ。しかしどんなに決心しても、私は若くて、眠りの誘惑に打克つことは出来なかった。

7 挑戦

　私の来た最初の晩と同じように、夕食後のまだ早い時刻に、食堂に隣合った居間の中に、先生、奥さん、ユリ子さん、富田さん、そして私がくつろいでいた。窓の外では昼から雨が降り続いていた。
「赤沼さん、」と富田さんが呼び掛けた。「今晩お出掛けにならないのなら、僕に小林君を貸してくれませんか？」小林君というのはお抱えの運転手で、それはつまり自動車を意味していた。
「町のクラブで、今晩八時から、会があるものですから。」
「いいとも、何の会？」
「催眠術ですよ、もちろん。僕の講演と会員の実験。」
　奥さんが、例によって膝にひろげた雑誌から、ちらっと眼を起した。
「君は近頃、いっこう催眠術の話をしないが、私の眼のとどかぬところでは、相変らずダボラ

を吹いているのかね？」
そう言った先生の口調が冷笑的なのに、私はひやっとした。
「ダボラじゃありません。赤沼さんみたいな初心者には、僕の理論は高尚すぎるんでね。」
「私はもう初心者じゃない、」と先生は息まいた。
「赤沼さんに出来るのは、睡眠中の暗示だけでしょう。覚醒後の暗示を与えられないうちは、まだ素人なんですよ。」
「それはどういうこと？」と奥さんが口を入れた。
「或る人に催眠術を掛けて、暗示を与えてから覚醒させます。本人は何を命令されたのか、すっかり忘れている。しかし暗示は、潜在意識の中に保存されて、あとで実行されるわけです。」
「そんなこと位は、私だって出来る」と先生が叫んだ。
「出来る筈がありませんね。」
「宜しい。よく言った。それなら君の挑戦を受け入れよう。ユリ子、ちょっと食堂へ行っていなさい。」
　赤沼先生の偏執狂的な性格が、まざまざと現れた。ユリ子さんが食堂へ姿を消すと、先生は富田さんに待ち兼ねたように訊いた。
「何か君に註文があれば、それを私がユリ子に命令しよう。」
「そうですね。ユリちゃんは臆病だから、夜中に落人池に行くというのではどうです？」
「いけないわ」と私はもうたまらなくなって叫んだ。「そんな非人間的なこと。」

「大丈夫ですよ。ユリちゃんは行きやしない、赤沼さんの暗示になんか掛りはしません」と優しい声で、富田さんが私をなだめた。
「今に分るさ」と先生が冷たく言った。「ではそうしよう。鳥飼さん、ユリ子を呼んで来て下さい。」

私は不承不承に（これも週給五千円のうちだから）食堂のドアをノックした。ユリ子さんはまた居間に戻った。「ユリ子、さあ眠ろう。眠るんだよ。」そして例の忌わしい儀式が始まった。ユリ子さんが完全に睡眠状態になると（しかし眼は見開いたまま。それは何度見ても気味が悪かった）、先生がゆっくりと暗示を与えた。

「ユリ子、お前はいつものようにお風呂にはいったら寝なさい、そして直に眠る。夜中に目を覚ます。それから落人池に行き、お宮に……そう、お前の腕時計を置いて来なさい。それが行った証拠だ。何も怖いことはない。いいね、怖くはないのだから言われた通りにする。帰って来て眠る。明日の朝目を覚ましても池に行ったことは忘れている、腕時計がなぜなくなったかは分らない。分ったね、言って御覧。」

「あたしはお風呂にはいって、それから寝る」と単調な声でユリ子さんは復唱した。「夜中に目を覚ます。落人池に行き、お宮に腕時計を置いて来る。あたしは怖くない。明日の朝はみんな忘れている。」

「そうだ。それに私が今言ったこともすっかり忘れてしまう。何を命令されたのか、覚えていないのだよ、いいね？」

「分ったわ。」

ユリ子さんは、目が覚めてからも暫くぼんやりしていた。眉に皺を寄せて「頭が痛い、」と言った。そして部屋の中には、気詰りな沈黙が訪れた。

それが七時少し過ぎだった。ユリ子さんは二階の自分の部屋に引き取った。赤沼さん御夫婦と私だけが居間に残り、奥さんが、「渋いお茶でも入れましょうか」と言った。私はその時、この奥さんでも家庭的なところがあるのだなと、少しばかり感心したのを覚えている。それほど先生は神経を尖らせていて、奥さんの入れてくれたお茶も、殆ど気に留めていない様子だった。その間に、ばあやのハツさんがドアに現れ、丁寧に先生を呼んだ。先生は気軽にドアの外に出て行き、奥さんは冷たい眼でそっちを睨んだが、これはばあやの権威が、この家の中で重んじられていることの、一つの証拠だったのだろう。先生は直に戻って来たが、お茶はその間にすっかり冷めてしまった。私は挨拶をして立ち上った。

「鳥飼さん、ユリ子のことは放っといて下さい。あなたに関係のないことですから。」

私は先生のその命令に、「はい、」と返事だけはして、ロビイから二階の自分の部屋へと階段を昇って行ったが、心中は穏でなかった。あんな可愛いお嬢さんに、よくもあんな無慈悲なことを命令できるものだ、それも自分の娘なのに。

私は自分の部屋にはいり、落ちつかなくて時計を見た。九時。私は支度をして、廊下へ出、浴室へ行った。お風呂から出た時は九時半を過ぎていた。何でもこの浴室は、おばあさんのた

めに、あとから改造して作ったものだそうだ。私は、もとおばあさんが住んでいたという部屋の前を通り、次のユリ子さんの部屋の前で立ち止った。ドアはすぐさま開き、ユリ子さんが顔を覗かせた。
「あら、まだ起きていたの？」と私は訊いた。私はそっとノックしてみた。もう寝たかしら。何だか不安になって、
「ええ、あたし何だか怖いの。いやあな気がするの。」
「でももうじき十時よ。お風呂はどうして？」
「お風呂もまだ。鳥飼さんは？」
「私は今済ませました。」
「あたし鳥飼さんと一緒にいればよかった。」
赤沼先生の暗示も、まだいっこう利いていないようだな、と私は考え、おかしいような、嬉しいような気がして来た。
「大丈夫よ、ユリ子さん。」
私は彼女とベッドの上に並び、彼女が机の抽出（ひきだし）から出して来たウィスキイ・ボンボンを食べ、暫くお喋りをした。「さあ、お風呂にはいってお休みなさい。ぐっすり眠ればいいのよ」と私はけしかけた。眠りさえすれば、朝まで一息に眠り続けるだろう。何と言っても、まだ子供なのだもの。
「じゃ、そうする。」
そこでユリ子さんは浴室へ行き、私は自分の部屋に戻って、ベッドに横になり、読みさしの

探偵小説を開いた。そして、私は少しずつまた不安になり始めた。ユリ子さんは本当に大丈夫かしら。富田さんの言った通り、覚醒後の暗示なんてことは、先生の催眠術では手にあまるのかしら。私の不安を助長するように、窓の外はひどい吹き降りだった。私は、もしも私が本当にユリ子さんのためを思っているのなら、今晩一晩、彼女についていてあげるべきなのだ、と考えた。「関係のない」ことかもしれないが、それがヒューマニズムというものだ。そこで私は起きて隣の部屋へ行こうと思ったが、不意に猛烈な眠気が、私を枕の上に倒してしまった。……私はふと目を覚ました。枕許のスタンドは点いたまま、時計は十二時少し前だった。どうして眠ったのだろう、まるで強力な睡眠剤でも飲まされたみたいに。それから、眠る前に感じていた不安が、いきなり胸を締めつけた。私は飛び起き、ガウンを引掛け、急いでドアの鍵を明けて廊下に出ると、隣のユリ子さんのドアをそっと開いてみた。そのドアには鍵が掛っていなかったから（いつでも。鍵をかける習慣があるのは、先生、奥さん、そして私だった）私はするりと部屋の中にはいり、電燈を点けた。

ユリ子さんはベッドの中ですやすやと眠っている。私は近寄って蒲団を直してやった。そして機械的に手を差し入れて、彼女の左の手頸に腕時計を探った。すべすべした皮膚の上に何もつけていないことが分った時の、私の驚きといったら。ユリ子さんはやっぱり暗示通りに、落人池に行ったのだろうか。私は彼女の部屋の中を急いで見廻したが、濡れた服も、レインコートも、靴も、傘も、とにかく濡れているものは何一つなかった。私は洋服箪笥の中まで調べてみて、少しばかり安心した。私が探し廻っている間じゅう、ユリ子さんは平

和な寝息を立てていた。

私は廊下に出た。なぜともなく廊下の端の、非常ドアのところまで行ってみた。挿込錠は掛っていたが、手前の廊下のところが雨水に濡れていた。これはドアが開いて、雨が吹き込んだ証拠ではないだろうか。私は錠を外して踊場へ顔を出してみたが、外は真暗で、一面に篠つく雨だった。ユリ子さんは暗示に掛って、本当にドアを明けて出て行ったのか。しかし何も濡れたものがないのだから、きっと私の思い過しだったのだろう。腕時計は、どこか私の気のつかなかった場所に、ユリ子さんが外して置いてあるのだろう。

私がとやかく考えている間に、玄関に自動車のはいって来る音がした。それが夜中の十二時だった。

8 死

翌朝は暴風のような騒ぎだった。赤沼大作氏は、私が夜中に首を出して覗いてみた非常階段の真下に、冷たくなって発見された。雨はまだ降っていたから、文字通り冷たくなっていたわけ（こんな軽口を言うなんて、私は本当に悪い——死者の霊の安らかなならんことを）。離れから、朝の食事の用向きで歩いて来たばあやのハツさんが、倒れている御主人に気がつき、すぐさまお医者と警察とを呼んだ。遺骸の側には、洋傘と懐中電燈とが落ち、掛けていた眼鏡のガ

ラスは四散し、石だたみで頭を強打したものらしいが、血はすっかり洗い流されていた。階段の、踊場にかかる最後の段の上に、明かに靴の滑った跡があった。絶命時間は、十時から十二時の間、多分十一時過ぎぐらい。先生の腕にあった時計が、それに符合するように、十一時十分を指して止っていた。

私たちは、みんな警察から調べられた。私は、この家に来てから探偵小説のファンになったせいだろうけれど、好奇心を働かせて、みんなのアリバイを蒐集した。それは簡単なものだった。

おばあさん。十時に離れで就寝。朝まで何も知らない。

ハツさん。少し遅く就寝。この二人はお年寄だから問題外。

奥さん。九時に二階に昇り、十時までに御主人の部屋の隣の浴室で入浴。それから自分の部屋に戻り、お化粧して就寝。朝まで何も知らない。入浴の前後にも、御主人と殆ど口を利かなかった。いらいらしているような様子だった。

富田さん。七時三十分、車で外出。催眠術の会場に七時四十分着。八時より九時まで講演。十時まで会員の実演を見る。そのあと懇親会。十一時五十分、車で出発。十二時帰宅。そのまま就寝。直に眠る。

小林運転手。右を裏書する。彼自身は、馴染の喫茶店にいた。

ユリ子さん。十時入浴。十時半就寝。直に眠る。

私。九時入浴。十時就寝。直に眠る。

女中さんたちは問題外。

警察の人たちは、何等かの鈍器を使用して、赤沼さんを殴打した人間がいるのではないかと考えたらしいが、調査が進むにつれて、頭の傷痕の具合や、傘をさしていたことや、階段の滑った跡などから見て、結局は事故ということに落ちついた。要するに、雨のために鉄の階段がつるつるしていたので、足を滑らせて石だたみに落ちたという結論。何とも探偵小説的ならざる結論だが、現実というのはそんなものなんだろう。

そして盛大な葬儀が営まれた。

9 二つの意見

誰にでも（富田さんをのぞいて）チャンスがあった。しかし動機があるだろうか。私はもうこの家には用のない人間だったが「あなたに関係のないことです。」と先生が言ったのは、その前の晩のことではなかったかしら、ユリ子さんがばかに私になついてしまったので、辞職のことを言い出せないでいた。その間に、疑問が次から次と起った。なぜ先生は、雨の中を、表に出て行ったのだろう。なぜ富田さんのアリバイは完全なのだろう。なぜ私は眠ったのだろう。あの催眠術の挑戦には、どんな意味があったのだろう。エトセトラ。しかし動機は？　警察は簡単に考えて、動機の点までは追求しようとしなかった。でも赤沼家には莫大な財産があ

るのだし、前の奥さんは三年前に池に落ちて亡くなったというのだし。

しかし私が真先に気にしたのは、ユリ子さんがあの晩、落人池に行ったかどうかという点だった。不幸のあったその日の晩(あんなにみんなが天手古舞している最中に)、私はユリ子さんが自分の部屋にいるところを、お悔みがてら訪ねた。そして彼女が少しも泣いたような顔をしていないのには、少々びっくりした。

「ユリ子さん、あなたゆうべ寝てからのこと、何も覚えていないの?」

「あたし、お風呂にはいって朝までぐっすり寝たわ。」

「落人池には行かなかった?」

「落人池ですって? 行くものですか。あんなところ昼だって行ったことがないのに。」

暗示に掛って出掛けたのなら、こういう返事も当然なのだ。私は矛先を変えた。

「ユリ子さん、腕時計を持ってる?」

「もちろん。」

 勢い込んだ質問が、あんまり簡単に肯定されたので、私が二の句を継げないでいると、彼女はスェーターの袖をまくって時計を見せてくれた。

「でも、ゆうべはしていなかったでしょう?」

「あら、鳥飼さんどうして御存じなの?」

「夜中にあなたのお部屋に来て、ちょっと腕に触ってみたの。」

「あらあら。」

ユリ子さんは急に赧くなり、それは私にも感染したらしい。私はごまかすように、「いい時計ね」と言った。

「ゆうべ、お風呂場に忘れて来たのよ。これママのお形見。」

型は古いが、華奢な、贅沢な造りで、ただ文字盤に傷があるのが惜しかった。

その時、ユリ子さんは不意に、パパは殺されたのだと言い出した。話が急に飛躍したので、私は眼を見張った。

「誰に?」とつい口に出た。

「ママかもしれない。富田さんだって怪しい。」

「女の人の力じゃとても駄目よ、それに動機がないでしょう?」

「だってパパを階段から落せばいいんだから、力なんか要らないわ。あたしの推理では、ママはパパのお部屋にいたんだから、パパの眼鏡をすり代えておくことも出来た、もっと度の強い乱視の眼鏡を置きとけば、パパがそれを掛けて、階段を踏みそこなうこともあると思うわ。でも証拠の眼鏡が粉みじんに割れたらしいから、訴えるたってどうにもならないわね。」

「眼鏡ね。でも動機が。」

「だってママと富田さんとが、もしも結婚したいのだったらどう? あたし、いつだったか富田さんの暗室にこっそりもぐり込んだら、ママの写真がたくさんあったわ。その中には、」と言って声をひそませたから、私は慌てて口を入れた。

「富田さんにはアリバイがあるし。」

「そう思う？　あたしはあのアリバイ、不完全だと思うの。講演と実演との間は確かに会場にいた。しかし懇親会になってから、自転車で家まで片道二十分、人に気がつかれないように大丈夫抜け出せる筈だわ。お得意の催眠術で他の会員を暗示に掛けておけば、絶対大丈夫よ」
「でもあの雨でしょう、自転車なんかじゃ、途中で人に見られる心配がないのよ。」
「雨だから」と私は富田さんの肩を持った。
　こうなると、ユリ子さんはなかなか頑固だった。そこで数日後に、私は今度は富田さんを打診に行ったが、その言分を聞いてまたびっくりした。犯人はユリ子さんだと言うんだもの。
「ユリちゃんはね、赤沼さんの催眠術に掛ったことなんか一度もないんです。みんな百も承知でしていたんです。睡眠中の暗示だって、覚醒後の暗示どころか、お芝居をしてみせた、と僕は思いますね。例えばいつか、ママは好きか？　父親を悲しませないために、好きだと答えたことがあったでしょう？　あれは考えて言った返事、つまり眠っていない証拠です。ユリちゃんは決して奥さんを好きじゃありませんからね。ところで、あの子は根が臆病だから、もしも催眠術に掛ったらどうしようかという不安がいつもある。特に、夜中に落人池に行けなどという命令を受けた場合に、本人が眠っていないんだから、さだめしぞっとしたに違いない。僕が、決して赤沼さんの覚醒後の暗示なんか出来ないと断言したのは、ユリちゃんが掛らないことが、逆に言えば、赤沼さんに覚醒後の暗示なんか行ってない、まったくの独りよがりだったことが、分っていたからです。奥さんだって、赤沼さんの催眠術に掛ったこ

とは一度もない、いつでも掛かったふりをして見せただけだと、僕に教えてくれたことがありますからね。

——ところでユリちゃんは、命令を与えられて、当然それを覚えていただろうから、怖くてしかたがない。万一、自分が知らず識(し)らずに、落人池に行くかもしれないと考えれば、怖いのは当り前ですよ。そこでユリちゃんは、僕が前に、皆のいるところで催眠術の講義をした時に言った、或ることを思い出したに違いない。それはこういう原理です。どんな催眠術師でも、自分で自分の生命に危害を加えるようなことは、他人に命令できない。逆に、それが自分の生命に危険だということを自覚していれば、暗示に掛らない。そこで、この原理に基(もと)づいて、ここからは僕の想像ですがね、ユリちゃんは非常ドアの先の階段に、紐を横に張った。この階段を下りようとすれば、必ず引掛(ひっか)って転げ落ちる。つまり階段へ出ることを、自分への禁忌(タブー)としたわけです。これだけ用心して、なるべく眠らないように我慢していた。そこに物音がしたから、部屋を出て様子を見に行くと、自分の代りにパパが引掛って下に落ちた様子だから、蒼くなって、紐を片づける。そこで証拠もなし、ユリちゃんは怖くて言い出せないでいる。とこれが僕の意見ですがね。ユリちゃんが悪いわけじゃなく、赤沼さんの生兵法が、自ら招いた災難というものです。あなたはどう思います、鳥飼さん?」

10 私の推理

でも、そんな濡れた紐なんかどこにもなかった、と私は心の中で反撥した。富田さんには好意を持っていたが、可愛いユリ子さんが犯人（たとえ偶然にせよ）だなんて言われると、かえって富田さんが怪しくなった。そこで私は、ユリ子さんと富田さんとの意見を、自分でも考え直してみた。

富田さん犯人説。果してあのアリバイは不完全なんだろうか。会場から自転車で抜け出し、兇行を演じてまた会場に戻り、今度は小林運転手の自動車で帰って来る。十二時の帰宅は、私もその音を聞いた。しかし、自転車を用意したり、片道二十分の雨の中を走ったり、他の会員を催眠術に掛けてアリバイを証明してもらうなんてことは、少々子供じみている。一番の難点は、富田さんがこっそり戻って来た時に、どうしてタイミングよく、先生が階段のあたりに現れたか、という点。千里眼じゃあるまいし、どうしてそんなことが分るものですか。

そこで私がぎょっとなったのは、富田さんが洩らした、「心霊操縦」というのを思い出したからだ。もしもそれと知られずに、先生に暗示を掛けることが出来れば、それは一種の遠隔操縦、現場にいなくても可能な殺人なのだ。例えば、「あなたはユリちゃんが、暗示通り落人池に行くかどうか、ひどく気にしている。では一つ見に行ったらどうです？ あなたは挑戦を受

け入れたのだから、負ければ大恥ですよ。非常ドアから出て行って様子を見ておいでなさい。踊場から見廻して御覧なさい。そこで足を滑らせなさい……」これは駄目だ、と私は自分でもおかしくなった。自分の生命に危害の加わるような暗示には、掛らない筈だ。いくら心霊操縦でも、足を滑らせるようには命令できない。そこに何かトリックがなければ。

そこで閃いたのは、奥さんとの共犯説。もしも奥さんが、そこで後ろから突き落したらどうだろう。でもうまく行くかしら、女の力で。だいいち、どうしてタイミングよく踊場で襲撃できるのか。浴室に隠れて待っているのか。十一時十分に富田先生が階段に来ることを、あまり仲のよくない奥さんがどうして知っているのか。それとも、富田さんの心霊操縦が、同時に先生と奥さんとを動かして、……この想像はあまりに馬鹿げていた。しかし、この心霊操縦という考えは、ユリ子さんの不完全アリバイ説に負けないほど子供じみていたが、私に薄気味の悪い不安を残した。

奥さん犯人説。度の強い乱視の眼鏡とすりかえるのは、無理。そんなこと位でうまく転げ落ちる筈がない。鈍器で先生を打ち倒すというのも無理。多少の可能性は、他の場所、例えば先生の部屋で、寝ている先生を殺しておいて、現場を動かすことだが、女手で廊下へ運べる筈もないし、血も出るだろうし、だいいち、先生は自分の部屋には鍵を掛けて寝るのだから。（ここに後からの註を入れておく。私は警察の人に、最後的な調査の結果を聞いたが、先生は確かに階段の一番上から転げ落ちたので、四散した眼鏡のガラスが、階段の途中や屍体の下にも落ちていた。また、雨のために正確なことは言えないが、現場の附近に死体を引きずった形跡も

ユリ子さん犯人説。その紐というのは、果して引掛って落ちて死ぬだけの、確実な兇器だろうか。先生が知らずに引掛ったとしても、右手の雨傘と、左手の懐中電燈とを離してしまえば、手摺にしがみつけるのじゃないかしら。ユリ子さんが、暗示に掛らないために、非常階段に紐を張って自分に警告したとしても、外に出るのには、何も此所を通らなくても、中央階段からロビイに下りればいいことだ。従って、非常階段を禁忌(タブー)にすることが意味のない位は、ユリ子さんにも分っていただろう。
　こうして私の推理は五里霧中になり、やっぱり唯の事故だということに落ちついた。しかし、そこで霊感が閃いた、つまり、自分の部屋には必ず鍵を掛けた位の先生が、なぜ、家の外へ出て行こうとしたかということ。雨傘と懐中電燈とを手にして。非常階段は、石だたみを通って、百メートルばかりで離れに通じている。先生がこの階段を下りようとしたのは、こっそり、離れに行こうとしたのじゃないかしら。そこで私は、例の晩、ハツさんが先生を呼んで、廊下でひそひそ話をしていたことを思い出した。問題はおばあさんにある。そこで女探偵である私は、離れへと調査に出掛けて行った。

11　夢遊病

私がおばあさんに、先生はあの晩離れに何か御用があったのでしょう、と言い出した時に、おばあさんの身体はいよいよ小さくなり、その顔色はいつもよりもっと蒼くなった。

「あの晩、大作は此所に来ました。」

「え、いらした？ いらっしゃる途中だったんじゃないんですの？」

「十時半頃から十一時まで、大作は此所で私と話をしていました。」私はそのことを警察に言いませんでした。言っても始まらないことです。」

私の頭の中で何かがくるくる回転した。それでは先生は、階段を下りる時じゃなく、上る時に転げ落ちたのだ。しかし階段を上る時の方が、足を滑らせる可能性はずっと少いのじゃないだろうか。とそこへ「大作は私が殺したのです」とおばあさんが言った。

私はびっくり屋で、しょっちゅうびっくりしているけど、この時は正真正銘、がんと殴られたような気がした。しかしおばあさんはすぐに修正した。「殺したようなものです。」と。そして私はやっと安心した。此所だけの話だと断ってから、おばあさんはその晩のことを語り始めた。

「何の用だったかは忘れましたが、私はあの晩七時頃、食堂に行きました。ちょうどあなたが食堂のドアをノックして、ユリが居間の方に戻って行くところでね。ユリは慌てたのか、ドアをぴったり閉めて行かなかった、それで大作の話をするのが、つい私の耳に聞えて来ました。私はよっぽどその場で大作を叱り飛ばそうかと思いましたが、気を取り直して此所へ帰って来ました。しかしどうにも腹にはユリを暗示に掛けて、夜中に池に行かせようとしていました。

据えかねたので、ハツを使いに出して、大作に離れに来るように命じました。ただでは来ないと思ったので、ユリの母親が死んだことと関係があるから、とハツに言わせました。私は何としてでも、大作がユリに与えた暗示を取り消させる決心でした。
——大作が来たのは十時半です。皆が寝るのを待っていたので遅くなった、と言訳しました。
そこで私は、何度も申してある通り、ユリを催眠術に掛けるのは宜しくない、お前は治療のためと称しているが、それはユリの夢遊病の発作を一層悪くするかもしれない、もしも池にでも落ちたらどうする？ と言ってやりました。大作は、催眠術では決して危いことはないから、と言い張るので、私はとうとう、夢遊病でなら、人を殺す場合だってあり得るよ、と言ってしまいました。
——鳥飼さん、これはどうぞ秘密にしておいて下さい。実は、私の血統には夢遊病の遺伝があるのです。大作も死んだ今となっては、明るみに出す必要もないでしょう。大作は、夢遊病の発作中に、あやまって前の妻を殺しているのです。
——その頃、大作は既にゆかりと親しくなって、夫婦の間が思わしい状態ではなかった、嫁はよく落人池に行って、一人で泣いていたようでした。私はつい息子のひいきをして、あれの苦しみがよく分らず、嫁の我儘とばかり思っていました。
——大作には、子供の頃から夢遊病の発作がありました。しかしいつのまにか直っているものと私は思っていたのですが、或る晩、私は二階の（その頃は二階の、ユリの隣の部屋に暮していました）窓から表を見て、大作がふらふらと庭を歩いているのに気がつきました。どうし

たことかと廊下で待っていると、全然無表情なままで、私がいる側を通りすぎ、自分の部屋に戻って行きました。完全に夢遊病者の歩きかたでした。ところがあくる朝、嫁が池に落ちて死んでいるのが発見されたのです。それは事故ということで済んだのですが、私は気になってならず、嫁の持ち物を調べてみて、こっそり隠してあった日記を見つけ出しました。それには、ゆかりへの嫉妬、夫への不満と共に、夫が時々夢遊病の発作を起すから怖くてならないという記述もありました。

――夢遊病は、赤沼家の凶兆なのです。ユリも小さな時から、その発作があります。大作も自分が怖いので、夜知らないうちに外へ出て行かないために、自分の部屋に鍵を掛けるのです。ゆかりと別の部屋に寝るのも、そのためです。催眠術を習ったりしたのも、本来はその病癖を直す目的だったのが、つい深入りしてしまったのでしょう。

――そこでこの前の晩、私は大作に、お前が発作中に嫁を池に投げ込んだのに違いない、と聞かせてやりました。取っておいた日記も見せてやりました。といっても、私はただ、この眼で大作が庭を歩いているのを見、一方では日記を勝手に結びつけただけですから、確実な証拠があったわけじゃありません。けれども大作は、すっかり参ってしまったようでした。そこで私は、こういう恐ろしいことがあったのだから、ユリに危険な暗示を掛けてはならない、早く帰って、ユリが行く前に暗示を解いてやりなさい、と命じました。そして戻り道に、大作は階段から落ちたのです。」

12 夢の終り

晩秋の日の午後おそく、私はユリ子さんを誘って落人池に散歩に行った。あれほど前には厭がっていたのが、素直に一緒に来る気になったというのも、私の感化(それこそ無意識的影響)に違いなかっただろう。私はユリ子さんがかわいそうでならなかった。母親も死に、父親も死んだ。しかも母親は(たとえ夢遊病の発作という、無意識の行動の中ででも)父親に殺され、父親はそのことを知ったショックのうちに、足を踏み滑らせて死んだ。かわいそうなみなし児のユリ子さん。

事件は結局、過去にあったのだ。事件といっても、それは一種の過失にすぎなかったし、今度の事件は、単なる事故にすぎなかった。私は赤沼先生に生理的な嫌悪感を覚えていたことを、心から済まなく思った。かわいそうな人、夢遊病の発作が怖くて、奥さんとも別々の部屋に住み、自分の部屋に鍵を掛けて寝た人。そんな病人と結婚した奥さんも気の毒だし、富田さんも、私に犯人なんかと疑われて大いに気の毒だった。

落人池は枯れ枯れとして、そこに夕陽が射していた。ユリ子さんはじっと池の水を見詰めていた。ママのことを思っているのだろうか。私も次第に感傷的な気分になった。

「そろそろ帰りましょうか?」と私は誘った。

ユリ子さんは腕時計を見て、「まだ五時よ、」と言った、それは例の、華奢な、文字盤に傷のある古い型の腕時計だった。夕陽がガラスに反射してきらりと光った。

「あたし、この腕時計をちょうどこの辺で拾ったのよ。誰も気がつかなかったなんて不思議ね。ガラスが割れて、針がなくなっていたわ。」

それから彼女は、ぽつんと別のことを附け足した。「鳥飼さんが、ママを知らなかったの残念ね。」

私たちは池を見下す草むらの中に立っていた。池は向うの方に、丸く明るく光った。私は夢の中にいるような気がした。私の夢は、——この赤沼さんのお宅での数ヶ月間の奇怪な夢は、もう終った筈だった。私は此所を去って行かなくてはならない。けれども、私はユリ子さんを妹のように感じ始めていた。もしもユリ子さんがいてほしいと言うのなら、いつまでも一緒にいてもいいような気がした。決して週給五千円のせいじゃない。そんなことを私は考えていた。

ところで夢は終ったのだろうか。赤沼先生の死は事故だったのだろうか。いや、私はやっぱり、不可解な夢の中にいるような気がする。どうして先生は足を滑らせたのだろう。催眠術は何の関係もなかったのか。私を襲ったあの猛烈な眠気は？　心霊操縦は？　夢遊病は？

私はその時、母校の文化大学の古典文学科に、伊丹英典という助教授がいることを思い出した。この先生は（私はサボって単位を取らなかったけれども）名探偵だという噂が高かった。

そこで私は、伊丹先生にこの手記を送って、その御返事を待つことにした。

285　眠りの誘惑

13 伊丹英典から鳥飼元子への手紙

出来るだけ簡単に、僕の推理を書いてみます。あなたの手記だけを材料にしているのですから物的証拠にまでは互いかねます。心理的証拠ばかりかもしれません。そして僕の出す結論は、或いは、あなたのお気に入らないかもしれません。

A 過去の事件

1・赤沼氏の夢遊病は偽装だったと考えます。夫人の日記の中に出て来る発作は、夫人をおびやかし、ゆかり嬢に会いに行くのがばれた場合のための口実。老夫人に廊下で出会った時のは、咄嗟の偽装です。子供の頃のは本当かもしれませんが。

2・夫人と話をつけるという口実で、落人池に誘い出したのか、或いは夫人が嫉妬のためか、傷心のためか、池のほとりに一人で出掛けたのに跡をつけたのか、とにかく赤沼氏は、「池を見下す草むら」で夫人を襲い、池に投げ入れたのです。腕時計がその時落ちましたた。文字盤の傷が格闘の証拠です。

3・動機は、ゆかり嬢との恋愛と、夫人への憎悪。

4・その後赤沼氏がゆかり夫人と別室に住み、自分の部屋に鍵を掛けたり遊病の発作を恐れているかに見せかける偽装です。たとえ鍵を掛けても、自ら夢遊病者な

ら、当然、明けて出て行くでしょう。鍵を掛けることを、女中までが知っているのも、わざと分らせたことでしょう。夢遊病は、前夫人の殺害が万一人に知られた時のための（現に老夫人に厭（あ）きたことでもあります）工作です。但し寝室を別にしたのは、氏が早くもゆかり夫人に厭きたからかもしれません。或いは、眠っている間に、事件についての寝言でも言いはしないかと恐れたのかもしれません。

5・この殺人は、誰にも知られずにすみました。しかしこれが、次の殺人の原因。

B　今度の事件

1・夢遊病は遺伝しません。ユリ子は夜、戸外をぶらぶらするのが好きなのです。彼女の怖がりかたはお芝居がかっていると思いませんか。落人池へ行かないのは、怖いからではなく、悲しいからです。母親の死んだあとで（三年前のまだまだ子供の時に）、そこへ行って腕時計を拾っている位です。この怖がりかたは彼女の偽装です。

2・壊れた腕時計を拾って、彼女は母親が事故、或いは過失によって池に落ちたのではなく、襲撃されたことを知っています。但し誰が犯人であるかは知らない。浮浪人の仕業かもしれない。それが「暗い秘密」です。多少は父親を疑っていたかもしれません。

3・彼女は死んだ母親を熱愛し、父親には少しの愛と多くの憎しみとを感じ、新しいママは憎悪しています。

4・彼女は父親の催眠術には掛っていません。これは富田氏により証明済。掛ったふりをしたのは「少しの愛」のためです。

5・彼女は十時に入浴します。父親の暗示を怖いとは思っていません（池へ行くのは、彼女には散歩にすぎないから）。彼女はお風呂の中で考えます。──「少しの愛」のためにパパを勝たせてやろうか、パパと富田氏との勝負は、彼女次第なのです。そこに雨。「あたし雨の中を裸で飛んで歩くの大好き。」そこで裸のまま、腕時計だけをはめて、非常階段から外に飛び出します。しかし表は寒いし池は遠いし。雨に濡れてどうしようかと考えているうちに、同じ階段から父親が下りて来て、離れへ歩いて行き中に消えます。

6・好奇心から彼女は様子をうかがう。茶室ふうの建物ですから、おばあさんと父親の声が洩れて来ます。「お前が嫁を池に投げ込んだのに違いない。」彼女は今や、三年越しの秘密、母親を殺した犯人を知ったわけです。

7・彼女は飛ぶように浴室に戻る。湯槽にはいろうとして、彼女は腕時計をはめているのに気がつく。この時計の存在が、心理的に重大な要素だと思います。母親が最後まで身を防いだしるしが、文字盤に尚も刻まれています。激情的性格（これは遺伝します）が現れ、彼女は武器を摑みます。

8・武器、それは水道の蛇口につけたホースです。彼女は水道を出し、ホースの先を握り、それをぎゅっと抑えつけて、浴室のドアを薄目にあけて、非常階段のドアが開くのを待っています。父親が片手に、まだ開いた傘と懐中電燈を持ち、ドアを明けてこちら向きになった瞬間、冷たい水が鞭のようにその顔を襲撃します。それは棍棒よりも強

9・彼女は腕時計を外して湯槽で暖まる。赤沼氏はあっというまに転落します。上って着物を着ると、非常ドアの錠を閉めて、ドアや廊下を拭く。それでも、「雨が吹き込んだ」ように「濡れて」いるところが残ります。しかし雨が吹き込むほど、ドアが明けっ放しだったことはない筈です。そこで彼女は部屋に戻る。傘も、靴も、服も、雨に濡れたものは一つもありません。ただ彼女は腕時計だけは、浴室に忘れて来ました。そのために、あなたがうろうろして、廊下の「雨水」という決定的証拠に気がつくことになるのです。

10・富田氏も赤沼夫人も、赤沼氏が離れへ行くことを知りません。それを知ることの出来るのは、老夫人、ばあや、ユリ子、の三人だけです。しかし前の二人には、方法も動機も見当りません。

11・富田氏の催眠術の挑戦は、作為的とは思われません。アリバイも作為的とは思われません。心霊操縦は、お説の通り、「子供じみて」います。

12・あなたの「猛烈な眠気」は、夫人の入れたお茶、或いはユリ子のくれたボンボンの中に、睡眠剤が注入されていたと考えるよりも、あなたが「若い」からだと考えた方がよさそうです。

C　忠告

もしも僕の想像通り、ユリ子さんが犯人であるとしたならば、どんな罰がこの未成年者に与えられるべきでしょうか。必要なものは、罰ではなく愛だと、考えることは僕のロマンチシズ

ムでしょうか。僕はあなたがこの不幸な少女のお姉さん代り、出来ればお母さん代りになって、その激情的な面をやさしく導かれんことを希望します。週給五千円は、たとえ老夫人によってもっと増額されたとしても、少しも遠慮する筋合のものではないでしょう。
以上です。

湖畔事件

1 バス終点

　文化大学古典文学科の助教授である伊丹英典氏が、二時間もバスに揺られて湖畔の終点に着いた時に、さてどこに湖があるものやら見当もつかないほどの濃い霧が、渦を巻くようにバスの周囲に立ちこめていた。伊丹氏は真先にバスから下りたが、あたりを見廻してやれやれと溜息(いき)を吐いた。それでも霧のなかに、赤いペンキで屋根に観光船案内所と大書した建物の存在が、かすかにそれと見分けられたから、とにかくそちらの方向へ歩き出した。同じバスに乗っていた客は数えるほどの、土地の人らしい日焼した三人ほどの男はすぐに霧のなかに姿を消し、いかにも新婚旅行の途中らしい二人連れが、伊丹氏のあとからくっついて来た。
　十月初めの秋休みを利用して北海道の或る都市を訪ねた伊丹氏が、そこで久しぶりに会った旧友から熱心にすすめられてこの湖を見物する気になったのは、いわば旅の気紛れと、それに友達の熱心な口振りについ心が動いたからにすぎない。殆(ほとん)ど人に知られていないこの高原の湖と、そこにあるホテルの風情とが、日本ばなれのした幽邃(ゆうすい)な趣きを呈しているとまで言われて、

293　湖畔事件

では二三日静養して行こうという気になった。旧友はそのホテルの支配人に紹介状を書いてくれた。しかしバスに二時間も揺られているうちに、だんだんに厭気がさして来て、こんなことなら寄道をせずに東京へまっすぐ引上げた方がましだったと考えるようになった。それに肝心の湖が霧に隠されているのでは、幽邃すぎて、景色のよし悪しも分らず、薄い合オーヴァでは身の顫いするほどのうそ寒さである。

ひっそりとした案内所の奥に、十五六のお下げ髪の女の子がいたので、話し掛けた。

「船はじきに出ますか？」

「船は今日は出ません。」

にべもない返事で、伊丹氏は思わず眉を釣り上げた。

「出ないって？ バスと観光船とは接続している筈だよ。」

「定期に出るのは土曜と日曜だけです。今日は金曜日です。」

「今日が金曜日ぐらいのことは知ってるよ。しかし僕の貰った時間表にはそんな但し書は出てなかった。」

「夏の間は毎日運行します。でももうシーズン・オフですから。」

そこに先程の二人連れが、心配そうな顔つきで近づいて来た。

「僕たちはホテルに行くんだけど、他に船はないの？」

「観光船だけです。観光船がホテルにも寄るんです。でも今日は出ません。」

「朱実さん、どうしよう？」

夫と見える方が困りきった表情で、女を振り返った。
「なんとかなりませんの？」と女も言った。
「こちら側にも宿屋は一軒ありますよ。」
「ちょっと待って下さい。」と伊丹氏が言葉を挾んだ。「僕もそのホテルに行くんだが、一つ電話を掛けて聞いてみよう。せめてボートぐらいはあるだろうと思うから。」
女の子はぷいと頤の先で電話のあり場所を教えた。
伊丹氏はそこでホテルの支配人を呼び出した。暫く話をしてから、表情の緊張をゆるめて二人連れの方に頷いてみせ、電話を切った。
「モーターボートで迎えに来てくれるそうです。やれやれ助かりました。」
「まあよかった、」と女のほうが嬉しそうに叫んだ。「此所へ来ようと言い出したのはわたしのプランなんですの。こんなことでホテルへ行けなければ鷹夫さんにだって済まなかったわ。」
「なに僕はいいんだよ。」
その男は年の頃三十くらいの見当だったが、見るからに気の弱そうな顔立ちをしていた。
「だってせっかくこんなところに来て、ホテルに行けないのじゃあんまりよ。せっかくの新婚旅行なのに。」
女は言ってしまってから、思わず第三者の存在に気がついたように顔を赧らめた。しかし鷹夫さんと呼ばれた相手の方は一層どぎまぎした様子で、苦笑しながらベンチに腰を下した。若い女もその隣に掛けて、伊丹氏にどうぞと言った。伊丹氏は遠慮して向い側にあるベンチに坐

り、漫然と二人に話しかけた。
「ひどい霧ですね。あなたがたも初めてみたいですね。こういう山奥の観光地というのは俗化してないから珍しいんだろうけど、こうサーヴィスが悪くちゃたまらない。これでせめて景色でもよければいいが。」
「景色はそれはいい筈です」と女が答えた。
 伊丹氏はあらためてその若い女を観察した。はきはきした性格らしく、勝気そうな黒い眼と綺麗にルージュを引いた唇をしていた。年はもう二十五六になっているだろう。夫の方は平凡な会社員のように見える。この夫婦は、いずれ奥さんの方が万事につけて亭主の頭を抑えるようになるだろう、と伊丹氏は考え、少々おかしくなった。
 そろそろ待ちくたびれて来た頃、湖のほうからモーターの音が近づいた。伊丹氏は立ち上って案内所の手摺を抜けて桟橋へと出て行った。乳色の一面の霧の中から、腹を赤く塗ったモーターボートが、不意に湧き出たように姿を現した。
「伊丹先生ですか。」
 まだ二十歳ぐらいの快活そうな青年が、舷側のドアを明けて桟橋にあがると、こちらを向いて訊いた。
「支配人の瀬木さんに頼まれて来ました。他にもお客さんがあるそうですね?」
「待合室の方にいる筈だよ。呼んで来よう。」
「ああちょっと待って下さい。もしお宜しければ、あと十分間ぐらいお待ち願えませんか。瀬

木さんの坊やたちが小学校から帰って来るので、さっき瀬木さんが学校の方へ電話して急がせていましたから。」

青年は腕時計を見ながら、ぴょこんと頭を下げて、待合室の方へ伊丹氏と連れ立って歩き出した。

伊丹氏はこの上待たされるのは御免だと思ったが、乗りかかった舟と諦めてもとのベンチに戻った。二人連れは小声で話をしていて、待つのはちっとも苦にならないらしかった。伊丹氏はその青年をつかまえて、退屈しのぎに尋ねてみた。

「その坊やたちというのは支配人のお子さん？」

「ええ。一郎君と二郎君といって、小学校の五年生と二年生です。どうもやんちゃで困るんですよ。」

「すると小学校へ行ってるわけですね？」

「僕が往き復りをモーターボートで運んでやります。なにしろホテルからは湖の上を通る以外に道がないんです。実際ひどく不便なところにホテルをつくったものです。」

「すると君は毎日ここまで往復するわけですね？」

「僕はしょっちゅう往ったり来たりです。何しろ交通は僕にまかされているんですから。」

「するとさっきの女の子はひどいなあ。」と言って、伊丹氏は切符売場の奥の方をうかがった。

「観光船以外にはホテルへ行く船はないと言いましたよ。」

「ああ香代ちゃんですか。あの子は毎日瀬木さんの坊やたちに苛められるから、きっと意地悪

になったんでしょう。僕が三時に迎えに来るまで、坊やたちは香代ちゃんを相手にして、だいぶおどかすらしいんです。あの子たちは殺人狂でしてね」

2 モーターボート

罪のない顔をした二人の子供が、喊声をあげて待合室へ飛び込んで来た。
「中川さん、今日は早いんだね。」
「お客さんがあったからね。さあ行こう。」
二人とも眼のくるくるした可愛らしい子供で、おどろくほどよく似ていた。まじまじと伊丹氏を見つめて、兄の方が「加害者タイプ」と断定すると、弟は新婚の夫婦を見て、「あの小父さんは被害者、小母さんは加害者。ね、そうだろう?」と言った。
桟橋へ向って歩きながら、伊丹氏はやさしく尋ねてみた。
「何だい、その君たちの鑑定は? 聞いた人はびっくりするぜ。」
「あのね、人はね、誰でも加害者と被害者との二つのタイプに分れると思うんだよ。僕たち新聞に出ている写真を切り抜いて、スクラップブックに貼ってあるの。殺人事件の被害者の写真が一冊、それからつかまった犯人の写真が一冊。そこでね、研究を重ねた結果、誰を見たってどっちかに分類できるのさ。」

中川と呼ばれた青年がモーターボートの運転席に坐り、その背後の椅子に一同が腰を下した。青年は直にハンドルを廻し、船はモーターの響も高く桟橋から離れると、くるりと向きを変えて走り出した。六人から八人くらいまで乗れる大型のモーター船で、屋根は風防硝子で覆われている。運転席の前のワイパーがひっきりなしに動いていて、霧はいつのまにか小雨になっていた。

「その子たちの言うことは気になさらないで下さい、」と青年は言った。

「中川さんは加害者タイプなんだよ、」と兄の方が言った。「親切なんだけど、でも中川さんとそっくりの顔をした、三人も人を殺した兇悪犯人がいたんだ。」

「いつもは弱虫なんだ」と弟の方が言った。

「君たち、そんなことを誰の前でも言うのかい？」と伊丹氏が訊いた。「怒る人いないかい？」

「香代ちゃんて、あそこの案内所にいたでしょう。香代ちゃんたら怒って僕たちに口を利いてくれないの。手も足もバラバラにされて殺されるタイプなんだ。」

「そりゃひどい、」と伊丹氏は笑った。「それで君たちは二人とも加害者タイプってわけか。こわいね。」

「僕たちは色んな殺人方法を研究してるんだ。完全犯罪てのはむずかしいんだよ。」

「まあ君たちはそれでいいけど、どうもその分類は正確じゃなさそうだ。中川君は僕の見るところでは被害者タイプと見えるけどね。」

「いやなことを言わないで下さい」と運転席の青年が苦笑した。「僕は殺されるのは厭ですよ。この坊やたちときたら、うしろからポカンと一発やりかねないんですからね。」
「そんなのは知能的犯罪じゃない」と兄の方が言った。「だけどね小父さん、ホテルの二号室にいる宮本さんて人なんか、間違いなしの加害者タイプだよ。顔じゅうひげだらけで、眼がぎょろぎょろして、部屋の中に閉じこもったきり獲物を狙っているんだ。僕たちのスクラップブックにそっくりの兇悪犯人がいてね。もっともそいつにはひげがないけど。」
「殺し屋なんだよ」と弟が言った。
「一体誰を殺すんだい?」と伊丹氏が訊いた。
その間じゅう新婚の二人は後ろの席でずっと黙り込んでいたが、「気分が悪いのかい?」と言う男の声に、伊丹氏は思わず振り返った。女は冴えない顔色をして、夫の膝に凭れかかるようにして喘いでいた。
「船に酔ったんですか。もう着きますよ」と中川君が言った。

3 ホテル

モーターボートが小さな入江のようになった岸壁に横づけになると、そのすぐ前がホテルの正面玄関になっていた。子供たちが真先に飛び出し、伊丹氏と新婚の二人がそれに続き、中川

君はあとに残った。ロビイでは温厚な微笑をたたえた中年の紳士が、子供たちに話し掛けていたが、引き留める間もなく子供等は奥へ駆け込んでしまった。紳士は笑いながらこちらへ近づいた。

「私がここの支配人の瀬木と申す者です。先程は電話で失礼しました。」

伊丹氏は友人からの紹介状を手渡した。新婚夫婦が宿帳に記名してボーイに連れられて二階への階段を昇って行ったあとで、伊丹氏はロビイのソファに瀬木氏と共に腰を下し、暫くお喋りをした。

瀬木氏はさっそくこの湖とホテルとの自慢話を始めたが、ちっとも厭味には聞えなかった。湖はさして大きくはないし、原始林の中に忘れられたように埋もれていて、今でも大して人口に膾炙（かいしゃ）しているわけではない。近頃でこそ観光船が出来て遊覧客を集めるようになったが、それも夏の間だけにすぎない。湖は岸まですぐに山が迫っていて、荒々しい魅力に富み、神秘なほど蒼く澄んでいるし、取り囲む原始林には秋ぐちになると熊が出没する。短い夏を過ぎれば、ホテルはひっそりと自然の一部になってしまう。

「お寂しいでしょう？」と伊丹氏は訊いてみた。

「いや、それほどでもありません。私もホテル業には野心もあったのですからはどうも引込み思案になって、それでここの話があった時に、渡りに舟と引き受けてしまいました。それに油絵を少し描きますから。」

「しかしお子さんがおありなんでしょう？」

「ええ、今のうちは小学校も悪くないんですが、上のが中学にでもはいる頃には何とかしなければなりません。今はけっこう上の二人とも退屈せずにいるようです。」
「モーターボートで一緒にお喋りして来ました。活潑な二人とも退屈せずにいるようですね。」
「どうも活潑すぎまして。いま小さいお嬢さんを連れた未亡人のかたがずっと滞在しておいでなものですから、遊び友達が出来たといって悦んでいます。」
「お客さんは？」
「ええ、今頃になるとまるで少いんですよ。花岡さんというその女のかた、それに宮本さんという、何か書きものでもなさるかたですが、それだけです。もう少しして紅葉の頃になると、またふえるのですが。」
 伊丹氏はそこで立ち上って、ひとまず自分の部屋へ行ってみることにした。宿帳をつける時に、一緒に来た新婚夫婦の名前が、多分夫の方の手で、書きつけてあった。
　　丸田鷹夫、会社員、住所は東京、五号室
　　朱実、妻
 そのすぐ前に、
　　宮本小次郎、無職、住所は東京、二号室
 そしてその前に、
　　花岡優子、無職、住所は北海道Ｓ市、六号室
　　ミチ子、娘

302

インクの濃さが、日附につれて、それぞれ違っていた。伊丹氏は記帳を済ませ、三晩泊って月曜日に出発するつもりだと瀬木氏に告げた。ボーイが小さな鞄を持って先に立って案内した。

伊丹氏の部屋は二階の一号室で、階段のとっつきの一人部屋だった。小ぢんまりした部屋で、窓をあけると、湖の水がすぐ眼の下まで迫っていて、乳色の霧のなかに無気味なほど蒼々と見えた。このホテルは湖の岸壁にそそり立つように建てられているらしく、窓のまわりの壁面には蔦が一面に絡んでいた。霧が晴れない限り湖の様子は見当もつかなかった。

暫く休んでから廊下に出てみた。廊下の左右に部屋があるが、目下の泊り客のある二、五、六号室はどれも南むきの湖の側にあった。廊下の突き当りが開き戸になって、そこを出るとテラスがあり、テラスの端から非常階段が庭へ下りられるようになっていた。伊丹氏はゆっくりとそれを下りた。霧の中で雉子がけたたましく鳴いていた。

こんな霧では散歩もできないな、と伊丹氏は庭の方へ歩いて行きながら考えた。その時、聞き覚えのある子供の声が、ぼんやりと霧にかすんで見える東屋の方から聞えて来た。伊丹氏はそちらの方へ足を進めた。

4 東屋

「ワトソン君、用心して僕のうしろから歩いて来てくれ給え。その足跡が大事な証拠なんだか

らね。」
「ホームズ君、これは変てこな足跡だよ。見て御覧。」
「それはあとから。まず屍体を調べなくちゃ。」
　小さな二人の探偵が忍び足で東屋に近づいて行くのを見ながら、伊丹氏はそのうしろからそっと近づいて行った。このあたりは柔かい土で、霧にしめっているせいか子供たちの足跡が重なり合って一列に続いている。その横の方に、なるほど、奇妙な足跡が続いている。大人の靴の足跡と小さな丸い輪型とが、互い違いに東屋の方向へ向っていた。
「被害者は短刀で胸を刺されている。」とホームズ君が言った。
「即死ですか？」とワトソン君が訊いた。
「いや即死じゃない。ここを見給え、被害者は死ぬ前にここに指で字を書いた。読めるだろう、ジロウと書いてある。」
「わあ、僕が犯人か」とワトソン君は悲鳴をあげた。
　伊丹氏は立ちどまって（それ以上近づくと発見されそうなので）東屋の中をうかがった。小さな女の子が仰向けに寝ていて、おかしいのを我慢するようなくしゃくしゃの顔をしていたが、寝がえりを打ったはずみに大声を出した。
「あら誰かいるわ。」
「ギョッ、」と言って二郎君が振り返ったから、伊丹氏も観念した。
「僕は犯人じゃないぜ。ひとつ諸君の探偵ぶりを見学させてくれよ。」

「何だ小父さんか。いいよ。証拠の足跡を消さないようにして来るんだよ。」
 伊丹氏は用心しながら東屋にはいって、ベンチに腰を下した。女の子はまた屍体に戻った。
「死後二時間を経過しています。」
「それじゃ僕はアリバイがあるよ、ねえ兄ちゃん。二時間前にはまだ学校にいたもん。」
「ワトソン君、落ちつきたまえ。ええと、格闘のあとは見当りませんから、犯人と被害者とは顔馴染だった。ここで二人が話をしている間に、犯人は隠し持った短刀でこの女をズブリと突き刺した。この短刀だ。」
 そこに落ちていた庖丁をホームズ君が取り上げたが、それは本物の刺身庖丁なので、伊丹氏にはどうも気味が悪かった。声を掛けようとするよりも早く、ワトソン君が叫んだ。
「指紋が消えちゃうよ。」
「これは柄が木でできてるだろう。だから指紋は採れないんだ。他に証拠になるものはないかな。よく探すんだ。」
 二人はちょこまかと東屋の中を探しまわったが、どうやら証拠らしいものは何もなかった。ベンチの前の灰皿に煙草の吸殻が二つ三つはいっていた。ホームズ君はそれを大事そうに紙に包んでしまった。
「やはり手掛りは足跡だけだな。さあワトソン君、そとを調べよう。」
 二人の子供は表に出て行き、ホームズ君は巻尺を出して足跡の大きさを測った。仰向けに寝ていた女の子はのこのこ起き上ると、伊丹氏の隣に腰を掛けた。

305 湖畔事件

「ああくたびれた。小父さんはホテルのお客さん?」
「そうだよ。君は……花岡ミチ子さん?」
「あら凄い推理。どうして分ったの?」
「なに宿帳を見たんだ。君は学校へは行ってないの?」
「あたし四年生なんだけど、今は病気のあとで休んでるの」と女の子は少し寂しそうな顔をした。「でも退屈しないわ。今日は飛び切りのトリックを考えたから、一郎君たちきっと迷宮入りよ」

そこに探偵たちが東屋に戻って来た。
「ミッチイ、死んでなきゃ駄目じゃないか」
「もういいのよ。それで分った?」
「うん。この東屋のまわりには、僕たちの足跡を別にすると、一組しかないから、それが犯人の足跡であることは明かだ。その足跡は靴の跡が一種類と、小さな丸い輪型が一組で、互い違いについている。靴は右の靴で、大人のもの。従ってホームズの推理を以てすれば、これは義足の男が犯人だ」
「ミス・マープルの推理を以てすれば、違うわよ」
「ホームズ君、東屋に来る時の足跡しかないんだよ。出て行く時はどうしたんだろうね?」
「ワトソン君、君は黙っていて給え。そんなことは簡単だ。義足の男は、帰る時はうしろ向きになって、来たときと同じ足跡の上を踏んで行ったのさ」

「そんなことをしたら、足跡が重なっているのが分る筈よ」とミチ子さんが反対した。

「それじゃ、犯人はうしろ向きになって、背中のところで前の足跡を消しながら、あとずさりして行ったんだ」

「信じられないわ。そんなおかしな恰好して歩けると思うの？　犯人がどうやって消えたか、それよ問題は。」

伊丹氏が口を切りそうになって、ミチ子さんにたしなめられた。

「駄目よ、大人は。ホームズさんは証拠をもう少し探す必要があると思いますわね。」

二人の探偵がまた東屋の外に飛び出して行くと、ミチ子さんは片目をつぶって伊丹氏にウインクした。

「とても難しいのよ、今度の問題は。小父さんには分って？」

伊丹氏はとても分らないという表情をした。そこへ二人の探偵が大声をあげながら走って来た。

「見つけたよ。ほらステッキだ。」

「この靴は僕が見つけたんだよ」と二郎君も得意そうだった。

細身のチューリップの木のステッキと、片われの男ものの短靴。その二つが少し先の茂みのところに投げ込んであったという。

「このステッキは二号室のひげ男の持ち物だ、」とホームズ探偵が言った。「僕たしかに見たことがある。この靴だって調べればきっと分る。」

307　湖畔事件

「すると犯人は?」とミチ子さんが訊いた。

「二号室のお客さ。宮本さんさ。」

「じゃ方法は? どうやって逃げたの?」

「さっき言った通りさ。うしろ向きで歩いたのさ。」

「そんな恰好で、来たときの足跡が消せると思うの? 両方ともうしろ向きで消すなんて、とても無理よ。」

ホームズ君はぎゃふんとなって、ミチ子さんの履いている靴を見ながら沈思黙考した。

「迷宮入りだ」とワトソン君。

「待って。この犯人は眠っている被害者をおんぶして東屋に来たんだ。ね、それから殺して、うしろ向きに、最初の足跡を消しながら歩いた。それから怖くなって、靴とステッキを捨てて逃げ出したんだ。」

「眠っていた被害者が、指で字なんか書くかしら?」とミチ子さんはにこにこした。

「分んないや。」

「僕も分んないや。」

「じゃ教えたげる。めっきの剝(は)げた探偵二人はあどけない声を出した。

「ジロウって書いてあったのよ。」

「だって僕にはアリバイがあるもん。」

「じゃ教えたげる。被害者ミス・ミッチイはかねて二号室のお客を怨(う)んでいたの。そこでステ

308

ッキと靴の片っ方を盗んで、自分の靴の上からその靴を履き、もう片足の方は地面を踏まないようにステッキを使って、東屋に来るのよ。ね、それからステッキとその靴を力いっぱい遠くに投げる。それから短刀で胸を突いて死ぬ。犯人は宮本さんということになって、ミス・ミッチイの復讐は死んだあとからなしとげられる。」
「ジロウってのは？」と二郎君が訊いた。
「宿帳を見て御覧なさい。宮本コジロウって名前よ、あのひげ男。」
「そんなのフェアじゃない、」と一郎君は怒った。「自殺なんてひどい。」
「でもだまされたでしょう？」とミチ子さんは笑った。
「やれやれ、君たちは頭がいいよ、」と伊丹氏は慨嘆した。

5 バア

あくる日の土曜日の朝、目が覚めてまず窓のブラインドを上げた伊丹英典氏は、感動して唸り声を発した。空は青々と晴れ、紺碧の水を湛えた湖がすぐ眼の下から始まり、周囲を取り囲む原始林の影を縁取りにして、しんと静まりかえっている。湖の右側も左側も、岸辺から鋭い斜面をなして山になっていて、湖はまるでサンドイッチのように二つの山の間に押し潰されていた。その湖の中央に小さな島があった。

朝食のあとで、例によって中川君の運転するモーターボートが、一郎君と二郎君とを対岸に運ぶために出発しようとしているところに、伊丹氏はぶらぶらと近づいた。支配人の瀬木氏が、一緒に一まわりしませんかと誘ってくれた。そこで伊丹氏はもっけの幸いと、瀬木氏の案内で湖の見物をすることにした。

　子供たちは父親と一緒なので、ばかにおとなしかった。その二人を対岸に送りとどけてから、モーターボートは岸辺に沿って湖を一周し、それから島に船をとめて上陸した。その島から見ると、屹立する山が左右に屏風のように控え、正面には蔦の絡んだホテルの壁と赤いスレートの屋根とが、鮮かに水に影を映していた。伊丹氏は大いに感服し、瀬木氏は嬉しそうに笑った。このホテルには普通のボートも幾艘か備えつけられて、新婚の夫婦の乗っているボートがホテルの前の水上に浮んでいるのが見えた。伊丹氏がホテルに戻って暫くすると、午前の観光船が着いて、十人ばかりの乗客が下船して来ると、その辺を散歩したりロビイでお茶を飲んだりした。この観光船は、午前十時に一回、午後一時と三時とに二回、湖を一周したが、ホテルで中食を取り、午後の船で戻るという客もあった。泊りの客も混っていた。
　午後になって、伊丹氏はホテルの裏を散歩してみた。東屋のそばを通り過ぎて暫く行くと、散歩道が二つに分れたが、その何れもが雑木林の中をくぐり抜けていた。しかし道は結局同じ見晴し台に通じていて、そこからは湖が一望のもとに見渡せた。その見晴し台よりも奥には高い鉄条網が張りめぐらされ、それは万里の長城のようにホテルの裏山を原始林から区切っていた。

310

伊丹氏が別の道をホテルの方へ戻って来ると、そこは遊園地になっていて、ブランコや滑り台が備えつけられ、鉄の檻があって大きな熊がのっしのっしと中を歩いていた。それを見物しているところに、瀬木氏が現れて声を掛けた。
「凄いのがいますね」と伊丹氏は感心した。
「この裏山づたいには熊が多いんです。それで用心して鉄条網を張ってあるんですが、熊を見たがるお客さんが多いものですから、こうして見本を飼うことにしました。」
「檻の中にいても気味が悪いものですね。逃げはしませんか。」
「大丈夫ですよ。よく馴れています。」
　熊は暫くこちらを睨んでいたが、やがてコンクリートの穴倉の中へもぐり込んだ。
　伊丹氏はそこで自分もまたホテルの一号室にもぐり込んで、夕食までの時間を読書に費した。合図のドラを聞いて食堂へ行ってみると、見知らぬ新顔がふえて食堂は賑やかだった。新婚の丸田夫妻が隣のテーブルにいたが、夫人の方は食欲がないように見受けられた。例のミチ子さんは母親と向いあって、つんと澄ました顔で雛鳥の片股にかぶりついていた。それでも伊丹氏と眼が合うと、素早くウインクしてにっこり笑った。二号室のひげ男というのは、今まで一度も顔を合せたことはなかったが、伊丹氏がロビイへ引き上げる時に、入れ違いに食堂へはいって来た。なるほどビート族まがいの頤髯を生やした男で、頭はまるでお化けのような長髪だった。片目の上にだらりと毛が垂れていた。すれ違いざま、ぎょろりと伊丹氏を睨んだ。
　ホテルのバアは、もう書き入れのシーズンが終ってバーテンも引き上げてしまっていたが、

支配人の瀬木氏が代りを勤めるというので、伊丹氏も誘われて腰を下した。新しい泊り客が二人ばかり一緒に付き合った。しかし外は素晴らしい月夜だと分ると、その連中は直に出て行った。伊丹氏も内心では湖の空にかかる月というのを眺めたいのは山々だったが、瀬木氏が話相手をほしそうにしているので、つい話がはずんだ。伊丹氏の方も、古典文学の或る研究にヨーロッパに留学していた頃のことを思い出して、風景の比較やらホテルの違いやら、二人の間に共通の話題は尽きなかった。

そこに姿を見せたのが、五号室の丸田鷹夫という新婚の御亭主だった。

「おや、奥さんと御一緒じゃないんですか？」と伊丹氏は少しからかい気味に尋ねた。

「あの人は頭が痛いといって寝ています。どうも僕ひとりで退屈なものだから。」

「さあどうぞ」と瀬木氏がもてなした。「なんぞつくりましょう。」

「ハイボールで結構です。せっかくの新婚旅行がこれじゃどうも。」

「なに明日になれば奥さんも癒りますよ。あなたがたは恋愛結婚なんでしょうね、勿論？」と伊丹氏が訊いた。

「いや、それが見合をしたんです、」と丸田氏はへどもどしながら答えた。

丸田鷹夫は何やら沈んだ顔つきで、口が重かったが、それでも或る証券会社に勤めていることや、見合をしたらお互いにすっかり気に入り、半年目に結婚したことなどを、ぽつぽつと話した。しかしそのうちに伊丹氏と瀬木氏とが、ウィスキイの味から探偵小説の品さだめに至る

まで、活潑に東西文化論へと脱線して行ったので、聞き役の方にまわってしまった。二人は次第にメートルをあげ、丸田氏が、「ではお先に」と言ってバアを出て行った時にも、大して気に留めていなかった。

そこに「パパ」と言って、突然子供たちがバアにはいって来た。ミチ子さんまで一緒だった。

6　二号室

「どうしたんだ、こんなに遅く？」と瀬木氏が咎めたので、伊丹氏は反射的に腕時計に眼をやったが、何と時刻はもう十時二十分になっていた。
「この小父さんにも聞いてもらわなくちゃ」と一郎君が言った。
「この小父さんは、でも私のトリックが分らなかったのよ」とミチ子さんが言った。
「君たちはこんな夜中まで探偵ごっこをやっているのかい？」と伊丹氏が訊いた。
「早く寝なさい」と気まりの悪そうな顔で瀬木氏が言った。
「僕たちね、しらせることがあったから来たんだよ」と一郎君が言った。
「大変なんだよ」と二郎君が強調した。
「一郎、お前が話しなさい。どうしたんだね？」
「僕たち九時までロビイでテレビを見て、寝に行ったんだよ。すると寝てから暫くして、裏の

方で話声がする。誰だか分らないんだけど、低い声でね、二人いるんだ。どっちも男の声だった。何だか喧嘩でもしてるようだった。けれども暫くしたらまた静かになったから、眠ろうと思ったんだけどなかなか寝つかれないんだ。」
「誰の声だか分らなかったの?」と伊丹氏が訊いた。
「一人はどうも殺し屋じゃないかと思うよ。あの殺し屋はパラディンの声にそっくりなんだ。」
「殺し屋ってのは二号室のひげ男のことよ」とミチ子さんが註釈した。
「それで三十分ぐらいも経った頃、裏の道を誰かが大急ぎで走って来たんだ。誰だか分らなかったけど、非常階段の方へ走って行った。そこで僕たち起きて、非常階段を二階へ昇ったけど、テラスにも廊下にも誰もいなかった。それでミッチイを起したんだ。」
「あたし眠っていたの。」
「お母さんは?」
「ママはいなかった。お月見でもしてるんでしょう。」
「それから三人でまた非常階段を下りて、裏庭を探して、東屋へ行ってみたんだ。」
「足跡を消さないように用心したんだ。」と二郎君が言った。
「そしたらね、東屋の中が血だらけなの。」
「なになに」と瀬木氏が声を上げた。「それを早く言わなくちゃ駄目じゃないか。誰かそこにいたかね?」
「それが誰もいないから不思議じゃなくって?」とミチ子さんが得意そうに言った。

伊丹氏は瀬木氏をせき立てて、急いで東屋へ行ってみた。子供たちは瀬木氏から来てはいけないと言われて、ぶつぶつ言いながらも子供部屋へ引き上げた。ミチ子さんも、「とても眠れないわ」と言いながら、一郎君たちと二人について行った。

表に出てみると、雲の切れ目から月の光が明るく照り渡って、裏庭では東屋だけが気味悪くぽつんと静まり返っていた。昨日と違って、今日は沢山の人が此所を歩いたに違いないから、とても足跡の区別はつきそうにない、と伊丹氏は考えた。東屋の中は見通しで、誰もいないこととは遠くからでも分った。中にはいってみると、血痕が黒々と見えた。

「砂に吸い込まれているから、どの程度の量か分りませんね、」と伊丹氏が言った。

「一体誰だろう？」と瀬木氏が酔も醒めはてた蒼白い顔で尋ねた。

「とにかく坊やたちが、二号室の宮本さんの声らしかったと言ってるんですから、行ってみませんか」と伊丹氏はすすめた。

二人が非常階段を昇りつめたところで、テラスのドアが開いて女の黒い影が飛び出した。

「わあびっくりした。花岡さんじゃないですか？」と瀬木氏がけたたましい声を発した。

「あの、ミチ子が部屋にいないんですけど、」と花岡夫人はおろおろ声だった。

「ミチ子さんなら、うちの坊主どもと一緒に子供部屋にいます。」

「何か……何かあったんですの？」と夫人は声をひそめて尋ねた。

「いや何でもありません。」

夫人は疑わしげな眼指で二人を見ていたが、軽く会釈して非常階段を下りて行った。二人は

そのあとを見送ってから、廊下へはいった。廊下は電燈の光のもとに、ひっそりしていた。しかし二人が二号室を目指して歩き始めると、すぐにどこからか泣声らしいものが聞えて来た。瀬木氏はぎょっとなって、伊丹氏の片腕をつかんだ。

「五号室らしい、」と伊丹氏が言った。

それは新婚の丸田夫妻の部屋だった。支配人がとめるよりも早く、伊丹氏はそのドアをノックしていた。ドアが開くまで長い時間が経ったように思われた。そしてドアが細目に開き、丸田鷹夫の顔がのぞいた。

「失礼は承知の上なんですが、ちょっとお話したいことがあって、」と伊丹氏は断り、相手の返事も待たずにドアの内側にはいった。瀬木氏もあとに続いた。

ちらりと見たところでは、朱実夫人はベッドの上に俯伏せになって泣いていた。丸田氏は幽霊のような蒼い顔をしていた。二人ともまだ昼のままの服装だった。

「もう分ったんですか？」と丸田氏が言った。

支配人が何か言いそうになったのを、伊丹氏が急いで牽制した。

「あなたですか？」と訊いてみた。

丸田鷹夫は一層蒼ざめた。

「鷹夫さんじゃないわ、」と朱実夫人がしゃくり上げながらベッドの上で叫んだ。

「それで、宮本さんは何処にいるんです？」

「二号室です、あの男の部屋です。」
「行ってみましょう、」と伊丹氏が言った。

丸田鷹夫は夢遊病者のように、ふらふらと先に立った。伊丹氏は二号室のドアをノックし、返事がないので、ポケットからハンカチを出してノブをまわした。伊丹氏を先頭に、三人は部屋の中にぞろぞろはいると、「あっ」と叫んだ丸田氏のけたたましい声に、その場に釘づけになってしまった。伊丹氏の泊っている一号室と同じ一人部屋で、左側にベッドがあった。そのベッドのシイツにも、その手前の床の上にも、血痕がなまなましくついていた。

「どこに消えたんだろう？」と丸田氏が部屋の中を見まわして、凍りついたような声をあげた。

7 五号室

「それはどういう意味です？」と伊丹氏が訊いた。
「さっきはあの男が此所に倒れていたんです、」と丸田氏は床の上を指した。「血だらけになって死んでいました。」
「死んで？ 触ってみましたか？」
「仰向けになっていたんで、肩のところを持って起そうとしたんですが、ぐにゃぐにゃして気

317　湖畔事件

味が悪いものだから、すぐ手を放して部屋を飛び出したんです。もう冷たくなっていたような気がする。」
「ほんの十分ぐらい前です。」
「屍体が消えたというわけですね。それはいつごろ?」

伊丹氏はどこにも触らないように用心しながら、部屋の中を隈なく探した。枕許の夜卓には読みさしの本があったし、ベッドの足にはスーツケースが置いてあった。洋服箪笥の中にはレインコートと例のステッキがあった。客がちょっと部屋を出たとでもいうような様子で、いくら調べても人一人の隠れる場所はなかった。

「瀬木さん、とにかくこの部屋から出ましょう。鍵を掛けておいて下さい。」

伊丹氏は廊下に出て、丸田氏と共に瀬木氏が下から親鍵を取って来るのを待っていた。瀬木氏が来ると、三人はまた五号室へ戻った。

朱実夫人はもう泣いていなかったが、ベッドに倚りかかって怯えたように夫を見た。夫の方は呆然と椅子に腰をおろした。

「どうしたもんでしょう?」と瀬木氏が言った。「駐在に電話しましょうか?」
「屍体が見つからないんですから、犯罪がほんとにあったのかどうか分らない、」と伊丹氏が答えた。
「とにかく丸田さんの話を聞いてからにしましょう。よかったら話してくれませんか。東屋のことから。」そして附け足した。「どうか初めから聞かせて下さい。

「僕がバァを引き上げたのは九時少し過ぎです、」と丸田氏が話し出した。

「あなた、」と朱実夫人が弱々しい声を出した。

「大丈夫だよ。それで部屋に帰ってみると、この人がいないんです。頭が痛くて寝ている筈だから、だんだんに心配になって、テラスに出たり、ボートの乗場へ行ったりして、最後に東屋に行ってみたんですが、そこにあの男がいました。それが変に絡むんです。朱実のことで……。しまいには僕も腹が立って、一発くらわせてやったら、意外にもろくて、ぶっ倒れたんです。朱実はとんだことをしたと思い、何しろ朱実がどこに行ったんだか心配だから、見晴し台まで探しに行きました。」

「その一発というのは、拳固ですね?」

「ええ。僕は大学時代に拳闘部にいたことがあるもんですから。それで見晴し台に三十分くらいもいたんでしょうか、少し冷静になって、とにかく朱実を探さなくちゃと思い、ホテルに戻って部屋をのぞくと、朱実が泣いているんです。それで僕はまた興奮して、二号室へ行ってみたところ、あの宮本という男が死んでるんでしょう。びっくりして、戻って来て朱実に様子を聞いているうちに、あなたがたが見えたというわけなんです。」

「で、奥さんが何かおっしゃったんですか?」

「いや、この人は……。」

「わたしが説明します、」と朱実夫人がひきつった声で言った。「わたしみんな言ってしまいます。鷹夫さんに黙っていて、本当に済みませんでした。わたし……。」

「気にしないで話しておくれ。僕は決して怒らないから。」
「わたし、あの宮本さんて人を昔識っていたんです。でも気が合わないのでお附合をやめました。一年ぐらい前です。それからはずっとお会いしないで、鷹夫さんと識り合って結婚しました。わたし幸福でした。するとこのホテルに来てみて、宮本さんが泊っていることが分ったんです。わたしどうしようかと思って心配していたら、お手紙を手渡されました。今晩の九時に東屋に来てくれ、お別れにもう一度だけ話したいことがある、というような文面でした。」
「お持ちですか、その手紙？」と伊丹氏が訊いた。
「いいえ、破いて棄ててしまいました。わたしそのことを鷹夫さんに言おうかどうしようかと思って、ずっと考えていたんですけど、夜になって鷹夫さんの姿が見えないし、そのうちに九時になったので、決心して出掛けました。しかしどうしても気が進まないので、遊園地のあたりで往ったり来たりしていました。それで結局、東屋へ行ったんですが、鷹夫さんはいません。それから、血が流れていて誰もいないのです。怖くなって、部屋へ戻ったけど鷹夫さんまで探しに行きました。」
「僕と行き違いになったんだな」と夫の方が口を挟んだ。
「見晴し台では怖くてしかたがないので、直に戻りました。走って帰って、部屋の中でふるえていました。鷹夫さんが帰って来たので、安心したら涙が出て来たんです。」
「大丈夫だよ、僕がついてるから。」
「済みません」と言って、朱実夫人はまた大粒の涙をこぼした。

「なるほど。すると奥さんは二号室へは行かなかったんですね?」
「はい。」
「兇器らしいものは見ませんでしたか、東屋で?」
「血の痕だけですの。」
「御主人の方はどうです、二号室で何か気がつきませんでしたか?」
「さあ。とにかくすっかりあがっちまったものだから。」
丸田氏は夫人のそばへ行って、いたわるようにその肩に手を掛けた。伊丹氏は瀬木氏を促して廊下へ出た。

8 子供部屋

「不思議な話ですね、」と伊丹氏は人けのないロビイの長椅子に瀬木氏と共に腰を下した。「さて、どうしますか?」
「弱りました。ホテルとしちゃしらせたくないけど、警察を呼ぶほかはないでしょうか?」と瀬木氏が尋ねた。「犯人はどうして屍体の始末をしたんですかね?」
「中川君を起して、三人で手分けして少し探してみましょう。何としても二号室のお客が見つからない限り、手の打ちようがありませんよ。」

中川君は寝入りばなを起されたらしく、瀬木氏に連れられてロビイへやって来た。話を聞いて眼を丸くしていた。それから三人は手分けしてまずホテルの内部を調べて廻ったが、宮本氏の姿はどこにもなかった。

伊丹英典氏はくたびれて、あとの調査は二人にまかせて一階の廊下を歩いていると、東のはずれにある部屋のドアが細目に開いて、「小父さん、」と声が掛った。それは二郎君だった。

「まだ起きていたのかい？」と言いながら、伊丹氏はその部屋にはいってみた。

その部屋はホテルの普通の部屋と同じ構造で、ただ洋服簞笥の前に子供用の小さなベッドが二つ並んでいた。そこに一郎君とミチ子さん、そしてミチ子さんの母親まで一緒に腰を下していた。

「僕たち会議を開いていたんだよ、」と二郎君が言った。「でもデータが不足で、何が起ったのか知らないんだもの、小父さん教えてよ。」

「いいでしょう？」と二郎君が眠そうな顔で伊丹氏を見上げた。

伊丹氏は初めはごまかしていたが、大人一人と子供三人の攻撃にかかって、とうとう口を割ってしまった。子供たちは真剣な顔つきになって、伊丹氏の話に聴き耳を立てた。

「まさか君たちが犯人じゃないだろうね、」と最後に伊丹氏がひやかした。

「ズドン」二郎君が小型のピストルを手品のように取り出して、大声を出したから、伊丹氏も思わずぶるんと顫えた。

「二郎、冗談はおよし、」と兄の方がたしなめた。「そこで問題を整理すると……。」

「あたしに任せて」とミチ子さんが割り込んだ。「まず殺人現場はどこか。兇器は何か。兇器はどこへ行ったか。誰に機会があったか。それから、屍体はどこへ消えたか。——これだけね?」

「本当の事件というのはむずかしいもんだね」と二郎君が言った。

「あなたたちはちっとも怖くないの?」と花岡夫人が訊いた。

「ちっとも。ママは先に寝てもいいわよ。でもママのアリバイはあって?」

「まあ厭な子。わたしはボート乗場のところでお月見をしていたわ。」

「そう。機会のあった人は大勢いるわね、この小父さんは君たちのパパと一緒だったから別として、丸田さんも、その奥さんも、うちのママも、中川さんも、みんな怪しい。けれど動機のあるのは丸田さんと奥さんだけね。」

「そんなこときまってないよ」と二郎君が言った。「中川さんは? 中川さんは加害者タイプだからね。」

「だって動機がないもの。」

「中川さんは身の上話をするのをとても厭がるんだ。だからひげ男がもしもそれを知っていたら……」

「二郎は黙っていなさい」と兄が叱った。「怪しいのは丸田さんかその奥さんか、どっちかだよ。どっちか嘘をついてるんだ。あの奥さんは加害者タイプだから、きっと犯人だと思うな。」

「一郎君の分類はあまり当てにならないわ」とミチ子さんが反対した。「宮本さんは加害者タ

イプの殺し屋だった筈じゃない?」
「黙ってお聞きよ。あの奥さんが東屋に行くと、宮本さんが殴られて気絶していたんだ。奥さんはかねがね自分を脅迫していた男を見つけて、短刀でぐさり。」
「ちょっと待って、」と伊丹氏が声を入れた。「昨日の探偵ごっこでミチ子さんの用意した庖丁ね、あれはどうしたの?」
「ホテルの調理場から借りて来たのよ。」
「それであとでは?」
「返したと思うわ。そう、確かに返したわ。」
「兄ちゃんの推理では、二号室に血の痕があったわけが分らないよ。」
「あれは奥さんをかばうために、丸田さんが細工をしたんだ。」
「それじゃ屍体はどこへ行ったの?」とミチ子さん。「歩いて行って湖へ落っこちたの?」
「まあ気味が悪い」と花岡夫人。
「あたしは犯人はどうしても丸田さんの方だと思うな。男の手でなくちゃ屍体の始末ができるものですか。きっと窓から放り出したのよ。窓の下はすぐ湖だもの。」
「でもわたしはそんな水音は聞きませんでしたよ。」
「ママはお月見でロマンチックな気分になっていたから、音が聞えなかったのよ。」
「僕、考えた、」と二郎君が言った。「犯人は中川さんだよ。モーターボートで屍体を沖へ運んだんだ。ね、すると音もしないしさ。」

「わたしはボート乗場のところにずっといたんですよ」と花岡夫人がむきになって言った。「モーターボートは艇庫にはいっていた筈だし、わたしは船の出るのも、中川さんも、決して見なかったわ。」

「要するに屍体がどこへ隠されたかが先決問題ね」とミチ子さんが言った。

「そのようだ」と伊丹氏。「このホテルは陸地は鉄条網で区切られて、外部との交通は水路以外にはない筈だね。よく探しても見つからないとすれば、湖に沈めたとしか考えられないなあ。」

「分った、」と一郎君。「人の気のつかないところが一つだけあるよ。盲点ってやつ。」

「何処なの?」とミチ子さん。

「熊の檻の穴倉の中さ」と一郎君が得意になって答えた。

9 熊の檻

「そんな危ないことが、」と伊丹氏はとっさに言った。「誰がはいれるものか。」

「あの熊は馴れているから怖くはないんだよ、小父さん。」

「しかし鍵が掛っている筈だろう?」

「だからやっぱり中川さんが怪しい」、」と二郎君が叫んだ。「中川さんは熊の係りだから、鍵を

掛けるのも、餌をやるのも、みんな中川さんだもの。」

「行ってみましょうよ」とミチ子さんはもう立ち上っていた。

「しかし穴倉の奥をどうやって調べるんだい？」と伊丹氏は弱音を吐いた。「中川君に調べてもらえばいいだろう。」

「駄目よ。中川さんが犯人なら証拠を湮滅するかもしれないわ。」

「ミチ子、」と母親がたしなめた。

「行こうよ、みんなで」と一郎君がけしかけた。「一体いま何時だと思っているの？」

「僕、強力な懐中電燈を持っている。」

とうとう子供たちに説得されて、大人二人がお伴につき、裏口から（そこは二階からの非常階段に近い）外へ出た。もう月はすっかり隠れ、時雨模様の濃い霧が山からひたひたと流れていた。一行は東屋を右手に見ながら遊園地の方へ歩いて行った。一郎君が懐中電燈を照しながら先頭に立った。

熊の檻の少し前まで来た時に、一郎君が頓狂な声を出した。

「あ、檻の戸があいている。」

次の瞬間には走り出し、大人たちがとめる間もなく檻の中に飛び込んだ。コンクリートの穴倉の中へ首を突っ込んで、唸り声を発した。

「熊がいないぞ。」

「屍体は？」とミチ子さんが叫んだ。

「そんなもの、ない。」

慌てたのは伊丹氏と花岡夫人だった。伊丹氏は自分も檻に飛び込み、穴倉の奥をのぞくと共に、一郎君の手を引張って檻の外へ出た。大人たちの狼狽が三人の子供にも感染したのか、一行は打連れ立って走り出し、ホテルの裏口へ舞い戻った。伊丹氏はロビイにも皆を連れて行き、急いで瀬木氏と中川君とを探し出した。

全員が集ったところで、伊丹氏が中川君に尋ねた。

「鍵を掛け忘れたとか、檻の戸がひとりでに明くとか、そんなことがありますか?」

「とんでもない。鍵はちゃんと掛けました。誰が明けたんだろう?」

「その鍵はどこに?」

「受附の帳場に、部屋の親鍵と一緒にあるんです。いま見たら、ちゃんとありました。」

中川君は生気のない顔をしていた。瀬木氏の顔色は一層蒼かった。

「鉄条網があるんだから、裏山の外へは行かない筈です」と瀬木氏が言った。「とにかく子供たちは寝なさい。夜が明けなくちゃどうにもならない。村の人たちにも加勢してもらって、何とか生けどるなり殺すなりしましょう。」

子供たちは言を左右にして寝に行こうとしなかったが、それは連中もどうやら少し怖くなって来たせいらしかった。そこで瀬木氏と花岡夫人が、それぞれ子供を引張って行った。中川君は徹夜は平気だと言って、ロビイに頑張った。伊丹氏は少しの間睡眠を取ることにして、一号室へ引き上げた。

隣の部屋が殺人現場かもしれないと思うと、疲れ切っているのに容易に眠りが訪れて来なか

った。事件の謎は比較的浅いと伊丹氏は考えていた。多分、答は一つしかない。もしそうとすれば……。しかし何か分りそうでいて分らないものが、頭の中で渦を巻いていた。僕もだいぶ頭が悪くなったなあ、と氏は嘆いた。嘆きつつひとり寝る夜の、とか何とか呟くうちに、やがてぐっすりと、細君の夢などを見ながら眠ってしまった。

10　ホテルの中

瀬木氏に揺り起されて、目を覚ました時は午前五時だった。伊丹氏はあくびをして起き上った。その間に瀬木氏は窓のブラインドを上げ、落ちつかない様子で狭い部屋の中を往ったり来たりしていた。

「村の駐在の飛田巡査に来てもらうことにしました。さっき中川君がモーターボートで迎えに行きました。」

「あれから何ぞ分りましたか？」

伊丹氏は窓へ行って湖の様子を眺めた。もう夜はすっかり明けて、今日の好天気を約束するような明るい日射が、湖の上に射していた。

「いや全然、屍体も熊も行方不明です。トンダさんが、——これは駐在の飛田さんのことですが、子供たちの口癖がうつってしまって、——そのトンダさんが町から警察を呼ぶ筈です。そ

れから村の青年たちが熊狩りの応援に来る筈になっています。」

「忙しい一日になりますね。」

「暗い日曜日ですよ。」

伊丹氏が窓から表を眺めながら、訊いてみた。

「あの中川君という青年はどういう人ですか？」

「あれは私には遠縁に当るんですが、戦災孤児でしてね。ぐれたこともあって困ったもんだったのですよ。私が引取って此所で一緒に暮すようになってから、昔の仲間とも手が切れたし、仕事も真面目にやるようになりました。根は善良な、気の弱い男です。何ぞ不審な点でも？」

「いや、そういうわけじゃありません。ちょっとお尋ねしただけです。どうやら帰って来たらしいですよ。」

湖の中央の島の蔭から、小さな点のように見えたボートが次第に近づいて来た。二人はそこで部屋を出、階段を下り、ロビイを横切って、玄関の前の岸壁のところでボートの着くのを待ち受けた。

飛田巡査というのは、いかにも好々爺らしい年寄で、にこにこしながら瀬木氏と長々と挨拶を交した。ロビイで事件の説明を聞きながらも微笑を絶やさなかった。現場を一応見てまわりたいというので、瀬木氏と伊丹氏とが案内に立ち、中川君はロビイにいて、早起きの客が外に出ないように見張っていた。東屋と熊の檻とを調べてから、一行は非常階段をのぼって二階へ行き、親鍵を使って二号室へはいった。

「おや、この部屋は電燈を消して行きましたかね?」と伊丹氏が天井を見上げながら、呟いた。

「記憶なんてあやふやなもんですな、」と瀬木氏が言った。

トンダさんは俯いて凝固した血の痕を見て廻った。

「もし宜しければ、このスーツケースの中をちょっと見たいんですが、」と伊丹氏が頼んだ。

「いいでしょう、」と言うと、掛金の指紋がどうやら権威を裏づけたらしくて、トンダさんはあっさり東京の大学の先生だという紹介がどうやら権威を裏づけたらしくて、それから部屋の中を見て廻った。中からはパジャマの寝衣、下着、ジャケツ、靴下、本三冊、小型の国語辞典、時刻表、肝臓の薬、ヴィタミン剤、などが出て来た。

「何をお探しです? 兇器ですか?」と瀬木氏が訊いた。

「兇器は窓から投げればちょっと分りませんな」とトンダさんが言った。「屍体だって分るかどうか。とにかくこの湖は水死体のあがったためしはないのだから。」

「いや、ちょっと考えたことがあって、」と伊丹氏は言葉を濁した。

一行はまた部屋の鍵を掛けて、ロビイへくだった。中川君がそろそろ起き出して来た客と押し問答をしていて、瀬木氏が加勢に加わった。飛田巡査は受附の電話で長々と話をしていた。

伊丹氏は宿帳を調べ、昨日の泊り客が五人いることを確かめた。

七時になって食堂が開かれたが、ホテルの全体に一種の不安な空気が漂っていた。五号室の丸田夫妻は食堂に現れなかったので、ボーイが食事を運んだ。二人とも食欲は全然なさそうだとボーイは報告した。

「今日は日曜日ですからなあ、」とトンダさんが伊丹氏にこぼした。「町からバスで二時間、ジープでとばしても一時間以上はかかる。本署から何人来てくれるか。」

対岸の観光船案内所から電話が掛って、中川君がモーターボートで、警察の出迎えに行ったのが九時だった。やって来たのは刑事が二人、鑑識課員が一人で、いずれもあまり機嫌のよさそうな表情ではなかった。トンダさんと瀬木氏とが事情を説明している間に、伊丹氏はちょっと姿をくらまして、五号室に丸田夫妻を訪ねた。

「お二人とも元気ですか？」

ちっとも元気でないことは、憔悴した二人の顔色からも分った。それでも丸田氏の方は無理に微笑を浮べようとした。

「いま刑事が来ました。そこでその前に僕がちょっと忠告をしに来ました。聞いて下さい。あなたがたは新婚早々で、お互いにまだ気心の分らないところがあるでしょう。それでお互いに相手を疑っているかもしれない。しかしまた、夫婦となってこんな事件にかかりあえば、相手への愛情から、かばうということもあり得る。つまり疑うからかばうんですね。夫婦というのは、とにかく何よりもまず信じ合うことです。疑わない、従ってかばう必要もない。自分の見たことやしたことは正直に言う。決して嘘は言わない。いいですね。なに苦しいのも一時の辛抱ですよ。」

それだけ言うと、伊丹氏はさっさと部屋から飛び出した。夫婦は顔を見合せた。

11 裏　山

　二人の刑事と一人の鑑識課員とが活潑に行動を開始している間に、午前十時の観光船が、大勢のお客の他に、鉄砲や道具を持った村の青年たちをホテルへ運んで来た。この青年たちは裏山で熊を見つけることと、湖の水を浚（さら）って屍体を見つけることとの、大事な役割を二つも背負わされて皆々張り切っていた。
　ロビイの中は騒然となっていた。どのお客も熊狩りの見物に行きたがって、トンダさんが声を嗄（か）らして制止していた。伊丹氏は中川君の姿が見えないのであちこち探しまわり、調理場の入口で子供たちに取り囲まれているところを発見した。
「中川さん、いいかい、殺しちゃ厭だよ。きっと生捕りにするんだよ、」と一郎君が頼んでいた。
「約束してよ、」と二郎君が念を押した。
「約束するよ。そら、これが餌さ。」
　中川君は両手にバケツを下げていて、その中には甘藷（かんしょ）がいっぱいつまっていた。伊丹氏を認めると、「行きましょう、」と言った。
　ミチ子さんが伊丹氏の片腕にぶら下るようにして、こっそりささやいた。

「あの熊はきっといないわよ。」
「どうして？」と伊丹氏は上半身を屈めて訊いた。「鉄条網の先へは行けないんだよ。」
「きっと犯人が鉄条網を切って、熊を逃したに違いないわ。熊の背中に屍体を乗っけたのよ。そうすれば熊は遠い山の中に行ってしまうから、屍体はもう決して見つからないの。」
「誰がそんなあぶない真似をするのだろうね？ 熊がおとなしく背中を向けて待っているだろうかね。」

二郎君も側へ寄って来ると、やはりひそひそ声で言った。
「きっと熊が屍体を食べちゃったんだ。」
「熊は人間を食べたりなんかしないわよ」とミチ子さんが怒って言った。「だから犯人は安心して熊の背中に……。」

伊丹氏は議論をしている二人を残して、中川君のあとを追い掛けた。一郎君はまだ纏わりついておせっかいを焼いていた。

裏庭に勢揃いして、いよいよ出発ということになった。一行は中川君、瀬木氏、トンダさんと村の青年たち八人、それに刑事で、これに伊丹氏が瀬木氏の顧問格というので行を共にすることになり、ホテルの客たちの羨望の眼によって見送られた。中川君はバケツを両手に下げ、瀬木氏と四人の青年たちが鉄砲を持ち、残りの連中は網やロープを持っていた。出掛ける前に中川君が一場の訓辞を垂れたが、二十そこそこの青年とは思えないほどの権威のある話振りだった。

333　湖畔事件

「この熊はよく馴れていますから、多分餌でつれば連れ戻せると思います。どうか熊を驚かせたり、怒らせたりしないで、そっと遠巻きにして下さい。お願いします。いよいよ誰かがやられそうだという時以外は、決して銃を撃たないで下さい。お願いします。」

裏山の雑木林の中を、一行のあとについて用心しい登りながら、伊丹氏はびくびくして冷汗をかいていた。氏はもともと生来の臆病者で、こんな危険な冒険なんか内心ではまっぴら御免だった。それが時の勢いで、兇暴な熊といつ正面衝突するか分からない命の瀬戸際と来ている。

「やあ面白くなりましたなあ。」

不意に背中から呼びとめられて、飛び上るほど驚いた。見るとベレエ帽にジャンパー姿の男で、首からカメラをぶら下げている。

「君は誰です？ どうして此所へ？」

「僕はＳ新聞の記者で寺田といいます。偶然さっきの観光船で遊びに来たんですが、凄い特ダネにありつけましたよ。」

「しかし君、危険ですよ。お客さんはホテルに罐詰の筈だが。」

「新聞記者たるもの、抜け駈けはお家芸です。ときにあなたは伊丹先生でしょう？」

「僕は伊丹ですが。」

「文化大学助教授伊丹英典先生、かねがね名探偵との噂の高いかたですね。一つ今度の事件の推理をお聞かせ願えませんか。」

「君、今はそれどころじゃないですよ。熊の奴が……。」
「丸田という男が窓から屍体を放り出したんですか?」
「そんな筈はない。誰も水音を聞いた人はいません。」
「しかし男手でなくちゃ屍体は動かせないでしょう。」
「必ずしもそうじゃありません。例えば朱実夫人。夫人は九時の約束の時間まで、自分の部屋で寝ていたことになっている。その間に、モーターボートを東屋の横手の岸壁に持って行くだけの時間がある……。」
「運転ができるんですか、あの夫人は?」
「とんでもない。女手でも屍体の始末ができるという一例ですよ。とにかくこんな話をするよけはないでしょう。それで東屋の屍体の人は近頃では大勢いますからね、モーターボートぐらいわ自動車の免許証を持っている女の人は近頃では大勢いますからね、モーターボートにロープを巻きつけて、モーターボートで引張れば楽に湖まで運ぶことが出来ます。あとはボート乗場に夕涼みの客がいなくなった頃、艇庫へ戻しておけばいいのです。」
「なるほど、それが真相ですか?」
「運転ができるんです。女手でも屍体の始末ができるという一例ですよ。とにかくこんな話をするより、熊退治の方が大切です。もっと急ぎましょうや。」
新聞記者は髭剃りあとの青々とした顎のあたりを撫でまわして、もう一度「なるほど」と唸った。伊丹氏はそれまではどうやら気が紛れていたが、またぞろぞろ冷汗を流し始めた。「見つかったぞ、」と遠くで誰かが叫んだ。

伊丹氏は走り出した。木立の間に大きな熊のいるのが見えた。その前に、片手にバケツを下げた中川氏が腰を屈めて立っていた。他の連中は木を楯に取って遠巻きにしていた。

「よしよし、さあおあがり、」と言いながら、中川君はバケツをそっと地面の上に置いた。

熊は怪訝そうな表情で、右を見たり左を見たりして、のっそのっそとバケツの方へ近づいた。熊はバケツの中に首を突込んで、甘藷をむしゃむしゃ食べ始めた。ロープを持った青年が二人ほど近づき、中川君が熊の首に手早くそのロープを巻きつけた。熊は首を起し、うるさそうに中川君の顔を写していると、隣でさっきの新聞記者がさかんにパチパチと写真を写していた。度胸の据った奴だ、と伊丹氏は感心した。

その間に、熊はよほど腹がへっているらしくてまたバケツの中に首を突込み、前肢でバケツを引繰り返して残り少くなったのを地面の上に放り出し、それを端から食った。中川君は懸命に熊のからだにロープを巻きつけていた。熊は甘藷を全部片づけると、なおも物ほしそうに中川君の方へすり寄って来た。中川君はさっと後ろに下ると、もう一つのバケツを手にして少しずつ後退した。ロープを握った青年も、熊の後ろからではなく、自分がそのバケツの中身をほしいから歩くのだと言わんばかりに、のそのそと動き出した。熊の後方でロープを握っていた青年たちは、ずるずると引摺られて行くように見えた。熊は途中で二度ほど機嫌が悪くなり、前肢を上げて立ち上った。月の輪がくっきりと見えると、いかにも獰猛そうでどうなるかと遊園地の檻に着くまでの間は、まさにスリルの連続だった。

ことかと思われた。無事に檻の中におさまった時には、一同はもうへとへとになっていた。

12 食　堂

伊丹英典氏が食堂へはいって行った時に、食事時間はもう終りに近く、瀬木氏が警察の連中と一緒にテーブルを囲んでいた。ほかのテーブルはがらあきで、客の大部分は人気者の熊を見物に押し寄せていた。ちょうど午後一時の観光船が着いたところで、表はひどく騒がしかった。伊丹氏は瀬木氏のいるテーブルに誘われた。氏が食事におくれたのは長距離電話を掛けていたためだった。このホテルを紹介してくれた旧友に調査を頼んで、その結果はあとからしらせて来る筈になっていた。

「それで何か分るんですか？」と瀬木氏が訊いた。

「ええ、犯人がね」と伊丹氏は答えた。

「さっぱり分らん事件ですなあ」と刑事の一人が言った。「調べてもさっぱり手掛りがない。丸田鷹夫が犯人に違いないのだが。」

「湖を浚うのは骨が折れるぞ。とんだ日曜日だ」と一人がぼやいた。

伊丹氏は黙々と食事をし、瀬木氏は不安そうにそれを見守っていた。ボーイが現れて、電話が掛って来たと伊丹氏に報告すると、「ちょっと待って下さい」と言い棄てて、氏は大急ぎで

帳場へ飛んで行った。その電話は長かった。それを切ると、伊丹氏は子供部屋へ行った。

「一郎君——。」

「小父さんか。僕たち、今、会議中なんだ。」

「熊が屍体を食ったかどうかを研究しているんだろう？」と伊丹氏はひやかした。

「小父さんは今ちょっと忙しいんだ。そこで頼みがあるんだが、例のスクラップブックね、それを見せてくれないか。」

「オーケイ。」

「加害者タイプの方だ。その中で二号室のひげ男に似ていて、但しひげなしという犯人はどれ？」

一郎君は得意満面で、たくさん貼りつけた新聞写真の切抜きの中から、一枚の兇悪犯人の顔を指し示した。

「うん、ありがとう。ちょっと借りて行く。」

子供たちがもっと説明を聞こうと押しかけるのを、するりと身をかわすなり、伊丹氏は帳場に飛んで行き、対岸の観光船案内所に電話を掛けた。香代ちゃんが出ると、熱心に話をした。何だかひどく下手に出て、御機嫌を取り結んでいた。それから食堂へ戻った。

「何か分りましたか？」と瀬木氏が急いで訊いた。

「この人に見覚えは？」と伊丹氏は例のスクラップブックの写真を見せた。

「え、前科三犯の殺人犯人、これが今度の?」と瀬木氏が眼を丸くした。
「いやいや、この男に似ている誰かですよ。覚えはありませんか、さっき熊狩りの時にさかんにカメラをいじっていた新聞記者と?」
「さて、私はもう夢中だったものだから。」
「そいつが犯人だったのですか?」と刑事の一人が立ち上った。
「いや、今説明します。犯人なんて言っておどかしたけど、殺人犯人はいないんです。つまり一種のいたずら、それも半分は僕をからかおうという魂胆から出たと、僕は睨んでいます。もっと早く気がつけばよかったんだが、僕も頭が悪くなりましてね。」
「早く教えて下さい。一体どういうことなんです?」
「皆さんは最近売り出しの推理小説家で、佐々木武蔵というのを御存じですか?」
「ああ知ってますよ、」と刑事の一人が言った。「実生活で気に要らない奴を、紙の上で殺すのが愉しみだとぬかした野郎でしょう。」
「まさにね、それが二号室の客ですよ。宮本小次郎のことを朱実さんから聞いていて、此所に仕事をしに来ていた。朱実さんは新婚旅行の途中、あこがれの湖にやって来た。そこで宮本は少々悪質だから、もっと早く分ってもよかったんです。」
「一体どういうことなんです?」
「宮本小次郎は丸田さんの奥さんの昔の恋人だった。朱実さんというのは本名でね、どうもおかしな名前発起して推理小説家になった。このホテルの

のいたずらをして、朱実さんの腰を抜かさせてやらうと計略をめぐらしたんです。とにかく鍵を無断借用して、熊の檻の鍵をはずしておいた。しかし戸を開いたのはもっとあとでしょう。そして九時に朱実さんを東屋に呼び出した。どういうふうにするつもりだったのかはよく分りませんが、予想に反して朱実さんではなく御亭主の方が現れ、口論のすえ一発くらわされた。恐らく鼻血でも出したんでしょう。そこへまた御亭主が来たから、死んだ真似をしておどかしてやる。相手が逃げ出したので、忽ち新しいいたずらの計画を立てた。僕をからかってやらうという推理小説家らしい茶目っ気もあったに違いない。」

「先生とは識合なんですか？」と刑事が訊いた。

「そうじゃありません。しかし向うは僕を知ってましたからね。宮本がそれからどこに隠れたか、どうも子供部屋じゃないかと思うんです。あそこの洋服簞笥のなか。子供部屋はちょっとした盲点ですからね。」

「一晩じゅうですか？」

「いや、僕等が熊の檻を調べに行った間に、もっと安全な場所に移った筈です。」

「どこです、それは？」

「二号室。つまり彼の部屋ですよ。彼は自分の鍵を持っていた。電燈も点いていた。今朝あの部屋は電燈が消えていたでしょう。あれは無意識に消したんですね。」

「そうするとあのひげは？」

340

「夜中に剃り落したんです。あれは芸術家気取りの無精ひげでね。それにあの長髪、あれは鋏でいい加減に切り落して、ベレエ帽を深くかぶってごまかしたんですね。上衣には血がついただろうから、代りにジャンパーを着込む。そこで暁方に、要る物と証拠になりそうなものだけを持って裏山へ逃げ込む。もっとも一足お先に熊が逃げている筈だから、ちょっとは怖かったでしょうが、人に見つかる心配はありません。」
「その要る物ってのは何です？」
「原稿用紙ですよ。宮本の部屋には原稿用紙の類は何もなかった。しかし彼は書き物をしに来た筈でしょう、とするとポルトフォリオか何かを持っていたに違いない。人の書いた原稿なんか盗む奴もいないだろうから、これは自分で持って行ったなと気がついたんです。万年筆やインクもなかった。万年筆は商売道具ですから、胸ポケットなんかに差すより、テーブルの上に原稿用紙と一緒にあってしかるべき代物ですからね。」
「それから奴はどうしました？」
「あとは簡単、熊狩りの時に観光船で来たような顔をして現れました。新聞記者と称してね。僕はひげ面のときに一度会ったんだが、熊でびくびくしていたから、まるで気がつかなかった。それで一時の観光船で引き上げました。敵ながら鮮かなものですよ。長い間ホテルに滞在していたから、新聞記者に化けても、よく知っている人、例えば子供たちなんかには顔を合さないようにして、ホテルから消え失せたというわけです。今日が日曜日だということ、つまり観光船が出て、お客も多いということが計算にはいっていたんです。」

「それじゃ無銭飲食の宿泊料の踏み倒しだ」と瀬木氏が悲鳴をあげた。
「すぐに手配します。とんでもない推理作家だ」と刑事が立ち上った。
「僕がさっき電話で連絡しておきました」と伊丹氏が言った。「しかし佐々木武蔵は流行作家だから、踏み倒す気はないと思いますよ。一体どういう罪になるんでしょうかね。」
「だいたい先生も怪しからん。なぜもっと早く言わんのです?」と刑事が怒った。「あなただって業務執行妨害ですぞ」
「済みません。すっかり分ったのはついさっきなんです。それに香代ちゃんという、向う岸の案内所に勤めている娘さんが、宮本からの手紙をことづかっているそうです。三時の観光船で届けてくれるでしょう。」

13 再び子供部屋

三時の観光船では、香代ちゃん自身が現れた。さっき電話で香代ちゃんが手紙をことづかっていると分った時に、伊丹氏はさっそくモーターボートを差し向けると言ったのだが、この頑固者の小娘は、新聞記者との約束で三時の船でなければ届けない、と言い張って、とうとう伊丹氏を負かしてしまった。
「伊丹さんてあなた?」

「ああ僕だよ。お世話さま。」
　香代ちゃんは何だか疑わしそうな顔をしていたが、封筒を取り出して伊丹氏に渡した。その周囲を瀬木氏やトンダさんや刑事連中が取り囲んだ。文面は次のようだった。

「伊丹英典先生、観光船の甲板の上で急ぎこの手紙を書きます。僕が誰だかお分りになりましたか。あなたの炯眼ならどうも見抜かれたのじゃないかと思いますが、先程の新聞記者（お蔭さまで決定的瞬間をたくさん撮らせていただきました）すなわち湖の底に沈んだ筈の屍体です。
――僕は一時の観光船で逃げ出し、接続のバスで町へ帰ります。このバスは二時間かかります。バスが町へ着き次第、警察へ行って事情を説明しますが、ちょうどその時刻に（つまり三時の観光船に託して）この手紙がお手許に届くように計ります。つまり先生がこの手紙を見る前に事件の謎を解いたら、僕はバスを下りるや否や御用となるわけです。ちょっとした智慧くらべという次第です。
――僕のトリックは御想像にまかせます。しかしトリックらしいトリックは殆どありません（これは最近の推理小説の傾向です）。動機を重視するのも最近の傾向ですが、僕は振られたとはいえ、朱実さんにすっかり参っていたんです。あの丸田って亭主が面憎いのも当然じゃありませんか。あんな馬鹿力の持主とは知りませんでしたが、彼女のボディガードとしては申し分ないでしょう。
――朝飯と昼飯抜きで腹がへりました。熊のやつがうまそうにイモを食っていたので、腹の

虫がグウグウ鳴りました。これは決定的証拠なんだが、伊丹先生気がつきましたかね。
——PS、お金を同封しますから支配人に渡して下さい。宿賃を踏み倒したと思われちゃ僕の沽券にかかわります。敬具」

伊丹英典氏は丸田夫妻の部屋を訪ねて、夫婦はいかにあるべきかについて教訓を垂れた。しかし抱き合っている二人を見れば、そんなおせっかいをしなくても、二人の愛情がこまやかでこの後も円満だろうということは、たゃ易く想像できた。

一方その間に、子供部屋では次のような会話が進行していた。
「あんたたち、まだ知らないんでしょう？」と香代ちゃんが言った。
「生意気言ってる。香代ちゃんだって知らないだろう」と一郎君が言った。
「知ってるわよ。いま聞いて来たもの。この事件には犯人はいないのよ」
「犯人のいない推理小説なんてありませんよ」とミチ子さんが反撥した。
「犯人はいても被害者がいないのよ」
「誰さ。それ？」と二郎君が訊いた。どう分る？　犯人がすなわち被害者なのよ」
「考えなさい。あたしその人とお話をしたわ。お小遣いをくれたわよ。ハンサムな人。ここの名探偵なんかより、よっぽど人相がよかったわ。」
「誰さ。それ？」
「教えたげようか。伊丹って人。」と二郎君が同じ言葉を繰返した。

「あの小父さんが犯人なの？」
「バカ。名探偵の方よ」
「あたしあの人が名探偵だなんて信用しないわ」とミチ子さんが言った。「あんな頭の悪い人」
「犯人は誰さ？　早く教えろよ」
「あんたたちが死んだと思ってる人よ」
「ひげ男だろ。あの人は殺されて湖に沈められたのさ」
「ひげなんかなかったわよ。あたし会ったんだから」
「幽霊に会ったんだね、兄ちゃん。ひげ男はもう死んでるんだからね」
「そうさ」と一郎君。
「そうよ」とミチ子さん。
「どうしてなの、なぜ死んでるの？」
香代ちゃんは次第に怖くなったらしく、お下げの先がぶるぶると顫えていた。
「なぜって僕たち三人でひげ男を殺したからさ」と一郎君が澄まして言った。

345　湖畔事件

赤い靴

1 松本博士の訪問

文化大学古典文学科の助教授である伊丹英典氏のところへ、高等学校時代の旧友松本博士から電話がかかって来たのは、夕食後のひと時を、伊丹氏が奥さんと世間話に興じていた最中だった。「どういう風の吹き回しだ。」などと伊丹氏がからかうのに、松本博士の方は、「すぐにも会いたいのだが、これから訪問してもいいか、」とひどく緊張した切口上で尋ねて来た。
「僕の客嫌いも、相手が君じゃしようがない。待ってるよ。」
電話が切れると、奥さんはさっそく小言を言い始めた。
「あなたみたいに無愛想な口を利いて、失礼ですわよ。松本先生て、お偉いんでしょう？」
「大したことはないだろう。国立中央病院の内科に勤めているんだが、腕前の方は僕は知らん。」
「だって博士よ。」
「博士が何だ」と伊丹氏は、まるで夏目漱石のような口を利いた。「松本とは高等学校の寮で、

同じ釜の飯を食った仲だから、こんな口の利きかたはお互いさまだ。僕の方が身体の具合が悪いから相談に行くというのなら分るが、奴の方から話があるとは不思議だ。まさかギリシャ語の質問でもあるまい。」

「きっとあれよ、」と言って、奥さんは意味ありげににっこりした。

「あれ？ ふふん、あれはもう駄目だ。世はまさにハードボイルドの時代となって、僕みたいな安楽椅子探偵の活躍する幕はないよ。」

「御謙遜ね。」と奥さん。

伊丹氏は茶ぶ台の上に広げっ放しの夕刊を片づけながら、「しかし新聞の社会面というのは賑やかなものだね。交通事故に兇悪犯罪、にせ札、まったくいやになっちまうな。頭を使うような事件なんかちっとも起らない。」

「この女優さんの自殺っての、可哀そうね、」と奥さんが話題を見つけた。しかし伊丹氏は一顧も払わず、「早くその辺を綺麗にしておかないと、もうお客が来るぞ、」とおどかした。

「せっかちさん。」と奥さんは嘆いた。

しかしお客は奥さんがびっくりするほど早く到着した。伊丹氏と同じ年頃の筈なのに、頭髪はやや薄く、額は禿げあがり、押しも押されもせぬ名医と見えた。もっとも伊丹氏はたかが私立大学の助教授で、鶴の如く痩せているのに、松本氏は医学博士、中央病院内科副医長で、あひるのように肥っていた。むかし学生の時分に、松本氏の渾名はまさに「あひる」だったが、さすが口の悪い伊丹氏も、奥さんの前で使うのは遠慮した。

「どうしたんだい、久しぶりじゃないか。」
「実は折入って君のアドヴァイスをほしいと思って。」
「お門違いじゃないのか。僕の専門はギリシャ語とラテン語だぞ。」
「もう一つの専門の方だ。それ位のことは僕みたいな者でも知ってる。智慧を貸してくれ。」
「なんぞ事件でも起ったのか。そう言えば、中央病院で何かあったな。」
「わたし思い出したわ、」と奥さんが頓狂な声を張り上げた。「さっき女優さんが可哀そうだって言ったでしょう。あの人の死んだのがたしか、……」
「そうなんです、」と松本博士が憮然たる声を出した。「葛野葉子が死んだのは、うちの病院なんです。」
「しかし自殺なんだろう？」と伊丹氏が訊いた。「新聞にはそう出ている。」
「そのことなんだが、君は新聞はよく読んだかい？」
「ざっと見ただけだ。細君みたいに、家庭欄から新聞小説まで読むほど暇じゃない。」
「まあ、」と奥さんは一睨みして、お茶の支度に立って行った。
そこで松本博士が事件の説明を始めた。
「僕は六階病棟の責任を持たされているんだが、ここは個室ばかり並んだ、謂わば上等のお客さんがはいっているんだ。内科の患者も外科の患者もいる。葛野葉子は六一二号室にいて、外科の患者だったから僕自身は関係がないのだが、一応六階は僕の管轄だから、問題があれば僕のところに来ることになっている。」

「どんな問題なんだね？　新聞だと明日がお葬式だそうだが。」

「葛野葉子は一昨夜、夜中の二時か三時ごろに、窓から飛び下りて自殺した。夜中のことで誰も気がつかずに、朝の五時の検温に行った看護婦がからなのを発見した。下はコンクリートの中庭でね、勿論即死だった。頭蓋骨の骨折で、死因には何等不審な点はなかった。」

「窓は普通に開けてあるんだろう。それにそんなに大きな窓なのかい？」

「窓は明けられる。こう陽気が暖かくなって来ると、患者によっては窓を明けて寝るんだ。飛び出そうと思えば、充分に飛び出せる。」

「そんなら問題はないだろう。たしかあの女優さんは、自動車事故で怪我をしたんだったねフロントグラスで顔を切ったとか書いてあったな。再起不能というので世をはかなんだろう。」

「そうだ、警察もそう見ている。発作的に飛び出したとね。しかし遺書がないんだ。そしてその代りに妙なものがあった。」

「いやどうぞ。奥さんの方が映画界のゴシップに詳しいかもしれませんからね」と伊丹氏が言った。お茶の支度を整えて来た奥さんに、「君はちょっと遠慮しろよ、」と博士が真面目な顔で言った。

「まあ、」と叫んだところを見ると、これはてっきり図星だったらしい。松本博士は出されたお茶の方には見向きもしないで、黒い革の鞄から一冊の小型ノオトを取り出した。

「御承知のように、病室はいつも満員で空室ができるとすぐに次の患者を入れる。そこで葛野さんの部屋を片づけていて、看護婦がこれを発見したんだ。それもマットレスの下からだ。遺族が蒲団や荷物を持って帰った時には、誰も気がつかなかった。」

「遺族というのは？」

「夫だけだ。光星昭徳という映画界の人間だ。プロデューサーなんだろう。」

「あら、わたし葛野葉子は独身だとばかり思っていたわ」と奥さんが言った。「あの人、天涯の孤児だという、たしか思い出の記みたいなものを読んだ記憶がありますけど。」

「夫があることは秘密にしてあったんでしょうね。しかし孤児だというのは本当でしょう。身寄りは誰もいないらしいのです。」

「それで不審な点というと何だね？」と伊丹氏がせっかちに訊いた。「そのノオトがどうかしたのか？」

「うん。看護婦が見つけて僕のところへ持って来た。で、読んでみた。すると自殺ではないんじゃなかろうかという気がし出した。君の意見を聞いて、これを警察へ持って行くかどうか、きめようと思うんだ。」

「どれ拝見。」

伊丹氏はその小型ノオトを手に取り、最初の頁を開いてみた。

「日記だね。」

「自動車事故のあったのが三月三十日、これは四月の十三日から始まっている。病院でつけて

いたものだ。とにかく読んでみてくれ給え、それから意見を聞こう。」

2 葛野葉子の日記

四月十三日

わたしは昔から理由のない恐怖感におびやかされることがあった。それは子供の頃からだった。しかし今は、理由のある恐怖を感じている。それでこんな日記をつけてみようという気になった。家計簿とか日記とか、こんな面倒くさいものはわたしは昔から嫌いだったし、今でも嫌いだ。しかしことはわたしの命に関っているのだから、面倒くさいなどと言ってはいられない。

理由のない恐怖の方を先に書いておこう。例えばこういうことがある。さっきわたしは窓のところへ歩いて行って、外を眺めていた。晩春の澱んだような空気は我慢がならない。息がつまりそうな気がする。一つには顔じゅうにぐるぐる繃帯を巻かれていて、眼と鼻と口としか出ていないのだから、気持の上でも空気が足りないように感じるのかもしれない。窓の外は中庭で、向うの三階建ての旧館の先に、ネオンの輝いている街が見えた。それと共に、東の空に、今しも赤い爛れたような月が昇って来るところだった。満月にもう二三日という位の、少し端のかけた、気味の悪い赤い月。ここから見渡すと、まるでパノラマのように、広々とした視界

の上ににたにた笑っている月がかかっていて、わたしを呼んでいるようだった。わたしはぞっとなって身を引いた。ベッドに横になって眼をつぶった。それでも赤い月はわたしの眼のなかにこびりついて、どうしても消えようとしない。

その時、誰かが廊下を歩きながら、口笛を吹いているのが聞えた。その口笛のメロディが、わたしには聞き覚えがあった。……「赤い靴」なのだ。かすかな口笛が遠ざかった。わたしはベッドから跳ね起き、ドアを開いて廊下を見渡した。夕方の、まだ面会客が大ぜい廊下を通る時分なのに、廊下には誰もいなかった。白衣の看護婦さんが一人、歩いているだけだった。わたしは神経が少しどうかしているのかもしれない。

こういうのは理由のない恐怖に違いない。窓から見た赤い月、廊下から聞えて来た童謡のメロディ。しかし、私が赤い色を怖がるということを知っている人間が、わたしをおびやかしていることは確かなのだ。そっちの方は理由のある恐怖だ。ただそれが何のためなのか、わたしにはちっとも分らない。分らないだけに怖いのだ。

わたしが赤い色を怖がることは、Ａも知っている。附け人の初ちゃんも知っている。マネージャーの角間さんも知っている。いや、もっと沢山の人が知っている筈だ。わたしの書いた子供の頃の思い出を読んだ人なら、わたしのところにお見舞を持って来てくれる人たちがたとえそのことを知らなくても、初ちゃんがちゃんと処分してくれる。わたしの病室には赤い花は一つもない。赤いガウンとか赤いスカーフとかは、絶対に禁物だ。

そして今日の午後、わたしがこの日記をつける気になったような、怖いことが起った。わた

しは面会謝絶にしているから、初ちゃんが、来た人の名前と品物だけを取り次いでくれる。しかし大勢の見舞客の中には、名も告げないで帰るような、うれしいファンもいる。ところでその品物は、初ちゃんがリボンのかかった綺麗な包装紙をほどいてみると、それは実に見事なもので、ルイ王朝時代の作かとも思われるような、古いモザイクの宝石箱だった。わたしが声を出して叫んだぐらいだった。しかし誰がくれたものか、初ちゃんにも分らなかった。どうやら看護室にことづけて、その人は帰ってしまったらしかった。
　わたしが箱を開くのだろうと、その宝石箱をいじくり、細工を調べてみた。すると小さなポッチを発見した。わたしはそれをぱちんと開き、同時に、あっと叫んだ。箱の中から赤い液体がたらたらとわたしの白いパジャマの胸にこぼれ落ちた。わたしは箱を放り出し、初ちゃんが看護婦さんを呼び、大騒ぎになった。駆けつけて来たなかに、B先生もいた。「これは赤インキか何かですよ。」と言って、看護婦さんたちはややそねむような眼でわたしを見ちの悪い悪戯をするものね。」と言って、わたしをやさしい笑顔を見せた。「たた。わたしの真蒼な顔は繃帯にかくれて見えないのだから、この人たちの恐怖に気がつかなかったに違いない。
　わたしが怖かったのは、その赤い、血のような液体のせいばかりではなかった。わたしには気絶しそうになる程の恐怖だったが（赤く染まって）こぼれ落ちたのだ。わたしはその上の文字を読み、そして手の中に、誰にも見られないように、素早く握りつぶした。それにはこう印刷してあった。

Happy birthday to you.

平凡な誕生日用の名刺、そのほかには何の文字もなかった。騒ぎがおさまり、わたしは着替えをし、手を洗い、その赤い名刺をちぎってトイレに捨てた。そしてわたしは寝てから考えた。わたしの誕生日は、戸籍の上では四月の二十三日、つまり十日先になる。しかし本当は今日、十三日なのだ。どういうわけかわたし自身の父か母かが十三日は縁起が悪いというので延ばしたのか、亡くなった父か母かが十三日は縁起が悪いというので延ばしたのか、わたしは知らない。しかしわたし自身でさえ、そんなことは今日まで、もう何年もの間、すっかり忘れていた。誰だって誕生日の贈り物は二十三日にくれるにきまっていた。

さて、誰が知っているのだろう、今日が本当のわたしの誕生日だということを。Ａは知っている。わたしは夫にそれを話した覚えがある。Ｂ先生も知っている。こんな病院でＢさんに会えるなんて奇蹟のようだった。むかしわたしたちがお互いに仄かに愛し合っていた頃、わたしはそれを話し、あの人は毎年（わたしがＡと結婚したことを知るまで）四月十三日にプレゼントをくれた。それから……。初ちゃんは知っている。角間さんも多分知っている。それから……。わたしは誰かにそれを喋ったのかしら。いいえ、そんな覚えはない。……くたびれた。もう寝よう。

四月十四日

宝石箱の悪戯の意味が、わたしには少しずつ分って来る。あれはわたしへの明かな脅迫なの

だ。赤い液体は血のようにわたしの胸にしたたり落ちた。

なぜあの大騒ぎの時に、B先生が部屋に来たのだろうとわたしは考えた。B先生は、六階病棟の担任だが、内科だから直接わたしと関係はない。そしてわたしと会うことを避けているように見える。Bさんはわたしのことを怨んでいるのだろうか。わたしをあんなに脅かすほどに？

もしBさんがわたしを殺したいほど憎んでいるのなら、とても簡単だ。当直の晩に、夜中に眠っているわたしにちょっと注射でもすればいいのだ。お医者さまなら毒薬のことはいくらでもご存じだろう。

しかしBさんがそんなことをする筈はない。あの人はまだ独身だと看護婦さんが言っていた。わたしだってあの人が嫌いになったわけじゃない。わたしはAにスカウトされて不本意ながら映画に出演し、不本意ながらスタアになり、そして不本意ながらAと結婚した。と言えば、嘘になるだろうか。スタアの生活なんて空しいものだ。

ではAは？　わたしは顔の傷がどの程度のものなのか知らない。わたしは繃帯を取った時の自分の顔を見たことがない。しかしもう再起できないだろうことは分っている。顔がめちゃめちゃになった美人スタアなんて意味がない。「大したことはありません。元通りになりますよ」と外科のK先生はおっしゃるけれど。

Aが近頃SSに夢中になっていることは確かだ。それはわたしが事故に遭う以前からのことだ。Aはもうわたしにあきて、SSと結婚したいと思っているに違いない。わたしがこの怪我

のために失脚すれば、あの人にとってわたしの存在理由なんかまったくなくなるだろう。しかしそのために、こんなひどい悪戯をするだろうか。ＳＳならしかねない。あの人はわたしのライヴァルなのだから。しかしわたしの本当の誕生日を知っている筈はないし、それにわたしをおどかしたからって何も得はしないだろう。

わたしを憎んでいる人は、他にももっといるのかもしれない。ただわたしにはそれが誰だか分らない。

四月十六日

昨晩また、遠くで「赤い靴」の口笛が聞えた。わたしは自分の耳がどうかしているのかと思った。副室にいる初ちゃんを呼んで、二人で廊下に出てみたが誰もいなかった。初ちゃんには聞えなかったそうだ。

わたしはあれから色々と考えてみた。あの宝石箱の件は単なる厭がらせなのか、それとも脅迫なのだろうか。そしてわたしは、わたしの怪我——自動車事故の——そのものが、既にわたしを殺そうとして試みられたものではなかったろうかと、考え出した。もしそうだとすれば。

四月十八日

昨晩も、眠る前に口笛が聞えた。そして寝てからもっと恐ろしいことが起った。わたしはうなされて目を覚ました。枕許(まくらもと)のスタンドをつけて時計を見ると二時半だった。わ

たしは怖くて、きっと浅い眠りしか取れなかったに違いない。わたしは何だか空恐ろしい気持でベッドの上に半身を起した。その時、かたんかたんという、ごくかすかな音、——足音のようなものがした。それは廊下ではなく、すぐそばで、病室の中で、聞えるような感じだった。枕許のスタンドは、ベッドのまわりだけを明るく、副室との境や入口の前のスクリーンのあたりを暗く翳らせていた。そしてわたしの眼は、床の上に、二つの赤い靴が、透明人間がはいてでもいるように、交る交る、ゆっくりと歩いているのを見たのだ。その一足の靴は、靴だけが、かたんかたんと動いていた。

わたしはきゃっと叫んで、蒲団の上に俯伏せになった。「初ちゃん、初ちゃん、」とありたけの声で叫んだ。初ちゃんが寝ぼけた声で返事をし、副室の襖を明けて病室にはいって来るまで、わたしはベッドに俯伏せになって顔を隠していた。「どうなさいました?」と初ちゃんが訊き、わたしは顔を起して、床の上に何もないことに気がついた。わたしは初ちゃんに命じて病室の中を探させ、自分もガウンを引掛けてベッドの下まで覗いてみた。入口のドアはしまったままだったし、廊下には誰もいなかった。「きっと夢でも御覧になったのですよ、」と初ちゃんは慰めた。

色のついた夢を見ることはある。しかしあの二つの赤い靴が夢だったなんて、そんなことがあり得るだろうか。

四月十九日

昨日は何も起らなかった。Aがちょっと見舞に来た。わたしが主演する筈だった映画「東京の恋」は、順調に撮影が進んでいると言った。代役に駆け出しの新人を使ったそうだけど、そんなことでうまく行くかしら。

四月二十日
昨晩、また「赤い靴」の口笛を聞いた。わたしはもう気にしないことにしようと思う。きっと看護婦さんの中に、あの童謡の好きな子がいて、時々吹くのだろう。偶然というだけで、わたしの神経が少し参っているのだろう。わたしはこの口笛のこと、それに夜中に見た赤い靴のことを、誰かに相談したい。初ちゃんでは相手にならない。Aだって本気にはすまい。Bさんに言えば一番いいのだけれど、Bさんは内科だから診察には来てくれない。外科のK先生に明日にでも話してみよう。今晩もまたかしら、わたしは夜が怖い。

四月二十一日
K先生に傷のことを訊いた。「一度見せて下さい、」と頼んだが、「すっかりよくなってから」とだけで、また繃帯。先生は大丈夫ですよの一点張りだけれど、フロントグラスの破片を顔に浴びたのだから、すっかりよくなるとか、傷が消えるとかいうのは、先生の気休めの言葉だと思う。
口笛のことは言えなかった。気にする方がおかしいと言われればそれまでだ。なぜそれがわ

たしにとって怖いのか、その理由を説明することは難しい。つまり理由のない恐怖なのだ。夜中に見た靴のことにしたって、やっぱり幻覚だと言われそうだ。初ちゃんでさえ本気にはしていないのだもの。

四月二十二日
いつもは夕食後にこの日記をつけるのだが、今日は急いでこれを書いておきたい。(今、午前十一時)

昨晩、というより明けがた近い午前四時ごろ、また赤い靴を見た。うなされて目を覚ましたが、窓がどうした具合か少し開いていて、風がはいって来た。わたしはスタンドをつけると同時に、二つの赤い靴が、かたんかたんと床の上を歩いているのを見た。幻覚では決してない。わたしはいつまでもそれを見続けていた。いや、いつまでもというわけにはいかない。わたしはすっと気が遠くなるような気持になり、ふと気がついた時は、もう靴はなかった。顫えながらベッドから下り、副室の初ちゃんを起しに行ったが、初ちゃんはすやすや眠っていたので、起すのはやめた。看護婦さんを呼ぶことも考えたが、呼んだところで何と説明したらいいのだろう。「事故で頭が変になっているのよ」などと陰口されるだけが落ちだろう。誰がわたしを脅かしているのか。ひょっとしたら。しかしそんなことは考えられない。

四月二十三日、午前

今日はわたしの満二十四歳の誕生日だ。勿論、戸籍の上での。Aだけはしかたがないが、わたしは今日も、誰にも会わないつもりだ。こんな繃帯のぐるぐる巻きの顔を、人に見られるのは厭だ。

わたしはスタアの生活にちっとも未練はない。Aがわたしを見つけさえしなければ、わたしはただのBGで、Bさんと結婚することもできたのだ。Bさんはわたしを怨んで、虚栄心の強い女だと思っているだろう。そうじゃないのよ。でももうこんな顔になって、Bさんだって心の中ではきっといい気味だと思っているに違いない。

四月二十四日

昨晩、とうとう一番恐ろしいことが起った。九時半ごろ、つまり消燈時間の少し前、わたしは一人でトイレに行った。初ちゃんは夕食後、用足しに出かけていて、十時までには帰って来る筈になっていた。

トイレは、廊下に出て、看護室の方向とは反対側の、廊下を右にそれたところにある。わたしが廊下をまわると、そこに向うむきに、一人の女の人が壁に倚りかかっていた。真赤な外套、真赤な靴、真赤なベレエ、わたしの最も怖がる赤いものずくめの恰好、——しかもそれが、その後ろ姿が生き写しなのだ。

「姉さん——」とわたしは口の中で叫び、しかも声というよりは呻きのようなものの洩れて来る口を、必死になって抑えた。姉さんは死んでいる。とうに。わたしがこの眼で見た通りに。

赤い靴

その女は振り返った。まさに姉だった。すっかりふけて、三十四とは(姉はわたしより十も年上だった)思えないほど、おばあさんじみていた。しかしそれは姉に違いなかった。わたしは眼がくらくらし、壁に身体を支えた。そして次の瞬間に、もうその女の姿はなかった。わたしは身動きもできなかった。

「葛野さん、どうしました？」と声を掛けたのは、折から来かかった馴染の看護婦さんだった。わたしは今ここで、赤い外套の女に会ったから、探してみてくれと頼んだ。その看護婦さんはトイレを調べたり、非常口を見たりした。非常口はこちら側から錠がかかっていた。あとは便所の横手の階段だけ。上へ昇れば屋上で、彼女は屋上を見に行き、わたしは階段から下の方を覗いて見た。しかしその女の姿はどこにもなかった。

要するにわたしの幻覚ということになるのだろう。初ちゃんが、わたしが部屋に帰るのと同時ぐらいに表から戻って来たが、一階から此所までの間で、そんな女には会わなかったと誓った。

幻覚だろうか。するとわたしは二度も幻覚を見たことになるのだろうか。

四月二十五日

わたしは怖くてならない。こんなことってあるのかしら。姉は空襲の時に確かに死んだ。そのことは疑いはない筈だけれど、ひょっとしたら助かって。いいえ、そんな筈はない。わたしは誰にも言わなかったこうなったら自動車事故のことも書いておかなければならない。

たけれども、考えてみるとそれがすべての発端なのだ。もしもう一度姉の亡霊が出て来たら、わたしはきっと気が違うだろう。それを考えると夜も眠られない。誰かわたしを助けてくれないかしら。

　事故が起ったのは三月三十日だった。思い出すのさえ怖い悪夢のような記憶だ。あれは夜になってから、幾十日かぶりで雨の降った日だった。わたしはHさんが羽田(はねだ)から立つのを見送りに、愛用のMGで出かけた。わたしはいつも一人で運転する。Aは用があって行かれなかったし、初ちゃんは連れて行かなかった（あの子はそれに車に酔うから、MGには乗せない）。Hさんは北極廻りのSASで十時に出発だった。見送り人は大勢で賑やかだった。そしてわたしが帰り道の京浜国道(けいひん)を、気持よく一台また一台と追い抜きながら飛ばして行くうちに、雨がぽつぽつと降り始めた。そして雨脚は急にはげしくなって来た。わたしはスイッチを押してワイパーを始動させた。それはゆっくりと動きはじめた。

　　　3　読後の印象

「おや、このあとはどうしたんだ？」と伊丹氏がノオトから眼を起して訊いた。
「御覧の通り破いてある、」と松本博士が答えた。「それも不思議のうちだがね。時にどう思った、これを読んで？　君の印象を聞こうじゃないか。」

「うむ、」と伊丹氏は唸った。「それでこの女優さんはいつ死んだんだって?」
「昨日の朝、発見された。昨日はつまり二十六日だ。この日記の最後の日附の次の日だ。」
「すると二十五日の夜中に、この赤いものずくめの女がまた現れて、彼女を窓から突き落した、とこう君は考えるわけか?」
「伊丹君、それじゃ君もこれを信じるのか? この赤い靴とか、亡霊とかいう奴を?」
「まあちょっと考えさせてくれ。それでこの女優さんの遺体は、本人に間違いなかったのかい?」
「間違いというと?」
「つまりね、葛野葉子は入院して以来ずっと顔に繃帯をしていた。面会謝絶で、夫と附け人のほかは殆ど人と会っていない。とすると、もしやこれは替玉ではないかとも疑えるわけだ。つまり葉子の代りに、他の女が顔に繃帯をされて突き落されたという場合だ。」
松本博士は磊落な笑い声を立てた。
「名探偵というものは、なるほど懐疑的な人種なんだな。君は病院で人が死んだ場合に、顔の繃帯も取らずに霊安室に送ると思うかね。そういうことはちゃんと調べた。本人に間違いない。遺体は解剖させてもらい、毒物を呑まされていないことも証明された。要するに、窓から落ちて死んだということだ。」
「顔の傷はどうだった? どの程度だった?」
「これは外科の木村先生の手当がよくてね、まず殆ど傷が残らない程度に完全に癒えるはずだっ

た。ただ木村先生が慎重な上に、患者が悲観的に考え込んだために、再起不能だと錯覚したんだな。自殺とすれば本当に気の毒だった。」
「しかしこのノオトは自殺しようとする人間の書いたものじゃないね。」と伊丹氏は確信ありげに言った。「この女優さんはスタアの座に恋々としていない。そんなに悲観しているようでもない。ただ一種の病的な心理状態にある。そこが問題なのだ。それに、日記の最後のところが破かれているというのも、自殺とすれば変だね。当然ここのところが遺書の代りをつとめる筈だからね。寧ろこれは他殺で、犯人がその部分を破り取ったと見る方が自然かな。」
そこへ、それまで黙っていた奥さんが鶴の一声を入れた。
「どうせ取るのなら、なぜノオトごと持って行かなかったのでしょう？」
「まさにそこだ、」と伊丹氏は叫んだ。「君も近頃はなかなか賢くなった。助手の久木君の代りぐらい勤められるぞ。」
「ひとを馬鹿にして、」と奥さんは睨んだ。
「夫婦喧嘩はあとにしてくれ給え。とにかく僕はこれで失礼する。ノオトはあずけて行くから、明日ひまなら病院まで来てくれないかね。」
「うん、今晩考えてみよう。自殺だとすると、辻褄の合わんようなところもあるしね。」
夫婦は玄関まで松本博士を送って行ったが、帰りしなに、靴の紐をむすび終った博士は顔を起して、あっと驚くような捨てぜりふを述べた。
「そうそう、一番大事なことを忘れていたよ。窓から飛び下りたその遺体は赤い靴をはいてい

たんだ。」

4 病院での調査

その翌日、伊丹英典氏は講義のない日に当っていたので、研究室の助手の久木進君を連れて、中央病院へ出かけた。この久木助手というのは、ひそかにワトソン氏を以て任じている位なので、無精者の伊丹氏はもっぱら久木助手を足の代りに使うことにしていた。足と言って悪ければ、片腕の代りに。

往きの車の中で、伊丹氏は問題の重点をかいつまんで説明した。つまりこういうことになる。

1・葛野葉子は自動車事故で顔面に負傷し、副室つきの六一二号室に入院した。附け人の初ちゃんというのが副室にいた。

2・彼女は窓から飛び下りて死んだ。自殺と信じられている。赤い靴をはいていた。

3・交通事故の負傷は大したことはなかったのに、彼女は再起不能と信じていた。夫の光星昭徳の他は殆ど人に会わなかった。

4・B先生という昔の恋人が、六階に勤務していた。

5・マットレスの下に、ノオトにつけた日記が発見され、そこでは誕生日の贈り物にはじまり、「赤い靴」の童謡の口笛、夜中にひとりでに動く赤い靴、及び赤ずくめの恰好をし

た女のことなどが書かれていて、彼女は殺されそうな予感におびえていた。

6・日記の最後の、交通事故の部分が破り取られている。それはどこへ行ったか。

7・もし他殺だとすれば、犯人はなぜノオト全部を持って行かなかったか。

「それは先生、簡単ですよ」と久木助手は、伊丹英典氏のお株をうばって、事もなげに推論した。「交通事故には何かトリックがあった。あるいはそこに犯人の名前が書いてあった。しかるに前半は、犯人にとって必要なムードがあるからわざと残して行ったんですよ」

「何だい、そのムードとやらは？」

そこで久木君は得意然と鼻をうごめかした。

「先生は、その日記の中の赤い靴で、何か思い出すことはないんですか？」

「赤い靴はいてた女の子……って童謡だろう。それからアンデルセンの童話か、映画にもなったっけ。それから……。」

「そういう文献学的データよりも何よりも、葛野葉子自身が書いた思い出の記ですよ、題はまさに「赤い靴」だった。」

「知らんね。そう言えば、細君も何だかそんなことを言っていたっけ。」

「先生は俗事にうといからな。こいつはですね、「女性新潮」に半年ばかし前に出て、一躍彼女をインテリ女優として印象づけたものですよ。素直な文章で、亡き姉を偲ぶといったものですがね。」

「そいつは知らなかった。ぜひ読んでみよう。で、その内容と今度の事件と関係があるんだ

「ね?」

「僕もよく覚えていませんが、そのお姉さんというのは、いつも赤ずくめのスタイルだったらしいですよ。」

車が中央病院に着くと、折から午前の、外来患者の診察時間で、待合室のあたりは薬のできるのを待ちかねている人たちの、大勢ベンチに屯していた。そこは旧館で、長い廊下を歩いて行くと新館になり、そこの曲り角に無人式のエレヴェーターがあった。二人はそれに乗って六階のボタンを押した。他に客はなかった。

「エレヴェーターを利用しても、人には知られないで済むわけだ。」

しかし六階で下りると、そこはエレヴェーターの正面が看護室になっていたから、その前を素通りすることは難しかった。伊丹氏はそこの看護婦さんに、松本博士への来意を告げた。博士は目下外来診察の最中で、暫く待ってくれるようにと言われた。

伊丹氏は久木君を連れて、廊下をぶらぶらと六一二号室の方へ歩いて行った。そこには新しい患者がはいっていたから、中を見るわけにはいかなかった。その先で廊下は右に曲り、突き当りが非常階段の入口、左手がトイレ、その横は普通の階段になっていた。久木君は命を受けて階段を屋上へと昇って行った。伊丹氏はトイレの中を調べてから、階段を降りて行った。一階まで同じ構造で、氏はくたびれて一階からまた無人エレヴェーターで六階に戻った。看護室の前の椅子に坐って、しばらく考え込んでいた。

久木助手の報告によれば、屋上から旧館へ出る非常階段があるとのことだった。

「人に見られずに出入りすることは、夜中ならばとても簡単なのだ」と伊丹氏は言った。「下へ降りて行っても、好きな階で非常口を明けて外へ出ればいいんだからね。」

「先生は、その日記に出て来る女を亡霊だとは思わないんですね。」

「うん。この日記は、全部が嘘であるか、あるいは全部が本当であるかのどちらかだ。嘘だとすると、これは葉子が自分で書いたか、あるいは犯人が書いたかのどちらかだ。」

「先生は他殺説ですか？」

「まだ分らんよ。しかし犯人がこれを書いてマットレスの下に入れておいたという可能性はまずない。第一に、それならもっと厭世的な文章になるだろうし、日附の点なんかで食い違うこともあろうし、最後を破くということの意味がなくなる。」

「それに筆跡鑑定をすれば分りますね。」

「うん。『女性新潮』とやらの文章を読めば、文体の上からでも分るだろうよ。」

そこへ松本博士が、エレヴェーターからころがり出て、あひるのように小走りに歩いて来た。

「待たせて済まん。どうも午前中は忙しくてね。」

「いや君の手を煩わすことはない。婦長さんでも紹介してくれればいいんだ。」

「結論はどう出た？」と小声で博士が訊いた。

「まだデータが不足なんだ。もう少し調べさせてくれ。時に葛野葉子のお葬式は今日だったね？」

「今日の午後三時からだ。」

「忙しいだろうけれど、君もお線香をあげに行かないかね。僕はちょっと顔を出してみたい。そこで関係者を教えてもらいたいんだ。」

「いいだろう。」

松本博士がまず、婦長さんにどんな紹介をしたのか、近眼の眼鏡を掛けた、人のよさそうなおばさんという感じの婦長さんは、伊丹氏にも久木君にもひどく愛想がよかった。

伊丹氏はまず、六一二号室と同じ構造で、現に空いている病室はないだろうかと尋ねた。運よく六二二号室があいていて、二人はそこへ案内された。廊下に面して磨り硝子のついたドアがあり、そこをはいると一メートル平方ぐらいの空間があって、右手は壁、左手は病室への木製のドア、突き当りが副室へのドアになっていた。病室へのドアの方は磨り硝子で、今は開けっ放しになっていたが、白い布を張った二つ折のスクリーンが、奥にあるベッドを隠していた。病室は広くて、突き当りの壁の前にベッドが横に置かれ、その頭の方に窓が、足の方に洗面台があった。窓は広くて、左右に開き、ブラインドが下りるようになっていた。窓の高さは腰ぐらいから上で、下の壁のところをスチームの管が通っているので、窓から飛び出そうと思えば、そこが踏み台になるためにさして難しくはあるまいと思われた。

「どうも無用心な気がしますね。」

「でもおはいりになるのがお加減の悪い人ばかりですから、そんなことは考えもしませんでした、」と婦長は弁解した。

窓の反対側は壁になって、洗面台や洋服簞笥などがある。そして壁と天井との間に、空気抜

けの横に長い窓があり、半分ほど開いていた。副室との境は日本風の襖で仕切られ、そこは一段高くなった四畳半の畳敷きだった。

伊丹氏はざっと調べ終ると、廊下を戻って看護室の隣にある処置室へ行った。そこは目下のところ誰も使っていなかったので、伊丹氏は悠々と椅子に腰を下し、婦長さんに最近の勤務表を見せてもらいたいと頼んだ。婦長さんがそれを取りに行ったあとで、久木助手は落ちつかない顔つきで質問した。

「先生、これから一体何が始まるんです？」

「なに、簡単なことさ。口笛の主を見つけようというだけさ。」

しかしこれはなかなか簡単ではなかった。看護婦さんの中で、誰か口笛の上手な子はいないか？ それを聞いた人は？——特にこれこれの晩に。伊丹氏はリスト（それは日記から要点を書き取ったものだった）を見ながら、やさしい声で一人ずつ質問した。

「これは勤務とはまるっきり関係ないんだよ。誰だって口笛ぐらいは吹くさ。しかしこれはとても大事なことなのだ。」

先生は女の子には実にやさしいな、と思いながら、久木助手は伊丹氏の応対ぶりを眺めていた。そして遂に夜勤の看護婦で、その晩の同僚が廊下で口笛を吹いていたと言うのにぶつかった。

「でもわたしが教えたなんて言われたら、きっと久ちゃんに怨まれるわ。」

「そこは大丈夫だ。うまく訊くから、その久ちゃんとやらを呼んでくれないか。」

久ちゃんという看護婦はこの日は非番で寮にいたが、松本先生のお呼びというので直ちに駆けつけた。まだごく年の若い、眼のくりくりした、おとなしそうな看護婦だった。
「まあ楽にして下さい。僕は松本君の友達でね、この前自殺したスタアの真似をしたって、原稿を書こうと思っているんですよ。」
久木君はあきれて口を抑えていた。先生が新聞記者やトップ屋の真似をしたって、ちっとも似合いはしない。
「あの葛野葉子は可哀そうな人でね。時にあなたは『女性新潮』という雑誌を読んでいますか?」
「いいえ、あたしの読むのは……。」
伊丹氏は大急ぎで久ちゃんの口を封じた。
「いやそんなことはどうでもいい。葛野さんは誰からも親切にされず、可哀そうに世をはかなんで自殺したんです。あの人には肉親もなかったし、映画界なんて、もう役に立たないとなったスタアには冷淡ですからね。でもあなたは、そっと、あの人に親切にしてあげたんじゃないですか?」
「ええ」と言ってから、彼女はどぎまぎした。「でも言わない約束なんです。」
「しかしあの人も死んじゃったんだから、もう話してもいいでしょう。子守唄をうたってあげたんでしたね?」
「童謡なんです。葛野さんのお好きだという。それも口笛でいいんでした。」

「もう少し詳しく。一体誰です、それを頼んだのは?」

「夜勤の時に、廊下を歩きながら、そっと、赤い靴はいてた女の子……って童謡を口笛で吹いてやってくれって頼まれたんです。それを聞くと、あの人安心して眠れるって話でした。だからわたし、夜勤の晩だけでなく、昼勤の日でも夜になってから看護室に遊びに出かけて、廊下でそっと吹いてあげました。でもかえって、小さい頃のことを思い出して、悲しい気持になったのかもしれませんわねえ。」

「ひとつ初めのところから話して下さい。」

「葛野さんは顔に怪我をしたので、誰にも会いたがらない。だからせめて、気持だけでも、というお話でした。妹は意地っぱりで会ってくれないからって、とても寂しそうでした。だから身寄りがないわけじゃないんですのよ。」

久木助手が何か言い出しそうになるのを、伊丹氏は慌てて制した。

「いつでした? どんな恰好の人?」

「いつだったかしら。何でも今月の十日すぎです。四時の勤務を終って、看護婦寮に帰る途中を呼びとめられたんです。赤い合オーヴァを着ていました。」

「年は?」

「さあ、三十四五か、もう四十に近いのかしら。葛野さんの素顔は見たことがないけど、写真とはよく似ていましたわ。姉妹だとすぐに分りました。」

5　日記の残りの部分

その看護婦が部屋を出て行くと、久木助手は愉快そうな大声を出した。
「これで分った。やっぱり亡霊は実在しているんですね。それにしても先生の誘導訊問はうまいものだ。」
「しかしその姉さんというのは死んでいるんだよ。そうなんだろう、葛野葉子の手記とやらによると？」
「それは誰かが化けたんでしょう。もっとも死んだという証拠があればの話だけど。」
「その思い出の記をぜひ読みたい。さっきの看護婦さんが読んでいるところを見ると、そんなに有名な話でもないようだ。」
「『女性新潮』は程度が高いんです。だから葛野葉子はインテリだということになったんです。」
「インテリか。……君ね、こういう可能性もあるんだ。その赤いオーヴァの女は葛野葉子の変装だったってね。」
「ええ？」と久木君は飛び上った。「しかし怪我が？」
「彼女は繃帯を取ってみた。大した傷じゃなかったから、メイキャップをすれば充分にごまかせる。そして一人二役をやり、脅迫されている振りをし、目指す相手を夜中に病室へ呼んで、

頭をぶんなぐって気絶させる。その顔に繃帯を巻きつけて窓から落す、……どうだい?」

「うまい。あり得る。で相手は? 殺されたのは?」と久木君は食いつきそうな眼をして尋ねた。

「ところがこの仮説は成り立たないんだ。病院で屍体を調べて、本人に間違いないとき。」

「何だ、そんなことですか。」

その時ドアがノックされて、松本博士がもう一人白衣の医者を連れて部屋にはいって来た。

「やあ御苦労さま」と博士は言って、連れを紹介した。「これが馬場君、つまりあの日記のB先生だ。さっき会った時に君の話をしたら、何と馬場君が事件の鍵を握っているのさ。」

「鍵?」とさしものの伊丹氏も少し動転した。

「じゃこの人のところに、日記の残りが行っていたのか?」

「えらい、」と松本博士が唸った。「よく分ったな。」

「単なる勘だよ。」馬場先生、どうしてそれが手にはいりましたか?」

それはまだ三十前後の、内気そうな感じのする医者だった。彼は手の中にある封筒を、乱暴に扱えばすぐにも散ってしまいそうな開き切った花のように、神経質にそっと握っていた。

「昨日、看護室に置いてあったんです。看護婦の気がつくのがおそくて、それに差出人の名前もないものだから、午後になって僕の手に渡りました。誰が書いたのかはすぐに分りました。しかしもうあの人の死んだあとだったのです。」

「とにかく拝見しましょう、」と伊丹氏は言って、その封筒を受け取った。表には「馬場先生、

親展」とあり、裏には何の文字もなかった。中身はまさに、例の日記の続きだった。

……わたしは相変らずのスピイドで走っていたが、雨は急激にどしゃぶりになって来た。そして不意にわたしは、前方の道が、ヘッドライトに照されて赤く滲んだように見えることに気がついた。どうしてなのだろう、わたしの前方が、ぞっとするほど真赤なのだ。わたしは怖くなり、スピイドをおとすために低速ギヤに切り換えた。他の車が一台ずつわたしを抜いて行った。一台だけ、いつまでもわたしのMGと並んで走る車があった。わたしはつい、何の気なしにそちらを見た。幻覚だったのだろうか、その車には赤いオーヴァを着た姉が乗っていた。わたしは身をよじるようにし、ブレイキを踏んだ。その車は真赤な視野の中に消えて行った。次の瞬間、わたしのハンドルは傾いていた。

もうこんなことを書いている時間はない。わたしは怖くてならない。

馬場さん、御免なさい。わたしはあなたを愛していました。わたしは間違った道を歩いて来ました。でも今でも愛しています。わたしが死んだ時に、本当に涙を流してくれるのは、あなたひとりでしょう。

もうひとりでしょう。

「なるほど、」と伊丹氏は言った。「あなたは昨日これを受け取った。そしてこれを遺書だと思ったわけですね?」

「そう思いました。覚悟の自殺だと。」
「するとこの前半は？　これは自動車事故の原因について書いてある。変だと思いませんでしたか？」

馬場医師は首をうなだれた。

「さっき松本先生から、不審の点があるから伊丹先生に調べていただいているとお聞きするまでは、そんなことは考えなかったんです。あの人が二年前に映画界にはいるでは、長い間親密にしていました。結婚する気でいたんです。素直な、やさしい人でした。」
「じゃ、怨みましたね？」
「それは少しは口惜しく思いました。しかし病院づとめの医者じゃ給料もたかがしれていますから。あの人もタイピストで会社勤めをしていたから、当分共稼ぎでやろうなんて、二人で相談したこともあるんです。」
「そうですか」と伊丹氏は考え込んだ。「あなたは今月の十三日、つまり葛野葉子の本当の誕生日におかしな贈り物があった時に、病室に駆けつけたんでしたね？」
「僕はそれまで、彼女の見舞に行くのが怖かったんです。何といっても気の毒な事故だし、向うも会うのは厭だろうと思って。あの日は、昔なら当然プレゼントをする日だと思って、気にしていました。そこへあの騒ぎです。びっくりして飛んで行きました。」
「中身は赤インキですって？」
「赤インキでした。しかしあの人はだいぶおびえていた様子です。」

「心当りはありませんかね、それを贈った人に?」
「いや全然。僕でないことだけは確かです。僕はこの二年間の彼女の生活については、何も知りません。」
「そうですね」と伊丹氏は頷いた。「三時からお葬式だそうですから、あなたも一緒に行きませんか。」

6 「赤い靴」

そろそろ昼食の時間だったので、四人は連れ立って地下の食堂へとエレヴェーターで降りた。途中で伊丹氏はこっそり久木助手の耳もとに口を持って行った。
「君の親父さんは今でも署長かい?」
「いや少し出世して、今は警視庁で、第一方面本部長です。そろそろ勇退させられそうです。」
「それは都合がいい。電話番号を知っているね? ちょっと電話を掛けたいんだ。」
地下の食堂はひどく混んでいたが、伊丹氏は一階の待合室にある電話ボックスでさんざん長話をしてから現れたので、三人の食事はあらかた終っていた。
「どこに電話したんだね?」と松本博士が訊いた。
「今にわかる。時は金なりだから。」

それ以上、伊丹氏は説明しなかった。
「先生、僕が不思議なのは、葛野葉子のその手紙を誰が馬場先生に届けたかってことです」と久木君が質問した。
「誰だと思う?」と伊丹氏は訊き返した。
「本人は死んでいるんだから。とすると犯人ですか?」
「もし犯人なら、交通事故の部分は要らないわけだろう。最後の馬場先生あてのところだけあれば、立派に自殺のための遺書で通るのだ。そうすれば、日記のそれまでの部分、つまりノオトそれ自体を奪い取った方が利口だ。僕はこう思う、犯人は日記のあることを知らなかったとね。そして葉子は、気がせくままに、最後の一頁を破いて、封筒に入れた。ノオト全部は封筒の中にははいりきらないからね。」
「なにかそこに意味があるんですか?」と久木君が訊いた。
「この手紙は切手を貼って出したわけじゃない。いいかい、葉子には殺されるかもしれないという予感があった。だから万一の時には、彼女の切実な気持をせめて馬場先生にだけは伝えたいと思った。しかし、その予感は間違いで、本当は何でもないのかもしれない、という気持だって心の底にはあった筈だ。そうなれば騒いだだけ恥を搔くようなものだ。そこで、……どうすると思う?」
久木君ばかりでなく、松本、馬場の両医師も首をひねった。伊丹氏はひとりライスカレーをぱくつきながら、無造作に説明した。

「彼女は多分、初ちゃんのハンドバッグかなにかに、その封筒を入れたんだと思うよ。初ちゃんがそれに気がついた時に、もし葉子が生きていれば、こんなものがありましたと彼女に報告するだろうし、もし死んでいれば、宛名通りに馬場先生に届けるだろう。とにかく初ちゃんは附け人だから、馬場先生との昔のロマンスも知っていたに違いないと思う。初ちゃんに訊いてみれば分るさ。」

「そうですよ、先生。その初ちゃんというのが最も疑問の人物ですよ。いつも副室にいたんだから、何かに気がつかなかった筈はない。」

松本博士も久木助手の意見に賛成した。

「ひょっとすると、その初ちゃんというのが犯人じゃないか。彼女ならどんな細工でもできただろう。」

伊丹氏はにやにや笑い、「君も探偵に鞍替えかね、」とひやかした。

四人は食堂をあとにして、六階へ戻った。看護室から婦長さんが出て来ると、大封筒に入れた一冊の雑誌を伊丹氏に渡した。

「いまお使いの人が、これを先生にって届けて来ました。」

「ありがとう。これが問題の古雑誌だよ。さっき出版社に大至急持って来てくれと頼んだのだ。一つみんなで読んでみよう。」

四人はまた処置室にはいり、伊丹氏が椅子に掛けて目次を調べた。各界の婦人たちの、少女時代の思い出が特集されていた。その中から、伊丹氏が葛野葉子の「赤い靴」の載っている頁

を開くと、残りの三人は中腰になって、うしろからその頁を覗き込んだ。

　子供の頃の思い出です。それは決して懐しいとか恋しいとかいうような思い出ではありません。わたしは文章を飾って、それを美しくつくり直そうなどというつもりはありません。それが本当のことである以上、しかたがないと思います。でもお引受けした以上は、ありのままに書いていうものを書かないことなのでしょう。一番いいのは、こういうものを書かないことなのでしょう。でもお引受けした以上は、ありのままに書いてみたいと思います。

　わたしは姉と二人で、中国筋のK市にいました。戦争中のことです。両親は、母がわたしを生むとすぐに亡くなり、父はその二年ばかり後に亡くなりました。わたしたちは唯一の身寄りであるK市の叔父のところに引取られました。姉はわたしより十も年上で、その頃女学生でした。わたしは幼稚園に行くか行かないかの年頃で、姉はまるで母親代りの感じでした。

　こういうふうに言うと、二人きりの姉妹は当然仲がよかったと思われるでしょう。それが違うのです。姉は奇妙にわたしを憎んでいて、陰気な方法でわたしを苛めるのです。例えば、夜寝る時にわたしたちは同じ部屋でやすむのですが、わたしを寝つかすためにする姉の話というのが、きまって怖い話ばかりでした。夜中になると、昼の間は死んでいる洋服とか帽子とか靴とかが、生き返って動きまわるとか、赤い蚊に血を吸われると、その人の血は水になってしまうとか、猫は夜中に人間の言葉で話をするとか、そのほか

383　赤い靴

色々です。わたしは怯えて、それでも怖いから、一心に早く眠ろうと努力するのでした。ですから、怖い時はふつうならなかなか寝つかれない筈なのに（子供のせいもあって）わたしはかえって早く眠る、ということもあったのでしょう。わたしは大きくなって怪談なんかも知りましたけど、姉が日常的な材料でわたしにしてくれた寝物語ほど、怖い話にはぶつかりませんでした。それには、姉の真剣な、どうしても嘘とは思われないような表情も、あずかって力があったのかもしれません。

今から思えば、姉にはどこか尋常でないところがあったような気がします。それは赤い色に対する、殆ど病的なほどの愛着です。赤い帽子、赤いリボン、赤い洋服、赤い靴、いいえもう何もかも赤いものずくめなのです。しかし問題は赤い靴でした。赤い靴をはいて踊り続ける童話がありますね。姉はその話をわたしに聞かせ、部屋の中で赤い靴をはいて、踊り始めるのです。それはいつまでも、決して、終ろうとしません。わたしが泣き出すと、踊りながら巧みに片脚をあげて、手の先で靴を脱ぎます。そして両方の靴をとると、やっと止るのです。それはいかにも、赤い靴のために無理に踊らされているという感じでした。

姉は両親に可愛がられて育ち、小さい時からバレエを習っていました。わたしが生れてから両親が死に、次第に環境が惨めになって行ったので、わたしを憎んでいたのかもしれません。戦争が始まってから、赤い外套なんかを着たというので、姉は学校でひどく叱られたようです。そんな恰好で表へは出られなくなり、紺のモンペに防空頭巾とい

ういでたちが当り前になってから、姉は二階の自分の部屋に閉じこもり、そこで（もうそろそろ身体に合わなくなりかけた）赤い外套や赤い帽子を身につけて、気を紛らしていたようです。わたしはそういう光景を見物させられました。そして赤い靴をはいて踊るのを、怖いながらも、魅せられたように見詰めていました。

　赤い靴はいてた女の子
　異人さんに連れられて行っちゃった

　姉はこの童謡をよく歌いました。（それも勿論、こっそりとです）しかしわたしには、そのやさしい童謡が怖くてならず、必ず、耳を抑えたものです。それは姉のこういう言葉とも関係があるのです。「――ちゃんにも赤い靴はかせてやろうか。死ぬまで踊るんだよ。」

　踊るまいと思っても駄目なのよ。」そして姉は実演して見せるのでした。
　終戦の年の春、各地で大空襲が相継いで起り、わたしたちのいたK市も（こんな山の中の町は安全だとみんな安心していたのですが）やられました。その晩、姉はわたしと一緒に、二階の部屋にいました。姉は例のように赤ずくめの恰好でした。すると警戒警報さえまだ出ないうちに、猛烈な爆撃が始まり、わたしたちの家はあっという間に火の海に包まれてしまいました。下から叔父がわたしたちを呼ぶ声が聞えます。二階はすっかり燃え出して、赤い焰がもう天井を這っています。
　わたしはその時小学校の二年生でした。日頃訓練されているので、すぐに頭巾をかぶって逃げようとしました。「――ちゃん、さあ踊ろう。赤い火の踊りを踊ろう。」姉はそ

う言って、わたしの腕をつかみました。
 姉は気が狂ったのです。
「姉ちゃん、早く逃げようよ。大変だよ、」とわたしは叫びました。
 姉は顔をゆがめ、「一緒に踊ろう、」と言って、平気で立っているのです。わたしは摑(つか)まれた腕を振り払い、階段口へと走り出ました。
「逃がさないよ。一緒に踊るんだ」と声だけがあとを追いかけて来ました。わたしは気をうしない、叔父に連れられてやっと安全な場所まで避難できたらしいのですが、叔父はその時のひどい火傷(やけど)で、じきに亡くなりました。姉は勿論助かりませんでした。
 わたしのはそういう思い出なのです。怖い、暗い、厭な思い出です。そして今でも、赤い靴への恐怖はわたしの記憶にこびりついているのです。

7 初ちゃんとの一問一答

 三時から撮影所で行われるという葬儀に、伊丹英典氏は少しおくれて行くからと松本博士に断って、久木助手を連れてM署へと車を走らせた。
「先生、少しは目星がつきましたか?」と心配そうに久木君が訊いた。

「少しとは見くびったね、」と伊丹氏はうそぶいた。「あの「女性新潮」の手記が鍵さえ分ればあとは簡単だ。」

しかし伊丹氏は車が着くまで、額に皺を刻んだまま沈思黙考の体だったから、先生の「簡単」というのも、どうも怪しいものだと久木君は睨んだ。

久木進君の父親の久木警視長が紹介者であるせいか、M署では伊丹氏は丁重に迎えられた。

「私は捜査課の者で、山本と言います、」と案内に出たひどく背の高い刑事が自己紹介をした。

「折口初子さんにはこちらで待ってもらっています。」

久木君はさてはと思って伊丹氏の顔を見たが、その顔には心配そうな翳こそあれ、得意の色は微塵もなかった。だだっ広い控え室に、地味な洋服を着た若い女が一人、ぽつねんと待ち侘びていた。

「あなたが葛野さんの附け人の初ちゃんですね？」と伊丹氏は、例によって女性向きのごくやさしい声を出した。

「はい。一体どんな御用なんでしょうか。三時から葛野先生の告別式が始まりますので、わたしそれに出たいと思っているんですが。」

「葛野さんは本当に気の毒でしたね。あの人はあなたに辛く当ったりなんかしなかった？」

「ええ、本当にいいお方でした。附け人なんて、普通なら犬か猫みたいにこきつかわれるんです。けれども先生は親切で、思いやりがあって……。」

初ちゃんという娘はもう涙ぐんでいた。ごく平凡な顔つきだが、気立てはよさそうに見えた。

バッグからハンカチを出して眼もとを抑えた。それから急に心配そうに顔を起した。
「わたし、どうしてこんなところに連れて来られたんでしょうか？　病院の先生が何やらお訊きになりたいとか。」
「僕は松本博士の代理で、こういう者です」と言って、伊丹氏は名刺を差し出したが、文化大学の助教授は刑事さんよりも信用があると見えて、初ちゃんは少しばかりほっとしたような顔になった。
「とにかく時間があまりありませんから、大急ぎで、大事なことだけ訊きましょう。打明けて言えば、我々は葛野さんが殺されたものと考えています。だから一つ助けてもらいたいのです。」

初ちゃんの顔は見る見る蒼ざめた。
「ではやっぱり？」
「ほう、あなたも疑っていたんですか？」
「わたし、葛野先生が交通事故以来、何かに怯えていらっしゃることだけは分っていました。口笛のことや、夜中に赤い靴を見たという話や、変な女に会ったという話や、……でも、わたしには信じられませんでした。」
「口笛は聞えたでしょう？」
「はい、一二三度。でもそれを言うと先生が怖がると思って、先生の気の迷いだと思わせるようにしていました。」

「交通事故のときは、あなたも羽田へ行ったんですか?」
「いいえ、先生がMGに乗るときはお伴しません。わたし少し車に酔うので。」
　伊丹氏は腕時計を見、それから質問のピッチをあげた。まず、葛野さんの死んだ朝のことから。
「てきぱきと答えて下さい。夜中に何が起ったか全然知りませんか?」
「わたしいつも昼の疲れのせいか、ぐっすり眠るんです。看護婦さんに、大変よ、と言って揺り起されるまで、何も気がつきませんでした。」
「それから?」
「まるで嘘としか思えませんでした。先生のお身体はどこかへ運ばれて、わたしは副室で一人で泣いていました。光星さん——これは葛野先生の御主人です——から、あとのことはこっちですから、うちへ帰って休みなさい、と言われたので、お宅の方へ戻りました。」
「あなたは葛野さんの、——つまり光星さんの家に、住み込みで暮しているわけですね?」
「はい。」
「それからどうしました?」
「わたしもともとあの光星さんという人が好きじゃないのです。あの人は佐山さくらという人気スタアといい仲だって噂までである位で、葛野先生に対しては冷たかったと思います。わたしは先生の附人だし、もうこうなっては何の御用もないし、それに病院での光星さんの態度と来たら、とても横柄で、お前なんかもう用はないというふうでしたから、その日、兄の家へ移

りました。兄はテレビの仕事に出ています。」
「なるほど。それから次の日、つまり昨日は？」
「昨日、ふとハンドバッグを明けてみて、馬場先生あての封筒があるのに気がつきましたから、きっと先生がお入れになったのだと思って、病院の受附へ置いて来ました。お通夜に出ようと思ったんですけれど、お通夜だかパーティだか分らないようなばか騒ぎになるだけだと思い、そのまま兄のところにいて、遠くから拝んでいました。でも今日のお葬式にはぜひ出たいんです。」

伊丹氏はしばらく黙ってから、こういう質問をした。
「葛野さんが死んだと分ったあとで、あなたは誰か映画界の人に会いましたか？ これは大事な点だからよく考えてから答えて下さい。」

折口初子は確信をもって答えた。
「光星さんだけです。他の人には誰にも会っていません。」
「そうか、」と伊丹氏は一人で頷いていた。
「いやどうもありがとう。もう暫くここで待っていて下さい。」

そう言うなり、伊丹氏は山本刑事に合図をして、そそくさと部屋を出て行った。久木助手はあとに残されて、しかたなしに初ちゃん相手に世間話を始めたが、相手は沈んだ顔つきで、いっこうに話に乗って来なかった。

8 撮影所葬

M署で手間取って、伊丹氏と久木君とが警察の車を借りて撮影所に向った時は、もうだいぶおそかった。

「先生、少しは教えて下さいよ。さっきの質問は、あれは何のためなんです?」と久木君が訊いた。「僕にはもっと他に大事な点があると思った。」

「どんな?」

「例えば動機ですよ。附け人というのは、スタアの引立て役だからいつも軽んじられている。だから劣等感に悩まされて、スタアに復讐したいという気持もあるでしょう。それに、ついてるスタアが死んだとなったら、すぐにも兄さんの家へ移ったというのがくさいじゃありませんか?」

「君は初ちゃんが怪しいと思うのかい?」

「怪しくはないですか?」

伊丹氏はそれには答えず、運転手に向って、「君、ちょっとワイパーを動かしてみてくれませんか?」と頼んだ。

運転していた警官は怪訝な顔をしながら、それでも言われた通りにボタンを押すと、運転席

と助手席の前のワイパーが、扇型に動き始めた。
「もう宜しい。」
「先生、これは一体何の真似です?」と久木君が面くらって訊いた。
「例の交通事故だがね、あれは羽田の帰り道の京浜国道で、雨が降り出した時刻に起った。道の前方が真赤になった、と日記に書いてあったね。それはワイパーに仕掛けがあったとしか思われない。」
「ああそうか。」と久木君は唸った。
「それまではずっとお天気つづきだった。そしてMGは葛野葉子の愛用車だ。もしワイパーに赤い固形絵具を仕掛けておけば、いつかは、つまり雨が降るとの天気予報で、それが溶けて流れ出す。三月三十日の晩、お天気が少しずつ崩れて、夜半から雨が降るとの天気予報で、それが珍しく当った。ワイパーが動き出すと、雨にまじって絵具がフロントグラスに沁み出したんだな。」
「どうしてそれに気がつかなかったんでしょうね?」
「とにかくスピードを落した。すると、それまで尾行して来た犯人の車が横に並んだ。葉子はそこに姉らしい人物を見て、手もとが狂う。と、まあこんなことだな。彼女は急ブレイキを踏み、車は雨に濡れた道路でスリップした。そこで彼女は頭をフロントグラスに突込んで怪我をしたんだが、幸いにして大した傷じゃなかったのだ。」
「すると犯人は殺しそこなったわけですね?」
「うん。しかし怪我をさせれば、それだけでも成功だった。絵具の方は雨ですっかり流れる、

自分の車はどんどん突走る。あとに証拠というものはない。」
「そうか。これが同じ犯人だとすれば、留守をしていた初ちゃんではないわけか。」
「分ったかい？　犯人はその晩、羽田へ見送りに行った連中の一人さ。」
「彼女の夫は用があって羽田へは行かなかった、とたしか書いてありましたね。」
「犯人は女だよ。これは明々白々。」

そういう話をしているうちに、車は漸く撮影所に着いた。時刻は既に三時半を過ぎていた。

葛野葉子の葬儀は撮影所葬ということで、広場に花輪を飾り、大きな肖像画を花の中に埋めて、即製の祭壇の前で行われていた。社長以下、幹部の弔辞はあらかた済んで、今しもブラスバンドが葬送行進曲を奏でるなかを、焼香する人たちが長い列をなしていた。伊丹氏等もその列に加わった。

車の降りぎわに、伊丹氏は運転手と久木君とに何やら命じた。

焼香を済ませると、伊丹氏は目ざとく松本博士と馬場医師とを見つけ出して、その側へ歩み寄った。博士は頷いて、祭壇のすぐ近くに立っている光星昭徳の方へ、打連れ立って歩いて行った。

「御愁傷に存じます、」と伊丹氏は神妙な挨拶を述べた。

「ええと、どなたでしたっけ？」と相手は訊き返した。

亡くなった女優の夫という人物は、いかにも仕事の虫のような、四十がらみの眼の鋭い男で、夫としてよりは、撮影所の重要なプロデューサーとして、この場に臨んでいるという趣きを見

せていた。
「ああお会いになったことはありませんでしたかね、」と松本博士が紹介した。「こちらは外科の伊東君、こちらが内科の馬場君。」
「馬場先生の方は存じていますが、」と光星氏は疑い深そうに言った。「外科はたしか木村先生の担当でした。」
「木村君は手の離せない手術があるので、私が代りに参りました、」と伊丹氏は側にくっついたきりだった。
二人の本物の医者がその場から離れても、伊丹氏は側にくっついたきりだった。
「なかなか盛大な葬儀ですね。警察の人たちも来ているんですか？」
「警察？」と相手は怪しんだ。
「これは失礼。他殺の疑いがあるとか、警察が動きそうな気配があると聞きました。何か恋愛沙汰でもあったんですかね。」
「ばかばかしい。葉子は私にとっては金の卵を生む鶏ですからね。傷だって、先生も御存じのように大したことはなかった。佐山さくらとの噂だって根も葉もないことですよ。どうも映画界というのはゴシップばかり早くてね。恋愛沙汰といえば、あの馬場とかいう医者は、葉子の昔のこれですよ。」
「へえ、それは知らなかった。しかし佐山さくらは美人ですねえ。」
その言葉が耳にはいったのか、その女優は二人の側へ近づいて来た。
「なにかわたしのお話？」

年はもう二八、九になっているだろう。葛野葉子と人気を二分するだけの、あふれるような魅力があった。

「私は今度の映画は、佐山さんが主演するのだとばかり思っていました。」と、こちらに言うともなく伊丹氏は呟(つぶや)いた。

「今度って？ 『東京の恋』ですの？」

「そうでしたかね。『東京の恋』できっとスタアにしてみせます。」

「わたしは葛野さんの代りなんか真平よ、」と佐山さくらは貫禄を示した。

「あれはもうクランク・インしていましてね。新人で葉子に顔立ちの似た子がいたので、それを使いました。有望な子ですよ。あそこにいます、葉山茂子。私がデパートの玩具売場で見つけた子ですが、」

それは祭壇の写真の顔とよく似た、しかし年はまだ十八九ぐらいの細おもての女優だった。他の連中がお喋りなどしているのに、先輩スタアの死を悲しむように、ひとりだけぽつねんと立っていた。

「葛野さんのマネージャーだった人はどうなるんですか？」と伊丹氏はプロデューサーに訊いた。

「あなたはなかなか詳しいんだな。角間君はもう葉山茂子のマネージャーになっていますよ。」

視線がそちらに向いたせいか、角間というあまり風采(ふうさい)のあがらない男は、こちらの方へ歩いて来た。伊丹氏は大急ぎで、用意した大事な白(せりふ)を述べた。

「そういえば、葛野さんの附け人だった人を見かけませんね。」
「人情のない女だ、」と光星氏は吐き出すように言った。
 伊丹氏は少しばかりその場所から遠ざかり、角間マネージャーが光星氏と話しているのを見ていた。あれで、自分が誰だかあの男に分るだろう（それに伊東先生は実在の人物だった）、と伊丹氏は計算していた。それから、最後の、最も大事なお芝居に取りかかった。
 伊丹氏は、葬儀が終って人が散りかけた頃に、巧みにマネージャーに話しかけ、人目に触れないセットの蔭に誘い込んだ。
「角間さん、私は中央病院の外科医です。」
「ああ存じていますよ。さっき光星さんに聞きました。何か御用ですか？」
「これは絶対内密にお願いしたいのです。あなた一人、胸の中にたたんでおいて下さい。宜しいですか。」
 相手の男は好奇心に眼を輝かせたが、次の瞬間、伊丹氏の一言で真蒼になった。
「葛野さんは生きています。」
「そんな馬鹿な。」
「しいっ。葛野さんは殺されそうな予感がして、あの晩、初ちゃんという子と入れかわって寝ていたんです。犯人は、顔じゅう繃帯をして寝ていた初ちゃんを、葛野さんと間違えて、窓から突き落したんですよ。」

「そんな馬鹿な。」と相手は繰返した。
「嘘じゃありません。今日だって初ちゃんは来なかったでしょう。病院でも遺体が初ちゃんだってことは気がつかなかった。ただ何よりの証拠に、葛野さんを私が現に診ているんですからね。ショックで熱を出して動けないでいます。中央病院の六二二号室に、ちゃんと入院しているんですよ。」

9　中央病院六二二号室

　その晩、中央病院六階の処置室に、伊丹氏と久木君とが二人とも白衣を着て控えていた。
「先生、これは一体何の真似です？」と久木君が訊いた。
「今晩の宿直は、内科の馬場先生、外科は伊東先生、つまり僕だ。本来の宿直は馬場さん一人でいいんだが、僕がここにいないと困ることがあるんでね。本物の伊東先生にもその旨通じてある。」
「すると、仮に今晩その伊東先生というのが殺人をおかしても、アリバイがあるという寸法ですね。」
「そうなるかね。」
　伊丹氏は悠然と構えているように見せかけていたが、実のところ先生の神経はだいぶ苛々し

ているようだと久木君は見ていた。彼には何のことやらさっぱり分らなかった。

「じゃ僕は何者です?」

「君は僕の護衛さ。まあいてもいなくてもいい人物さ。」

「それはひどい」と久木君は抗議した。「これでも僕は、撮影所ではだいぶ聞き込みましたよ。」

「それはありがたい。聞かせてくれ給え。」

「あの光星昭徳ですが、仕事にかけては辣腕家で、スタアづくりの名人らしいです。それに女優さんに手を出すのも早いらしい。佐山さくらにお熱いことは間違いありません。葛野葉子に較べると佐山さくらの方がグラマーですからね。役どころも違うし。光星説では、スタアは消耗品で、いいところ三年もてば成功なんだそうです。撮影所では評判は悪くない。仕事熱心だから、女優に色目を使うのなんか問題じゃないらしいです。」

「佐山さくらは?」

「これはアメリカ育ちの二世だそうです。光星がスカウトしたんだそうだが、前身はよく分らないんです。ねえ先生、まさか葉子の姉さんというのが佐山さくらなんじゃないんでしょうね?」

「彼女はグラマーだと言ったろう。葉子の方は純情美人だよ。顔も似ていない。」

「顔のメイキャップならお手のものでしょう。その姉さんは空襲では死ななかった。食いものが違えば、スタイルから顔かたちまで、別人のように と結婚してアメリカへ渡った。戦後GI

なることもありますよ。僕の従姉もニューヨークに住んでいるけど、これが送って来た写真を見ると……」

「ストップ。それで車はどうだった?」

「これは刑事さんのお役目でしたがね。誰でも自家用を持っていますね。ベンツからトヨペットまで、新人の葉山茂子でさえ持っています。つまりスタアたらんとする者は、たとえ借金をしてでも自家用車を持つべしということですね。はやっているんだなあ。」

「君も車がほしければ、スタアと結婚するんだな」と伊丹氏はひやかした。

その時、ドアがノックされ、看護婦さんが顔を出した。

「伊東先生、お電話です。」

「ありがとう。」

久木君は、先生がしゃあしゃあとして出て行くのを呆れて見送った。伊東先生は看護室の電話で、小さな声で相手と話をした。

「はい伊東です。ああ困りますね。電話じゃ無理ですよ。……今のところ私だけを得ないんじゃないですか。……ええ明日ぐらいには公表せざるを得ないんじゃないですか。木村君? ええ木村君も知っています。しかしこれは秘密ですからね。一体あなたは誰に聞いたんです? ……そんな筈はないんだがなあ。」

処置室に戻ると、伊丹氏はにやりと笑った。

「誰からでした?」久木君が訊いた。

「佐山さくら」と先生はぽつりと答え、「どれ回診に行って来よう。君は待っていい給え、」と命じた。

ますます呆れている久木君を残して、伊丹氏（ではなく伊東先生）は馬場先生のうしろについて、各病室を廻った。「お変りはありませんか？」と尋ねるごく月並な回診だった。ただ六一二号室だけ、伊東先生はさりげなく部屋の中まではいって、それが六二二号室と少しも違わない構造であることを確かめた。回診が更に進んで六二二号室まで来ると、伊東先生は先に立って病室へはいった。

「お変りはありませんか？」

ベッドには顔じゅうに繃帯を巻いた女の患者が寝ていた。枕から首を少し起して頷いた。回診が終ると、馬場先生は宿直室へ寝に行き、伊東先生は処置室へ戻った。久木君はじりじりして部屋の中を歩きまわっていた。

「一体何ごとが始まるんです？ 罪ですよ、じらすのは。」

「うん、教えようか。実は六二二号室に葛野葉子がいるんだ。今晩、犯人が彼女を殺しに来る手筈なんだ。」

久木君のびっくりした顔は見ものだった。

「しかし」と絶句してしまった。

「そうさ、小細工なんだが、犯人が引っかかればいいがね。」

「死んだのは葛野葉子に間違いないと、先生はたしかおっしゃった。」

「勿論さ。しかしそれが本人だったと知っているのは、ごく少数の病院関係者だけだ。松本君、木村先生、伊東先生、それに看護婦さんが数人。何しろ顔が繃帯でかくれているんだから、もしかしたら、と誰でも思うだろう。それに撮影所なんてところは、秘密の話というのほど早く広がるんだからね。」

 十時の消燈時間が過ぎると、廊下は薄暗くなり、病室の中はどこも真暗になった。伊丹氏は久木君と共に、六二二号室へ行き、そっと副室へはいった。そこには山本刑事が胡坐をかいて坐っていた。

「御苦労さまです、」と伊丹氏はねぎらった。「まだなかなかですよ。」

「なに、こういうのには馴れています、」と相手は平然たるものだった。

 伊丹氏は病室のベッドに歩み寄って、やはり小声で呼びかけた。

「初ちゃん、心配することはちっともないんだからね。眠ってくれた方がいいんだよ。」

「でもわたし、怖くて、」と患者は呟いた。

「大丈夫、副室に三人いる。安心して、眠れたら眠りなさい。」

 それからの夜は長かった。副室の三人は、病室との仕切りの襖に小さな穴を明けて、そこから代る代る覗いていた。病室の中は、磨り硝子のドアから洩れて来る廊下の明りだけで、ぼんやりとベッドの白いカバーが暗がりに浮んでいた。

 十二時が過ぎ、一時が過ぎた。

 久木助手はそろそろ眠くなって来た。襖の端にもう一つ穴を明け、そこから時々室内を眺め

ていたが、何の変化も見られなかった。そんなに予想通りに行くかしらん、と内心では伊丹先生の腕前に疑問を抱きはじめていた。

二時が過ぎた。病院の中はすっかり寝しずまって、ひっそりかんとして物音ひとつ聞えなかった。と、かすかにかちりという音がした。入口のドアが開いたらしい。続いて、内側のドアがそっと開く音がした。

久木君は小さな穴に片目をくっつけた。すると眼の前いっぱいに、真暗いものが覆いかぶさった。はっと思った瞬間に、それは遠ざかり、ベッドの白いカバーがまた眼に映った。人影は暫くその横手に立っていたが、やがて窓の方へ動き、そっとその窓を開いた。それから何やらもぞもぞしていた。

不意に視野の中が赤くなった。久木君には、それがどういう仕掛けなのかさっぱり分らなかったが、二つ折のスクリーンと壁とに真赤な色が焔のようにきらめいた。そして赤いベレエをかぶり、赤い外套を着た一人の女が、ベッドの上の蒲団を足の方からそっとめくって、患者に靴を（まさに赤い靴だった）はかせていた。患者は声を立てて起き上った。

「さあ起きなさい、姉さんが迎えに来たのよ」と気味の悪い声が呟いた。

「よし」と叫んで、伊丹氏が襖を明けようとした。

しかし襖は、外側から楔（くさび）でもはめこんであると見えて、びくともしなかった。久木君はさっき、自分の覗いている穴の前に、人影が覆いかぶさったことを思い出した。「しまった」と叫んで、彼は入口の方の木製のドアを押したが、これまたしっかりと締まっていた。

三人は力を合せて襖に体当りした。猛烈な音響がとどろき、三人は襖ごと、一段低くなった病室の床の上へころがり落ちた。見ると白い繃帯の女と赤い外套の女とが、組んずほぐれつ格闘していた。

　山本刑事が二人を引き離し、伊丹氏が電燈のスイッチを捻った。眩しいような電燈の下のその女の顔は、四十近い顔のようにメイキャップしているとはいえ、新進スタア葉山茂子に紛れもなかった。組み合せたレンズがくるくる回転する小さな発光器が、ベッドの足に置かれて、赤い光線を依然として壁やスクリーンに投射していた。

10　伊丹英典氏の説明

「やれやれ驚いたよ、」と、松本博士が一口ビールを飲むごとに繰返した。

　翌日の晩で、伊丹夫妻のところに、松本博士と久木助手とがお客に来ていた。博士はビールがまわってだいぶ御機嫌の様子だった。

「結局どういうことだったのかね？」

「動機は非常に簡単なんだ。あの新人の女優さんは光星氏にスカウトされたが、その特徴はあくまで葛野葉子に似ている点にある。そこで葛野葉子が健在である限りは、容易にスタアの座につけないことが分った。僕等にはよく分らない心理だが、病的な成功慾というのもあるん

だな。そこで葉山茂子は（だいたいこの名前まで葛野葉子の真似というか、摸造品というか、そういう感じだからね）、その茂子は、葉子の自家用車のワイパーに仕掛けをして、いずれ彼女が怪我でもすればと狙っていたのだ。ここで大事なことは、葉子が「女性新潮」に例の「赤い靴」を書いたことだ。これが犯人の一切のトリックのもとなんだ。この車の仕掛けは、なにも殺そうと思ったわけじゃなくて、半分は悪戯気分だったのかもしれない。手でも足でも、とにかく葉子が怪我をしたら、「東京の恋」の主役が自分に廻るだろうことは、光星プロデューサーからも葉子が聞き出していたんだろうよ。

——そこで葛野葉子は、女優にとって一番大事な顔に怪我をした。悪戯は成功し、主役も貰った。ところがそこで、葉子の傷は大したことはなくて、いずれは撮影にも出られるくらいの、ごく軽いものだということが、茂子に分ったのさ。このままでは元の木阿弥とあって、彼女は次第に新しい計画を進めた。気のよさそうな看護婦さんを一人籠絡して、赤い靴の童謡を口笛で吹かせる。それでおどかしておいて、まず手始めが例の誕生日のプレゼントさ。」

「そうだ、一体どうして本当の誕生日に怪我をしたんです？」と久木君が訊いた。

「本当の誕生日を知っていたのは、亭主の光星プロデューサーと、昔の恋人の馬場先生と、附け人の初ちゃんと、それから角間マネージャーくらいかな。しかしこれは何も絶対の秘密といようなものじゃないから、中でもこの連中が決して口を滑らさなかったという保証はない。中でもマネージャーが一番くさい。というのは、犯人の葉山茂子が情報を仕入れるのに、一番近づきやすいのがこの男だからね。」

「葛野葉子が死んだとなったら、すぐに葉山茂子のマネージャーに鞍代えしたというのは怪しいですね。共犯じゃないですか？」

「どうかな。犯人に利用されただけの、軽薄な人物というのじゃないかね。さて犯人の計画が着々と進んで、今度は赤い靴を出して見せる。」

「そこですよ、」と久木君が唸った。「どんなふうにしたんです？」

「いや、僕もどういう仕掛けなのか、実はだいぶ考えたんだがね。多分こんなことかと想像していたら、ちゃんと証拠の品が出たらしい。つまり彼女はもとデパートの玩具売場にいた。近頃は乾電池を使った玩具がいろいろ出まわっているだろう。豚のコックさんが片手に持ったフライパンをぽんとあげて、中にはいった目玉焼を裏返すような奴さ。熊がのそのそと歩いて行って、時々上体を起して唸るなんてのもある。彼女はそういうのを靴の中に入れて、面白い玩具をつくったんだ。いや実に器用なものさ。靴の底に小さな車がついていて、そろそろと前進する。それが時々、爪先を起して、かたんと音を立て、また前進するんだ。そういう靴が右足と左足と交る交る動く。夜中に見ていたら、誰でも気味が悪くなることは請合だ。」

「しかし先生、それじゃ犯人はその場にいたわけですか？」

「彼女は車を持っていた。夜中に撮影の方で身体があいたら病院へ行く。表からはいって、旧館から新館の屋上に出れば人には見つからない。だいたいあの外套は、表は赤いウール地で、裏は薄鼠のレインコートなんだ。ベレエはハンドバッグに入れられるから、いざという時まではレインコート姿で、人に見つかってもちっとも怪しまれないのさ。病室のドアは開いていて、

405　赤い靴

更に次のドアがあり、更に二つ折のスクリーンがある。ドアのところに隠れているわけさ。まずそっと窓を明け、風を入れ、葉子が目を覚ますのをそこで待っているんだ。」

「しかしその時見つかるかもしれんぞ」と松本博士が訊いた。

「その時はもう赤ずくめだから、気がつけばつくでいいのさ。葉子がトイレの横で見掛けたのも、犯人の計算外だったのかもしれないな。そしてドアの蔭から、素早くたぐりよせて逃げ出る。細い紐かなんかをつけておいて、相手がぼうっとなった隙に、素早くたぐりよせて逃げ出すんだ。」

「なるほど。それで最後は？」

「心理的に充分におどかしてから、姿を現し、赤い靴をはかせて、お前は死ぬまで踊るんだと脅迫してみろよ。ドアの方には、赤い光線がぎらぎらしていれば、どうしても窓の方へ逃げ出して行くさ。」

「しかし先生、それは成功したんでしょう？」と久木君が訊いた。「どうしてもう一度ひっかかったんです？」

「そこが問題だね。犯人にしてみれば、確かに葉子を殺したつもりなのに、やっぱり疑心暗鬼を生じたんだね。ひょっとしたら？……つまりそこがこっちの狙いだった。何しろ証拠がちっとも残っていなかったんだからね。初ちゃんが協力してくれて助かったよ。」

「そうすると犯人の失敗はどこにあるんです？　というより名探偵の着眼点は？」

「葛野葉子の書いた日記、これさえなければ完全犯罪さ。葉子が自分から犯人を告発したよう

なものだ。しかし彼女は「赤い靴」という文章を書いたために、自ら墓穴を掘ることになったんだから、可哀そうだった。」
「で、先生はどうして？」
「単純なことさ。幽霊は年を取らない筈だ。これは万古不易(ばんこふえき)の真理だよ。ところがあの幽霊は、葉子によく似た顔立ちで、しかもちょうど十ぐらい年が上ということだった。それは犯人にとってはしかたがなかったのだ。もしも死んだ時のお姉さんの年、つまり十八ぐらいのままで現れたとしたら、それは実際の犯人の年と同じで、素顔も同然なんだから、じきにばれてしまうだろう。分ったかい？」
「なるほどね。」
聞いている連中は、半分感心したような、半分馬鹿にされたような顔をした。そこで伊丹英典夫人は、次のように言って亭主をやりこめた。
「あなたみたいな臆病な人なら、幽霊を見ただけでベッドから落っこちて、首の骨を折っていたわね。」
そして一同は大声で笑った。

素人探偵誕生記

初めに私、加田伶太郎のことを紹介しなければならぬ。というのは、近頃は探偵小説ブームとやらで、探偵文壇、純文学作家の隠し芸、および新人諸君から、雲のごとく作品が現れているようだから、新人といっても三年前から僅かに短篇六つしか物せず、うち五篇をまとめて一冊の単行本しか出さなかった僕の名前なんか、大して人が知る筈もないと思うからである。

加田伶太郎というのは、勿論ペンネームで、本名は白状する必要もないが、私立の文化大学のフランス文学科の教師である。それがつまり僕のことだが、教師としてどう見ても優秀な点をつけられないことは、怖い先生だというので学生の評判も芳しくないし、専門の業績や翻訳も殆どないことでも明かだろう。それというのが僕は人間が趣味的で、へぼカメラに凝り、へぼ碁に凝り、へぼ絵に凝り、映画演劇シャンソン古典音楽いたらざるはないから、肝心のフランス文学に割くべき時間も大して取れず、その上貧乏であるから参考書も買えず、文化大学の方も貧乏で研究室の図書購入費もすこぶるけちである、とすれば、いつまで経っても僕が鳴かず飛ばずで勉学にいそしめないのも当然の話だ。加えるに僕の最大の悪癖は、探偵小説というか魔女にいつしか魅入られたことで、つい毎晩のように寝床で遅くまでページをめくっているか

ら、細君には叱られる、あくる日の授業では学生の質問に答えられない、そこでおのずから御機嫌が悪くなり学生に当り散らすわけ、恐れ憚られるのも無理からぬ次第である。

研究室というものは、前の晩に下準備をさぼった教師が、休み時間に百科辞典などを繙いてくそ勉強をするものだが、僕のように甲羅を経ると、ままよとばかり（というのは例によって夜遅くまで魔女と附き合っていたから）行き当りばったりに教室でごまかす算段になる。ついでにその方法を述べておけば、まず学生に当てて向うが訳読の最中にこっちも一心に考える。単語の意味などは学生が教えてくれるから安心だが、少々こっちにも分らぬところがあああでもないこうでもないと紛糾する。その間、充分にこっちの頭を冷して、さて、おもむろに、ここのところはＡ君のは違っている。Ｂ君のが正解と言えばいいのだ（但しこれはうまく行った場合）。そういうわけだから、研究室の休み時間にも悠々たるもの、同僚や助手を前にして、僕がゆうべ読んだアーネスト・ブラマーの探偵小説では、なんと探偵が盲なのだ、いったい盲がどうやったら犯人を当てられると思うかね、などと始めるから一同思わず傾聴する始末。あげくのはて、加田伶太郎先生は、フランス文学科よりも探偵小説科の教師にこそふさわしい、文化大学にそういう科がないのは、実に残念だ、という声があがりだした。学長がそれと知ったら、僕をくびにしはしないかと、実は少々心配しつつある。

ところで、話は三年前にさかのぼるが、僕のこの評判がいやに高くなって、とんだ註文が舞い込んで来た。折しもＳ社から週刊雑誌が出はじめた頃で、うまく行くか行かないかの瀬戸際

だったが、その週刊誌の編集部員が、福永武彦の紹介状を持って僕の家に乗り込み、あなたは何でも外国の探偵小説を一日に一冊ずつ読むそうだが、それをうまく翻案して、週刊誌二回分の原稿にしてくれ、という命令である。僕が目をぱちくりさせたのも無理はないだろう。

ここで福永について一言すれば、この男は古くからの僕の親友で、頑固に純文学にしがみついたなり、売れもしない小説をひねくりまわして書いている物好きな文士だが、僕とはすこぶる気が合っている。というのも、福永の最大の趣味的欠点がやはり探偵小説で、なかなか読み上手でもあれば批評家でもある。そこで僕らが顔を合わすと、探偵小説の月旦が始まり、甲論乙駁はてしない有様。しまいに二人が声を揃えて言う白は、近頃は向うにも傑作は少ないな、とましてやわが国には面白いのがないね、という二種類で、僕が、どうも技癢を感じるじゃないか、と言ったら、彼はにやにや笑った。

その福永の紹介状で持ちこまれた話だから、僕もすかさず反撃して、僕なんかその任じゃない、なぜ福永にやらせないんです、と訊いてみたところ、答に曰く、福永さんは記憶力が悪くて、読んだ探偵小説は一晩たつときれいに忘れてしまうんだそうです。だから翻案するような面白いのを一つも思い出せないと言うんです。

うまいことを言いやがる。そこで僕もむきになって、記憶力がさっぱりなのは僕も自信があるる、と奇妙な論理を振りまわし、昨日も道で先輩の教師に出会って、先生お散歩ですか、と挨拶したら向うが変な顔をしたので、不思議に思ってあとでよくよく考えてみたら、それは研究室の小使さんだった、というような例を、たちどころに二つ三つあげた。しかるに編集部員は

413　素人探偵誕生記

平気な顔で、翻案がだめなら創作でも結構な勢いで攻撃を開始した。近頃の探偵小説にろくなのはありませんね、読むだけでほくそえんでいるというのは卑怯ですよ、加田さんは技癢を感じると言ったそうじゃありませんか、それとも陰弁慶の空威張でとても書けませんかね、等々。

さては福永の奴、すっかり敵がたにまわってこの編集部員をけしかけたな、と思ったが、そのうち野心がむらむらと起って、とにかく考えましょう、と一応の返事をした。

さて、この野心というのが曲者である。僕は大学の貧乏教師でとんと文学的野心もないが、同人雑誌などという青くさい物に手を染めた経験もないが、どうも探偵小説となると話が別だ。ちょっと余技に探偵小説を書きますというのは、人間きもよければ洒落てもいる。これは外国の話だが、向うではあっと驚くような人物が趣味として探偵小説を書いている。思い出しただけでも（いくら記憶力が悪いといってもそれくらいは思いだすが）イギリスのローマンカソリックの大僧正、ロナルド・ノックス猊下は「陸橋殺人事件」を物し、売れっ子の新聞記者E・C・ベントリイは、評論家チェスタートンの「ブラウン神父」の向うを張って「トレント最後の事件」を物し、中学校長エドマンド・クリスピンは「消えた玩具屋」を物し、オクスフォード大学英文学教授マイケル・イネスは「ハムレット復讐せよ」を物した。本職の探偵小説家よりも、こうした素人の余技の方が、よっぽど新鮮で面白いというのは、彼らが悠々たる遊びの精神に徹していたからであろう、と考え始めると、何だかむずむずしてくる。わが国に坂口安吾ありで、大偵小説に手を出すというのなら、イギリスにフィルポッツあり、

して目新しくもないが、わが国でフランス文学の教師が傑作を物した例は聞いたことがない。

それからの苦心談を順を追って書いてみよう。

はじめはペンネームである。もちろん本名で発表してもいいわけで、何も僕が探偵小説を一つ物したからといって、文化大学の学長がやたら僕をくびにするはずもない。しかしどうせ趣味の悪戯をするのなら、他人が知らずに悪口を言うのを、にやにやして相槌を打つなんぞは乙だ。これは、なるべく人を食ったペンネームに限る。外国の例を見ても、S・S・ヴァン・ダインが、実は、美術評論家W・H・ライトであり、バーナビイ・ロスが実はエラリー・クイーン、そのクイーンが実はF・ダネイとM・リイとの二人組であるというふうに、あっと驚くところに、これまた探偵的な面白味がある。僕は統計を取ったことがないが、世界中の探偵小説の半分はペンネームで書かれているのではないかしらん。

そこで半日をつぶして、まず自分の名前を製造にかかった。それをアナグラムで行くつもりで、やたらに原稿用紙にローマ字を書き散らした。アナグラムというのは、文字の書き換えである。例えばそのうまい例に、モーリス・ルブランの作品に、ドン・リュイス・ペレンナと呼ぶスペイン貴族が活躍する。この人物はアルセーヌ・リュパンその人の変装だが、実は初めから作者は手のうちを見せているのだ。Luis Perenna を入れ換えれば Arsène Lupin となる。

この式を真似するつもりで僕の考え出したのが、加田伶太郎 (Kada Reitarō) つまり「誰ダロウカ」 (Taredaroïka?) である。ほんとうは、もう一つ本名を織りこんだ素敵な奴も考えた

のだが、あまりに人を食っているというので編集部の採用するところとならなかった。次に探偵の名前だが、その前に根本方針として、本格で行くか、ハード・ボイルドで行くかという大問題がある。僕はだいたいに於て本格物の方が好きだったのだが、一九二〇年代の傑作をのぞいて、近頃みたいにハード・ボイルドの全盛時代ともなれば、あんまり流行にもいかず、そのうちだんだんに馴れて来たせいか、結構これが面白くなって来た。するわけにもいかず、そのうちだんだんに馴れて来たせいか、結構これが面白くなって来た。香の抜けたブランディのようなディクソン・カーより、さっぱりしたウィスキイソーダの味のメースンものほうが健康にも宜しい。これは心理学的に言っても、僕という学校教師が、引っ込み思案で腰の重い人間だから、やたらタフで馬力のある弁護士や私立探偵に、欲望充足を感じさせられるのかもしれない。それはさて措き、本格物がかくも退潮時にある時、一つこちこちの本格探偵小説を物すというのは、痛快でもあれば野心的でもある（と、われながら興奮して来た）。そこで絶対に名探偵が必要ということになった。

名探偵もポオのデュパン、ドイルのホームズ以来あまり大勢いて、一人一人を区別するだけの特徴を持たせることがむずかしい。そこで次第に無理をする。ブラマーのマックス・カラドスが盲だというのは、既に僕が研究室で威張った通りだが、バーナビイ・ロスのドルリー・レーンは聾でしかも世界最高のハムレット役者と来ている。クレートン・ロースンの大メルリーニは奇術師だし、ドロシー・セイヤーズ女史のピーター・ウィムジイ卿は大貴族だし、アガサ・クリスティ女史のミス・マープルはお喋り婆さんである。もう、新しみはとても見つかりそうにない。そこで僕は、いっそ僕、つまり文化大学の教師を、名探偵のモデルたらしめるこ

とにした。それも、フランス文学では少々頼りないから、ぐっと箔をつけて古典文学科助教授に任命した。探偵が先生だという先例には、T・S・ストリブリングのポジオリ教授があるが、この方は犯罪心理学の専攻で肩書も教授だし、いわば専門家である。僕の名探偵はまったくの素人で、僕に似て引っ込み思案で、のこのこ出歩くのは嫌いと来て、夜遅くまで探偵小説に読み耽っては奥さんに叱られるような、愛すべき男である。

次に名探偵の名前は、やはりアナグラムで行くことにして伊丹英典 (Itami Eiten) と名づけた。つまり「名探偵」(Meitantei) である。漢方医みたいだがいたしかたない。こんなことで遊んでいたらまる一日つぶしてしまった。

さて肝心のプランである。

古来、探偵小説の傑作は、本格物ならトリックが第一の要素になる。そのほか、発端のサスペンスとか、犯人の意外性とか、推理の明快とか、やたらに註文が多い。一方にはノックスの十戒とか、ヴァン・ダインの二十則とか、ああしてはいかん、こうしてはいかん、と面倒な制約がある。僕はいちいち覚えてはいないし、調べる根気も持ち合せていない。ただフェアプレイで行くことは勿論である。そうなると本格物は、しきりに行き詰ったと悪口を言われるだけあって、トリックも使い尽されたし、犯人の意外性も、もう大抵のことでは読者が驚かなくなっている。探偵が実は犯人だったとか、記述者が犯人だったとか、犯人が一ダースもいたとか、この手は二度と使えない。書く方も次々と智慧をしぼって、しまいにはパット・マガーのように、被害者が誰だか分らない小説や、探偵が誰だか分らない小説を書くようになる。

417　素人探偵誕生記

しかし優秀な作品は、トリックの独創性を抜きにしても、その小説にだけ独特の奇妙な魅力、僕がひそかにみそと名づけたものを持っているものだ。そして結局、その小説が後々まで印象的であるとすれば、それはこのみそのせいであろう。少しばかり例をあげてみよう。

(1) フリーマン・クロフツの「樽」では、みそはあの面倒くさい時間表にある。なんでもあの時間表は少し間違っているそうだが、あんな丹念なことをして悦ぶのは、律義なクロフツ氏以外にはない。しかし同時に、あの汚らしい樽が読者の目にしょっちゅうちらちらしているのも、読者を印象づける大きな理由の一つである。つまり視覚型なのだ。

(2) ウィリアム・アイリッシュの「幻の女」では、みそは「死刑執行前百五十日」に始まり、「死刑執行後一日」に終る各章の日附である。と同時に、南瓜に似たオレンジ色の帽子をかぶった女が、実在するごとく幽霊のごとく、浮んだり消えたりするのも、容易に忘れられない魅力である。これまた視覚型。

(3) S・S・ヴァン・ダインの「僧正殺人事件」になると聴覚型になる。「誰がロビンを殺したか」というマザー・グースの童謡が気味の悪い余韻を残している。

(4) 同様に、アガサ・クリスティの「そして誰もいなくなった」でもやっぱり童謡。しかもこの作品は、絶海の孤島で登場人物が全部殺されてしまう、という奇妙な筋を持っている。

(5) イーデン・フィルポッツの「闇からの声」でも、みそは発端の無気味なささやき声にあ

(6) ハーバート・ブリーンの「ワイルダー一家の失踪」では、古い伝説の通りに人が失踪する。不可能型である。

(7) ヘレン・マクロイの「暗い鏡の中に」では、二重人格像が現れる。

(8) これまた聴覚型。

(9) J・B・オサリヴァンの「憑かれた死」では、主人公は三ページ目にピストルで撃ち殺される。と、その犠牲者は幽霊となって、犯人を探すのだがこの犯人が幽霊にもさっぱり分らない。

バーナビイ・ロスの「Yの悲劇」では、被害者の書いた探偵小説のプランが紹介される。これは現に実行されつつある殺人事件のプログラムなのだが、犯人たるべき男はとうに死んでいる。これも不可能型である。なお三幕悲劇の形式をとっているのも、みそに違いない。

(10) なんと言っても不可能型はディクソン・カーの独擅上で、古伝説、怪談、催眠術、ありとあらゆる神秘的な手を使っているが、やはり彼の専売特許は密室にあるだろう。ただしみそもこうなると少し黴（かび）が生えてくる。

ざっと代表的なみその例をあげてみたが、問題は自分のためのみそをつくることだ。これさえきまれば、あとは何とかなる。そこで大いに頭をしぼり、考えついたのが、素人探偵が何人もいて、それぞれ勝手な推理をするが、最後に名探偵伊丹英典氏に名をなさしめるという、まさに僕が大学の演習で用いているのと同じ方法である。A君B君C君それぞれの智慧は、最後

419　素人探偵誕生記

に加田伶太郎先生の鶴の一声にはかなわない、という経験を利用する。これはフェア中のフェアプレイで、読者に材料を全部提供してあるのだから、完全な作者からの挑戦小説であろう。

これを更に押し及ぼすと、話の中に謎があるという、アラビアンナイト的二重構成が要求されて来る。すなわち一つの探偵小説的な謎の事件があり、ここでは名探偵が登場しないから謎は未解決のまま残される。つまり迷宮事件として話は終ってしまう。そこで更に、この話の方は戦争中の話、枠をなす部分は時を現在にとって、マルセイユから日本へ向う貨物船の中を舞台に、名探偵は留学を終って目下フランスより帰国中ということに仕立てた。何しろ僕は一度も日本を離れたことのないぼんくら教師だから、せめて僕の分身なりと洋行させようという魂胆だ。他の登場人物はそこで自然に、船長と事務長と船医ということになった。船医が昔の経験を物語って、一座の一人一人が推理を試みるという次第だ。

それからが肝心かなめのお話となる。トリックを如何なすべきか。僕は躊躇なく密室を選んだが、これはやはり(いくらディクソン・カーの悪口を言っても)かねて本格物は密室に始まり密室に終ると信じていたからに違いない。それに密室破りの独創的トリックを一つだけ発明していたからである。だいたい容疑者が幾人もいて、その一人一人に犯人の可能性があるというのは、探偵小説の公式みたいなもので、その大部分は、誰にでもピストルを撃つ機会があったが、ただ極め手が見つからない、というだけの平凡な筋立だ。読者をはらはらさせるには足りるが、じっくり考えこませることは出来ない。僕のプランは、どの人物にとっても不可能だ

が、そのうち、よく考えると逆に誰にでも可能になる、しかしまた考え直すと、それが一つ一つ不可能なことが分る、という、いとも複雑な仕掛なのだ。

密室を三階の一室にする。殺人の予告を受け取った一家の主人が鍵を掛けて部屋に閉じこもる。船室を模した小部屋で、丸窓が一つあるばかり。隣の部屋におばあさんが見張る。二階の階段に秘書が見張る。二階の寝室に奥さんがいる。と、これだけ顔を揃えて予定どおりに殺人が行われるのに、奥さんの昔の恋人が潜んでいる。これが一人一人について誰にも不可能で、家の外の庭だから、容易ならぬ大事件である。張りめぐらした伏線はすこぶる錯綜する。作者の僕でさしくならなければならないとなれば、あとで福永がこれを読みながら、分ったぞ、これは全員が共犯だ、え頭が痛くなる有様だから、と叫んだものだ。

ところで作中にもう一つみそを加え、それでスリルを増すことにした。殺された主人の、奥さんに対する殺人計画プランをわざと発見させたことである。少々「Yの悲劇」に似ているが、「Yの場合にはメモの通りに事件が進行するのに対して、僕のでは真犯人がメモの裏をかいて、事件が起る。だから真似というわけではない。

肝心の密室トリックでは大いに苦労をした。というのはかねて発明しておいた名案が、実際にうまく行くかどうかは神のみぞ知るで、実験不可能と来ているから、これで殺せるかな、いや、こんなことじゃ死なないな、などと深夜に独り言を言っては、細君から、気味が悪いからよしてよ、と叱られた。しかし探偵小説なんて、奇想天外なところが面白いので、なまじリア

リズムなんて言わないほうがいい。

最後に題名だが、これは「完全犯罪」と名づけた。すでにベン・レイ・レッドマンや小栗虫太郎にこの題があるが、僕のも劇中劇の部分は完全な迷宮事件なのだから、僭越ということもなかろう。

という次第で書きあげたら、予定の週刊誌二回分が三回になってしまった。そこで編集部員に原稿を渡すに際して、第二回までが問題篇、第三回が解決篇だから、一つ犯人探しの懸賞にしてくれませんか、と申し入れた。僕の原稿料の半分出してもいい、と口から滑ったほど自信満々だったが、うちの雑誌は発行部数四十万ですよ、一割返答が来ても四万通、一分でも四千通、それを調べてくれますかね、と逆襲されて諦めた。たかが四十枚の試験答案でもくたびれるのだから、千や万の単位では御免こうむりたい。

さて原稿を書いている間も、初めての経験で実に愉しかったが、雑誌が出てみると痛快無比である。編集部には作者の名前は絶対秘密と申し渡してあるから、知っているのは福永武彦ぐらいのものだ。そこで研究室などで、今度のS誌の探偵小説は面白いね、君読んだかい、などとやる。人がけなせば少々けちをつける。人が褒めれば少々けちをつける。生来のあまのじゃくも、だんだん御機嫌がよくなって、そのうちに自分が名探偵のように錯覚される。古典文学の権威のような気もしてくる。ところがたまたま、伊丹安典氏はギリシャ語ラテン語の大家らしいのに、作中で僅かに ergo（エルゴ）（カルガ故ニ）と一言洩らすだけだとは学がなさすぎる、と批評された。とんだところで馬脚を現すものだ。

さて自慢話は味気ないもの、雑誌の出た初めは、さては加田伶太郎の噂をしているのかと気をまわし、しずめ僕が主任教授だろうなどと暗に持していたが、文化大学に探偵小説科が創設されればさしずめ僕が主任教授だろうなどと暗に持していたが、無名の新人のうちこそ評判もよかったものの、ジャーナリズムの秘密は笊の中の水のごとく洩れて、僕の本名がばらされるにおよび、なんだたかが知れてる、長篇でも書かなければ奴の手の内はもう分った、とすっかり見くびられた。そのあと註文に応じて短篇を五つばかり製造したが、もうみそもなければ取っておきのトリックもない、いつのまにか風船玉のようにしぼんで元のフランス文学教師に戻ってしまった。

この話からも、教訓を抽き出せば出せないことはない。つまり探偵小説は素人でも書ける、ただし一作だけは。その一作のみそさえ面白ければ、加田伶太郎ぐらいには行けるだろう。たдこの一作は、本当を言えばやはり長篇で勝負すべきもの、その意味では、僕もまた驚くべきトリックを発明し、とびきりの長篇をこねて、一作かぎりの長篇を書かないとも限らない。もっとも今のところは書くより読む方がよっぽど楽だから、もっぱら、近頃はとんと傑作がないね、と高みの見物にまわっているが。

「加田伶太郎全集」を語る

都筑道夫
福永武彦
結城昌治

本格探偵小説とは？

結城 福永さんが加田伶太郎のネームで「週刊新潮」にはじめてミステリーを書いた「完全犯罪」は、昭和三十一年ですから、もう十四たってるわけですね。それ以前からかなりミステリーはお読みになっていたようですが、自分で書き出した動機みたいなものは……。

福永 「週刊新潮」が創刊号から谷崎潤一郎の「鴨東綺譚」を載せていたんですが、あれがモデル問題でおかしくなって、長くは続きそうもない。それで穴があきそうだから、次の人が長編書くまでのつなぎっていうふうなことで、推理小説を入れたいと、「週刊新潮」が言ってきたわけですね。

結城 かねがね自分でも書いてやろうって気はなかったですか。

福永 アマチュアにも一つぐらいは書けそうだから、一つ書いてもいいっていう気はあったでしょうね。

結城 今度の全集を読みますと、不可能興味から不可思議興味のほうへいってますね。

福永 そうかな。

都筑 それはいえるね。それと、ぼくは解説で、「加田伶太郎全集」は日本における、数少ないモダン・ディテクティブ・ストーリーのコレクションである、ということを書いたんですけど。

結城 どこがモダンなわけ？

都筑 日本では一般的に不可能興味、たとえば密室とか、一人二役というものを全部取り除いた、もっとナチュラルな形式なものがモダン・ディテクティブ・ストーリーだと誤解されてるわけですよ。たとえば乱歩さんが、推理小説ってのはフウダニット（だれがやったか）それからハウダニット（どうやってやったか）それからホワイダニット（なぜやったか）に移ってきている、という説を紹介している。いちばん最初は犯人がわかるまでの興味、その次の時期は犯行方法の興味、それから最後に動機の興味になった、と乱歩さんは書いている。ところが、その動機というのを、みんながただ殺人の動機ということだけに限定して考えちゃった。それで、近代的ななぞ解き探偵小説の行き方は動機を重視するもんだ、ということになった。ところがこのイットっていうのはもっと広範囲に解釈できるわけです。つまりなぜ殺したかだけじゃなくて、なぜ密室にしたか、なぜこんな方法をとったか、ということもあるわけです。それに重点をおいて、しかも不可能犯罪の、なぞ解き探偵小説の昔からの興味を受け継いでいるのが、モダン・ディテクティブ・ストーリーだと思う。もしそれがなかったら、ただ殺人の動機だけを重視するんだったら、それはサイコロジカル・スリラーでもいい、とにかく犯罪小説

福永 なんだか聞いてるとたいしたもんみたいだね。

結城 「赤い靴」などは、長編になり得たと思うんですが。

都筑 その「赤い靴」を例にとれば、あれには幽霊が年をとって出てくるでしょう。幽霊がなぜ年をとらなければならなかったかという、それがなぞの中心になっている点で、モダン・ディテクティブ・ストーリーの典型になっている、と思うんです。単になぜ密室にすれば自分は疑われないで済むからだ、というだけではもういけないわけですよ。

福永 そりゃそうですね。

都筑 なぜそんな不自然な密室なんてものをこしらえるかっていう疑問がなきゃいけない。だけど、そういう言い方をすると、なぜ幽霊に年をとらしたかというのも、読んだ人は割合に単純ではないかというかもしれないんだけれども、あれはあれが最初だからそれでいいわけです。だからこの次に年をとった幽霊が出てきたというなぞを書く人は、そこにもう一つの論理の飛躍を考えださせば、もう一回あのシチュエーションを使えるわけです。それがモダン・ディテクティブ・ストーリーのいちばん重要な点だと思うんです。ぼくはそれをかってに論理のアクロバットと名づけているんですけれどね。つまり犯人もわかった。動機もわかった。そのとたん

という名で一括できるものになってしまうと思う。とくになぞ解き探偵小説、本格探偵小説という場合のモダンというのは、なぜ密室にしたか。なぜにせアリバイをこしらえたか。なぜこんな殺し方をしたかということなんです。加田伶太郎の短編っていうのは、全部それを追求していると思う。それがなぞの中心になっていると思うんですよ。

福永 結局長編にしなければふくらまないわけですよ。短編ていうのはウィットみたいなもんですからね。ウィットがうまくいってる、あるいはトリックがパッと切れている、というふうな、なんかそういう、瞬間的な花火みたいなものでしょう。ぼくの場合には雑誌に頼まれて読み切りの一回ものを書くべき要請があっただけですからね。締め切り日の前にフーフーいって思いつくという、短編に書くわけですね。だから長編に書くといいんだけどな、というところは全部とっちゃって、ぼくは今でも惜しいんだけど、あれをもう少しじっくり書ちばん最初の「完全犯罪」だって、これは長編にしようと思えば、いけば長編になると思いますよ。

都筑 なるほどね。

福永 そういうものをみんなわざととっちゃったから、逆に読者のほうにすればね、想像力のある人で、ことにこことこことの間にいろんなことを考えるというふうな人が読めばもっとふくらんで、つまりもっと長いものとして読んでもらえるかと思うんですよ。それを筋だけ読んじゃうと、いかにも味気ないかもしれない。そういう意味では自分で書いたものがなんというか、骨組だけで骸骨みたいな気がしますね。

惜しいSF小説

都筑 あまりにも論理が明せきなるがゆえに、解けて少しも不思議じゃない。不思議な事件は解けるのが当然だという気がしてくるところはありますね。

福永 要するに名探偵が登場するんですからね。普通の小説の場合でも、長編小説ってものはある程度たいくつな要素を含んでいて、たいくつな要素があるからこそ、その全体の骨格が成立している。たとえばメルビルの「白鯨」とかね、あれはもうさかんに脱線して百科全書的になるわけでしょう。あるいはフローベールの「ボヴァリー夫人」だって相当たいくつですよ。「感情教育」なんかになると、もうほんとうにたいくつですね。そういうものは根本的にそれを含んでいるわけでしょう。長編小説っていうのは。そういうふうにたいくつなもの含んでるから、人生はできあがってるわけですね。ところが短編の推理小説っていうのは、これはエンターティメントである以上、たいくつな部分を含んじゃもうだめなわけだ。五十枚でたいくつじゃしょうがないですからね。だからまあ使うものが論理であるか、イマジネーションであるかはまた別としても、論理を使う以上はてきぱきしていかなきゃいかんでしょう。そうするとぼくみたいなのは、だいたいそういう意味ではじっくりむだ口をたたきながら運ぶ仕事が好きなわけです。長編の場合にね。そのむだ口が言えないわけだから、論理だけが残る。それがつ

都筑 「地球を遠く離れて」、あれは続編を読みたいですね。

福永 あのころ、昭和三十二、三年かな、ぼくが先走って、まだSFっていうのがちっともはやってなかったけどそのころからSFのほうがおもしろいとおもい出したんです。

結城 現在は？

福永 現在もSFのほうがおもしろいですがね。ぼくは本格もののあとにハードボイルドやスパイものなんかが好きになって、それからSF、それも傑作ばかりというわけじゃないでしょう。SFもそろそろたね切れになってきたね。そうでもない？

都筑 そうでもないですよ。今、若い作家たちの前衛的というか、不思議な小説がたくさん現われてます。翻訳するのがむずかしかったり、SFじゃないんじゃないかといわれそうな点があったりして、紹介はされていませんが、ともかくもうSFってのはいまやサイエンス・フィクションじゃない、スペキュレーティブ・フィクションになってきたわけですから……。

福永 だんだんに、文学の領域全般にわたってSF的趣向がはいってくるんじゃないかしら。

まり加田伶太郎がつまらない理由であると。それがぼくの答えですね。加田伶太郎に未練はない。ただ、すこしばかり惜しいのはSFですよ。SFだけはあの続編がちゃんと頭の中にあるんだからね。

読者を参加させる

結城 今のSF的趣向という意味で、推理小説的手法ということも、福永さんはミステリー以外の小説でも、いろいろ利用されてるところがあると思うんですが。

福永 要するにぼくは推理的ということを考えたわけですよ。

結城 意識されますか。

福永 大いにしますね。ぼくは象徴主義の影響がどうも大きいですからね。野間君みたいにうまく払拭できないから。そうすると象徴主義ってものは要するに人生の眼に見えない蔭の中に余分の、別の、ある世界を築く。そういう想像力が基盤ですからね。読者というものをつねにぼくは意識して、意識するってのは読者に売れるかとか、そういう意味じゃなくて、一人の読者がそれを読む場合に、その読書の中で創造力が働くように、こっちの想像力、イマジネーションが働くというふうに書きたいんです。ですから読者に、まあ極端にいえばとばし読みをされたくないんですよ。だから、かたかなを使ったり、人称を変えたり、変なことをするのも一つはそういうふうにやれば、読者がびっくりして、そこでよく読んでくれるだろうっていうこともあるわけです。要するにちゃんと読んでもらいたいんですよ。ちゃんと読んだ場合に必ず、ここはどうなるんだろうかと、読者自身が自分で考える。自分でそこで小説をつくる余地を残

433 「加田伶太郎全集」を語る

すというふうにしたいわけですね。そうすると当然考えることの中に、そういう推理的要素っていうか、なぞ解き要素がはいってくる。いったいこれはどうなるんだろうというのは、もう小説っていうもの、物語というもののもっている根本的なものでしょう。つねに聞き手というものは話し手のいうことを聞いて、この先はどうなるんだろう、興味しんしんというわけです。現代の小説では、筋がもんだいじゃなくて文章がもんだいですが、読者がいっしょになって作品の中で考えてくれることが望ましいように、作者のほうは細工する。そうするとなぞ解き要素ってものは大いに必要なわけですよ。ですから単にこれから先はどうなるだろうかといううだけじゃなくて、読者は読者である種の答えを用意できるようなふうにいきたいわけですね。そういう場合に読者がそれで満足することもあれば、なんだつまらないということもあるわけですよ。

結城 ミステリーの場合は読者を参加させるということが、非常に大きな要素であって、参加した読者をゴールにおいて満足させるという義務が作家にあるわけですね。

福永 つまりカタルシスでしょう。 推理小説の場合はともかくある意味で読者はカタルシスを要求しているわけよね。ですからそれはまあ、カタルシスそのものが割合に次元が低くて、犯人があたりゃいい。こっちはいつも犯人があたらないからおこるけども、犯人があたったって、ええ、やっぱりカタルシスはあるとぼくは思うな。

結城

読者のカタルシスとの調和

福永 普通の小説の場合には、そこがむずかしいんで、犯人があたったか、あたらないかっていうのは全然ないわけでしょう。あたらないのがむしろ普通で、あたらなくったって、しかしそれは共感できると、つまりそういうこともあろうと、人生っていうのは複雑だからそういう答えもあろうということを納得させなきゃならない。

結城 納得させる必要はありますか。

福永 納得することによって、その小説が読者のものになるんじゃないかしら。そういう答えは許されると。作者の出した答えは自分にとっても許されるものだと思うから……。

結城 つまり自分が納得するために書くのであって、読者が納得しようがしまいがそんなことはかまわないという考えはありますか。

福永 もちろんそれはありますよ。ただぼくはぼくの考えで書くけども、しかし読者もおそらく納得するであろうという予想のもとに書くんじゃないかな。必ず読者はおこるであろうと思っては書かないんじゃない。推理小説は必ず読者がおこるだろうと、こんなやつが犯人か、けしからんと、そういうことを予想して書くんじゃない。

結城 つまり読者のカタルシスと調和しようという意識はおもちですか。

福永 調和できるであろうというふうに考えるな。調和するであろうと。ただ推理小説の場合は犯人が違うことによって違った意味のカタルシスが出てくるだろうね。

結城 いわゆる今のミステリーファンていうものは、カタルシスずれっていうものがあるわけですね。作者の方はそれをもう一度どっかでひっくりかえしてやろうという気持ちがあるわけですけど。

都筑 しかし、もう今は予想したとおりになった快感を重視してんじゃないかしら。もう完全なる意外な結末というのは、おそらくあり得ないでしょう。だから、アメリカでも、イギリスでも読者はもう当然この犯人はわかってるという、わかってても満足するようにもってこうとして、みんな努力してんじゃないかしら。ぼくなんかも犯人が出てこなきゃおさまりがつかないい小説を書いていながら、途中で、ここで犯人がわかる直前でやめちゃったら、これはいい小説になるのになと思うことが、ずいぶんありますね。

福永 それはあんまり機械的に答えが出てくるんじゃ、つまらない。

都筑 ことに現代みたいに、論理に権威がなくなってくると、よけいそういうことを感じますよ。

　　　　トリックかパターンか

福永 結局ぼくはなにもホームドラマ的になったわけじゃないんだけども、加田伶太郎で名探偵ものを八つ書いたうちで「湖畔事件」というのに、とうとう犯人がいない小説を書いたわけです。やっぱりそういうことになっちゃうんじゃないの。つまり犯人というものはみんなの空想の中にあって、実際はなんでもないんだというふうな。結局はパロディなんじゃないかな。ぼくはあの「湖畔事件」というのは、子どもたちが探偵ごっこをすることもあるけども、パロディとしてはわれながらうまくいったと思うんだ。

都筑 ぼくは小説はシリアスにいくんですがね、どうも推理小説っていうのは、シリアスの発想っていうのはないなあ。

福永 それもモダン・ディテクティブ・ストーリーの一つの特質ですよ。みんなこれは、過去にある伝統の中の一つを必ず思い出して、ああこれを使ったなあと思うだろうと思いながら、作者が書いているというか、考えているというか……。

結城 シリアスでもなんでもいいけど、ぼくなんぞはフーフーいいながら実際書いているんですが、福永さんが加田伶太郎のペンネームで書いている間は、非常に楽しく書けましたか。

福永 だから、だんだん苦しくなっちゃってさ。楽しいために始めたにもかかわらずね、だんだんに苦しくなったから、こんなばかなことをないと思ってさ。それは確かに純文学よりもずっと原稿料いいんですよ。原稿料いいけども、苦しむ程度がおんなじなら、やっぱりそれは純文学やったほうがいいという気になるよ。（笑）

都筑 ただ、考えているときは楽しくないですか。書き始めてからは、ともかくとして、締め

福永 切りが近づいてくるという焦燥感はあるかもしれないけれども。だけどね、その考えつくことがやっぱりトリック本位でしょう。それは江戸川乱歩さんの「トリック事典」見れば早いっていうとこあるからね。そんなもの見ないで考えちゃうわけでしょ。どうもちょっと少し間に合わないような気がしたなあ。

都筑 しかし、トリックを重視するよりも、パターンの時代だとぼくは思うんですけどね。どういうパターンの推理小説を書くかという。

福永 ぼくは最初が悪いんだと思うんだな。要するに「週刊新潮」がぼくにああいうどたん場で書かしたから、そういう重みで書かざるを得ないことになった。やっぱりもう少し自分から好きで書こうと。ひまがあったら書こうという気になればね。

結城 たとえば、もしいろいろな余裕があって、これから長編を書こうと思ったら……。

福永 思わないね。(笑) 今のとこ全然興味ないね。加田伶太郎は故人だから全集が出たんですよ。

解説

法月綸太郎

　伊丹英典シリーズは、『草の花』『忘却の河』等で戦後文学史に名を刻んだ福永武彦が加田伶太郎の筆名で発表した珠玉の短編パズラー集である。
　本書収録の「素人探偵誕生記」には、ペンネームと名探偵の名前をアナグラムで決めた裏話が詳述されているが、実はこのエッセイ自体が分身の術を使った覆面作家のトリックだった。連作の筆を折ってから八年後、福永は桃源社版『加田伶太郎全集』（一九七〇年刊）の「序」にこう書いている。

　　私が加田伶太郎というペンネームを使って探偵小説の真似ごとのようなものを書いたのは、昭和三十一年から数年間のことにすぎない。加田伶太郎著『完全犯罪』なる一冊の単行本を翌三十二年に上梓したあとは殆ど気力を喪失していたが、それでも惰性であと数篇を書き、やがて綺麗さっぱりこうした類のものから足を洗った。その間の事情については、この本の中に収めた『完全犯罪』序文や『素人探偵誕生記』などに見ることが出来る。一

言で言えば、私は遊びに飽きたのである。もともと冗談半分に始めたことで、傑作を物しようなどという気は初めからなかった。それに世は社会派推理小説の全盛時代で、私の作物が（私が推理小説という名称よりは探偵小説という名称に固執することでも分る通り）アナクロニズムの域を出なかったことは言うまでもない。私は謂わゆる名探偵ものパロディを試みようとして、少しばかり真面目に過ぎたようである。しかしもともと高きを狙ったわけではないから、今さら嘆く必要もあるまい。

　まるで他人事のような口ぶりだが、この「序」を記した頃、福永は実験的な手法を駆使した千五百枚を超える大作『死の島』の連載にかかりきりで、頭の中が純文学モード一色だったはずだから、だいぶ割り引いて読む必要があるだろう。あるいは、娯楽小説を下に見る文壇の空気を意識したポーズと受け取った方がいいのかもしれない。実際、福永と親しかった七歳年下の丸谷才一は、向井敏・瀬戸川猛資との鼎談「ハヤカワ・ポケット・ミステリは遊びの文化」で「福永武彦的分裂」（＝純文学と探偵小説で名義を区別していたこと）に触れながら、「ぼくは福永さんを尊敬していたから、ああいうふうに芸術と娯楽とを分ける態度が残念で仕方がなかった」と述べている。ただし、丸谷のコメントは覆面作家という趣向がもたらす知的スリルを低く見積もりすぎているように思う。

　第一作「完全犯罪」を発表した直後、福永名義で「東京新聞」に寄稿した「探偵小説の愉しみ」には、「イギリスには、フィルポッツやメイスンや、ミルンのように、専門は文学で趣味

は探偵小説作家というのが多い。アメリカのヴァン・ダインや、エラリイ・クィーンのように匿名で書いた連中は、きっと書きながらぞくぞくするほど嬉しかったろうと思う」という一節がある。これはまさに加田伶太郎の犯行自白だ。そしらぬ顔で楽屋落ちめいた文章を書きながら、福永自身、ぞくぞくするほど嬉しかったにちがいない。遊びというのは作品だけでなく、作品外の様々なパフォーマンスを含むもので、「芸術と娯楽」を股にかけた一人二役こそ、当時の作者にとって最高の知的享楽だったはずである。「大文字の作者」を虚構化する手のこんだやり口といい、小説の方法や形式にこだわり、新たな表現を求めて実験を試みた福永武彦の面目躍如といえるのではなかろうか。

　福永武彦が戦後の翻訳ミステリ普及に果たした役割は、現在のわれわれが想像するよりはるかに大きい。早くから海外ミステリ通として鳴らした福永は、日本版「エラリイ・クイーンズ・ミステリ・マガジン」（以下「EQMM」）に「深夜の散歩」というエッセイを連載（一九五八年七月号～六〇年二月号）。あとを引き継いだ中村真一郎「バック・シート」、丸谷才一「マイ・スィン」とあわせて書籍化された『深夜の散歩』は、ミステリファン必携のバイブルと称された。往時を振り返った『深夜の散歩』の頃〈「ミステリ・マガジン」一九六七年八月号〉に、「私の加田伶太郎時代はちょうど『EQMM』の盛んだった時期と重なるから、それはまだ本格探偵小説が息の根をとめられずにいた幸福な時代だったと言うことが出来るかもしれない」とあるが、読者としての福永は偏狭な本格マニアではなく、サスペンスからハードボイル

ドまで、新しい海外ミステリの魅力を平明かつ的確に伝えられる読書案内の達人だった。当時「EQMM」の編集長だった都筑道夫の自伝『推理作家の出来るまで』を読むと、編集方針を固めるうえで福永の存在がどれだけ頼りになったか、折にふれて何度も綴られている。のみならず、福永は国立東京療養所で知り合った結城昌治のデビューにも一役買っており、戦後の国産推理小説がモダンで、洒落たエンターテインメントに脱皮するための下地を作った陰の功労者と呼ぶにふさわしい。

本書には付録として、その二人との鼎談『加田伶太郎全集』を語る」が併録されている。見逃せないのは、桃源社版の解説も担当した都筑道夫の発言（スペキュレーティブ・フィクションへの言及も含む）だろう。都筑の解説は同じ七〇年の秋から連載が始まった長編評論「黄色い部屋はいかに改装されたか？」を先取りする内容で、本書で読めないのが残念だが、その要旨はこの鼎談でも十分に語られている。「ホワイダニット」「論理のアクロバット」を旗印に掲げた都筑のモダン・ディテクティブ・ストーリー論が、伊丹英典シリーズの独自性を鮮やかに切り取り、加田伶太郎評価を決定づけるめざましい読解だったのはいうまでもない。その反面、後世の読者にある種の固定観念を植えつけてしまった余弊もあり、あらためて『加田伶太郎全集』を読み返すと、そこからこぼれ落ちた部分が見えてくる。一言でいえば、「シリーズ名探偵が事件とどのように関わるか？」というデリケートな問題で、都筑が提唱した「名探偵復活論」にも絡んでくるのだが、それについてはおいおい触れていくことにしよう。

伊丹英典氏が初登場する「完全犯罪」は、チェスタトン風のトリックを用いた密室殺人を、アントニイ・バークリー『毒入りチョコレート事件』さながらの安楽椅子探偵＋多重推理で解き明かす贅沢な挑戦パズラーだ。多重推理の形式は、後年『死の島』のクライマックスで三つの異なる結末を並置した実験の手法に通じるが、それ以上に興味深いのはもうひとつのみそとして、クイーン『Ｙの悲劇』に倣（なら）った殺人計画メモを挿入していることだろう。「深夜の散歩」の第十六回「気違いハッター家の方へ」によれば、福永は学生時代に『Ｙの悲劇』を原書で読んで感激し、「クイーンなんかロスに較べれば物の数でないなどと言った覚えがある。実に楽屋裏の説明を聞かせる『完全犯罪』序」といい、一人二役を演じた覆面作家の趣向といい、加田伶太郎の作風は土台の部分でエラリー・クイーン＝バーナビー・ロスの影響を強く受けているようだ。

続く「幽霊事件」「温室事件」も、チェスタトン風の着想を発展させた作品で（後者は「犬のお告げ」に触発されたものだろう）、いずれもトリッキーな不可解／不可能犯罪を扱いながら、ディクスン・カーや横溝正史（よこみぞせいし）調のおどろおどろしい演出には目もくれず、クイーン流の明快な論理で割り切っていくのが特徴である。ただし「温室事件」の封建的な犯人像は、横溝作品を念頭に置いていたかもしれない。

伊丹英典氏は自称安楽椅子探偵で、「幽霊事件」以降の作品でワトソン役を務める久木助手に「僕は君、机の上の推理専門だからね。実戦の方は駄目だぜ」と告げている。ところが全八

編の連作中、純粋な安楽椅子探偵物といえるのは「完全犯罪」と「眠りの誘惑」の二作だけ。それ以外の事件で、伊丹氏はむしろ活動的な実戦派なのだ。そうした意味で注目されるのは、第四作「失踪事件」だろう。机上の推理に専念するなら、コナン・ドイル「技師の親指」のように、失踪した学生が自分で脱出し、その体験談から監禁理由を推理する形式の方が無難だったはずである。あえてパターンを逸脱し、分析力や論理力より、想像力を重視した物語に仕立てたのは、旺盛なチャレンジ精神の表れだと思う。

そのチャレンジ精神は、伊丹氏がハードボイルド探偵風の捜査を行う「電話事件」でも存分に発揮されている。脅迫電話の犯人探しが悲劇的な結末を招くプロットは、一九六〇年代のロス・マクドナルドや結城昌治の作風に先駆けているのではないか。

とはいえ、アマチュア名探偵が机の上を離れて他人の生き死ににコミットすれば、いずれ遊びや余裕の精神とぶつからざるをえない。「温室事件」と「電話事件」の解決を読み比べると、そのさじ加減のむずかしさが見えてくる。後者のラストで、伊丹氏は「僕は探偵趣味の方はそろそろ廃業するつもりだよ」と洩らしているが、ここでいったん連作が小休止したのは、古風な名探偵の立ち位置の危うさと無関係ではあるまい。

それを裏づけるように、次作「眠りの誘惑」で伊丹氏の役割は完全な安楽椅子探偵に戻っている。推理はロジカルで切れ味も鈍っていないけれど、小説としてはほぼサスペンスと変わらない。論理に特化したモダン・ディテクティブ・ストーリーを突き詰めると、キャラクターとしての名探偵の居場所がなくなってしまうのではないか。箇条書きの手紙から、そんな作者の

つぶやきが聞こえてくるようだ。「電話事件」と「眠りの誘惑」は、探偵小説形式の内と外からシリーズ名探偵の退場を促しているようにも見える。

「眠りの誘惑」を発表した後、福永武彦は「深夜の散歩」の第四回「メグストン島の方へ」で、アンドリュー・ガーヴのサスペンス小説を取り上げた。その前置きで「名探偵システムも従って一長一短だが、力量のある探偵小説家なら、一作に一人の名探偵でもいいわけだし、ついでに言えば、名探偵がいなくても、話そのものが面白ければ、勿論それで結構なのだ」と述べ、戦後の探偵小説界はスリラー・システムへの移行期にあると説いている。この指摘は、一九三〇年代の黄金期本格から四〇年代の試行錯誤を経て、五〇年代のサスペンスにたどり着いたパトリック・クェンティンやヘレン・マクロイらにも当てはまるだろう。加田伶太郎は海外ミステリのモード転換を肌で感じ取り、その変遷の道のりをわずか六年あまりの間に猛スピードで駆け抜けた作家だといってもいい。

とりわけマクロイの作風は、加田伶太郎と重なる点が多い。「素人探偵誕生記」には印象的なみその例として『暗い鏡の中に』の二重人格像が挙がっているが、「幽霊事件」「赤い靴」の幽霊はどこかドッペルゲンガーめいている。「湖畔事件」も分身（自己抹殺）小説のパロディだし、催眠術や夢遊病を素材にした「眠りの誘惑」がマクロイ風なのはいうまでもないだろう。類似点はほかにもある。福永武彦は東大仏文科出身で、学習院大学でフランス文学を教えていた。マクロイも若い頃ソルボンヌ大学に留学し、パリに八年住んでいる。マクロイは暗号技術

に詳しかったが、福永も一九四二年から翌年にかけて参謀本部第十八班で暗号解読に従事していたという。また複数のSF短編を書いたマクロイに対し、福永も船田学名義で「地球を遠く離れて」というSFを発表している。ちなみに福永は「探偵小説の愉しみ」に、新聞の新刊書評でトリックと犯人をばらした匿名批評家が、その本を書いた探偵小説家に殺されるという構想を記しているが、この幻に終わったプロットはマクロイの遺作『読後焼却のこと』を連想させる……。

　話を戻すと、先の鼎談で福永が「だから、だんだん苦しくなっちゃってさ」とぼやいているのは、単に材料やトリックのネタ切れを意味するわけではない。連作を続けるに従って、作者はアマチュア名探偵の伊丹英典を動かしづらくなったのだろう。マクロイの後期作品から、ベイジル・ウィリング博士がほとんど姿を消してしまったように。

「眠りの誘惑」の三年後に発表された「湖畔事件」は、同じ鼎談で福永が明かしている通り、探偵小説のパロディである。パロディだからこそ、伊丹氏も肩の力を抜いて子供たちの探偵ごっこ《福永は「深夜の散歩」の第十四回「カーステヤズ家の方へ」で、クレイグ・ライス『スイート・ホーム殺人事件』を絶賛している》に付き合うことができる。けれど、同じ手は何度も使えない。

　その翌年に発表された最終作「赤い靴」は、加田伶太郎の到達点を示す傑作だ。手記にもとづく推理、分身テーマ、小味な機械トリック、探偵が犯人に仕掛けるトリック、ホワイを重視した論理のアクロバット等々、伊丹英典シリーズの集大成というべき仕上がりになっている。

都筑道夫が示唆するように、連作を通してモダン・ディテクティブ・ストーリーの完成形にたどり着いたといってもいい。

だが、そこにはひとつのジレンマがある。完成形ということは、もし作者が伊丹英典シリーズを続行しても、その先は二番煎じにしかならないということだ。都筑道夫のように積極的にマンネリを引き受けて名探偵をセミプロ化するか、さもなくばバークリーのようにアイロニカルな探偵小説批判の方へ舵を切るしかないだろう。いずれの道を選んでも、伊丹英典氏には似合うまい。「僕の名探偵はまったくの素人で、僕に似て引っ込み思案で、このこの出歩くのは嫌いと来て、夜遅くまで探偵小説に読み耽っては奥さんに叱られるような、愛すべき男である」(「素人探偵誕生記」)からだ。

余技というのは、あくまでも遊びと余裕に裏打ちされたものでなければならない。だとすれば、探偵趣味が遊びであることを守るべく、伊丹氏は自ら引退を決意したのだろう。その決意は『草の花』の理知的な主人公にも通じる、ある種の文学的な潔癖さから出てきたのではないか。そうした潔癖さは遊びや余裕の精神と対立するどころか、むしろ表裏一体のものであり、そのいずれが欠けてもこの連作は生まれなかったはずである。伊丹英典氏の活躍が「赤い靴」で打ち止めになってしまったのは残念だが、アマチュア名探偵のシリーズを末広がりの完璧な最終回で締めくくったことにあらためて敬意を表したい。

初出一覧

「完全犯罪」序	『完全犯罪』(大日本雄弁会社講談社) 一九五七年十二月
完全犯罪	週刊新潮 (新潮社) 一九五六年三月十一日号、十八日号、二十五日号
幽霊事件	小説新潮 (新潮社) 一九五六年九月号
温室事件	小説新潮 (新潮社) 一九五七年一月号
失踪事件	小説新潮 (新潮社) 一九五七年四月号
電話事件	宝石 (宝石社) 一九五七年九月号
眠りの誘惑	小説新潮 (新潮社) 一九五八年七月号
湖畔事件	別冊小説新潮 (新潮社) 一九六一年十月
赤い靴	小説新潮 (新潮社) 一九六二年六月号
素人探偵誕生記	江戸川乱歩・松本清張編『推理小説作法』(光文社) 一九五九年四月
「加田伶太郎全集」を語る	新刊ニュース (東京出版販売株式会社) 一九七〇年三月一日号

『加田伶太郎全集』は一九七〇年に桃源社より刊行された。編集に際して、著者の存命中(一九一八年〜一九七九年)に刊行された最終の版を決定版として『加田伶太郎全集』(新潮文庫/一九七五年刊)を底本とした。同じ編集方針のもと、序文は『福永武彦全小説 第五巻』(新潮社/一九七四年刊)を、鼎談は初出誌を底本とした。

現在からすれば穏当を欠く表現があるが、著者が他界して久しく、古典として評価すべき作品であることに鑑み、原文のまま掲載した。

(編集部)

検印
廃止

著者紹介 1918年福岡県生まれ。東京帝国大学卒。61年『ゴーギャンの世界』が第15回毎日出版文化賞を、72年『死の島』が第4回日本文学大賞を受賞。『草の花』『廃市』『風のかたみ』ほか著作多数。79年没。

完全犯罪 加田伶太郎全集

2018年4月13日 初版

著者 福_{ふく}永_{なが}武_{たけ}彦_{ひこ}

発行所 （株）東京創元社
代表者 長谷川晋一

162-0814/東京都新宿区新小川町1-5
電　話　03・3268・8231-営業部
　　　　03・3268・8204-編集部
URL　http://www.tsogen.co.jp
DTPキャップス
旭印刷・本間製本

乱丁・落丁本は、ご面倒ですが小社までご送付ください。送料小社負担にてお取替えいたします。
©Takehiko Fukunaga 1975　Printed in Japan
ISBN978-4-488-47811-7　C0193

鮎川哲也短編傑作選 I

BEST SHORT STORIES OF TETSUYA AYUKAWA vol.1

五つの時計

鮎川哲也 北村薫 編
創元推理文庫

◆

過ぐる昭和の半ば、探偵小説専門誌〈宝石〉の刷新に
乗り出した江戸川乱歩から届いた一通の書状が、
伸び盛りの駿馬に天翔る機縁を与えることとなる。
乱歩編輯の第一号に掲載された「五つの時計」を始め、
三箇月連続作「白い密室」「早春に死す」
「愛に朽ちなん」、花森安治氏が解答を寄せた
名高い犯人当て小説「薔薇荘殺人事件」など、
巨星乱歩が手ずからルーブリックを附した
全短編十編を収録。

◆

収録作品＝五つの時計，白い密室，早春に死す，
愛に朽ちなん，道化師の檻，薔薇荘殺人事件，
二ノ宮心中，悪魔はここに，不完全犯罪，急行出雲

鮎川哲也短編傑作選Ⅱ

BEST SHORT STORIES OF TETSUYA AYUKAWA vol.2

下り〝はつかり〟

鮎川哲也 北村薫 編
創元推理文庫

◆

疾風に勁草を知り、厳霜に貞木を識るという。
王道を求めず孤高の砦を築きゆく名匠には、
雪中松柏の趣が似つかわしい。奇を衒わず俗に流れず、
あるいは洒脱に軽みを湛え、あるいは神韻を帯びた
枯淡の境に、読み手の愉悦は広がる。
純真無垢なるものへの哀歌「地虫」を劈頭に、
余りにも有名な朗読犯人当てのテキスト「達也が嗤う」、
フーダニットの逸品「誰の屍体か」など、
多彩な着想と巧みな語りで魅する十一編を収録。

収録作品＝地虫，赤い密室，碑文谷事件，達也が嗤う，
絵のない絵本，誰の屍体か，他殺にしてくれ，金魚の
寝言，暗い河，下り〝はつかり〟，死が二人を別つまで

高密度のミステリ世界を構築する著者の代表作

NOVALIS/WATERFALL◆Hikaru Okuizumi

ノヴァーリスの引用
滝

奥泉 光
創元推理文庫

◆

恩師の葬儀で数年ぶりに再会した男たち。
何時しか話題は、今は亡き友人に。
大学図書館の屋上から墜落死した彼は
自殺したのか、それとも……。
終わりなき推理の連鎖が読者を彼岸へと誘う、
第15回野間文芸新人賞受賞作「ノヴァーリスの引用」。
七つの社を巡る山岳清浄行に臨む五人の少年。
山岳行の背後に張り巡らされた悪意と罠に、
彼らは次第に追い詰められていく。
極限状態におかれた少年たちの心理を緻密に描き、
傑作と名高い「滝」。
奥泉光のミステリ世界が凝縮された代表作二編。

本格ミステリの王道、〈矢吹駆シリーズ〉第1弾

The Larousse Murder Case ◆ Kiyoshi Kasai

バイバイ、エンジェル

笠井 潔
創元推理文庫

ヴィクトル・ユゴー街のアパルトマンの一室で、
外出用の服を身に着け、
血の池の中央にうつぶせに横たわっていた女の死体には、
あるべき場所に首がなかった！
ラルース家をめぐり連続して起こる殺人事件。
司法警察の警視モガールの娘ナディアは、
現象学を駆使する奇妙な日本人・
矢吹駆とともに事件の謎を追う。
創作に評論に八面六臂の活躍をし、
現代日本の推理文壇を牽引する笠井潔。
日本ミステリ史に新しい1頁を書き加えた、
華麗なるデビュー長編。

巨匠に捧げる華麗なるパスティーシュ

THE JAPANESE NICKEL MYSTERY

ニッポン硬貨の謎
エラリー・クイーン最後の事件

北村 薫
創元推理文庫

1977年、推理作家でもある名探偵エラリー・クイーンが
出版社の招きで来日、公式日程をこなすかたわら
東京に発生していた幼児連続殺害事件に関心を持つ。
同じ頃アルバイト先の書店で五十円玉二十枚を千円札に
両替する男に遭遇していた小町奈々子は、
クイーン氏の知遇を得て観光ガイドを務めることに。
出かけた動物園で幼児誘拐の現場に行き合わせるや、
名探偵は先の事件との関連を指摘し……。
敬愛してやまない本格の巨匠クイーンの遺稿を翻訳した
という体裁で描かれる、華麗なるパスティーシュの世界。

北村薫がEQを操り、EQが北村薫を操る。本書は、
本格ミステリの一大事件だ。——有栖川有栖（帯推薦文より）

やっぱり、お父さんにはかなわない

TALES OF THE RETIRED DETECTIVE ◆ Michio Tsuzuki

退職刑事 1

都筑道夫
創元推理文庫

◆

かつては硬骨の刑事、
今や恍惚の境に入りかかった父親が、
捜査一課の刑事である五郎の家を頻々と訪れる
五人いる息子のうち、唯一同じ職業を選んだ末っ子から
現場の匂いを感じ取りたいのだろう
五郎が時に相談を持ちかけ、時に口を滑らして、
現在捜査している事件の話を始めると、
ここかしこに突っ込みを入れながら聞いていた父親は、
意表を衝いた着眼から事件の様相を一変させ、
たちどころに真相を言い当ててしまうのだった……
国産《安楽椅子探偵小説》定番中の定番として
揺るぎない地位を占める、名シリーズ第一集

◆

続刊　退職刑事2〜6

H・M卿、敗色濃厚の裁判に挑む

THE JUDAS WINDOW◆Carter Dickson

ユダの窓

カーター・ディクスン
高沢 治訳　創元推理文庫

◆

ジェームズ・アンズウェルは結婚の許しを乞うため
恋人メアリの父親を訪ね、書斎に通された。
話の途中で気を失ったアンズウェルが目を覚ましたとき、
密室内にいたのは胸に矢を突き立てられて事切れた
未来の義父と自分だけだった――。
殺人の被疑者となったアンズウェルは
中央刑事裁判所で裁かれることとなり、
ヘンリ・メリヴェール卿が弁護に当たる。
被告人の立場は圧倒的に不利、十数年ぶりの
法廷に立つH・M卿に勝算はあるのか。
不可能状況と巧みなストーリー展開、
法廷ものとして謎解きとして
間然するところのない本格ミステリの絶品。

永遠の光輝を放つ奇蹟の探偵小説

THE CASK◆F.W.Crofts

樽

F・W・クロフツ

霜島義明 訳　創元推理文庫

◆

埠頭で荷揚げ中に落下事故が起こり、
珍しい形状の異様に重い樽が破損した。
樽はパリ発ロンドン行き、中身は「彫像」とある。
こぼれたおが屑に交じって金貨が数枚見つかったので
割れ目を広げたところ、とんでもないものが入っていた。
荷の受取人と海運会社間の駆け引きを経て
樽はスコットランドヤードの手に渡り、
中から若い女性の絞殺死体が……。
次々に判明する事実は謎に満ち、事件は
めまぐるしい展開を見せつつ混迷の度を増していく。
真相究明の担い手もまた英仏警察官から弁護士、
私立探偵に移り緊迫の終局へ向かう。
渾身の処女作にして探偵小説史にその名を刻んだ大傑作。

永遠の名探偵、第一の事件簿

THE ADVENTURES OF SHERLOCK HOLMES ◆ Sir Arthur Conan Doyle

シャーロック・ホームズの冒険
新訳決定版

アーサー・コナン・ドイル
深町眞理子 訳　創元推理文庫

◆

ミステリ史上最大にして最高の名探偵シャーロック・ホームズの推理と活躍を、忠実なるワトスンが綴るシリーズ第1短編集。ホームズの緻密な計画がひとりの女性に破られる「ボヘミアの醜聞」、赤毛の男を求める奇妙な団体の意図が鮮やかに解明される「赤毛組合」、閉ざされた部屋での怪死事件に秘められたおそるべき真相「まだらの紐」など、いずれも忘れ難き12の名品を収録する。

収録作品＝ボヘミアの醜聞，赤毛組合，花婿の正体，
ボスコム谷の惨劇，五つのオレンジの種，
くちびるのねじれた男，青い柘榴石（ざくろいし），まだらの紐，
技師の親指，独身の貴族，緑柱石の宝冠，
橅（ぶな）の木屋敷の怪

探偵小説黄金期を代表する巨匠バークリー。
ミステリ史上に燦然と輝く永遠の傑作群!

〈ロジャー・シェリンガム・シリーズ〉
アントニイ・バークリー
創元推理文庫

毒入りチョコレート事件 ◎高橋泰邦 訳
一つの事件をめぐって推理を披露する「犯罪研究会」の面々。
混迷する推理合戦を制するのは誰か?

ジャンピング・ジェニイ ◎狩野一郎 訳
パーティの悪趣味な余興が実際の殺人事件に発展し……。
巨匠が比肩なき才を発揮した出色の傑作!

第二の銃声 ◎西崎 憲 訳
高名な探偵小説家の邸宅で行われた推理劇。
二転三転する証言から最後に見出された驚愕の真相とは。

❖

英国ミステリの真髄

BUFFET FOR UNWELCOME GUESTS ◆ Christianna Brand

招かれざる客たちのビュッフェ

クリスチアナ・ブランド

深町眞理子 他訳　創元推理文庫

◆

ブランドご自慢のビュッフェへようこそ。
芳醇なコックリル印(ブランド)のカクテルは、
本場のコンテストで一席となった「婚姻飛翔」など、
めまいと紛う酔い心地が魅力です。
アントレには、独特の調理(レシピ)による歯ごたえ充分の品々。
ことに「ジェミニー・クリケット事件」は逸品との評判
を得ております。食後のコーヒーをご所望とあれば……
いずれも稀代の料理長(シェフ)が存分に腕をふるった名品揃い。
心ゆくまでご賞味くださいませ。

収録作品=事件のあとに, 血兄弟, 婚姻飛翔, カップの中の毒,
ジェミニー・クリケット事件, スケープゴート,
もう山査子摘みもおしまい, スコットランドの姪, ジャケット,
メリーゴーラウンド, 目撃, バルコニーからの眺め,
この家に祝福あれ, ごくふつうの男, 囁き, 神の御業

心臓を貫く衝撃の結末

HOW LIKE AN ANGEL ◆ Margaret Millar

まるで天使のような

マーガレット・ミラー
黒原敏行 訳　創元推理文庫

◆

山中で交通手段を無くした青年クインは、
〈塔〉と呼ばれる新興宗教の施設に助けを求めた。
そこで彼は一人の修道女に頼まれ、
オゴーマンという人物を捜すことになるが、
たどり着いた街でクインは思わぬ知らせを耳にする。
幸せな家庭を築き、誰からも恨まれることのなかった
平凡な男の身に何が起きたのか？
なぜ外界と隔絶した修道女が彼を捜すのか？

私立探偵小説と心理ミステリをかつてない手法で繋ぎ、
著者の最高傑作と称される名品が新訳で復活。

東京創元社のミステリ専門誌
ミステリーズ！

《隔月刊／偶数月12日刊行》
A5判並製（書籍扱い）

国内ミステリの精鋭、人気作品、
厳選した海外翻訳ミステリ…etc.
随時、話題作・注目作を掲載。
書評、評論、エッセイ、コミックなども充実！

定期購読のお申込みを随時受け付けております。詳しくは小社までお問い合わせくださるか、東京創元社ホームページのミステリーズ！のコーナー（http://www.tsogen.co.jp/mysteries/）をご覧ください。